陳浩基

魔笛

童話推理事件簿

本作品純屬虛構，與現實的人物、地點、團體、事件無關。

CONTENTS

傑克魔豆
殺人事件

1

「漢斯！你再慢吞吞的，我便要丟下你了。」

「先生！請等等我啊！」我拖著沉甸甸的行裝，沒好氣地在這條滿佈泥濘的小路上追著霍夫曼先生。太陽已經下山，天色也愈來愈黑，如果我們還找不到鄉鎮的話，今晚大概要睡在野外。我當然無所謂，但霍夫曼先生很害怕在沒有磚瓦保護的環境下睡覺，他說他不想成為森林裡的棕熊和灰狼的晚餐。其實我也不明白，他為什麼有舒適的房子不住，有華麗的衣服不穿，老是往歐洲各處山林野嶺亂跑。每次霍夫曼先生回到倫敦，貴族們也爭相拜訪，希望先生出席舞會酒會，或者介紹女兒給二十九歲仍單身的他認識，可是霍夫曼先生說寧可到劇院看看莎士比亞先生的新劇目，甚至到大學發表演講，也不願花時間應付那些麻煩鬼。

「漢斯！你看，那兒不正是個小鎮！看來就算馬匹捨棄了我們，上帝也沒有呢！」霍夫曼先生指著前方，晚霞下我看到微弱的燈光。我們如斯狼狽，全因在路上休息時馬匹發飆逃跑了，丟下我們主僕二人在那個陰深的森林中。我那時心想死定了，因為從前一個小鎮出發時，我聽酒館的老頭提過那森林裡有女巫和山怪，我想馬兒一定是感到邪惡的氣息而逃去，但霍夫曼先生氣定神閒，指著樹上說：「先向我們所知的事實求證，得不到結論才歸咎我們所不知的事情。漢斯，你看那個不是蜂巢是什麼？剛才馬匹很可能被胡蜂刺中，所以才會亂走的。我們也快走吧，我可不想被胡蜂螫傷。」

我們沿著泥路，走到這個小鎮的入口。田野上有幾道矮牆，零星的磚屋散落在道路兩旁，與其說這是一個小鎮，不如說它是一個有點規模的村莊吧。我們向一位農婦查問過後，找到了鎮內唯一的小旅館。

「兩位客人！歡迎光臨我們雅各鎮！兩位打算留宿多久呢？」旅館老闆是個胖子，我們剛踏進店門，他便熱情的招呼著。也許他看到霍夫曼先生的衣裝雖然髒，但講派頭仍是倫敦上流社會的一份子，這個小鎮又偏僻，難得有位富有的紳士路過，自然不敢怠慢。

「我叫萊爾．霍夫曼，是一位作家。這是我的僕人漢斯．安得森．格連。我們打算明天便離開，只留宿一晚。我們的馬匹走失了，你們有沒有馬匹賣？」霍夫曼先生以一口純正的倫敦式英語說著，顯得旅館老闆的北方口音就像俄語那樣滑稽。

「有！有！我們有全英格蘭最好的馬！霍夫曼先生打算去哪兒嗎？」

「我正在撰寫有關考證各地民間傳說的書籍，所以打算去北方找寫作的題材。你們這兒有沒有什麼有趣的傳說？像羅賓漢[1]或林中仙子[2]的也可以。」

「哦，很可惜啊，先生，您來遲一步。雖然我們沒有像亞瑟王[3]和圓桌武士般的偉人，但我們曾有吃人的巨人傳說——可是，巨人沒有了，我們現在只有一件可怕的罪案。如果您寫的是駭人的犯罪紀錄，或是悲劇的劇本，這兒便剛好有一個事兒。」

「為什麼說我們遲了？」我問：「你是說，巨人傳說變成了可怕的案件？」

老闆捻了捻嘴上的鬍子，說：「說來話長。你們來的時候，看到東面的山崖嗎？那是座奇異的山，山上只有石頭，樹木少之又少，樵夫和獵人也不會上去。傳說山上住著一個巨人，他身高三十尺，一口可以吞下一隻牛，走起路來地面也會震動。他只要伸一伸手，便可以把雲霧撥開，抓住老鷹，一腳便可以把大樹踢倒，所以山上的樹木這麼少。有人說過，他最喜

1. Robin Hood，傳說中十三世紀時活躍於英格蘭各地的俠盜。
2. Pixie，傳說中住在森林裡、有翅膀和尖耳朵的人形生物，常見於凱爾特民間傳說，尤其在愛爾蘭、蘇格蘭等地廣為流傳。
3. 傳說中的英格蘭國王，帶領圓桌騎士團統一不列顛群島。歷史無法考證。

歡拿小孩當下酒菜，所以我們從來不讓小孩子靠近那山半步的……坦白說，就連成年人也不敢哩。」

「這樣的題材很合我的研究啊，」霍夫曼先生高興地說：「為什麼你說這個巨人沒了？」

「因為他死了。」

「死了？怎麼死的？」我好奇地問。

「摔死的。橫豎今晚沒有其他客人，讓我從頭開始說起吧。」老闆拿出酒瓶和三個杯子，乾脆坐下跟我們聊起來：「東面的山崖下有間小屋，住著米列特母子。米列特先生病死已有好幾年了，留下米列特太太和他的傻兒子傑克。他們一家可真命苦啊！米列特先生本來就不富有，只靠耕作為生，怎料五年前有天患起怪病，不用三天便一命嗚呼，他太太和當時只有四歲的兒子便得孤苦無依地生活。您知道啊，女人和小孩憑什麼獨自活下去？米列特太太又不肯再婚，其實以她的美貌要再嫁個好丈夫也很容易。別說雅各鎮，就連整個布萊克浦[4]也找不到像她的美人哩。結果這些年來他們家坐吃山空，連家裡最後一頭牛也要拿來賣抵債。哪裡曉得那個笨兒子竟然把牛賣了五顆豆子，差點氣死米列特太太。」

「豆？一頭牛至少值一個金幣[5]吧！」我不禁高呼出來，霍夫曼先生盯了我一眼，像叫我別那麼失禮。

「就是啊！當晚鄰居知道後也說傑克——即是那個笨蛋兒子——被騙了。沒辦法，四歲便沒了父親，頭腦簡單也不是他的錯，沒人教他嘛。米列特太太氣得把豆子丟出窗外，懶得把它們煮來吃……也對，五顆豆子不知道該一口吃掉還是分五次吃好。」老闆訕笑著，一面說一面替我們斟酒。

「鎮上沒有人幫他們嗎？」霍夫曼先生說。

「我們本來也想幫他們的啦，誰知道兩天後米列特太太拿了一袋金幣到麥克道爾先生家裡還債。」

「誰是麥克道爾先生？」

「哦，我忘了說。麥克道爾先生是鎮上的鄉紳，也是本鎮最富有的人。米列特先生過世後，他不時借錢給米列特太太呢……不過……」老闆小聲地說：「我看他是看上米列特太太的美色才這麼慷慨，他一向是個吝嗇的財主哩。」

「米列特太太那袋金幣從哪兒來的？」

「這就是問題關鍵了！」老闆的表情亮起來：「話說那天米列特太太把豆子丟出窗外，翌日早上豆子竟然長成粗大的豆莖！傑克看到便一邊說著『看！那人沒騙我，這是神奇的豆子啊！』一邊爬上沿著山崖生長的豆莖。日落時，他帶著一袋金幣回來，據說他是從那個巨人的家裡拿的。」

「巨人的家？」

「他說他找到巨人的家，遇上了巨人的妻子。巨人的妻子怕她的丈夫會殺害傑克，所以把他藏起來，待巨人睡著後，便送了一袋金幣給傑克，著他趕快逃走。」

「那麼說，傑克見過巨人和他的妻子？」霍夫曼先生緊張地問。的確，如果有人目睹三十尺高的巨人，甚至知道他的家在何處的話，這樣的題材足夠霍夫曼先生寫兩三本書。

「這個啊……這樣說吧，除了傑克，我們整個鎮的鎮民也見過了。」老闆聳聳肩，微笑說：「不過不像是您所想的……讓我先繼續說吧。」

4. Blackpool，英格蘭西北部一個城市。
5. 即金鎊（Sovereign），面值一英鎊。

霍夫曼先生點點頭，雙眼炯炯有神。每次遇上不可思議的事情時，他也是這表情。

「剛才說到米列特太太拿了金幣還給麥克道爾先生。可是，那袋金幣只及借金的一半，五年來積累的債務可不少。於是，傑克又去找巨人的太太，這次帶回來的是一隻會生金蛋的母雞。」

「會生金蛋的母雞！漢斯，這個故事愈來愈有趣了。」霍夫曼先生興奮地說。

「可是這隻生金蛋的母雞沒過兩天便死了。於是傑克再一次爬上豆莖去找巨人太太，這次他拿到的是一個會自動演奏的黃金豎琴。」

「巨人和黃金豎琴！太精采了！如果這發生在古希臘的話，大概會變成像俄耳甫斯[6]的神話！奧維德或阿波羅多洛斯[7]可以憑此寫出精采的作品！」

「先生，我不想掃您的興，但接下來的卻是殘酷的現實。」老闆的語氣一轉，說：「就在傑克拿走豎琴時，豎琴卻突然響起來，驚醒了打瞌睡的巨人——巨人追著傑克，沿著豆莖爬下來，傑克一時心急，拿起斧頭砍斷豆莖，巨人掉了下來，死了。」

因為這個突如其來的結局，霍夫曼先生和我也一時說不出話來。

「所以你說鎮民都看過巨人……的屍體？」我問道。

「對啊。但原來巨人什麼嘛，統統都是謠言！那個巨人的確很高大健碩，但並沒有三十尺高那麼誇張，頂多只有八尺吧。巨人掉下來時，米列特太太和傑克就在旁邊，看到他啪的一聲撞在自己屋後菜田裡，嚇得魂飛魄散。而那位巨人太太更從山上走了下來，要控告傑克謀財害命。」

「巨人太太走下山來？她也是巨人嗎？」我奇道。

「她比我們也要高一些，但只是七尺多吧。原來那位巨人叫雷戴爾，他和太太住在山上已經好一段日子，過著與世無爭的生活。雷戴爾先生是位鐵匠，打造好鐵器便會沿著石山另一邊的小路到鄰鎮發售，所以我們一直沒見過他們。雷戴爾太太說她丈夫一向不喜歡小孩子，那天看到傑克時怕惹她丈夫發怒，所以把他藏起來，給了他麵包和牛奶，可是這小傢伙竟然順手牽羊，偷走了他們一袋金幣！」

「啊！這麼說，母雞和豎琴也是傑克偷來的？」我想像不到這個九歲的孩子是個小毛賊。

「是啊。雷戴爾太太看見丈夫慘死十分傷心，所以要我們的法官還她一個公道。想不到傑克年紀小小便這麼殘忍……唉，都怪米列特先生死得早，他是鎮上難得的好人，我兒子出生時他還送上了一籃子雞蛋……」老闆看著屋梁，想得出神。

「老闆，」霍夫曼先生說：「你剛才說，那些豆子一晚便長成了豆莖？」

「聽說是這樣。」

「那麼傑克把豆莖砍斷後，倒下來的豆莖呢？」

「被拿去燒掉了。」

「誰拿的？」

「這我可不知道啊。好像說這樣的不祥事都怪這豆子，不盡快燒了它會招來惡運。」

「剛才你說巨人……雷戴爾先生摔死在米列特家旁，即是豆莖旁嗎？」

「對，聽說是這樣。」

「豆莖有多高？」

6. 希臘神話中的著名音樂家，歌聲優美得連冥王也感動。他的七弦豎琴便是天琴座（Lyra）的由來。

7. 奧維德（Ovid），基督時代的古羅馬詩人，著有描述神話的《變形記》。阿波羅多洛斯（Apollodorus），公元前一世紀的古希臘學者，不少後人撰寫的希臘神話乃依據他的作品。

「我沒爬過，不知道哩……先生您怎麼對這豆莖很感興趣似的？」老闆捻著鬍子，問霍夫曼先生。

「沒什麼，因為這故事太奇異了，說不定也可以當我的書的題材。」霍夫曼先生頓了頓，說：「漢斯，我們的北方之旅推遲數天沒什麼關係吧？我們可以留下來好好的研究一下這個傳說般的案件。」

「先生，我想你們頂多只會多留一天吧，雖然我很歡迎您在這兒住一兩個月。」老闆說。

「為什麼？」霍夫曼先生問道。

「因為明天早上傑克便會接受審訊，下午便會行刑吧，到時事件也會平息了。我們的治安法官薩頓閣下是個很乾脆決斷的法官哩，他的判案一向很……」老闆湊過頭來，壓下聲音說：「……獨裁。」

「唔……這樣的話……」霍夫曼先生沉思了一會，喃喃自語地說：「看來要用一些犯規的手段了……」

「先生？」我看到他的樣子，不由得有種不祥的感覺——每次先生蹚渾水，把我們捲進麻煩事也是這個模樣。

「老闆！」霍夫曼先生一臉神采飛揚，沒理會我逕自對老闆說：「我想我們會住一星期。馬匹的事先擱下，現在我們需要好好睡一覺，因為明天早上要參與一場精采的審訊呢！」

2

翌日早上九時，我們和雅各鎮的鎮民一起，在鎮會所裡旁聽傑克．米列特的審判。在這個有點簡陋的大廳裡，塞滿各式各樣的居民，有男有女，而我和霍夫曼先生擠到人群的前列，能清楚看到審訊席和前方的桌椅。即使沒有介紹，我也能辨認出這場審訊的主角們：站在犯人欄裡，不知所措的小孩是「殺人犯」傑克；在他不遠處，眼眶通紅悄悄地啜泣著的美麗婦人是他母親米列特太太；扶著米列特太太，穿著得體鬍子修得整齊的矮個子是鄉紳麥克道爾先生；在證人椅子上的高大女人是喪夫的雷戴爾太太；坐在法官位子一雙濃密眉毛向上揚起的中年男人當然是薩頓法官。還有，在我身旁竊笑著的，是我家主人霍夫曼先生。

「現在開始審理雅各鎮鎮民傑克．米列特被控謀殺鐵匠居里．雷戴爾一案。」薩頓法官以洪亮的聲音說：「傑克．米列特，你被控多次潛進雷戴爾先生家中盜竊財物，最後蓄意謀殺雷戴爾先生，你認不認罪？」

傑克只是一味搖頭，嘴巴沒發出聲音。

「傑克！我問你認不認罪！你如果再不答我，我便當你默認了！」法官權威地作出恫嚇。

「不……我……沒有偷竊……沒有殺人……媽媽……」傑克終於哭了出來。

「我的兒子沒有殺人！他不會幹壞事的！」米列特太太在旁聽席中也幾乎崩潰了，哭著大嚷。

「肅靜！」法官說：「夫人，我可以把妳——妳再不檢點些的話就連妳也判刑。」

我奇怪著薩頓法官說話中頓了一頓，正想問霍夫曼先生，卻見他一臉笑意瞧著米列特夫人。

「先生！你是紳士啊！用這樣的表情盯著寡婦會招人閒話的！」我以手肘碰了碰先生，提醒他說。

「我看的不是……啊，算了。你準備好信件沒有？」他問。

「寫好了，但先生要我偽冒這樣的信件，萬一被揭發的話……」我從衣袋拿出昨晚連夜撰寫的信。

「又不是什麼公文，而且就算給王室知道了，也有不少達官貴人為我們說項的。現在去吧。」

「這麼早？」我嚇了一跳。

「難道要待法官判了刑才作聲嗎？」霍夫曼先生從後一推，把我由旁聽的位置推到證人桌旁。

「你是什麼人？知不知道無故擾亂審訊有罪？」薩頓法官怒目而視，我幾乎想縮回旁聽席。

「法、法官閣下，」我抖擻精神，強作鎮定說：「我是霍夫曼先生的書記，這兒有一封格雷伯爵的親筆書函，希望閣下能閱讀一下。」

「格雷伯爵？」法官半信半疑，接過蓋有伯爵家紋的火漆印章的信件。信件的內容是說法學博士萊爾．霍夫曼在各地搜集案件的審理紀錄，抽樣回報樞密院[8]，用作制訂及修改法律的參考，希望各地的治安法官能盡力協助云云。當然，這全是假造的了。

「這到底是不是真的？」法官把信件交還，以質疑的語氣說道。

「這當然是真的，閣下。」霍夫曼先生突然搶白，站出來對法官說：「在下正是法學博士萊爾．霍夫曼。雖然我的工作只是搜集已審理案件，但看到閣下即將犯下嚴重的錯誤，為免覆水難收，只好冒昧打斷閣下的審訊。」

「錯誤？什麼錯誤？連證人也未發言，審訊也未開始！我怎能容許這樣無稽的事情？如果你真是法學博士的話，請你盡快說清楚，不要浪費我的時間。」法官嚴厲地說，旁觀的居民無不議論紛紛。

「我只要問犯人和證人幾個簡單的問題便可以了。」霍夫曼先生微微一笑，完全沒有把薩頓法官的威勢放在眼裡。法官也只好點點頭讓他發言。

「傑克，」霍夫曼先生走到犯人席旁，向著啜泣中的小傑克問道：「你是沿著豆莖爬到巨人的家嗎？」

「是……是的。」

「那些豆子是不是一天便長成了？」

「是。」傑克看到霍夫曼先生一臉祥和，漸漸收起淚水。

「你以前有見過一天便長得如此高的豆子嗎？」

「沒有……先生，從沒有。」

「這些豆子，你是從鎮內的市集跟人用一頭牛換來的嗎？」

「是的，先生。」

「好，這就足夠了。」霍夫曼先生轉過頭，向巨人太太說：「雷戴爾夫人，我想問問妳，那隻被偷去了的母雞真的會生金蛋嗎？」

「會！真的會！」巨人太太回答。

「妳沒說謊？」

「沒有！我可以以我丈夫的名字發誓。」

「妳見過其他會生金蛋的母雞嗎？」

「沒有，我那一隻是獨一無二的瑰寶。」

霍夫曼先生又再微微一笑，問：「那麼，妳知道妳先生那台黃金豎琴，為什麼會自動彈

8. 英國君主的諮詢機構，有立法和訟裁的權力，由貴族、官員及教士組成。

奏嗎？」

「我不知道，總之它會演奏就是了。」雷戴爾太太很不耐煩地答。

「妳會說，這神奇的母雞和豎琴，是上主給你們的恩賜嗎？」

「我怎知道？」

霍夫曼先生的笑容消失了，以凌厲的眼光瞪著巨人太太，問：「『我怎知道？』妳是不知道，還是知道這不是神的恩賜？」

「我……我怎知道這麼多啊？這……這、這母雞和豎琴，本來就是我的丈夫的！」

「好，這就夠了。」霍夫曼先生離開證人的桌子旁，向著法官說：「法官閣下，這案件你不能審理。」

「你這算什麼？剛才問的都是觸不著邊際的空話，跟案件有什麼關係？而且，我可是樞密院授權的治安法官，在這鎮裡我有最高的審理權力，你憑什麼阻止我？」薩頓法官右手狠狠地拍了桌子一下，鎮民都像是被震懾，嚇得靜了下來。

「閣下，你剛才也聽到雷戴爾太太的供詞吧？她說神奇的母雞和豎琴都是死去的雷戴爾先生的，可是她不知道這是不是神的恩賜。既然不一定是上主的恩惠，那當然可能是——撒旦的玩意了。」

聽到魔鬼的名號，居民都不禁抽了一口涼氣，嚇得連忙在胸口劃十字。薩頓法官愕然，沒辦法接下話去。

「閣下應該很清楚，」霍夫曼先生繼續說：「凡人的案件當然由法官審理，但如果是和惡魔跟巫術有關的話，要交給教會法庭。生金蛋的母雞、一天長成的巨大豆莖這些怪事，得先由有主教地位的神職人員審議，判斷到底是神蹟還是魔鬼的惡作劇。所以，這案件閣下無權判決。」

「這、這……」薩頓法官瞠目結舌，說不出半句話。

「閣下，我勸你先寫信給布萊克浦的路德主教，說明情況緊急，我們面臨信仰危機，邀請他來審理。我想，一星期內他便能到來了。法官閣下，萬一你草草審結這案子，我又把它呈上樞密院，到時怪罪下來，恐怕連坎特伯里大主教[9]也保不住你啊。」霍夫曼先生露出誠懇的笑容。我見過這笑容很多次——每次都是當他把對手逼進角落的時候。

薩頓法官呆了一會，終於瞭解事情已不是他隻手可以控制的規模。他整理一下衣飾，朗聲說道：「有關傑克．米列特被控謀殺居里．雷戴爾一案，我聽從萊爾．霍夫曼博士的意見，交由教會法庭審議，並請路德主教前來主持審訊。就此決定。」

鎮民聽到法官的結論時都紛紛嚷嚷，討論這出乎意料的情況。有人跑到街上通知沒來聽審的居民，有虔誠的信徒則不住禱告，畢竟殺人案已經夠可怕，不料竟然牽扯到魔鬼身上這麼恐怖。米列特太太的表情很複雜，她大概本來以為兒子活不過今天下午，但主教到來時事情會不會變得更糟，任何人也說不出來。

「霍夫曼博士，很謝謝你的協助。」薩頓法官以沉穩的聲線說：「你是碰巧路過雅各鎮還是特意來這兒的？請來我家作客，讓我好好的招待你。」

「閣下的好意我心領了，我和書記已找到舒適的旅館。」霍夫曼先生跟對方握手。

「那我也不勉強你了……」薩頓法官突然露出訝異的表情，說：「霍夫曼……萊爾．霍夫曼……你是解決了『哈梅林魔笛兒童誘拐事件』那位霍夫曼先生？」

9. Archbishop of Canterbury，英格蘭教區的最高級神職，在宗教改革後更是英國國教（新教聖公宗）的領袖。

「正是在下。」先生笑著回答。我想不到連我們的老家英國也聽到之前先生在德意志捲入的那場鬧劇。

薩頓法官跟霍夫曼先生寒暄著，但我總覺得他的眼神有點異樣。縱使二人臉上掛著笑容，我也感到氣氛不大對勁。

「我想我會逗留至這案件了結。這樣的案子，實在很適合交給格雷伯爵參考。」臨離開時，霍夫曼先生對法官說。即使說得很客氣，先生的態度就像隻獅子。

「好，這期間我會全力協助的。」豺狼，不，薩頓法官回答說。

回去旅館的路上，我問霍夫曼先生：「先生，那法官有什麼不妥嗎？你剛才說話十分狠呢。」

「那法官不是好人哪，在這種偏遠的小鎮有這種惡棍法官也不出奇。不過遇上我算他倒楣了。」

「惡棍？我覺得他是蠻嚴肅的，但不至於是壞蛋吧。」

「遲些你便會知道。」霍夫曼先生笑著說。

「對了，先生你為什麼要讓教會審這案子？」

「這只是權宜之計罷了。那種強勢的法官，如果不用比它更高的權威是壓不下他的。如此一來，我至少有五天的時間可以慢慢調查。」霍夫曼先生聳聳肩。

「就是為了這樣？」我高呼一聲：「先生，你知道教會插手的後果可能十分嚴重啊！搞不好連巨人太太、米列特太太甚至鎮裡的無辜居民也得受火刑！這做法十分不道德！」

「漢斯，不這樣做的話現在小傑克已經吊死在鎮公所前的廣場了。你認為讓這個九歲的小孩子枉死是很道德的做法嗎？」

「這……」我沒法回答。霍夫曼先生就是這樣的一個人，他遇上他認為是不對的事情便會出手糾正，哪怕使用的手段有多奇怪、多難以理解，或者有多大的可能引發災難。他試過對著他國的國王出言不遜，現在想起來也不禁捏一把冷汗，我們的腦袋差點便搬家了。

「如果剛才巨人太太說她認為那母雞是神的恩賜，那你怎辦？」我問。

「到時我便問法官，問旁聽的鎮民，或者問你。這些天方夜譚似的事情怎可能是上主的恩賜？每天早上太陽從東方升起是恩賜，秋天田裡豐收是恩賜，但會下金蛋的母雞卻不可能是恩賜。你看見每家每戶也有這樣的母雞嗎？沒有！這母雞只會引來貪念和嫉妒，這是撒旦的把戲——只要這樣說便沒有人敢反駁了。」

「這樣的話，那些一天長成的豆莖、生金蛋的母雞都是從魔鬼而來的？」我吃驚地問。

「漢斯，我不是經常說的嗎？先向我們所知的事實求證，得不到結論才歸咎我們所不知的事情。」先生微笑著，重複他常掛在嘴邊的金句。

3

旅館老闆以為我們替格雷伯爵工作，比之前更殷勤。霍夫曼先生告訴他為伯爵工作是正職，寫書是副業，本來在這個鎮不打算處理那些要務，沒想到在這兒卻遇上不常見的案子。吃過午餐，先生和我往米列特家看看事發現場。

「閣下是霍夫曼博士？請、請問有沒有方法可以救救我的兒子呢？」在米列特家門前，米列特太太一眼便認出我們。傑克的家真的很破落，牆壁和門前的階級也沒有修補，但從房子的規模看來，這個家也曾風光過。正如旅館老闆所說，米列特太太是個美人，儘管有個九歲的兒子，臉孔還留著少女時的秀麗。不過適逢巨變，她一臉倦容，這份豔麗難免減了三分。

「夫人，我來只是想多知道一些情報，好讓我有更多的資料上呈伯爵大人。如果妳的兒子是無辜的，路德主教定會還他一個公道，但如果妳的兒子說了謊，在神的代行者面前是逃不掉的。」霍夫曼先生說。

米列特太太的表情稍微放鬆，邀請我們到屋裡坐。即使她很貧窮，她還端上自家釀製的果酒給我們，壓抑著掛念兒子的不安，很有禮地坐在我們對面。先生很滿意地微笑著，悄聲對我說：「如果倫敦那些貴族女孩學到她一半的話，我也不用老是避開她們。」

「夫人，」霍夫曼先生喝了一口毫不美味的酒，說：「我想問妳幾件瑣事。聽說妳知道傑克把牛賣了，卻只得五顆豆子，於是很憤怒地把它們丟到窗外，是嗎？」

「是的，先生，就是那扇窗子。」米列特太太指了指左面的窗子，窗外是一片小小的菜田，上面散布著寥寥數棵萵苣，不遠便是峭壁底部。

「傑克有沒有提過那個賣他豆子的人？有沒有說過他的樣子？」

「沒有，傑克雖然已經九歲，但說起話來還是顛三倒四，都怪我沒時間教他。我只記得他說那些是神奇豆子，可以讓他找到寶藏，要把它們埋在田裡。」

「豆莖在田的中間生長嗎？」先生從窗框探頭往外看。

「不，在遠處貼著峭壁。要我帶你們出去看嗎？」

「那真是求之不得，麻煩夫人妳。」霍夫曼先生已經放下杯子，迫不及待的往屋外走。

走到峭壁前，米列特太太指著地上一堆翻亂的泥土，說：「就在那兒，豆莖沿著崖壁向上生長，直到上面的崖邊——當然我沒親眼看過，那是傑克告訴我的。」

霍夫曼先生蹲下，翻了翻泥土，問：「連根也沒有了呢……那些豆莖有多粗？像茄子那麼粗嗎？」

「沒有，細一點，大概像大蔥那般粗。有四五條交纏著，一直向上伸延。」
「緊貼著崖壁還是離開一點點的？」
「大概是貼著的……我不記得了。」
霍夫曼先生停下來，在峭壁前踱步，又望向菜田另一方的屋子。
「漢斯，你說這兒和屋子距離多遠？」
「我看……十八碼至二十碼左右吧。」我說。
「你眼力好，看不看得到崖頂有多高？」先生指著峭壁的上方。
「這個……我看到那兒有塊凸出來的岩石，大概有四十碼高吧，但我不知道那是不是崖邊。」
米列特太太說：「那不是，但攀過那兒不久便是崖邊了。這也是傑克說的。」
「夫人，聽說雷戴爾先生掉下來時，妳也在場，是嗎？」
米列特太太露出驚惶的神色，說：「是……是的。那個巨人正好摔在書記先生現在站著的地方。」
我站著的地方！我嚇得連忙跳開三步，我剛才正奇怪著菜田裡怎麼有個微微凹陷的地方，想不到原來這兒是巨人的喪命之所，綠色的巨人血和腦漿一定濺到四方……嘩啊，我幹麼還想下去？
「妳看到他抓著豆莖掉下來嗎？」先生沒理會我一副噁心的樣子，繼續詢問米列特太太。
「沒有，我看到他從那塊凸出來的岩石後掉下來的。」
「傑克拿斧頭砍斷豆莖時，豆莖向這面還是那面倒過去？」
「倒過去……沒有啊，就在中間垂直地掉了下來。」
「我問的是豆莖不是巨人啊。」先生出奇地說。

「是豆莖。我記得傑克把豆莖差不多砍斷時，它還是文風不動，但最後終於掉了下來，變得軟趴趴的。我想，大概因為砍斷了底部，豆莖失去根部吸收不到水分，所以便枯萎變軟了。畢竟這是魔法豆莖啊。」

「看來這樣想也蠻合理的。」霍夫曼先生點點頭，再問：「那隻會生金蛋的雞和黃金豎琴現在在法官那兒？」

「是的，作為證物，現在在法官大人處。不過母雞已經死了。」

「妳見過那隻母雞生下金蛋嗎？」

「沒有，先生。牠沒來得及生下一顆蛋便死去。」

「那妳怎知道牠會下金蛋？」

「因為傑克帶牠回來時還拿了一顆金蛋，我拿去還債了。」

「給了麥克道爾先生？」

米列特太太羞赧地點點頭，說：「是的。在這個小鎮裡誰人向誰人借了錢，不出兩天便連路過的旅人也會知道。」

「夫人，請原諒我的失言。因為要調查清楚細節，所以我才知道這事的。我沒有窺探夫人秘密的意思。」霍夫曼先生微微鞠躬，向米列特太太表示歉意。就是這風度，教倫敦那些女孩們追著他團團轉。

「還有，那個豎琴……夫人妳聽過它自動演奏嗎？」

「沒有，因為巨人摔下來後，法官大人很快來到，沒收了它。」

「謝謝，夫人。妳幫了我很大的忙，我想這些資料可以讓主教作出正確的裁決。」

在米列特太太的家門前，霍夫曼先生想起什麼事情似的，回頭問米列特太太：「夫人，我還有一件事想問，如果妳不願意答的，也不打緊。」

「先生請說吧，可以的話我也不想瞞您。」

「米列特先生五年前過世前，患了什麼病？」

「他……」米列特太太提起丈夫不禁有點神傷。「他一向很健康的，可是有天從酒館喝酒回來後突然不舒服，醫生也說不出他的病因。他在床上被病魔折磨了三天，便……」

「我明白了。」霍夫曼先生說：「他的病徵是不是吐血、痙攣和脫髮？」

「咦？」米列特太太臉色變得慘白，問道：「先生您怎知道的？」

「那是一種常見的急性病，我知道有幾位貴族也是因此逝世的。夫人請妳好好休息，打擾了妳半天還要妳想起各種不快的回憶，我實在很過意不去。就此告辭了。」

回到旅館二樓的房間已經天黑，吃過晚飯後霍夫曼先生坐在窗前的椅子上沉思著。他說過他在想事情的時候別跟他說話，所以我只好拿出格利烏斯的《阿提卡之夜》[10]消磨時間。

「凶險呢。」霍夫曼先生突然打破寂靜。

「什麼？先生，什麼凶險？」

「漢斯，我們似乎捲進了不得了的危險。就像柏修斯對付美杜莎[11]一樣，不過我們手上沒有盾、劍和隱形披風。」

「比起那次在法國我們差點被送上絞刑台更危險嗎？」

10. Noctes Atticae，公元一世紀羅馬作家格利烏斯的著作，內容包括社會、歷史、哲學等等。
11. 希臘神話中，英雄柏修斯在主神宙斯的幫助下，殺死能令人變成石頭的蛇髮女妖美杜莎。

「唔，」先生想了想，說：「對，那才是沒有劍、盾和披風。我們今次的程度是沒有盾和披風，手上還有一柄小小的匕首吧。」

「究竟我們有什麼危險啊？」我總是搞不懂先生的古怪譬喻有什麼意思。

「我也說不上來，總之，這幾天要小心一點。」霍夫曼先生倒在床上，說：「打出第一張牌便沒得收回。明天我們還有要事辦，早點睡。」

4

早上霍夫曼先生和我吃了點麵包便往鎮會所找薩頓法官。門房引領我們到薩頓法官的辦公室，法官剛好不在，我們只有稍等一下。辦公室裝潢出奇地華麗，佛羅倫斯的油畫、古羅馬的擺設、中國的瓷碟……桌子的右方還有一個黃金筆座，插著一支白色的羽毛筆。我沒想過在這種偏遠小鎮的法官也有這種財力。說不定薩頓法官其實是個貴族？

「霍夫曼博士，早安，讓你久等了。」不一會，法官趾高氣揚地步進他的房間。

「早安，法官閣下。我想見一見傑克，問一兩個小問題。」先生一開口便道明來意。

「博士，不是等主教大人到來才審訊嗎？我已經派人快馬送信，主教大約三天後便來到。」

「我只是問一兩個小問題。閣下，你要明白，當初建議讓主教進行教會裁決的是在下，若然我對案件的細節不夠清楚，主教問起來豈不是丟盡格雷伯爵和我這個法學博士的面子？還是說，閣下對在下插手這案子耿耿於懷？」先生在法官面前，總是擺出一副不輸人的氣勢。

「我絕無此意，博士。我現在就叫人帶你們去傑克的牢房。」法官搖了鈴召喚僕人。

「謝謝閣下。」

法官沒有回答，只是自顧自的拿起筆桿，在文件上簽名……雖然我覺得他在偷偷的看著我們離開。

我們跟隨一個叫威廉的小伙子往牢房走去。途中霍夫曼先生向威廉打聽薩頓法官的事，得悉法官的過去。原來薩頓法官年輕時在海軍服役，立了好幾次功，上級的公爵打賞他，向樞密院推薦他當法官，他便回到他的故鄉——即是這個雅各鎮——擔任公職。雖然沒有封爵，在這種僻壤當治安法官也和當諸侯貴族差不多了。

牢房的環境真有夠糟，又黑又潮濕，可憐小傑克已經在這兒關了一星期，別說是一個九歲的小孩，我想就連成年人也受不了。傑克看到我們，臉上露出一絲希望，因為霍夫曼先生曾在法庭上阻止審判，他大概認為先生是來救他的吧。

「傑克，我是法學博士霍夫曼。以下的問題你要好好回答，絕對不能說謊，否則要下地獄被火燒。」傑克認真地點點頭。

「你在市集以五顆豆子的價錢賣了你家的牛，是嗎？」

「是的，先生。」

「買家是什麼樣子的？」

「我……我看不到。他躲在暗處，又用布蓋住了臉孔。」

「他有多高？」

「不太高，比這位先生還要矮一點。」傑克看著我說。不用提醒我不是高個子啦，我知道我沒有霍夫曼先生那麼高。

「聲音呢？還有，他跟你說什麼？」

「他的聲音很沙啞。我在市集想賣掉小約翰，但人人都嫌牠太瘦，不肯買。那個人突然叫住我，說願意跟我買。」

「小約翰是誰？」我問。

「就是我家的牛啊。」對，我真笨。

「那個人出多少錢？」先生問傑克。

「他說小約翰看來很瘦，卻是難得一見的好牛，他願意付五個金幣。我當然很高興，可是他說剛巧花光了金幣來買魔豆，所以身上沒有錢。我問他魔豆是什麼，他說是神奇的豆子，可以長出巨大的豆莖直達雲上巨人的住所。巨人有很多寶物，只要找到巨人的妻子問問，便可以拿到貴重的寶貝。」雖然這些魔豆什麼的像是鬼話連篇，但傑克說話有板有眼，並不像米列特太太所說那麼迷糊。

「於是你提議用豆子代替金幣交易？」

「是那個人提議的，先生。」

「那個人還有沒有說什麼？」

「他叫我把豆子種到菜田裡，便會長出巨大的豆莖。」

「你跟他說過你家有菜田嗎？」

「咦？」傑克瞪大了眼，說：「沒……沒有啊。他怎知道我家有菜田的呢？」

霍夫曼先生淺淺一笑，繼續問：「你媽媽把豆子從家裡丟出窗外，你沒有出去拾回嗎？」

「沒有，因為太黑了。我打算天亮後才去找的，但第二天已看到長長的豆莖了。」

「你沿著豆莖爬上去，找到巨人的家？」

「是啊，巨人太太人很好，她說巨人先生很討厭孩子，所以著我躲進一口大缸裡。之後我便聽到巨人大喊：『我嗅到孩子的氣味！我要拿他來磨碎做麵包！』我幾乎嚇死了，半點也不敢動。」傑克一臉驚恐，像是回到躲在缸裡的時候。

「接下來呢？」

「後來巨人太太拿了一小袋金幣送我，趁著巨人睡著放我走。我沒見到巨人的樣子便回來了。」

「你第二次爬上山崖去巨人的家時有沒有見到巨人？」

「啊……也沒有。因為媽媽說那袋金幣不夠還清欠款，所以我再找巨人太太幫忙。巨人太太這次把我藏到烤爐裡，我又聽到巨人先生可怕的吆喝聲，說要吃小孩。巨人太太也是待巨人睡著後送我走，她還給了我一隻母雞，說會下金蛋的。」

「你回到家後，這母雞生了多少顆金蛋？」

「一顆也沒有呢。」傑克憂愁地說：「可能我爬豆莖回家時把牠抱得太緊，回家後牠像是病了似的，隔天便死了。都怪我不好。」

「你沒見過這隻母雞生金蛋？」

「這倒不是，巨人太太從牠的巢抓起牠時，我便看到有兩顆金蛋了。巨人太太還送了一顆給我呢。」

「巨人太太很好心啊，不但把蛋送給你，連母雞也給了你。」我以揶揄的口吻說。

「我……我沒說謊啊……他們都說是我偷走母雞的，但的確是巨人太太給我的啊……」

傑克哭了起來。

「傑克，你老實回答便行了。」霍夫曼先生瞪了我一眼，責怪我弄哭小孩子。「你一直沒見過雷戴爾……即是巨人先生的樣子？」

「不，我第三次爬上豆莖，終於見到他了。巨人太太這次沒有藏起我，我也看到巨人先生在椅子上睡着的樣子……他真是很可怕！我向巨人太太說母雞死了，她便說可以拿走巨人先生的豎琴。那台豎琴很神奇，沒有人彈卻奏出音樂，當時我也看呆了。我想這次一定夠媽媽清還借款，於是悄悄地走去拾起它，可是這時候巨人醒過來，看到我拿起豎琴便怒吼著，我拔腿就跑。他在我後面追著我，我半爬半跌的從豆莖爬下來，恐怕巨人會追來，所以拿斧頭砍斷豆莖。」

「接著巨人便摔了下來。」先生緩緩說道。

「是……是的，先生。我沒想過他會掉下來的……」傑克誠惶誠恐，以微小的聲音回答說。

霍夫曼先生沉默了一會，像在考慮還有什麼需要問。

「傑克，你認識麥克道爾先生嗎？」先生說。

「嗯，麥克道爾先生每隔一陣子便會來我家，看看我和媽媽有沒有什麼需要……不過……」傑克欲言又止。

「不過什麼？」

「不過我不喜歡他。」

「為什麼？」

「我……覺得他的樣子很不友善。」傑克擺著小小的腦袋，彷彿自己也不明白自己所說的緣由。

我們離開陰暗的牢房，重見正午燦爛的太陽，一股難以言喻的暢快感覺充滿全身。我正想著傑克還要困在那可怕的牢獄裡和老鼠為伍，霍夫曼先生說：「去找巨人太太的路太遠了，現在出發的話到時已是黃昏……還是明天再去吧。我們今天沒事可幹了。」

「先生要去找那位雷戴爾太太？」我問。

「當然了，說不定會在烤爐裡發現還未變成麵包的小孩子。」

「真的嗎？」我驚訝地問。

「你還是這麼好騙。」先生笑著回答。

我們在鎮內閒逛，鎮上的居民對我們十分熱情，也許因為昨天先生在鎮會所的「表演」傳開了，一時間成為名人。途中經過麥克道爾的府宅，發覺他真是全鎮最富有的人——光是宅院的規模，已經比附近的房子大上十倍。我們日落時分回到旅館，老闆說有人送禮給先生。

「先生，有人送來一瓶葡萄酒給您呢。」老闆把酒瓶拿給先生。

「誰送的？」霍夫曼先生邊看著瓶上的標籤邊問。

「我可不知道，對方放下禮物便離開了。這樣的名貴禮物，我想這鎮裡可是獨一無二哩。」老闆笑著回答，言下之意大概是「我想有人想巴結你」。

「是嗎……」先生沒有特別高興的樣子。

在房間裡，我拿起酒瓶一看——乖乖不得了，是上等的法國酒啊。

「先生！這是波爾多格拉夫[12]的名產！」

「想喝嗎？」先生淡然地說。

「可以嗎？」

「我們一起嚐嚐吧，讓我去拿杯子。」

「先生！這該由當僕人的我去幹吧？」我連忙站起來。

12. Graves，法國波爾多（Bordeaux）產酒區的一個分區，自十二世紀已外銷葡萄酒往英格蘭。

「我怕你不小心糟蹋了這瓶好酒。」先生說罷拿起瓶子，走出房間外。回來時，拿著兩杯顏色漂亮，剔透晶瑩的葡萄酒。

「咦？這麼大的瓶子只有兩杯？」我問道。

「錯覺罷了，那瓶子一點也不大。」先生把酒遞給我。

跟先生祝酒後，我迫不及待的嘗了一小口。唔，不愧是法國名產，味道果然醇厚，濃烈的酒香不掩蓋甜美的果味……

「漢斯，你真的懂喝葡萄酒嗎？」

老實說，我完全不在行。我的舌頭遲鈍得不得了，連馬姆齊甜酒[13]和克雷瑞特[14]也分不清，不過跟著先生周遊列國，不充一下內行未免太失禮。

5

喝了一杯美酒，這夜睡得特別滿足。早上我和霍夫曼先生向旅館老闆借了兩匹馬，出發往「巨人之家」。我們沿著東面的山腳，繞了大半個山頭才找到上山的小路。距離這小路不遠，已是鄰鎮雪利鎮的入口。

「先生要向巨人太太詢問案件的什麼細節？」在上山的途中，我問先生。

「沒有。」他面不改容地說。

「咦？那我們為什麼這麼早出發上山來？」

「我沒有事情問巨人太太，但想看看巨人的家是怎樣的。」

「你想看看巨人的家是不是比我們的房子高三倍？」

先生微微一笑，沒回答我。

在太陽升至頭頂前，我們終於來到雷戴爾夫婦的住所。巨人的房子沒什麼特別，既沒有三倍的高度，屋前也沒有巨大的椅子。倒是房子後有個附有冶煉爐的棚子，我想那是巨人先生工作的地方——我記得老闆說過他是個鐵匠。

「你們找我有事？」巨人太太冷不防地從屋裡走出來，把我嚇了一跳。她的語氣不甚友善，大概對先生懷恨在心吧。

「夫人，午安。」先生掛起他的招牌笑容：「我只是來看看環境，搜集一下案子的資料，好讓我寫報告交給伯爵大人。」

「那……隨便吧。」雷戴爾太太無視我們，回到房子裡去。她的長相也有夠嚇人的，突出的顴骨和下巴活像個男人，眉毛粗得像兩條毛毛蟲，身材高大舉止粗魯，說不定她比巨人先生還可怕。

霍夫曼先生在屋外踱來踱去，一會兒看看房子，一會兒俯身檢查泥土。在房子背後一百碼左右便是懸崖，先生探頭望下去，說：「這兒看不到米列特的家，但看到他們屋前的小路。」

先生又檢查崖邊的地面，還有兩旁的樹木。雖然旅館老闆說過這山上寸草不生，但我附近滿是茂密的樹叢，那明顯地又是謠傳吧。我看到先生東摸摸西摸摸的，便問：「先生你要找什麼？我和你一起找吧？」

「不用了，漢斯。因為我也不知道自己要找什麼。」

13. Malmsey，一種來自希臘及西班牙的白葡萄酒。
14. Claret，法國南部出產的深紅色的葡萄酒的統稱。

「咦？」

「但看到這兒的周圍，我已經明白了。你看，崖邊這棵樹很結實呢……唔，這上面有道小小刀痕。」先生搖了搖身邊的樹幹。

我完全摸不著頭腦，但我知道先生他這樣做一定有他的原因……吧？

「我們回去了。」回到雷戴爾的家門前，先生一面說一面上馬。

「就這樣子嗎？我們不是要看看那個烤爐裡有沒有……」

「對，你代我去問問夫人吧。」先生坐在馬背上對我說。

「嚇！真的嗎？」

「當然是真的！」先生揮著手，示意我趕快去。

我心不甘情不願的敲了敲大門，巨人太太卻立刻現身——她一直看著我們的舉動！

「夫人，博士要我來問問妳——」

「什麼？」我明白為什麼傑克看到巨人會如此害怕了，靠近一看真是超有壓迫感。

「呃、我想問烤……」我話沒說完，聽到先生在後面大笑起來才恍然大悟。他在戲弄我！

「夫人，我的書記文字工夫很好，可是說起話上來總是結結巴巴的。」先生坐在馬背上，對巨人太太說：「我只是想問一下，由這兒往雅各鎮得花半天腳程，要妳出席早上的審訊豈不是天未亮便出發？」

雷戴爾太太說：「我早一天往雅各鎮便行了，有什麼出奇？」

「對，這樣子啊。漢斯，我們還是告辭吧，別礙著夫人了。」

歸途中，我問先生：「原來你想問巨人太太那個問題嗎？請早點說啊。」

「不，我只是突然想起才問的。」

「突然想起？其實她早一天來到鎮上沒什麼特別吧。」
「漢斯，你在審訊前有沒有見過雷戴爾太太？」
「當然沒有。」
「這就是問題了。」先生露出一副了然的神情。
我還是猜不透他的啞謎，於是轉個話題：「先生，雖然巨人太太不是名媛淑女，但身為紳士在馬背上跟人說話很失禮哪。」
「我只有這樣做，才可以低著頭看她嘛。往上看她的樣子連我也吃不消。」我們兩人一起大笑。

晚上我們很早便睡了。可能雷戴爾太太的相貌太嚇人，我整夜噩夢連連，睡得一點也不熟，夢裡老是出現巨大了三倍的巨人，還有窗前的黑影……窗前的黑影？
我赫然張大眼睛，這不是夢！有一個幪面的黑衣人站在窗前，手上拿著刀子！我想也沒想，奮力撲向那人把他撞倒。只靠著微弱的月光，我很難看清楚他的動作，好幾次白晃晃的刀刃在我面前掠過。
「漢斯！」看來先生醒了。那黑衣人企圖向先生跳過去，但我在二人中間擺出架式，勉強擋住他。這時，先生點亮油燈，房間亮了起來。
「有光的話你倒楣了！」我說罷一腳踢中那人的胸口，再用左手撥開刀子，以右掌劈向對方的下巴。那人還未死心，一刀刺過來，但我兩手一甩把刀子奪去，順勢往他的右腕一割，狠狠的劃了一刀。那人慌忙從窗口逃走，我因為擔心先生的安危所以沒有追出去。
「先生，你沒事嗎？」我緊張地問。

「漢斯，你有沒有受傷？」先生雖然臉色蒼白，但仍著急地察看我有沒有受傷。這時，老闆提著燈趕上來。

「我的客人！發生什麼事？我聽到很大的聲音。」

「有人想對先生不利，但我把他擊退了。這是他留下的刀子，還有我弄傷他時濺出來的血。」我指著地板上的刀和血跡。

「天啊！太可怕了！我趕快通知警衛，找人叫醒法官……」老闆惶恐地說。當然，萬一先生受了傷，法官怪罪下來他的旅館九成要閉店。

「不用了。」先生稍微平靜下來，說：「我不想在審訊前節外生枝。」

「但……如果那人回來偷襲……」老闆還是驚魂未定。

「有漢斯在，就算來多十個惡棍也沒問題。他跟喬治亞人學過傑度里，十分可靠。」先生指著我說。傑度里[15]是喬治亞人的武術，已經有好幾百年歷史。那賊人走運，如果我剛才及時拿出我最擅長的雙刀，他現在已經分成六大塊。

雖然老闆一再提議通知警衛，但先生還是堅持，他只好作罷回到樓下的房間。為防再遇襲，我決定不睡守夜，先生卻一再說那人不會回來，很快又睡著了。天亮時我也沒闔眼，直至先生醒過來叫我休息一下我才敢小睡片刻。可是，當我醒來時，卻發現了驚人的事實。

漢斯，我有要事到雪利鎮一趟，不用找我，在旅館等我回來。昨晚辛苦你了，好好睡一覺吧。

這是桌上的字條。先生竟然丟下我，獨個兒不顧危險的跑了出去！我問老闆，他說先生借了一匹馬便離開了。我擔心得要死，但又怕追出去找先生會帶給他麻煩，只好在旅館乾著急，看著老闆掃地。不知怎的，他竟然一天之內掃到三隻死老鼠！真是不吉利啊。

日落時先生還未回來，但法官差人來旅館，通知先生路德主教已來到鎮上，請先生共進晚餐，而且明早便會開庭審訊。我只好回報說先生剛好不在未能出席晚宴，明早的審訊會準時出席。我等著等著，到了午夜先生還未回來，我決定親自去找他了。

「漢斯，你怎麼還沒睡啊。」是霍夫曼先生！在我剛整理行裝，打算出發時先生回來了。他仍一臉從容，像不把昨晚的事情放在心上。

「先生！我擔心得要死！昨晚才有人想對先生不利，今天你便丟下我一個人走了去，我真的很害怕你遇襲啊！」我氣急敗壞，幾乎哭出來。

「剛才跟老朋友敘舊談久了，所以晚了回來，害你擔心，對不起。」先生溫柔地拍拍我的肩膀。「今晚你要好好睡一覺，明天我們會很忙碌。」

「法官派了人來通知，說主教已經來到鎮上，明天早上進行審訊，著我們準時出席。」

「我已經知道了，所以我才說明天很多事情要辦喔。」

6

早上，我們再一次到了鎮會所。門前站著一隊衛士，大約有十三四人，我想他們是主教的衛隊，隨主教來到這兒，畢竟搞不好要把犯人押到倫敦受審。這次的審訊比上次更熱鬧，

15. Khridoli（或Xridoli），喬治亞民族（Georgian）的傳統武術，包括徒手搏擊及刀劍運用等等。

除了坐在法官位置的人變成一位鼻子扁扁、蓄白鬍子的老主教外，主角們也在相同的位置，表情也差不多。老主教身邊坐著薩頓法官，身後還站著兩位修士。

「肅靜！」法官以一貫洪亮的聲音說：「現在開始進行審訊傑克．米列特謀殺居里．雷戴爾一案，是否涉及魔鬼或巫術。這位是布萊克浦的路德主教，他會主持審訊。」

「我先問犯人幾個問題，」老主教一臉肅穆，說：「傑克．米列特，你要向上主起誓，不可妄言撒謊。」

「是、是，主教閣下。」傑克戰戰兢兢地說。

「你以五顆豆子的代價，賣出了一頭牛？」

「是的。」

「跟你買牛的人是誰？」

「我不知道。」

「我告訴你，那就是撒旦！你跟魔鬼交易了！」主教突然高聲說道，民眾譁然。

「我、我不知道那人是撒旦！主教大人！我真的不知道！」傑克驚慌地辯護。

「你不知道？你不知道又怎會願意以五顆豆子來交換一頭牛！而且那些豆子一天會長成山一樣高，分明是魔鬼的道具！你不得狡辯！」

「不！主教大人！我沒、沒有跟魔鬼交易！」

「你只要接受一個簡單的考驗便知道你是否清白，傑克！我們到廣場。」主教率先站起來，其他人也只好跟著，即使不知道接下來會幹什麼。

在廣場中間，竟然預備了火刑架，木架下堆滿柴枝。我吃了一驚，問霍夫曼先生：「他們打算燒死傑克嗎？」

「你看著吧，我相信路德主教會作出正確的裁決。」先生的樣子認真得有點可怖。

「各位！」老主教在廣場說：「神會挽救擁有潔淨心靈的世人，捨棄跟魔鬼一起墮落的靈魂。這是聖火的試煉！如果傑克是無罪的話，火是燒不到他的，但若然他是跟撒旦結盟的孩子，火焰會把他燒成灰燼，教他墜入永劫的地獄！來人，把犯人押上火刑架！」

「不要啊！我的兒子沒有跟魔鬼結盟！請放過他啊……」說話的不是傑克，而是米列特太太。她看到情況急轉直下，不由得嚎啕大哭，麥克道爾先生仍在旁攙扶著她。

「婦人！」老主教回頭對著米列特太太喝道：「妳是犯人的母親，也可能是撒旦的仲介者！來人，把她一併押上火刑架，讓她接受試煉！」

主教的衛士二話不說把米列特太太押走，麥克道爾先生手足無措，不時望著薩頓法官，露出焦急的樣子。旁觀的居民都喧囂起來，但沒有人敢踏前一步或說話阻止，恐怕自己也被當成魔鬼的同黨。

「先生！這樣下去不得了啊！」我著急地說，希望先生出手阻止。

「對，也是時候要站出來了。」先生踏前一步，說：「主教閣下，我就是建議法官大人邀請您主持審訊的法學博士萊爾．霍夫曼，相信閣下已經知道我的來歷了。」

「啊，霍夫曼博士，你對這個聖火的試煉有什麼疑問嗎？」

「沒有，閣下的訟裁十分英明！只是，根據法律，教會法庭進行可能引起犯人或證人身體受傷的試煉，需要三位公職人員從旁監督。我們需要這鎮上的居民協助。」

「對，霍夫曼博士，你提醒了我。那三位人選是誰？」老主教點點頭。

「我認為薩頓法官、鄉紳麥克道爾先生和在下可以勝任。」

「好，請你們站前來。」法官和麥克道爾先生走到廣場中心。法官神色慎重，但麥克道爾先生左顧右盼，很是煩躁不安的樣子。

「還有一事，主教閣下。」霍夫曼先生說：「這案子裡還有一隻神奇的母雞和一台自動演奏的豎琴，我們是不是要這些東西的主人一同接受試煉呢？」

雷戴爾太太嚇得面無人色，趕忙大聲說：「主教閣下！這些東西不是我的，我從來不知道有這麼離奇的事情！」

「主教閣下，」一直沉默的法官說：「母雞已經死了，我們已經檢查過屍體，那是一隻普通的母雞。而豎琴則一直在我辦公室裡，到今天還沒有自己響起來。我和我的僕人，以及出入鎮會所的衛士平民也可以作證，從沒聽過那些音樂。」

「唔……」老主教頓了一會，說：「這樣吧，雷戴爾太太，請妳負責點火。如果妳也是魔鬼的同夥，神聖的火焰會把妳吞噬。」

巨人太太像是鬆了一口氣的樣子。當然了，只要小心一點站在順風的位置，火焰又怎會燒到自己呢！這樣下去，傑克母子便要活活被燒死了。先生到底在搞什麼鬼？我手心冒汗，但又不知道如何是好。

「主教閣下，麥克道爾先生似乎有點不適。」霍夫曼先生說。

「我……我……」麥克道爾先生焦躁的說不出話來。到底是怎麼回事？

「我明白了，麥克道爾先生似乎沒擔當過這樣的職責，難免有些緊張。」主教回頭跟身後的修士說了兩句，修士急步回去鎮會所，拿了幾杯酒出來。

「請幾位喝一點壓壓驚吧，我已替這瓶酒祝聖。」主教拿起其中一杯，法官、麥克道爾先生、霍夫曼先生和雷戴爾太太也各拿起一杯。

「願主帶領我們。」主教一口便乾了整杯紅酒，其他人也喝了。

「今早收到這瓶酒時，我便想這是個啟示，今天這瓶酒一定有它的用途。」主教說道。

「啪嚓！」摔破玻璃杯的聲音，響亮地從麥克道爾先生的腳邊傳出。他雙眼凹陷，茫然地望著前方，接著垂下身子，不住把手指塞進口裡，好像想把什麼挖出來。他一邊挖，一邊叫著：「醫生！快叫醫生！」

法官和雷戴爾太太呆在一旁，不知所措，旁觀的群眾也被這突如其來的一幕弄得面面相覷。麥克道爾先生在地上滾來滾去，痛苦地嚷著：「這是那瓶波爾多格拉夫！薩頓！快叫醫生啊！」

法官臉色大變，酒杯從左手滑下，在旁的雷戴爾太太也感到氣氛的異常，驚慌起來。

「薩頓法官，麥克道爾先生，這瓶酒有什麼問題嗎？」老主教問道。

「這瓶酒……有毒……」法官跪倒在地上，緩緩吐出這幾個字。

「哈哈哈！」

霍夫曼先生忽然朗聲大笑，放下酒杯，說：「各位！各位雅各鎮的居民！你們也聽到了，這是薩頓法官的自白！讓我為大家介紹，這幾位殺死居里．雷戴爾先生和企圖殺害傑克．米列特的惡棍！」

民眾的驚呼聲四起，也沒留意主教的衛士把米列特母子從刑架上放了下來。

「先生，到底是怎麼一回事？」米列特太太抱著兒子，問道。

「夫人，你們陷入了一個很大的陰謀裡。」霍夫曼先生說：「讓我揭開惡魔的面紗，大家齊來看清楚他們醜陋的臉孔！麥克道爾先生就是以豆子買了傑克的牛的神秘男人！」

群眾發出驚訝的聲音，但麥克道爾先生還伏在地上抖動。

「麥克道爾——」霍夫曼先生本來想說下去，但看到麥克道爾還沒站起來，便說：「喂，你起來說兩句話反駁一下好不好？或者表示一點點的訝異？我一個人唱獨角戲太無聊了。」

「我……我快死了……沒救了……」麥克道爾像個小孩般嗚咽著。

「給我起來！」霍夫曼先生踹了他一腳：「你沒死得那麼容易，你喝的不是那瓶酒。漢斯，來幫我制住這傢伙！」

我如先生所言，擒住麥克道爾先生——不過與其說是「擒住」，不如說是「扶起」，他壓根兒沒有半點反抗。每到這種場合，霍夫曼先生便會原形畢露了。

「剛才我說到……對了。各位！約翰．麥克道爾並不是善良的鄉紳，他是個可怕的罪犯！他用豆子欺騙了傑克，目的只有一個——他覬覦的米列特太太！」

「我？」米列特太太掩著自己的嘴巴。

「是的，夫人。」霍夫曼先生指著麥克道爾說：「這個人為了令妳陷入更大的危機，無依無靠，不惜陷害妳的兒子，進行了一個極之邪惡的計畫——不，正確來說，這計畫可以除去他一直看不順眼的傑克，是個一石二鳥的好法子。」

「就算是他給了傑克那些豆子，也不見得有什麼計畫啊？」我插嘴說。

「麥克道爾的計畫是這樣的：教唆傑克種出巨大的豆莖，爬到雷戴爾的家，問雷戴爾太太拿幾件財物，之後雷戴爾太太誣蔑傑克偷竊，薩頓法官便可以判罪。告訴傑克爬上豆莖、找巨人的妻子拿寶物的都是那個神秘男人——麥克道爾的所作所為！」

「即是說，麥克道爾跟雷戴爾太太和法官串通好了？」人群中，一個站在前排的男人嚷道。

「這位先生說得對，他們本來就是一夥！麥克道爾收買了他們！只要傑克惹上大麻煩，他便可以提出任何條件來威脅米列特太太就範！」霍夫曼先生說。

「但那些豆子是什麼鬼把戲？一晚便長到石山的崖邊？」另一個男人說。

「那些根本不是豆莖！」霍夫曼先生豎起手指說：「你們也聽說過，米列特太太把豆子丟出窗外。米列特家的窗子和峭壁相距差不多二十碼，這兒誰人能把幾顆豆子丟得這麼遠？

難道米列特太太是海克力斯[16]嗎？」

「那麼那些豆莖是？」米列特太太問道。

「那是藤蔓！由崖頂垂下來的藤蔓！雷戴爾太太把藤蔓綁在崖邊的樹幹，麥克道爾則在崖底挖個洞，把垂下來的藤蔓綁上石頭埋在地底，固定它們。他們二人只要靠燈光打訊號便可以一晚完成這樣的詭計了。麥克道爾把豆子交給傑克後，偷偷尾隨傑克，在米列特家外窺看著他們的一舉一動，他看到米列特太太把豆子丟出窗，卻看不到傑克出來拾回豆子，於是跳過讓傑克種豆的步驟，直接跟雷戴爾太太布置這個機關。」

霍夫曼先生停頓了一下，再說：「本來，如果只是這樣的一個詭計，我們沒有證據捉拿麥克道爾的，因為藤蔓已經被法官下令燒了，只要雷戴爾太太堅持傑克是小偷，沒有人可以證明他的清白。可是，麥克道爾沒想到，薩頓法官和雷戴爾太太另有打算，間接破壞了整個計畫。」

「你是指那個巨人……」人群中有人說道。

「就是那個。薩頓法官和雷戴爾太太合謀，殺死鐵匠居里．雷戴爾先生。」

群眾再一次發出驚呼。

「雷戴爾太太在傑克兩次來到家裡的時候，利用傳說，製造了巨人先生要吃小孩的錯覺，完成這個謀殺的詭計。」霍夫曼先生踱著方步，就像在大學演講的樣子。「她兩次也先讓傑克躲起來，再假扮成丈夫的低沉聲線，說嗅到孩子的氣味，要吃掉小孩。傑克聽到十分害怕，所以第三次他一看到雷戴爾先生追著他時，他沒想過停下來，也讓雷戴爾太太有機會殺夫。」

「為什麼要這麼麻煩？巨人看到有小偷，一定會追吧。」我問。

「有一點大家也不知道的。」先生從懷中掏出一個手掌大的鐵製人偶，人偶拿著盾牌和

16. Hercules，希臘神話中的大力士。

長槍，像個武士。「我昨天到了雪利鎮，打聽雷戴爾先生的事情。他和太太隱居在山上，每個月帶著鐵器到鎮上換糧食，雖然他樣子嚇人，但他出了名喜歡小孩子。因為自己沒有子嗣，他常常造些小玩意給鄰鎮的孩子，是位很受歡迎的巨人。這個人偶便是我向那兒的小孩子討的，是雷戴爾先生送給他們的禮物之一。相反雷戴爾太太卻很小器，對人刻薄，時常埋怨丈夫寧願浪費金錢在人家的小孩身上，也不肯給她花費。那個吃小孩的巨人傳說只在這個雅各鎮內流傳，雪利鎮的居民幾乎完全不知道。」

傑克一臉難以置信的樣子，說：「那個巨人先生……不是想吃掉我嗎？」

「雷戴爾先生追到崖邊，太太便說可以沿著藤蔓爬下去解釋清楚。雷戴爾先生沒想過自己的太太也有溫柔的一面，於是照她所言，爬了下去。這時雷戴爾太太拿出刀子，割斷綁在樹幹的藤蔓，可憐這位巨人不明不白的死了。」霍夫曼先生侃侃而談。

「那豆莖……不，藤蔓不是傑克砍倒的嗎？」人群中再有人問道……啊，原來是旅館老闆，他也來湊熱鬧。

「那藤蔓是從上面垂下來，不是由下面長上去的，下面的人怎能『砍倒』？」

「但雷戴爾太太不知道傑克在砍藤蔓啊？」老闆又問道。

「是的，事實上她連傑克回到地上沒有也不知道。不過這不打緊，有沒有跟丈夫一起摔死不是她關心的事情，反正她的目的只是借麥克道爾的計畫，拖對方落水，自己不但可以撇得一乾二淨，更可以從中威脅麥克道爾，換取金錢利益。傑克驚惶得拿起斧頭砍斷『豆莖』，對她來說是個幸運的獎勵，因為傑克無意間把自己頸上的絞索套得更緊。」

久沒作聲的麥克道爾先生說：「對啊！這和我沒關係！巨人是他們殺的！放了我！」

「很好，你可以指證他們，」霍夫曼先生說：「而我要控告你另外兩條罪狀：五年前謀殺米列特先生和企圖謀殺我和我的書記。」

「我、我丈夫是他害死的？」米列特太太震驚得差點倒下。

「沒錯，夫人。我上次一猜便猜中妳先夫的病徵——吐血、痙攣和脫髮都是中了砒霜毒的徵兆。我不知道替米列特先生診治的醫生被麥克道爾收買了，還是真的是個庸醫，但總之我敢說米列特先生是中毒致死的。那時我不肯定誰人下毒，但當我發覺那瓶送給我的高價法國名酒摻了砒霜時，我便確定下毒的人是鎮裡最富有的鄉紳了。」

「但……」我出奇地問道：「先生，我們那天不是喝了那瓶波爾多格拉夫嗎？」

「漢斯，你就是連法國名釀和老闆的廉價紅酒也分不了，我才不喜歡跟你喝酒的。你看，麥克道爾喝了一口便知道是波爾多格拉夫，聽到主教大人說是人家送來的便嚇得猛吐。我覺得有可疑的那瓶拿了去餵老鼠，看看是否有毒。」

「剛才我們喝的是……」麥克道爾驚魂未定，顫聲問道。

「那是我昨天在鄰鎮向最富有鄉紳買的。他剛好有兩瓶，我出高價買了其一。波爾多格拉夫產的真是好酒，不是嗎？」霍夫曼先生不懷好意地笑著。

「慢著，剛才是主教大人吩咐人拿酒出來的，怎麼……」我還是搞不懂。

「這個簡單。」一直嚴肅的老主教亮出微笑：「我昨晚在教堂裡已經跟霍夫曼先生商議好今天的對白了。哪有什麼法律要公職人員監督教會法庭的？」

「路德主教是我的一位舊友，我們好像十年沒見面了？昨晚我去了他駐足的教堂找他。」先生笑說。我這刻才想起，建議法官找路德主教的是先生啊。

「先生，」薩頓法官回復冷靜，說：「即使麥克道爾謀殺了米列特，雷戴爾太太謀殺了丈夫，你也沒有證據指證我，而且我沒有動機去幹這些壞事。」

「動機！法官閣下現在跟我談動機！」霍夫曼先生以嘲諷的語氣回應：「錢是一個很好的動機吧！身為法官卻不是貴族，鎮內最富有的亦不是你，這個機會讓你抓住麥克道爾的把柄，當你的搖錢樹，不好嗎？」

「那只是你的猜測。」法官冷冷地說。

「好，那麼，你連家人也不認了嗎？」

薩頓法官臉色大變，雷戴爾太太尖叫一聲，說：「你怎知道他是我的——」

「什麼家人？」法官打斷雷戴爾太太的話：「你沒有證據吧？」

「哎哎，果然是豺狼呢。」霍夫曼先生眉頭一皺，說：「那我跟大家說這個吧。各位，麥克道爾要謀殺我，因為有人跟他說我有可能妨礙他們的計畫。可是，即使送了我毒酒我也沒死去，所以那位主謀十分心急，要在主教到來前解決我。前晚，我和我的書記在旅館被偷襲了，老闆可以作證。幸好我的書記漢斯擊退了敵人，還在對方的右腕上狠狠的劃了一刀。法官閣下，我想問問你，我記得第一天遇到你時，你不是左撇子的，但今天你為什麼連拿酒杯也用左手呢？」

法官連忙按著右腕，但我眼明手快，把他右邊的袖子扯了下來。他右腕上的傷口和那賊人一樣。想不到那人就是法官自己！不過想來也對，這種事情假手於人只有可能洩密，何況他曾是自豪的海軍。

「法官閣下，如果你還不心服的話，我可以拿那殺手的刀子跟你的傷口比一比。還有，那個人留下了清晰無比的腳印，我也可以跟你的鞋子對一對。足夠了沒有？」霍夫曼先生那可怕的笑容又來了。

「我……我……」法官還是不死心，「我在樞密院有相熟的貴族，你區區一個法學博士不可能把我扳倒……」

「你還真是冥頑不靈啊！」霍夫曼先生真的動怒了，雖然臉上還是微微笑著。「漢斯，給我寫封信給樞密院的霍華德公爵！把法官的胡作非為記下，再誇張也不打緊！務必把包庇薩頓法官的貴族送上星室法庭[17]！下款用這個。」先生交給我一枚指環。

被我擒著的薩頓法官看到指環後驚訝得說不出話來，結結巴巴地吐出幾個字：「你……這……格……」

先生以不讓群眾聽到的聲線說：「很好，你還認得這紋章。我幫格雷伯爵搜集案件交給樞密院的任務是偽造的，因為樞密院從來沒要我派人去幹這些事情。雖然霍華德公爵老是推薦我進樞密院，我也不識時務地婉拒了陛下很多次，但如果要我加入樞密院才可以整治你的話，我也願意在裡頭待個一年半載。」

看到法官嘴巴張得老大，我實在很想笑出來。他竟敢在格雷伯爵本人面前攀權附貴，他作夢也沒想過這麼倒楣，遇上了這個脾氣乖僻的貴族。「遵命，伯爵大人。」我收起用作火漆印章的指環。

「漢斯，我不是說要叫我『先生』或者『博士』嗎？」先生說，語氣卻沒半點責怪的意思。

「啊，對，先生。我現在就去準備信件。」我把垂頭喪氣的法官交給衛士。

7

事情就此落幕。先生以麥克道爾使用不法手段逼害米列特母子為由，強逼他家人拿出二百枚金幣作為賠償，米列特太太不用再為債項和生活擔心。約翰．麥克道爾、雷戴爾太太和薩頓法官被衛士押往倫敦受審，雪利鎮的法官臨時兼任雅各鎮的法官。據說，原來雷戴爾太太竟然是薩頓法官的異母妹妹，所以她靠兄長的關係跟麥克道爾搭上，完成這個可怕的殺

17. Court of the Star Chamber，樞密院附屬的法院，由樞密院成員組成，擁有審訊貴族的權力。

人陰謀。

「先生，你怎知道薩頓法官和雷戴爾太太是兄妹呢？他們一點也不像。」翌日，我和先生應邀到米列特太太家裡吃晚餐時問道。

「我不知道。」先生說。

「但博士您說出他們是家人啊。」米列特太太一面奉上酒菜一邊說。

「我猜他們有一定的親密關係，但憑二人的感覺又不像是情人，所以說是家人試試他們的反應。」

「怎猜出來的？」我問。

「漢斯，你記不記得在山上，我問了巨人太太什麼問題？」

「你是指把小孩放入烤爐裡做麵包的問題？」

「笨蛋，我是指在山上要花半天腳程才能到雅各鎮的事啊。」

「啊，是了。她說只要早一天出發便可以，你還問我之前有沒有見過巨人太太，我說沒有……對，先生你說過這是問題。什麼問題？」

「我們到這鎮時已是晚上，鎮上唯一的旅館的老闆因為沒有客人所以跟我們談起這案子，巨人夫婦一直是這個鎮的傳說，這鎮上應該沒有認識他們的人——巨人太太第二天早上便出席審訊了，請問她當晚在哪兒過夜？」先生喝了一口酒，說道。

「對了，」我恍然大悟：「那一定是麥克道爾先生的家或者法官的家。」

「如果只是單純的合謀，沒必要讓對方住在自己的家裡，反正巨人太太來當證人，可以光明正大住在旅館。而我很早已推斷殺害巨人不是麥克道爾的主意，因為這只會令他更麻煩，結論便是巨人太太和法官有特別的關係了。」

「博士你怎會懷疑他們三人合謀呢？」米列特太太問道。

「我第一天聽到巨人在你們跟前摔死便覺得很有問題。如果豆莖像大樹那樣生長的話，傑克砍斷豆莖時巨人又爬在頂部，豆莖倒下來時巨人應該會死命抓著它，那他決不會摔在你們身邊，至少倒在四五十碼——即是那山崖高度——外的地方，換句話說，同在崖頂的巨人太太有最大的嫌疑。而作為重要證物的豆莖竟然給人燒掉了，法官也沒說半句，證明這事情和鎮內的權貴有關。當我在審訊時看到法官跟麥克道爾有眼神的交流，我便大概掌握到他們三人的關係了。」

米列特太太和傑克很是欽佩的樣子，覺得先生很了不起。

「博士，我還有兩件事情未清楚。」米列特太太說：「我們知道魔豆是假的了，但生金蛋的母雞和自動演奏的豎琴呢？」

「那母雞當然是假的，只要先把金蛋放在巢裡便令人有母雞生金蛋的錯覺。巨人先生是個鐵匠，要鑄造一兩顆金蛋不是難事，也許是麥克道爾的想法，透過巨人太太委託巨人先生打造的。如果巨人只失竊金幣，賠償金錢便可了事，但如果弄死了像『下金蛋的母雞』這種無價寶，你們運氣再好也沒可能解決事件。至於豎琴呢……」

「豎琴怎麼了？」傑克問道。

「我帶來了。」霍夫曼先生從袋子裡拿出漂亮的豎琴。「而且，這是送給傑克的。」

傑克興奮地看著豎琴，問道：「博士，它真的會自動演奏嗎？但不會被人說是邪惡的東西嗎？」

先生把豎琴放在桌上，說：「你們放心，它絕對不是什麼巫術道具。我徹底檢查過這個豎琴，它並非用黃金造的，你們看看琴身這兒——」

先生輕輕一拉，拉出一個小小的手柄。「接著向右轉五個圈……」

先生一放手，豎琴竟然自己彈奏起來！聲音很漂亮，我和米列特太太呆住，傑克雀躍地拍手。

待它演奏完短短的樂曲，霍夫曼先生說：「這不是什麼魔法。你們看每根琴弦的底部，有個小小的金屬鉤子，只要這個鉤子撥動琴弦，豎琴便會響起來。你們看這兒——」先生突然把琴身像個匣子般打開了。「看到這些彈簧和齒輪嗎？剛才我轉動手柄，便會令這彈簧拉緊，放手它便會慢慢鬆開，推動鉤子撥動弦線。這真是十分精緻的玩意啊！就連倫敦的貴族們也沒幾個有這種東西，但巨人先生就是喜歡造這些東西送給小孩子——想來他不僅是個鐵匠，更是個充滿愛心的巧手工匠。」

我想，當時巨人先生追著傑克，大概想跟他說：「別害怕啊，喜歡豎琴的話我可以造一個送給你……」

我們告別米列特母子，回去旅館的路上，先生說：「我們明天繼續旅程吧，我想去北一點的地方看看有沒有好題材。」

「這次的事件也是個好題材啊。」我說。

「不，到頭來也不是什麼傳說。漢斯，你知道法學博士只是我的虛銜，我還是喜歡像圓桌武士湖中女神這些傳說的考證研究。」

「如果讓我寫的話，我會把這事寫成神話的敘事詩，或者童話故事。」我神氣地說。

「嘿，」先生愉快地說：「你會編個怎樣的故事啊？」

「可能簡單一些，編個小孩子靠著魔豆爬上雲端，擊倒邪惡巨人的故事吧。」

「巨人先生已經很慘了，你還要落井下石？」

先生說得對。

「那我再編一個善良巨人跟村民幸福地生活的故事吧。」

我抬頭看見滿布星星的天空，彷彿聽到和藹的巨人先生在天國跟小孩玩耍的笑聲。

藍鬍子的密室

1

我拿著木勺子，一面拌著火爐上那鍋香氣四溢的肉湯，一面看著窗外那片白皚皚的雪地。

「漢斯，天色看來好轉了，我們吃過飯便上路吧。」坐在窗前的霍夫曼先生跟我說。

對，下了一整夜的雪終於要停了，溫暖的陽光也從雲端照到大地上。能一邊欣賞美麗的雪景，一邊品嘗熱騰騰的肉湯，真是人生一大享受……如果我們不是在這間廢屋裡被寒冷的天氣折磨了一整天的話。本來這個時候我應該和霍夫曼先生在巴黎的酒館內舒適地喝著葡萄酒，或者回到倫敦老家吃著管家哈德遜太太的料理——為什麼我竟然要在法國布列塔尼[18]的森林荒屋裡煮肉湯啊？

「漢斯，你在自言自語唸些什麼？」霍夫曼先生問道。

「沒，沒有什麼。」我連忙否認，繼續攪拌面前的肉湯。

唉，誰教我是這位性格乖僻的霍夫曼先生的僕人啊。

兩星期前，霍夫曼先生受王室所託，要帶一封密函給法國國王。因為先生是位法學博士，又是個作家，整天在歐洲各地旅行，如果王室要掩人耳目，先生的確是個很可靠的密使。雖然自從無敵艦隊被我們擊敗後，西班牙軍沒有什麼大動作，但那些可惡的西班牙人不斷暗中找機會擴張勢力、顛覆英法兩國也是不爭的事實。

我們從倫敦出發，沒有遇上任何危險便抵達巴黎，把信件交到國王手上。當我以為任務完成，可以休息一下時，霍夫曼先生又說出「那句話」。

「漢斯，既然來到法國，我們去找一下傳說的題材吧！」

雖然霍夫曼先生是位法學博士，但他的興趣和寫作題材卻是與此無關的東西——他最愛研究神話和傳說。我已經不知道陪他攀過多少個山頭，探過多少片森林……我時常想，說不定我跟他是到過歐洲大陸最多地方的英國人了。

「先生，我們不該早點回到倫敦向陛下報告嗎？」我作出無力的反抗。

「漢斯，你忘記我們是密使嗎？當然要做些什麼來掩飾身分啊！我說，我們可以到布列塔尼看看卡奈克巨石林，傳聞那些石柱是亞瑟王的魔法師梅林用法術把羅馬士兵變成的，我一直想去看看。我也想往南方的庇里牛斯山脈走走，聽說查理曼大帝手下最強悍的戰士羅蘭爵士的配劍『堅忍之劍』被人藏在那兒……你覺得我們應該去看哪一個呢？」霍夫曼先生一口氣的說，讓我清楚了解待在巴黎休息或趕回倫敦均不是選項。我選了巨石林，畢竟去布列塔尼的路程較短，距離英國也較近，而最重要的是，我可不想冒險到跟西班牙接壤的法國邊境！

我們離開巴黎時天氣突然轉冷，接待我們的王家親衛隊隊長告訴我們數天後會下雪，特意送了兩件厚厚的親衛隊斗篷給我們禦寒。結果我們經過雷恩後在路上遇上風雪，冷得馬匹也走不動了，幸好我們找到一間荒廢的小屋暫避，才沒有凍僵。

「先生，肉湯煮好了。」我用盤子盛湯，但先生沒有回答。

「先生？你的肉湯……」

「漢斯，你看那是什麼？」霍夫曼先生指著窗外遠處。我放下盤子，順著他所指的方向，看到平靜的雪地上彷彿捲起大片的雪花。

18. Bretagne（英語：Brittany），位於法國西北部的半島，北部面向英倫海峽，有「小不列顛」之稱。曾是獨立公國，一五三二年與法國合併。

「那是……」我定睛細看，漸漸看到一匹疾走中的黑馬，馬背上有個長髮的女人。那女士緊抱著馬頸，但身子搖搖欲墜——

「不好了，是脫韁失控了啊！」我嚷道。

我沒等到先生指示便衝出屋子，解下綁著馬匹的繩索，一躍跨上馬背往那匹黑馬跑去。積雪令馬匹的步履不穩，但我沒理會太多，盡力讓牠跑近那女士。還好我的騎術不錯，很快追上她，和那匹暴躁的黑馬平排，在白茫茫的雪地上並馳。我捉緊機會伸手抓住對方的轡繩，用力一拉，那匹黑馬終於放慢了腳步。

「漢斯！還好嗎？」我回頭一看，霍夫曼先生也策馬追上來。原來我剛才一段衝刺，已跑了百多二百碼，雪地上留下了兩道紛亂的痕跡。

「先生，我沒事。」我點點頭，轉頭察看身邊這位女士有沒有受傷。

「夫人？現在已經沒事了。夫人？」我叫了她兩聲，但她仍緊抱著馬背，低頭顫抖著。我輕輕拍了她肩膀一下，她卻猛然跳起，以驚懼的眼神看著我。

「夫人，妳現在已經安全了。」為免嚇怕她，我不敢挨近，筆直地坐在馬背上。這時候，我才看清楚這位女士的樣子——她穿著一件紫紅色的洋裝，外披一件紫色的斗篷，從服飾可以看出她是個已婚婦人，縱使她的外表十分年輕。她的相貌娟秀，留著一把罕見的淡金色長髮，在雪地反射的陽光下閃閃生輝。大概因為受驚過度，她的臉色蒼白，卻顯得雙唇特別紅潤……

「咳！漢斯。」哎，竟然不自覺地看得入迷。我看見先生皺著眉，大概是責怪我太無禮吧。

「夫人，」霍夫曼先生趨前，說：「我的僕人已替妳馴服了馬匹。妳有沒有受傷？要不要喝點酒定驚？」

這位漂亮的女士還是一言不發，只是瞪著我們。

「夫人？」我再說道。

她慢慢地張開口，卻沒發出聲音。突然間，她露出像看到世界上最恐怖事物的表情，臉容扭曲，接著便掩著嘴巴放聲嚎哭。她身子一動，失去重心，還好我眼明手快抱著她，不然她便要從馬上墮下了。

「漢斯，我們別在這兒捱冷，先回到屋裡吧。」先生讓馬匹走到這女士的另一旁，牽著黑馬的轡頭，我只好小心翼翼地扶著她，三人回到小屋去。

在廢屋裡，我倒了杯白蘭地給那女士，但她卻茫然地啜泣著，雙手捧著酒杯縮坐在一角。霍夫曼先生跟她說了幾句話她也沒有反應，只好由她冷靜一下，我們先吃肉湯和麵包。我心想這位女士也未免太膽小了，雖然馬匹失控亂跑很可怕，可是現在已經安全了啊？

「先生……」當我把最後一片麵包送進嘴巴時，背後傳來嬌柔微弱的聲音。

「啊，夫人，」霍夫曼先生走到那女士跟前，蹲下說：「妳覺得好一點了嗎？要不要喝點熱湯？這天氣真是冷得要命啊。」

先生表現出輕鬆的姿態，大概讓對方安心不少。那女士點點頭，我便把鍋裡最後的一點肉湯盛在盤子上給她。

「夫人，我是萊爾．霍夫曼，是從英國來的作家，這是我的僕人漢斯。妳在趕路嗎？還是跟家人失散了？我們可以送妳一程。」先生微笑著說。

「我……」那女士欲言又止，結結巴巴地說：「我……叫尤迪絲……是……德萊斯男爵的妻子……」

「是男爵夫人嗎？失敬了。」先生深深地躬身行禮，說：「夫人的府第在這兒附近嗎？我看妳沒帶行裝，又不是穿著旅行服，如果不是跟家人失散便應該是住在附近吧。讓我們送妳回去好嗎？」

「不！不要！」男爵夫人激動起來，差點打翻了酒杯。「我不要回到那個可怕的地方……我會被殺的……先生！求你救救我啊！先生！」

「夫人，妳不用害怕。」先生輕輕按著男爵夫人肩膀，說：「妳可以告訴我們發生了什麼事情嗎？」

夫人靜默了一陣子，像是有點遲疑。

「夫人，妳可以信任我家主人啊，他是位優秀的英國紳士，絕對不會把妳的秘密說出去的。」我看她吞吞吐吐，似乎是牽涉一些不可告人的事情吧。

「我……我想我的丈夫會殺死我……」夫人誠惶誠恐地說。

我和霍夫曼先生聽到後不由得對望一下，先生接著說：「夫人，妳可以詳細告訴我嗎？為什麼男爵閣下要傷害妳？」

男爵夫人說：「這……這要從我的家鄉說起……」

先生一副細心聆聽的樣子，我也不敢打岔，讓夫人慢慢說。

「我本來住在南特附近的一個小村，父親是個商人。去年因為火災燒毀了很多貨物，父親又受了傷不能走路，我們欠下一筆很大的款項。當我和姐姐束手無策時，德萊斯男爵來到我們的村莊，替我們清還所有債款。雖然他的樣子很嚇人，但他願意幫助父親，我很感激他……」

「抱歉，夫人，」先生說道：「男爵閣下的長相很可怕嗎？」

「他的樣子其實沒什麼，只是他的鬍子……是怪異的藍色。」

藍鬍子？有人會長藍色的鬍子嗎？不過既然新大陸有紅色皮膚的土著，有人長藍色鬍子亦不是不可能的吧。

「男爵說他家族曾受過父親的幫忙，正想來探望我們時看到我們遇上困難，所以義不容辭地幫助我們。」夫人說著說著，緊繃的情緒也漸漸舒緩下來。「之後他每個月也來我家，每次也送上大袋大袋的金幣，即使父親始終沒想起曾替男爵家辦過什麼事情。有一天，他向父親提出要娶我當妻子，本來父親也不大願意，但我想只要當上男爵夫人，父親便不用擔心生計，姐姐也可以跟相戀的騎士結婚了。儘管我們不是血親，他們一直也很愛護我……」

「妳是養女？」我問道──可是我衝口而出說出這句話後，不用先生責備我我也覺得太冒昧。

「啊，是的。」夫人爽快地回答，沒有半點架子──縱使她身披華衣，談吐仍顯出平民百姓的親切樸素。「所以我一直想報答父親。德萊斯男爵是個很嚴肅的人，不苟言笑，父親很擔心我嫁給他會變成那些被困豪門的貴族夫人，不過男爵容許我在婚後招待家人和朋友到古堡小住，又保證讓我回家探望親人，我也漸漸覺得擔心是多餘的。於是，兩個月前我們結婚了，我也從家鄉來到這兒。男爵的古堡就在這兒南方不遠處，普勒梅爾鎮附近……」

夫人稍稍一頓，啜了一口白蘭地，似乎接下來要觸及事情的核心，教她感到不安。

「可是，我們婚後，我才發覺有些不對勁。」夫人露出困惑的神色。「男爵的古堡裡只有兩個下人居住，一位是老管事皮埃爾先生，另一位是掌廚的道格拉斯太太。其他像清潔工和馬伕等僕人都住在附近的村裡，聽皮埃爾說是因為男爵喜歡清靜，不喜歡府宅裡有太多人。姐姐和村裡一些朋友曾來作客，男爵也只是冷淡地稍稍露個臉便回到房間去，害她們不好意思多留幾天。」

喜歡清靜也沒什麼古怪吧？坐在我身旁的我家主人在倫敦也常常迴避那些貴族煩人的邀約，搞不好在夫人眼中先生也是個怪人……啊，不過先生的確是個怪人嘛。

「夫人妳認為下人太少不妥當嗎？」先生問道。

「不，如果只是如此也談不上什麼怪異，奇怪的是男爵不准許那些外來的下人在古堡裡隨意走動，我也幾乎沒見過他們。有天我在庭園遇上搬運酒桶的腳夫，從他們口中我才知道，原來我是男爵的第三任妻子……有人說原來的夫人都病死了，也有人說其中一位夫人跟英俊的僕人跑掉，卻沒有一致的說法。而且，聽說她們都像我一樣，頭髮是淡金色的……」夫人的臉色一沉，好像想起可怕的事情。其實如果男爵的前妻跟男僕出走，也難怪他會防範下人啊。

「我之後問過男爵，」夫人繼續說：「問他之前是不是曾有兩位妻子，他卻板起面孔，反問我從哪兒聽來這些閒言閒語。其實我不介意當他的第三任妻子，只是……」

「妳懷疑男爵根本沒有受過妳父親的幫忙，他提供金錢援助，向妳求婚，純粹因為看上妳的『髮色』？」先生問。

「我不知道……可能……男爵有某種癖好……」夫人垂下頭來，以幾乎聽不到的聲線說：「而且……最奇怪的是……男爵不讓我跟他一起睡，給我安排了另外的房間……」

夫人強忍著羞怯，我卻不由得怔住了。她連這些隱私也跟我們這兩個陌生人說出，難道她說要被丈夫殺死是真的？而且娶了這麼年輕漂亮的妻子卻不同房，我看這個男爵真的有問題啊。

「夫人，貴族們大都有點怪癖，可是妳為什麼認為男爵閣下要殺害妳呢？」霍夫曼先生將話題輕輕帶過，讓夫人忘掉剛才的尷尬氣氛。

男爵夫人深深地吸一口氣，像是努力讓自己鎮定地說出經歷。

「一星期前，男爵說有些公務要到奧爾良一趟，臨行前他把古堡各個房間和櫃子的鑰匙交給我，說我可以邀請朋友來住幾天。他囑咐我不要弄丟這串鑰匙，因為他沒有備份，如果失去了會很麻煩。他說我可以隨意使用古堡的物品，不過，他再三叮囑，禁止我到地窖去，說『如果妳到地窖去的話我不會原諒妳』。」夫人從衣服裡掏出了一大串鑰匙，我看少說也有二、三十把。

「這幾天我在古堡照常地生活，可是，男爵所說的那個地窖卻在我心頭揮之不去，我愈來愈想一探究竟……」夫人面帶愁容，說：「今早天還沒亮我便醒過來，一想到男爵差不多快回來，我再沒有機會窺探秘密，這份好奇心便驅使我拿著油燈往地窖看看。我沿著地下室的石梯往下走，經過一條走廊，來到了那個陰暗的地窖。地窖裡有好幾扇門，像是牢房，我隨便挑了第二間，嘗試用鑰匙打開鎖。那時我既害怕男爵突然回來，又期待著門後到底有什麼秘密，興奮得連自己也聽到自己的心跳聲。我試了好幾次，終於找到正確的那把鑰匙，打開門後，赫然發覺這是個用來拷問行刑的房間……小小的房間裡充滿了各式各樣的可怕刑具……」

夫人拿起杯子，想再喝一口酒，可是酒杯已空。我拿出瓶子替她斟一小杯，她一口氣乾了。

「謝謝……當時我以為這便是秘密，男爵可能不想我看到這些血腥的東西吧，所以也沒感到太畏懼，反而安心起來，想看清楚那些刑具的樣子。我拉動了一下牆上的鐵鍊，旁邊的一個木架子突然打開了——」

「木架子打開了？」我問。

「對，像門一樣打開，原來木架後有另一間房間……」夫人的聲音開始顫抖起來：「我覺得這樣的機關很新奇，於是提著燈往內看去……天啊，我實在不應該看的……」

我和先生沒作聲，屏息靜氣待夫人說下去。

「裡面有屍體。有兩具屍體被綁在牆上。」

夫人露出痛苦的神色。

「夫人，妳肯定那是屍體？」先生以平板的聲線問道。

「我肯定……因為屍體都已經腐朽，變成骷髏……」

「其實古堡裡有屍體也不用太緊張，畢竟過去三、四十年新舊教徒勢成水火，法國各地都有不同程度的叛亂和戰爭，前任布列塔尼總督更從支持胡格諾教徒[19]變成擁護天主教惹來部下不滿，假如說有一兩個跟自己對敵的將領被先代男爵處死也不足為奇吧。」霍夫曼先生微笑著安慰男爵夫人。

「但那兩具屍體都穿著女裝，頭髮和我一樣是淡金色的啊！」

我不禁大吃一驚，想說些什麼但又不知道可以說什麼。難怪夫人會如此震驚啊！連我不在場也想像到那情境有多麼可怕，夫人沒有立時昏倒可說是很堅強了。我偷偷瞄了先生一眼，他的樣子變得很認真，但雙眼發出光芒，就像過往遇上詭異的事件時的神情。

「當時我嚇得魂不附體，整串鑰匙掉到地上，於是我連忙拾起，把木架移回原位，鎖上牢房的鎖，連跑帶爬地回到房間……我想，我完全明白了……男爵的前妻都跟我一樣有淡金色的長髮，下人說她們不見了，而擁有鑰匙的只有男爵自己……這不是很明顯麼？我便是下一個啊！」夫人大口地喘著氣，像是壓抑著那巨大的恐懼感。

「於是妳便從古堡逃出來了？」先生問。

「是……」夫人點點頭，說：「本來我想過假裝不知情，在男爵面前死口不認到過地窖……但……你們看看這個。」

夫人把那串鑰匙拿起，讓我們看看鐵環上扣著的一個小小木牌。木牌上刻著徽章，我想那是男爵家的家紋吧。深褐色的木牌上，在沒有紋章的一邊沾上了殷紅的顏色，像是……鮮血。

「這一定是在牢房裡掉到地上時沾到的。我試過用水洗，也試過用刷子刷，還是沒法把血跡洗去……染血的部分還愈來愈大……我想，這一定是魔法！男爵會知道我發現了他的秘密，這樣我一定會變成第三具屍體……所以我趁著皮埃爾和道格拉斯太太沒留意，在馬廄牽出最強壯的馬，逃了出來。我只是沒想過，這匹馬的脾性這麼烈，中途差點把我摔下……」

「那妳現在有什麼打算？」先生拿著那串鑰匙，一面檢查一面問道。

「我……我想回家鄉，告訴父親……」

「妳說過令尊負傷不良於行，男爵真的要找妳妳也逃不掉啊。」先生說。

「那……那我去告訴巴黎的法官，審判男爵。」

「雖然謀殺妻子是巴黎法官可以審理的案件，甚至可以用破壞神聖婚姻為理由讓南特大主教主持審訊，可是如果他被判無罪，妳會被控誣陷丈夫。換個情況來說，如果男爵逃跑了，妳也難保他不會暗中對妳不利。」

「那……怎麼辦啊？我是不是死定了？先生，我應該怎辦啊？」夫人焦急得哭了出來。

霍夫曼先生沉默不語，像在思考做法。不一會，他亮出笑容，說：「夫人，妳回去古堡吧。」

男爵夫人瞪大眼睛，像是懷疑霍夫曼先生是不是瘋了。

「先生……要我回去？」

「夫人放心，我不會讓妳一個人冒險。計畫是這樣的——我們陪妳一同回去，妳可以說我們是妳家鄉的義兄。今晚我們找機會去那個牢房看看屍體，搜集證據。明早我藉故說有要

19. Huguenot，意為「結盟」，由法國支持宗教改革的新教徒組成。一五六〇年曾被擁護舊教（天主教）的當權者血腥鎮壓，及後兩派不時發生武裝衝突，直至一五九八年法王亨利四世頒布「南特敕令」，承認信仰自由，法國國內的紛爭才稍稍平息。

事離開，其實我是往雷恩城找侍衛隊，晚上便可以回來。這期間漢斯會保護妳，別看他個子小小，他身手十分了得，即使面對一隊輕裝騎士他也有能力全身而退。你們在古堡監視著，如果男爵有什麼異樣，漢斯你便先賞他幾拳，把他的眼窩打到跟他鬍子一樣顏色，教他好好睡一兩天吧。」先生最後那兩句像是跟我開玩笑，雖然我知道他是認真的。

雖然有些猶豫，男爵夫人也點點頭，贊成這個方案。她說：「如果你們要認作我的義兄，你們別再叫我夫人，要改口叫我尤迪絲了。」

「對，尤迪絲妹妹。漢斯，你也要叫我做萊爾了。」先生笑說。

「我明白了，先生。」我說。

「嗨，漢斯，你怎麼還叫我『先生』？」霍夫曼先生苦笑著，引得夫人也笑了。

「我明白了，萊爾。我現在收拾行李吧。」我站起來。直呼先生的名字，感覺有夠彆扭的。先生趁著夫人不覺，在我耳邊說：「漢斯，你別露出馬腳，因為搞不好這次真的會死人啊。」

我倏然轉過身來，看著先生，他仍是一臉輕鬆自在，可是我彷彿在他眼裡看到一絲不安。

2

在夫人的領路下，我們來到男爵的古堡。灰色的古堡在一片樹林旁，附近沒有其他建築。在寬闊、三層高的主大樓兩側，有兩座像是後來加建的高塔。我猜，在古堡的後方也有這種尖塔，大概是戰爭時當作瞭望台或燃點烽火之用。前門的右方有座石碑，碑上刻有一個紋章，和那串鑰匙的小木牌上的徽章一模一樣——一個分成上下兩半的盾牌形狀，上方是代表布列塔尼的貂鼠尾巴的組合圖案，下方是一朵玫瑰，兩旁各有一柄短劍。

我們騎著馬從前門走進中庭，看到了一輛馬車停在大門的石階前，夫人呆了一呆，說：

「不好……男爵回來了。」

先生率先從馬上躍下，走到夫人身旁，像個騎士般單膝跪下，讓夫人下馬。雖然夫人有點遲疑，但看到霍夫曼先生自信的樣子，便牽著他的手，從馬背上下來。就在這時，大門打開，有兩個人走出來。

「尤迪絲，妳去了哪兒？」雖然只是第一次見面，但毫無疑問，說話的便是男爵──我從沒見過這麼藍的鬍子！男爵他身材中等，相貌一如夫人所說沒什麼特別，但他唇上的鬍鬚卻是詭異的深藍色。他的頭髮明明是淡褐色的啊！他雙眼充滿血絲，眼眶通紅，令我想起凶猛的野獸。他看來像三十來歲，但那不搭調的鬍子卻令人搞不清楚他的年齡。他身上穿著旅行服，褲管從膝蓋以下沾上了不少泥巴，看來他也是剛趕路回來吧。

「我……我去接我的義兄了。我記錯日子，早上才突然想起義兄他們說今天過來，於是我趕忙去迎接他們。」夫人努力地保持鎮定，說出我們在路上想好的台詞。

男爵以冷酷的目光望向我們，我連忙翻身下馬，站到先生旁邊。

「這兩位是？」男爵向夫人發問，但視線沒從我們身上移開。

「他們是我家鄉中的義兄，自小便很照顧我。」夫人回答說：「這位是萊爾．波克蘭，而這位是漢斯．波克蘭。數年前他們到外國從商，早陣子才回來。」

「德萊斯男爵您好。」先生脫帽行禮，我也跟著做。男爵點點頭示好，縱使他的樣子還是很冷漠。

「我是貝特朗．德萊斯，德萊斯家第六代男爵，內子以往受到你們的照顧，實在非常感激。」

「男爵閣下客氣了。」先生說：「當我們知道尤迪絲嫁給像閣下這樣的望族，我們真是萬分高興。尤迪絲在信中提過您常常讓她的朋友親人到府第作客，所以我們便冒昧來打擾了。」

「這位漢斯先生看來很年輕，他也是尤迪絲的義兄？」男爵看著我問。

「他只是外表年輕罷，漢斯今年二十二歲了，比尤迪絲妹妹年長兩三歲啊。記得小時候尤迪絲老是跟著漢斯呢。」先生輕鬆地說，還露出燦爛的笑容。

男爵轉過身來，對我說：「我很少聽尤迪絲說她小時的事情，有機會請跟我多說一點。」

「一定，男爵閣下，一定。」在那撇藍色的鬍子面前，我似乎不能夠清楚地說話。

「漢斯先生，你們是從事哪一門生意的？」男爵問我。他身上傳來一陣濃烈的氣味，那股怪異的氣味教我不能思考。

「啊，我們是經營珠寶買賣的，主要是到各地搜購便宜的珠寶再到可以高價賣出的地方轉售……關於寶石方面，先生是個專家——」

「先生？」

不好！我剛才說了什麼？糟糕了。

「漢斯所說的先生便是我。」先生神態自若地說：「漢斯雖然是我弟弟，但在外地經營寶石生意要予人專家的形象，所以他一直扮作我的學徒，習慣叫我作『先生』。閣下，我想您明白生意人總有這些小小的伎倆吧，請勿誤會我們是騙子，我們即使要騙也只會騙那些頭腦簡單的英國人。」

好險！先生果然厲害啊，隨便也找到這麼完美的藉口！

「原來如此。看這天色又要下雪了，我們先進屋去吧，之後再慢慢談。」男爵揮手示意請我們內進。「皮埃爾，你先替客人拿行李到房間。」

站在男爵身後一頭白髮的老先生原來便是管事皮埃爾．拉蘇瓦。聽夫人說，他在男爵府內當管事已有很多年，好像也服侍過前代的男爵。他拿起我們的行裝，跟我們一起走進大門。在門廳我們脫下斗篷交給他，他跟男爵小聲說了幾句後便拿著東西消失於樓梯轉角處。

在男爵和夫人帶領我們往大廳時，先生壓低聲音，說：「漢斯，你聽好，如果你再不小心露餡的話，無論我多高明也不能替你圓謊，若你被抓進地窖，別指望我來救你！」

我吐一吐舌頭，還好我剛才弄錯的是先生的稱謂，萬一我忘了把夫人叫作尤迪絲，大概所羅門王再世也無計可施吧。

大廳佈置得很華麗，牆身都漆成米黃色，高聳的天花板和牆角裝潢了深褐色的杉木木雕，其中一面牆內嵌火爐，木柴正劈啪劈啪的燃燒著，熱氣散發至房間的每一個角落。在火爐右上方掛著一幅巨大的油畫，畫中有一位坐著的貴婦，她身後站著一個神情肅穆的男人。我第一眼看去時，以為畫中人是男爵和夫人，但他們的相貌有點不同，即使那婦人有著一頭淡金色長髮，而男人蓄著藍色的鬍鬚。

「這是先代的吉爾．德萊斯男爵和他的夫人。」夫人看到我注視著油畫，跟我說道。

「家父十八年前過世了，家母比他更早離世。」男爵說。

我點點頭沒說話，畢竟我還是少說點話較安全。我想起夫人說過，傳聞男爵的前妻也有一頭淡金色的頭髮，而夫人懷疑這是男爵的癖好——這根本是戀母癖嘛。

我們坐在火爐旁的臥椅上，喝著皮埃爾拿來的紅酒，聊著瑣事。如果不是在這嚴峻的環境中，既有美酒又有舒適的椅子更有溫暖的爐火，這是多麼理想的情景啊！男爵和先生閒聊著，還好先生在路上已問過夫人不少家事，而且看來男爵也不大清楚她以前的生活，先生一直侃侃而談。霍夫曼先生還東拉西扯的談論法國的變化、荷蘭戰亂下的不景氣、巴黎的貿易、西班牙借蘇格蘭之手搗亂英國的陰謀……總之就是先生擅長的社交場上的流言蜚語。每次他逃不過貴族的邀請，出席舞會時他便搬出這一套，雖然他一再表示這些社會話題無聊得要命。

男爵比我想像中友善。雖然他不苟言笑，可是並不像夫人所說那樣迴避客人，而是大方地在大廳跟先生寒暄。夫人坐在他身邊，偶然陪陪笑臉，但我看得出她坐立不安。

「我還是先失陪了，」男爵說：「我有些書信要處理。你們慢慢休息，皮埃爾會帶你們到房間。尤迪絲，妳去陪陪妳的兄長吧。」

夫人聽到男爵要離去，鬆一口氣似的。

「還有，尤迪絲，我給妳的那串鑰匙在哪兒？」

像是沒料到丈夫突然發問，夫人的表情變得僵硬，努力地擠出我們預先想好的理由：「啊……親愛的，我想在晚餐後帶義兄們參觀一下古堡，到瞭望塔那邊走走，鑰匙可以讓我先帶著嗎？」

男爵沉默了一下，氣氛冷得連爐火也掩蓋不了。想不到他說：「好吧，尤迪絲，妳先替我保管。不過小心別弄丟了。」

我們沿著樓梯走上三樓。聽夫人所說，男爵的房間在三樓東翼，旁邊相連的是他的書房，再過兩間房間便是夫人的房間。我們的客房在三樓西翼盡頭，而皮埃爾和道格拉斯太太住在二樓。

三樓樓梯旁牆上掛著一面手工精緻的盾牌，盾牌上正是男爵家的家徽，我不由自主多瞧了兩眼。盾牌下有一把比匕首長一點的短劍斜放著，和家紋圖案下方那兩把一模一樣。

「怎麼只有一把劍？這種裝飾一般都有兩把劍吧？」先生向皮埃爾提出這個我也想問的問題。

「因為有一把被先代男爵弄丟了。」皮埃爾簡單地回答。

不知怎的，雖然對方態度恭敬，我總覺得這位老管事對我們有點敵意。

客房裝潢和大廳一樣精緻，無論床鋪、桌椅還是衣櫥，似乎都出自手工精湛的工匠之手，我甚至懷疑這派頭會不會比布列塔尼總督的城堡更豪華。先生的房間和我的相鄰，兩者之間有一扇門相連著，而且陽台也相通。皮埃爾向我們說明後，先生便任由那扇門打開，我想那是對我的暗示——天曉得男爵會不會在半夜下殺手，一旦有人想對先生不利，我也能及早察覺，加以防範。

因為皮埃爾站在一旁侍候，霍夫曼先生、夫人和我無法討論探索地窖的計畫，只好聊一些閒話。為免露餡，我盡量保持沉默，只負責陪笑，然而先生和夫人卻很投入「義兄妹」的角色，說著說著，連我也幾乎相信他們真的是自幼一起長大、感情很好的家人。先生將一些我們遊歷各國的遭遇改編成從商期間的見聞，因為我清楚經過，所以亦能毫無破綻地搭話，而夫人似乎對這些經歷很感興趣，她的神態比之前放鬆，看來暫時忘掉那些駭人女屍的事。就連皮埃爾亦被先生的話吸引，我看到他側耳傾聽，當先生說到一些驚險場面時，這位老管家亦不自覺地瞪大雙眼，流露驚訝的神色。

「夫人，兩位先生，是時候用晚餐了。」窗外傳來鐘聲，皮埃爾一邊替我們收拾酒杯一邊說。我們回到餐廳進餐。道格拉斯太太這時也露臉，她是個肥胖的大嬸，年紀不輕，但看來沒有皮埃爾那麼老。聽說晚餐的雉雞是她今天下午親自從鄰近的普勒梅爾鎮採購回來，所以十分新鮮美味。席間先生跟男爵言笑甚歡，我跟夫人沒有插話的機會，這樣正好，我可以放心吃一頓不錯的晚飯，不用擔心出亂子。

晚餐後男爵說要回到房間繼續處理文件，我們找到機會偷偷前往地窖查探。夫人帶著我們，穿過一樓的走廊，確認沒有人跟蹤，便打開在東塔旁往地窖的側門。

「這扇門沒有鎖上的嗎？」先生看到夫人把門一推便打開了。

「本來有鎖上的，但我今早離開時沒有。」夫人說。

我點亮了油燈，一步踏進門裡，卻被這兒的環境嚇了一跳。這個地下室入口是個廣闊的空間，門口旁邊有道長長的石梯，但可怕的是石梯旁沒有欄杆，一不小心，便會掉到下面。我探頭一看，這兒足有四五碼高，如果沒有光，真是很容易出意外。

我們扶著牆壁，小心翼翼地沿著石梯往下走，經過一條陰森的走廊，走到夫人所說那個有多間囚室的地窖。地窖除了光禿禿的牆壁沒有什麼擺設，細心一看，也頂多找到牆上用來掛油燈的鉤子。

「這兒有五扇門……妳打開的是第二扇？」先生數著房間的數目，指著其中一扇門說。

「對，是這一間……」夫人退到我身後，抓著我的臂膀，我感到她正在顫抖。

先生招招手，示意我把油燈放近一點。這扇木門看來很堅固，鑲有鐵板，我敲了敲，它發出低沉的聲音，在地窖中迴盪著。門閂也是用鐵造，扣子上繫著一把拳頭般大的金屬掛鎖，我用手扳了一下，它緊緊地扣著門閂。

夫人打顫著，拿起鑰匙去開鎖，但她不是緊張得沒法把鑰匙插進去便是弄錯了鑰匙，弄了好一陣子也沒成功，於是我拿起那串鑰匙，試了兩把便成功把鎖打開了。

像夫人所說，牢房內盡是刑具，有滿佈釘子的鐵處女，也有把人拉長的普羅克拉斯提斯之床。這個房間裡，像充滿著被折磨至死的犯人的靈魂，即使只逗留一分鐘，也有教人身陷地獄的錯覺。在門口對面，有一個大約五尺高、三尺闊的破爛木架，旁邊牆上繫著數條鐵鍊，鐵鍊一端都掛著手銬。那木架後應該是夫人所說的密室了。

先生檢查了每一條鐵鍊，嘗試拉動。當他拉第三條時，突然咿呀一聲，旁邊的木架真的像門一樣的打開了！

我跟先生面面相覷，雖然不是不相信夫人之前的說話，但實際上看到這麼詭異的環境，我心裡也毛毛的。因為我負責提燈，應該先走進那個密室，可是我實在害怕得很，萬一裡面的屍體突然動起來，我身手再了得也無補於事。

先生看到我躊躇不敢往前，便拿了我手上的油燈，低頭鑽進那個木架後的壁洞。夫人仍然緊貼在我背後，我們慢慢趨前，跟著先生走進那個房間。出現在我眼前的，是——

牆壁。

灰色的、石造的牆壁。

哪兒有什麼屍體？

空洞的房間裡，只有牆壁、天花板和地板。牆上和外面一樣繫著附有手銬的鎖鍊，就是沒有繫著金髮女人的屍體。血跡或什麼的，通通沒有。

「咦——」夫人驚惶地衝前，在牆上搜索著，說：「就、就在這兒啊！今早屍體明明就在這兒的啊！為什麼……我沒看錯的，這兒曾經有兩具屍體的！」

先生檢查了一遍牆壁和地板，說：「這兒沒有其他暗道……尤迪絲，妳肯定是這一間牢房嗎？」

夫人一下子愣住，說：「啊……難道不是這一間？」

我們連忙走出牢房，到其餘四間囚室看看。然而，其他房間根本沒有刑具，也沒有機關和暗房。五扇門的構造也相同，第一間房間同樣鎖上了掛鎖，第四間的掛鎖沒鎖上只繫在門閂上，而第三間和第五間的牢房門上不僅沒有掛鎖，連門也是半掩著沒關上。我們檢查了好幾次，也一無所獲。

「尤迪絲，妳真的看見屍體嗎？」我問。

「當然啊！」夫人氣急敗壞地說：「我沒有說謊！這兒真的有屍體！請你們相信我！」

「但鑰匙一直在妳身上，剛才也是由我打開掛鎖的，別說有人可以走進去，就算……」我話說到一半，不由得停住。

「沒錯啊，」蹲在第二囚室門前的先生接過我的話：「就算是屍體復活，也不能從裡面走出來。」

我和夫人面色大變，屍體已經夠可怕了，變了殭屍不是更恐怖嗎？我差點想跟夫人說乾脆逃跑算了。

「我們先回去吧，待在這兒也沒用。」霍夫曼先生看見我們一副快要昏厥的樣子，進去囚室把木架移回原位，我跟夫人只敢在門外等待。先生問我拿了那串鑰匙，要鎖上那個掛鎖。

「怎麼了？」我看到先生拿著鎖和鑰匙，好像在檢視什麼。

「沒什麼。」先生微微一笑，把掛鎖合上了。但他沒離開門前，彎身從地上撿起一片像是碎片的東西。

「我們還是快些離開這個鬼地方吧。」先生拍拍我的肩膀。雖然夫人一臉驚懼，但看到先生鎮定的樣子，也稍為回過神來。

我們好好地安慰了夫人，讓她回房間休息。那個空洞洞的密室大概狠狠打擊了她的精神，先生建議她喝點酒，好好睡一覺，明天再作打算。

「先生啊，這事情太邪門了。」回到我們的房間，我跟先生說：「看到尤迪絲的反應，我相信她所看到的屍體是真的。但屍體怎可能從密室裡消失？還有那個沾了血跡的木牌給下了什麼魔法？男爵是否要對尤迪絲不利？」

「漢斯，你這一連串問題我怎懂得答你啊？」先生笑說。

「不，先生，我跟隨你這麼多年，你一定看穿了一些事情才會這麼鎮定的。」

「哈，漢斯，你也愈來愈聰明了。」先生斟了一點酒，邊喝邊說：「是這樣的，那兩具屍體被男爵施了魔法，只要入夜便會化成煙霧，四處飄浮，而今早尤迪絲剛好在日出時分走進地窖，所以才會看到他們。」

「啊！所以我們明天早上再去，便會找到屍體了！」我恍然大悟。

「你笨蛋啊！這種騙小孩的故事你也相信？」先生失笑地說：「我不是常常說嗎？先向我們所知的事實求證……」

「得不到結論才歸咎我們所不知的事情。」我把先生常說的那句話接了下去，但總覺得有點不妥：「可是，先生你不覺得這事情太古怪嗎？那個是密室啊！鑰匙從早上一直在尤迪絲手上……如果尤迪絲沒看錯的話，那些屍體真是消失了啊！」

「如果尤迪絲看錯的話呢？」先生說。

「呃……」我料不到先生如此說，只好盡力找理由：「就算看錯，也沒可能把空無一物的房間當成有兩具屍體吧！」

「好，先假設她沒看錯。如果我說那房間裡有可能藏匿的暗格，今早尤迪絲發現屍體時有人留在房間裡，待她離開後處理掉屍體呢？」

「哪有什麼暗格，我們看得一清二楚啊。」

「如果那個人跟在尤迪絲後面，待她打開暗門後躲進那副鐵處女裡頭，尤迪絲會不會發覺？」

「咦？」我真的沒想過。雖然我們知道躲進鐵處女會被針刺傷，但我沒確認那些鐵針之間有沒有足夠空間讓人躲起來。

「不……」我想了好一會，發覺還是有問題：「就算有人跟著尤迪絲進去了囚室，但她離開時鎖上了掛鎖，這麼一來裡面的人也逃不了，別說要處理屍體。」

「哈，漢斯，你真的變聰明了。」先生以誇獎的口吻說：「那個鐵處女什麼只是我胡說的，真相比這個更簡單。但我還要多找一點證據才肯定，而且我還沒弄清楚誰牽涉在內，和背後的動機。為了獎勵你，我告訴你一件事吧，那個木牌上的不是血跡。」

「不是血跡？那紅色的到底是什麼？」我訝異地問。

「這樣說吧，如果尤迪絲真的看到變成枯骨的屍體，那紅色的就絕不是血。漢斯，你知道血是什麼顏色的嗎？」

「不是紅色嗎？」

「『鮮血』才是紅色，放久了的血會變成深褐色，甚至黑色。如果尤迪絲看到的是血淋淋剛死去的屍體，那就有可能沾上殷紅色的血跡，但已變成骨頭的死屍和鮮血，兩者未免太矛盾了。」先生輕鬆地說。

「那你可以告訴尤迪絲啊！這樣她便不用這麼害怕……」

「告訴她什麼？『那木牌沒有魔法，不過妳家裡有個殺人魔，妳可能是下個目標』嗎？」

「這……」我又給先生說得無反駁餘地了。

「好好睡一覺，明天再想吧。我們昨晚在那破屋裡睡得不好，這晚可以睡得香甜了。」先生說。

我本來想點頭稱是，可是回心一想，在一座屍體憑空消失、殺人魔潛伏的城堡裡我怎可能安眠啊？

3

早上醒來時，腦袋有點昏沉，但我剛轉醒便立即從床上蹦起，檢查門窗有沒有異樣——昨晚臨睡前，我一再確認窗子關好、房門的門閂穩妥地帶上，可是畢竟還是有點擔心殺人男爵會硬闖進來對先生不利。我整夜睡得不熟，而且老在做夢，夢境中男爵在天黑後變成全身長滿藍色毛髮的野獸，用利爪將先生、夫人和我撕成碎片。

或許我的擔心是多餘的，因為門窗一如昨晚的樣子，霍夫曼先生仍安穩地在床上打呼。

由於天色陰暗，我以為天還未亮，可是打開窗子一看，卻發現早已過了日出時間，陽光沒射進室內是因為外面正在颳大風雪。

「哦，漢斯，早安。」大概被我開窗的聲音吵醒，我回頭看到先生坐在床上伸懶腰。「難怪我覺得有點冷，外面下起大雪啊……漢斯，關上窗，替火爐加點木柴吧。」

我依先生所言，讓房間變得溫暖一點。「先生，外面下這麼大的雪，我們的計畫怎辦？」

原來的計畫是我留在城堡保護夫人，先生獨個兒去雷恩城找侍衛隊緝捕男爵，可是昨晚沒找到屍體，侍衛隊前來也束手無策，今天更下起大雪，冒著風雪騎馬走這麼遠的路未免太危險。

「暫時見一步走一步就好。」先生若有所思地說。

我換上衣服，離開房間，打算召喚皮埃爾或道格拉斯太太送上早點，意外的是甫打開房門便看到皮埃爾捧著盛滿麵包和乾酪的銀盤，從走廊另一端走過來。

「波克蘭先生，早安。」皮埃爾恭敬地說。對，我現在叫漢斯．波克蘭，睡過一夜我差點忘記了。

「早安，這是給我們的早點？先……我的兄長萊爾早上喜歡吃一點肉，請問有火腿嗎？」我差點又用錯稱謂。

「這是夫人的早點，兩位先生的我現在便去準備。」

「咦？是尤迪絲的？可是……」我轉頭望向皮埃爾走來的方向。他剛才是從夫人的房間那邊走過來，而不是捧著餐點往那房間走過去。

「我每天也在相同時間送上早點，可是剛才敲門後，夫人說沒有食慾，著令我退下讓她繼續休息。」

我猜，昨晚發現屍體消失令她大受打擊吧。

「男爵閣下已經起床了嗎？」我問道。

「是的，主人在書房處理文件。先生有事找主人的話，我可以代為傳達。」

「不，沒、沒有。」我只是想知道男爵身在何處，加以防範。

我回到房間將情況告知霍夫曼先生，吃過皮埃爾送來的早點後，他緩緩繞圈踱步，似乎在思考事情的來龍去脈。為了不騷擾他，我從行裝掏出在巴黎購買的小說《巨人傳》，坐在火爐邊打算繼續閱讀。弗朗索瓦．拉伯雷文筆風趣幽默，可是我這刻難以投入，眼睛瞧著書頁，心思卻飛到夫人和男爵身上。夫人真的見過屍體嗎？她獨個兒在房間是不是在發抖呢？男爵又真的是殺人兇手嗎？他會不會正在盤算著什麼，打算對夫人不利？

「漢斯，假如你在意，不用管我。」站在窗前正冒寒眺望雪景的先生突然說道。

「什麼？」

「你盯著同一頁超過五分鐘了。你那麼在乎尤迪絲的話，去探望她吧。」先生又一次看穿我心中所想的事情。

「可是……」

「我一個人留在房間便行了。」他微笑道。

因為身處險地，我怕先生遭遇不測，不敢離開半步，可是先生言下之意說明他預計目前沒有危險，而我很清楚料事如神的先生不會對生死關頭判斷錯誤。

我匆匆放下書本，走到夫人的房門前，猶豫了一下，再鼓起勇氣敲門。

「尤迪絲，是我，漢斯。」我特意說出名字，好讓她知道不是男爵。

我本來以為會隔著木門聽到夫人的回應，怎料房門「咿啞」一聲打開，夫人靠著門框，露出如釋重負的表情。她眼眶紅腫，鬢髮凌亂，看來昨晚跟我一樣無法入眠，雖然她似乎起床已久，在白色罩衫外穿上綠色的長裙，但顯然因為焦慮沒有好好整理，領口鬆開，害我不好意思直視。

「漢斯！」她一把勾住我的手臂，將我拉進房間。「我……我好怕……」

「怎麼了？」我不曉得該說什麼，只能擠出這一句。

「我昨晚夢見男爵要殺死我……」夫人眼神充滿恐懼，就像昨天在森林荒屋中的模樣。「夢裡我被鎖鍊鎖在那牢房裡，而我身旁有兩個跟我一樣長著淡金色長髮的女人，男爵正拿著刀子，狠狠地刺進她們的胸膛……血……很多血……」

「那只是夢，只是夢。」我本來想給夫人一個擁抱，但她始終是已婚婦人，我不能做出這種魯莽的舉動。

「漢斯，你相信我吧？相信我沒有說謊吧？」夫人用力抓住我的手臂，指甲掐進我的皮膚。「那個牢房真的有屍體啊！我沒有看錯……」

「我相信妳，尤迪絲。」縱使我昨天提出過質疑，但夫人的神情讓我知道那不可能是謊話。

換作平日，我會說那可能是鬼魅的惡行，但從霍夫曼先生昨晚睡前的說法，我知道一定有一個愚笨如我也能理解的真相。

為了安慰夫人，我們坐在火爐旁聊天，就像我們扮演的身分，像兄妹一樣閒話家常。我不像先生一樣口才了得，無法將我們的經歷說得那麼有趣，但我懂得改編一些在旅途上聽到的傳說和童話，加上一些我從書本讀到的情節，創作成新版本的故事。

漸漸地，夫人神色回復正常，臉上亦展露笑容。

夫人也告訴我她在家鄉的一些趣事，她和姐姐小時候如何淘氣、如何被父親責罰，亦談到父親帶她們到南特的見聞。我不由得覺得，在家鄉小村落過著平凡生活的尤迪絲，比起在古堡享受奢華生活的她更要快樂。以前她有關心自己的父親和姐姐，如今她卻是孤身一人。

我好想拯救她。

「差不多是午餐時間吧？」我聽到窗外傳來鐘聲，才察覺我們已聊了兩、三個鐘頭。「我們一起去找……萊爾，再到餐廳進餐？」

夫人的表情從原來的欣喜變得緊張，我很清楚原因——吃午餐的話，代表要跟男爵見面。

「不要緊的，有我們在。」我說。

「嗯。」夫人點點頭，抖擻精神，像是回應我一樣擠出一道微笑。

夫人整理衣裝和髮飾後，我們離開寢室回到客房，可是門後的光景讓我愣住。

霍夫曼先生不在房間裡。

他既不在他的房間，也不在相連的我的客房裡。

窗外風雪稍緩，陽台的門緊緊鎖上，我姑且打開一看，一股寒氣撲面而至，然而陽台上沒有半個人影。

先生該不會被男爵……

我心下一慌，趕緊衝出走廊搜尋先生的蹤影，夫人緊隨，她似乎跟我想著相同的事情，擔心先生遇上意外。

「嗨，漢斯，怎麼了？」就在我焦急地躍下樓梯，差點絆倒時，先生的身影赫然躍進我的視野之內。他站在一樓通往大廳的門廊，似乎在欣賞牆上的紅色掛氈。

「先生！」我顧不得稱謂會不會露餡，情急地嚷道：「你不是說會留在房間嗎？我以為——」

「漢斯，你看這掛氈！我沒看錯的話這是范．阿爾斯特[20]的真跡，想不到在這兒有緣一睹呢。」先生一把拉住我，指著掛氈，將臉孔湊近我耳邊，小聲地說：「陪我演，後方有人。」

我好不容易壓下回頭的衝動，抬頭望向那張織滿人物的藝術品。掛氈上似乎描繪著某個聖經故事，可是我沒有心神細看，因為我不知道身後有何危機。

「萊、萊爾，這掛氈很名貴嗎？」我以僵硬的聲線問道。與此同時，夫人走近我們身邊，狐疑地跟我們瞧向相同的方向。

「當然！范．阿爾斯特是皇帝查理五世的御用畫師！」先生對尤迪絲說：「男爵閣下似乎很懂藝術呢。」

「……是嗎？我不曉得，我對掛氈一竅不通。」夫人似乎察覺先生的用意，附和道。

「哈，尤迪絲，妳要好好跟男爵閣下學習，不然跟其他貴族見面時，說錯話讓男爵尷尬就不好了。」先生故意瞄了我一眼，我很清楚他那句「說錯話」是什麼意思。

「萊爾，你怎麼一個人跑到這兒？我們剛才找不到你，以為你冒雪跑到外面了。」我換

20. Pieter Coecke van Aelst，十六世紀初歐洲著名藝術家，從繪畫、雕刻至製作掛氈無一不精。

一個說法來問問題。

「外面那麼冷，怎可能外出？」先生朗聲大笑。「我只是發現城堡有很多裝飾很有意思，四處『察看』一下。我才不會獨個兒冒險，跑到『危險的地方』啦。」

先生的暗示我聽得明白，於是不再囉嗦，只默默地聽他說著掛氈和紡織藝術品的歷史。他說了數分鐘，我們身後便傳來腳步聲，我回頭一看，發現是皮埃爾。

「夫人，兩位先生，午餐已準備好，請到餐廳。」皮埃爾恭敬地說。

「今天外面下大雪，其他僕役有來上班嗎？」先生問道。

「啊呀，波克蘭先生您說中了，今早只有我和道格拉斯太太工作，不過食材充足，所以先生您不用擔心。」

「男爵閣下呢？」先生再問。

「主人仍在書房整理文件，我現在請他下樓。三位可以先到餐廳就座，道格拉斯太太會侍候你們。」

皮埃爾離開後，先生往四周瞄了數眼，再輕聲跟我和夫人說：「剛才我來到這門廊，察覺有人躲在另一邊，我只好假裝欣賞掛氈。」

「誰？是男爵嗎？」我問。

「不知道，但對方明顯刻意暗中觀察我的舉動。你們待會用餐也要小心點。」

既然今天沒有其他僕人，那監視先生的人只可能是男爵、皮埃爾或道格拉斯太太——不，難道是鬼魂？我想起那兩具消失了的女屍……

我搖頭擺脫這想法。鬼魂才不會在大白天跑出來作祟吧？先生說察覺有人躲在一旁，那便一定是「人」。

我們在餐桌就座不久，男爵便和皮埃爾一同到場。雖然他客氣地跟我們寒暄，那撇異樣的鬍子依舊嚇人，讓我聯想到昨晚夢中的怪物。

道格拉斯太太準備了不錯的菜餚，那鍋燉鹿肉火候剛好，茴香野鴨香氣四溢，連簡單的鹽烤蕪菁也烹調得很誘人。先生在餐桌上繼續扮演健談的旅行商人，和男爵談天說地，我和夫人則默默地用餐，偶然陪陪笑臉。

「對了，尤迪絲，那串鑰匙該還我了。」冷不防地，男爵對夫人說道。

「我——」

「男爵閣下，尤迪絲昨晚帶我們到城堡的瞭望塔頂，真是不得了的景色呢！」先生插嘴說：「她說白天的風景更漂亮，打算今天再帶我們上去，可是現在下大雪，我想上面不太安全吧。」

「親愛的，我想明天再帶義兄們參觀塔頂，可以讓我多保管鑰匙兩天嗎？」夫人聰明地接話，不過我從她的眼神看到一絲惶恐，只祈求男爵沒有注意。

「……嗯，好吧。」

男爵回答夫人時，掃視了先生和我一眼。我讀不懂那目光的含意——是察覺夫人內心有鬼，還是單純好奇我們為什麼喜歡在大冷天爬上塔頂吃北風？

「閣下，瞭望塔過去曾發揮作用嗎？我記憶中這地域沒發生過大型的戰事……」

先生故意將話題帶到政局和戰爭，好讓男爵不繼續關注夫人。法國新國王登基，頒下宗教寬容的敕令，布列塔尼在那之前幾乎開戰，總督本打算領軍對抗國王，幸好懸崖勒馬，才沒有導致生靈塗炭，而國王陛下亦赦免了總督，雙方更聯姻，消弭了一場危機。

先生身為英國人，自然是新教支持者——縱使他現在扮演著沒有特定立場的法國商人——令我意外的是男爵雖然是舊教徒，他亦同意新國王的政策，畢竟我無法想像一個冷血殺人魔跟「寬容」扯上關係。

「即使信仰分歧，這些人仍然是同胞。比起內鬥，身為貴族更重要的任務是延續血脈、壯大家族。」男爵說道。我不知道這是不是他偽裝出來的溫和面貌。

「閣下所言甚是。」先生附和道。「貴族抵禦外敵、戰死沙場就算了，假如因為內戰而喪命，西班牙人便能入侵吞併，取而代之，恐怕一百年後法蘭西血統便消失於世上。說起來，我記得四十多年前布列塔尼海軍准將維爾嘉農將軍曾在新大陸建立殖民地……閣下的先祖有參與嗎？」

男爵臉色一變，隱隱透出一股冷冽的氣息，回答道：「我祖父居伊・德萊斯曾隨軍出征，可是殖民地建立不到數年便被可惡的葡萄牙人占領，祖父無奈回國。」

「很抱歉，男爵閣下，我無意讓閣下家族蒙羞。」先生誠懇地說。

「不，那只是將軍無能，要怪只能怪他。他將殖民地丟給自己的姪兒管理，打敗仗後甚至和葡萄牙王室議和，將土地拱手讓人。」

「從城堡的規格看來，男爵家的先祖都是軍人吧。不知道閣下有沒有出戰經歷？」先生問。

男爵苦笑一下。「沒有，雖然我有出征手刃敵人的宏願，身體卻有點毛病，總督豁免我領軍，只著令我處理其他事務。」

「閣下可願意透露病徵？我們兄弟遊歷多地，聽過不少療養偏方，或者可以替閣下分憂。」

「那……是小毛病，只是病發時無法指揮軍隊，領軍者不能冒這險。」

男爵沒有說明所患何病，我不由得猜想，或者他不是患病，而是像傳說中的人狼般，晚上會變成殘暴的凶獸？即使外表沒變，也許他會變得像惡魔一樣，無法壓抑慾望，殺死身邊所有人？

我搞不懂，到底眼前這個藍鬍子是故意隱藏殺意的嗜血殺人者，還是身不由己被體內惡魔操縱的可憐傀儡。

餐後先生和男爵繼續喝酒聊天，我和夫人卻如坐針氈，想盡早離席又怕引起男爵猜疑。良久，先生終於願意為我們解圍。

「我纏著閣下閒談，會不會打擾閣下的工作了？我聽皮埃爾說您今早一直在處理文書……」

「本來今天要到鄰近的城鎮洽公，但因為下大雪只好延期，下午得另找方式打發時間。」男爵稍稍一頓，露出一個不自然的微笑，再說：「萊爾先生，您介不介意當我的練習對手？」

「練習對手？」

「到這邊您便會明白。」男爵從座椅站起，往門廊的方向走過去，先生跟從，我和夫人不敢讓他們獨處，自然緊隨其後。

穿過兩道走廊，我們來到一個寬敞碩大的房間，牆上的窗子釀著玻璃，室內照明很好。房間沒有太多傢俱擺設，但兩旁設置了木架，上面放著種種刀劍兵器——除了各式西洋劍外，還有長柄斧和鉤矛，而靠近窗子則豎著數個木頭假人，假人上滿佈刀痕。

「萊爾先生，您周遊各地經商，想必有一技傍身，以防匪盜山賊搶劫貨品。」男爵邊說邊從架上卸下一柄西洋劍。「我平日只能以木人做練習，缺乏實戰對手，皮埃爾年長，連兩招也接不住。」

「男爵閣下！」我見狀立即搶白道：「刀劍無眼，萬一刺傷萊爾……」

「漢斯先生請放心，這劍沒有開鋒。」男爵舉起劍尖，直指我眼前。我仔細一看，劍鋒的確樸鈍，這是練習用的西洋刺劍。

「閣下，請恕我無法當您的對手，我實在不擅長劍擊。」先生仍然一副輕鬆的姿態。「或者讓漢斯跟您練習？他略懂劍術，可以讓閣下稍稍舒展筋骨。」

我沒想到先生會祭出我的名字。一般而言，這種麻煩都由我替先生擋掉，問題是現在我們偽裝成普通的商人，我以為先生會拒絕男爵。我猜，先生一定在盤算什麼。

「漢斯先生您學過劍術？」男爵直視我的雙眼，我感到一股壓迫感。

「嗯、嗯。」事到如今，也只好頂上。我不曉得男爵有多厲害，但對方拿的不是真劍，既然無性命之憂，我對自己的武藝還有多少信心。

男爵指示我穿上放在牆角的皮革背心，選喜歡的劍，我提起一柄重量適中的義大利刺劍，揮動兩下，覺得手感不錯便決定使用它。夫人站在先生身旁，緊張地瞧著我。

「漢斯，」就在我準備向正在穿防具背心的男爵身邊走過去時，先生輕聲對我說：「別在意勝負，但要記得你是誰。」

我是誰？

因為看到男爵已整裝待發，我沒來得及向先生發問便不得不上前迎戰。眼看男爵將劍高高舉在頭上，擺出第一架式之際，我才驚覺先生話中之意。

我現在是法國商人，可不能隨便用英國人的劍技！

雖然近百年西洋劍劍技發展都源自義大利，但近年劍術導師的流派有明顯的分野，我算是了解各派的劍術，擅長的是迪格拉西[21]和薩比歐羅[22]兩位義大利名家，而偏偏他們都在英國特別有名，不少人認為他們代表了英格蘭主流劍術。假如我耍他們的招式，會不會露餡，被男爵發現我不是法國人？可是說法國有人曾接受迪格拉西先生指導也不是不可能的吧？男爵對劍術流派有多了解？假如對方之後查問，我該如何——

「漢斯先生，怎麼愣住了？」男爵打斷我的思路，皺著眉問我。

不行了。這時候還是別冒險較好。我必須找一套法國人鐵定會使用的劍術……

我的身體比我的想法反應得更快，我腦海剛冒出一個名字，右手便將劍舉至視線水平，擺出聖迪迪耶的第一架式。亨利．聖迪迪耶[23]是法國的劍術大師，受近代西洋劍宗師阿古利巴[24]影響，用他的劍招便萬無一失。

當我仍為自己想出辦法而沾沾自喜之際，男爵倏地進攻過來。他的劍勢凶猛，我急退兩步，正想格擋，卻猛然察覺自己犯下大錯。

聖迪迪耶的劍招裡，沒有教授格擋。

想當初我沒有鑽研這位大師的劍招，就是因為覺得他的風格過於猛烈進取，沒有格擋只有反擊，不只直刺還著重砍殺，甚至有徒手搶奪對方兵刃的可怕的招式。在單對單的決鬥中，聖迪迪耶的劍術威力強大，那種「廢掉單手換取刺殺對方」的戰鬥方式極為可怕，可是我跟隨先生遊歷各地，面對圍攻的機會較多，可不能犧牲一條手臂來殺死單一敵人，必須保持體力、減少受傷，讓先生和我能全身而退。

就在劍鋒交接之際，我不得不以聖迪迪耶的招數，搶前反攻，直刺左胸。男爵顯然沒想過我會出此一著，回身一閃，恰恰躲過我的攻擊，順勢抽回長劍，將架式換成第三式，從攻方轉換成守方。電光石火間的一擊，這不像練習，恍似真正的決鬥。

21. Giacomo di Grassi，義大利擊劍大師，擅長獨特的雙持側劍劍法。
22. Vincentio Saviolo，義大利擊劍大師，後來在倫敦成名。
23. Henri de Saint-Didier，法國擊劍大師，根據歷史紀錄，他於一五七〇年舉辦了最早的擊劍比賽並制定了規則。
24. Camillo Agrippa，義大利擊劍大師，長刺攻擊的發明者。

事到如今已無法留手，我再度攻向男爵。聖迪迪耶劍術的步法有三角步和四方步，我先從上往男爵左上方砍下虛擊，對方以劍格擋，我便以三角步向左踏前一步，將他的劍帶到我的右後方，再迅速地以反方向劈下。眼看男爵就要中招，他卻從容地改變姿勢，收回劍身擋住我的進攻，甚至順勢往我肋旁的破綻刺過去。

「啊呀！」

夫人的驚叫沒有讓我分心，我僅僅避過劍尖，後退一步，將劍再次擋在身前。男爵比我想像中厲害，假如換作平時，我仍有把握擊倒對方，可是現在我有一堆擅長的劍技不能使出來，勝負實在難料。

我們劍來劍往，攻防十數招，彼此也占不了對方的便宜，然而我開始擔心起來。

我發覺男爵沒有盡全力。

也許他是因為練習而留手，也許他是故意配合我而沒盡力，但我覺得有點不對勁。男爵的表情自對打開始便一直緊繃著，如果他是基於友善而遷就我的劍術水平，自然不會惡狠狠的瞪著我，更遑論第一招便以猛烈的氣勢進攻。隨著交鋒的次數增加，男爵的動作愈來愈快，幸好我亦愈打愈順手，才能勉強以不擅長的劍術作出應對。

「乒！」

就在男爵一口氣衝刺，我以步法邊退邊接招之際，一個可怕的念頭霍然在心頭冒起，教我差點分神被擊中。

我想到這場練習中男爵或許另有目的。

他想借對打摸清我和先生的實力。

也許他想謀殺夫人，只是礙於我和先生這兩個外人在場，所以無法行兇。他可能想過避開我們的耳目，對夫人不利，可是同時想到另一個計畫，便是連我和先生一併殺死——假如他有足夠能力殺死我們的話。

我不由得捏緊劍柄，思考了結這場對打的方法，然而在我和男爵對上眼的一刻，我感到一陣寒慄。

不到一個鐘頭之前我曾想過，不知道男爵是隱藏殺意的殺人魔，還是被惡魔附體、身不由己的可憐蟲——不，不可能是後者。男爵的眼神就是如此理性，卻又帶著如野獸的凶狠，在那雙眼眸裡，我彷彿感受到一股莫名的恨意，向我直射而來。

那是殺人者的眼神。

認輸的念頭曾在我心裡一閃而過，可是我一旦敗陣，不知道男爵會不會認為我和先生不足為懼，晚上趁我們睡著時潛入房間行兇，那便更難提防。要震懾對方，我必須巧妙地將他擊倒，令他知難而退。

……可是我用聖迪迪耶的招數不可能戰勝。

要破戒用回我擅長的招式嗎？還是邊打邊退，從架上多拿一柄劍，使出我最擅長的雙劍，填補目前戰術上的不足？

不。

就在男爵再次向我左邊進攻之時，我想到唯一終結這場對打而不露餡的方法。男爵往我的左方胸膛橫劈，我可以後退閃躲，亦可以劍身擋下順勢還擊，但兩者我都沒選。

「啪！」

我舉起左手，任由那一劈擊中我的肋旁。

縱使穿上皮革背心，男爵那股蠻力仍傳進我的身體裡。假如這是真劍，我的肋骨大概已有數根被砍斷，但如今還好。我硬接這招後，迅速以左手抓住敵方劍身，再以自己的劍擊向劍身底部，槓桿似的扭過對方的手。從接招到反扭不過一秒，但現在對打已結束，因為男爵的劍已然脫手，我的劍卻直指對方喉頭。

「漢斯！」

夫人大喊。我的肋旁傳來劇痛，但此刻必須忍住。

「男爵閣下，承讓了。」我將劍遞給對方。

「在您刺向我脖子之前，左邊身體已被重創吧？」男爵直瞪著我，語氣不帶半點感情。

「對，但不至於即時死亡。」我說。我相信男爵聽得懂我的意思——真打的話，我可能活不過明天，但此刻他已身首異處。

「閣下，吾弟冒犯了，請多多包涵。」先生迎上前來，對男爵說道。

「這是一場很好的練習。」男爵換回平靜的表情。

「閣下從哪兒學劍？師承哪位大師？」先生問。

「一位叫卡瓦爾卡博[25]的波隆那劍士，我曾在昂熱跟他學習，聽說他最近被陛下徵召，向王子傳授劍術……尤迪絲，怎麼了？」

男爵望向正扶著我的尤迪絲，我回頭一看，發現她一臉怒容。

「你為什麼出手那麼重？」夫人質問男爵道：「練習有需要用這種重招嗎？你是不是對我的義兄有什麼不滿？」

「不……」男爵似乎有點意外，不過老實說我也沒想到夫人會大動肝火。

「你看！」

我隨著男爵的視線向下看，發現原來我的皮革背心上留下一道明顯的劍痕，即使那劍沒開鋒，剛才的一擊沒被皮革擋一擋，大概亦足以造成不小的傷害。

「漢斯先生，請接受我的道歉——」

「閣下言重了。」我一時想不到如何回答，只好擠出一個微笑。

「漢斯，快看看有沒有傷及筋骨。」夫人緊張地說。

「男爵閣下，我們先回房間檢查治療，先失陪。」先生替我們解圍。

夫人跟我們一同離去，離開前我回頭瞄到男爵掛著一副複雜的表情，正在檢查劍鋒，不曉得他在想什麼。剛才的對決，到底是一場沒有動機的練習，還是心懷不軌的試探呢？

我想起對打中男爵的表情。那撇藍鬍子令我感到很不舒服。

在房間裡我脫下衣服，發覺肋旁瘀青了一大片，還好肋骨沒傷。夫人替我塗上傷藥，本來我想說這有點不合禮儀——畢竟她是人家妻子——但因為我倆是「自幼一起長大的義兄妹」，假如她有所避忌，男爵知道後反倒會懷疑吧。

從夫人的神情，我看得出來她是由衷地感到擔心。她不只是害怕男爵對她不利，更因為我受傷而發愁。她替我治療時，我看到她眼眶中的淚水滾動，就像為家人擔憂一樣。

「漢斯，對不起，害你受傷……」夫人說。

「真的不要緊，這種小傷，睡一覺便好了。」

「對啦，尤迪絲，對漢斯來說這只是小意思罷了。」先生從容地說。唉，跟隨先生多年，他鮮少為我擔心，我都不知道他是對我無比信任，還是真的對我的安危不在意。

「可是這片瘀青……」

25. Girolamo Cavalcabo，義大利擊劍大師，後於巴黎與羅馬任教。

「真的沒問題啦。」我掛上笑容。「我剛才留手了，否則三招之內已勝出，男爵傷不了我。」

夫人苦笑一下，她一定覺得我在充好漢吧。

就在夫人替我墊上敷料，收拾工具時，砰噹一聲，那串沉甸甸的鑰匙從她身上掉到地面。我正想彎腰撿起，可是肋旁的痛楚讓我止住，先生比我早一步拾起匙串。

「剛才午餐時男爵又要尤迪絲交出鑰匙……」我想起那一幕，於是說：「尤迪絲，城堡裡有沒有和這個一模一樣的牌子？只要弄來一個同樣的木牌，便可以掉包。」

既然先生說過那木牌沒有魔法，那說不定掉包也能瞞過男爵。

夫人搖搖頭。「我沒見過。可能男爵或皮埃爾有，但我不知道。這個木牌看來有數十年歷史，上面的家紋也像是雕刻師的手工，我想偽造一個也沒辦法。」

「我們不如乾脆把它拿下來，然後告訴男爵不小心丟失了？」我忽發奇想。

「漢斯，你看這木牌子多麼的堅固，匙圈的接口也很緊，怎可能只丟失了一個牌子？這只會更令人懷疑『丟失的木牌子』有問題。」先生把木牌放到我面前說。

似乎沒有解決辦法，我想只能多拖一天，祈求男爵別再追問。

「叩、叩。」

房門傳來敲門聲，尤迪絲趕緊收起鑰匙，先生便去應門。敲門的是管家皮埃爾。

「男爵吩咐我來看看兩位需不需要協助。」皮埃爾說。

「不，一切已處理好了。」夫人冷冷地回答。「告訴男爵我們不會跟他一起吃晚餐。漢斯受了傷，要在房間休息，我和萊爾在這兒陪他就好。你之後將餐點送上來。」

「啊……明白了，夫人。」

皮埃爾離去後，我看到夫人舒一口氣。似乎我受傷也有點好處，可以迴避跟男爵見面。

夫人之後一直和我們待在一起，這客房成了她的避風港。我們在房間裡用餐、談笑，她藉此暫時忘掉她身上的危機。她和我並肩而坐，閒聊間不時碰到我的肩膀，我想，或許她缺乏安全感，我光是坐在她身邊，已令她感到安心。

可是美好的時光終有完結的一刻，吃過晚餐，夜色漸濃，夫人要回她的寢室。互道晚安後，她依依不捨地離去。

「漢斯，別想太多。」在我鎖上門窗時，先生對我說。

「什麼想太多？」

「她始終是人家的妻子。」

「先生！我才沒有那個意思——」

「不過，假如男爵因為殺人罪被捕，教會會解除他們的婚姻吧。你要多想的話，可以留待到時再想。」先生狡猾地笑道。

我無視先生的嘲弄，繼續檢查門窗，確保房間安全。因為想起跟男爵對打時他的狠勁，我把長椅架在門前，萬一有人想闖進來也得花點工夫。一如昨晚，我打開了和先生房間相連的門，萬一他呼喚我我也能及時醒過來——當我做好這些步驟時，卻發現先生已經呼呼大睡。

大概因為連續兩天睡得不好，加上受了點傷，這一晚我很快睡著，昏昏沉沉的睡得安穩。可是，我彷彿聽到夫人悽慘的呼叫聲，而且聲音愈來愈大——

「哇呀！」

不對！這真是夫人的叫聲！我猛然醒過來，發現先生也被吵醒了。

「漢斯！」先生連忙起床，點起油燈，卻看到長椅擋在門前，只好手忙腳亂地把它移走。哎，看來我幹了多餘的事。

我和先生衝出走廊，直奔夫人的房間，我用力敲打著房門。

「尤迪絲！尤迪絲！」我嘗試搖動把手，但門很明顯給鎖上了。當夫人跟我們告別時，我還叮囑她記得要鎖門。

「尤迪絲！我是漢斯！妳發生了什麼事？快回答我！」

「嗚……」我隱約聽到夫人的聲音。

「尤迪絲！快開門啊！」我還是不停地搖動把手。我正想問先生怎辦時，卻看到他左顧右盼。

「先生！我們應該——」我話還沒說完，房門突然打開了。

「漢斯！」夫人淚流滿面，一把抱住我。

「尤迪絲！發生什麼事情？」我緊張地問道。

「有、有人……陽台……有人……」夫人口齒不清，斷斷續續的吐出這幾個字。

霍夫曼先生望向窗外，我也隨著他的視線，只看到月光下的陽台空無一人。先生站在我右邊，而我左手抱著夫人顫動中的肩膀，右手扭開了通往陽台的門的門閂，推開了門，一陣冷冽的寒風迎面吹來，可是沒有半個人影。由於外牆有屋簷，陽台上沒有積雪，所以看不到腳印。

「兩位波克蘭先生，夫人怎麼了？」皮埃爾拿著燈，從房門走來。

「尤迪絲說看到陽台上有人。」先生回答他說。我攙扶著夫人到躺椅坐下，畢竟這樣摟抱著人家的妻子，實在……有點那個。

「你也聽到她的叫聲嗎？你上來時有沒有看到人影？」我問皮埃爾。

「我聽到夫人的叫聲，便立即衝上來，可是沒有看到任何人。」皮埃爾搖搖頭。

這時候，男爵也提著燈從門口走進房間。怎麼房間最接近的人反而最遲來到？

「尤迪絲，發生什麼事情？」即使自己的妻子遇上可怕的經歷，男爵的語氣還是冷冷的。

「我……那……」夫人看著男爵時，舌頭像打了結，說不出話來。
「剛才尤迪絲說看到陽台上有人，所以嚇得大叫。」先生替她回答。「還好她有扣上陽台的門閂。」
「會不會是外來的強盜？」我問。
「不會，因為庭園的狗沒有吠。」男爵答道。
可是天氣這麼冷，也許狗兒都躲起來呢——我心裡暗想。
「主人，夫人會不會只是做噩夢？」皮埃爾說。
「不！」夫人狠狠地叫嚷：「不是噩夢！真的有一個人！我沒有發瘋！」
「尤迪絲，我們相信妳。」我看見夫人情緒愈來愈不穩定，輕輕地握著她的手臂。
「對了，道格拉斯太太呢？」先生問道。
「啊！不好！」皮埃爾轉身往後，說：「她有夜盲病，晚上不便走動，她聽到夫人的叫喊一定很擔心了。我先去看看她，順道檢查一下有沒有外來者。」
當皮埃爾離去後，先生用眼神示意叫我離開，像是有事要告訴我。於是我說：「男爵閣下，既然已經沒事，我們先回去了。」
「不！我要漢斯留下陪我！」夫人捉住我的手，不肯放開。
我好像看到男爵的表情有點變化——還是只是燈火造成的錯覺？他的眼神十分冷漠，可是他卻回答說：「好吧，漢斯先生，請您好好照顧尤迪絲。」
「我……我明白了。請閣下放心。」我硬著頭皮說。先生以奇怪的表情看著我，好像說我陷進了麻煩事，我只好聳聳肩。
男爵和先生離開後，夫人還緊緊握著我的手。

「漢斯，我真的沒看錯，陽台上有人……」她不斷嘀咕著。

「尤迪絲，我相信妳，妳放心睡吧。」

結果夫人倚在躺椅上睡著了，但仍緊緊握著我的手，我唯有靠在躺椅旁席地而睡。還好我旁邊是火爐，我重新點起幾近熄滅的爐火，否則，我今晚大概會凍死了。

4

當我醒過來時陽光已從窗戶射進房間裡。今天天色很好，雪已經停下，因為現在是冬季，太陽在早上八時才升起，現在大概快九點吧。夫人也漸漸醒過來，發覺我被迫在地上睡了一晚感到十分慚愧，但最重要的是她看來已沒大礙。我跟她談了幾句便回到客房，看見霍夫曼先生已醒過來，坐在椅上把玩著什麼。

「漢斯，早安啊。」先生他似笑非笑地說。

「先生，早安。」我邊說邊扭動隱隱作痛的脖子，昨晚睡得太差了——比在森林那破屋子裡睡得更差。

「你沒有犯下第七誡吧？還是第十誡[26]？」先生的語氣不懷好意。

「先生！」我不快地說：「我當然沒有幹那種事啊！」

「對，你只是握著尤迪絲的手，在地板上睡了一晚吧。」

「咦？先生你怎麼知道的？」我又吃了一驚。

「我親眼看到的嘛。」

「但我記得房門好好地關上了啊？」

「呵呵。」先生沒回答，只是繼續把玩他手上的東西。

「先生你拿著什麼？」我問。

先生把那東西放在手心讓我看——那是一把很別緻的掛鎖。

「昨天早上你去了找尤迪絲時，我在樓下一個房間找到的。」先生指了指門外。「那房間放了一堆雜物，其中一個木箱上掛著這把掛鎖，還附有鑰匙。」

「這有什麼特別嗎？」

「這掛鎖跟地窖那些掛鎖外型雖然不一樣，但結構相同。漢斯，你看，只要把鑰匙插進匙孔，輕輕一扭——上方的環型鐵扣便打開了。可是，即使把鑰匙拔了出來，把這鐵扣合上——看，這鎖又鎖上了。」先生一面說，一面示範。

「這又如何啊？我們在英國也見過這種掛鎖啦。雖然我不知道誰人發明這種鎖，但即使發明者是個法國人也沒有什麼值得驚訝啊。」

「你說得對，沒有什麼值得驚訝的。」先生微微一笑，說：「這掛鎖的花紋很漂亮，英國的鎖匠不像法國人那樣會注意這些小地方哩。」

「說不定製作這鎖的鎖匠是義大利人？」我隨便說。

「唔……對啊，可能是佛羅倫斯的產品……」先生繼續把玩著那個掛鎖。

吃過皮埃爾送來的早點後，我跟先生到庭園漫無目的地閒逛著。不，雖然我是漫無目的，說不定先生是想到什麼才來到庭園中的。

「先生，你是不是察覺到什麼？我們在偵查昨晚的強盜的路線嗎？」雖然地上還鋪滿白

26. 第七誡為「不可姦淫」，第十誡為「不可貪戀別人的妻子」。

雪，但今天已沒有前兩天那麼冷。

「不用啊，昨天才沒有什麼強盜或入侵者。我只是想出來看看雪景，舒展一下筋骨。」先生邊走邊伸懶腰。

「沒有入侵者？那昨晚尤迪絲看到的黑影是誰？」我問道。

「漢斯，我先問你，」先生停下了腳步，說：「如果尤迪絲沒看錯也沒有說謊，地窖中真的有兩具女屍，你認為她們是誰殺的？」

「不就是男爵嗎？從鑰匙的持有人到他警告尤迪絲不准到地窖去，以及下人說他曾有兩個金髮前妻，所有跡象都顯示他是兇手啊。」

「最初聽到尤迪絲的話我也以為是男爵，想清楚後覺得是皮埃爾，發現屍體消失後我認為是道格拉斯太太，但經過昨晚的事件後，我就真的不知道了。」先生苦笑著說。

「怎麼所有人都被你懷疑過了？」我奇道。

「漢斯，我覺得即使昨晚有人在尤迪絲房間的陽台鬼鬼祟祟，也不見得真的有人會對她不利。我只是有些地方弄不清楚，事情像欠了幾塊的積木。」

「漢斯，萊爾，早安。」我回頭一看，只見夫人披著厚厚的披肩，往我們走過來。

「尤迪絲，早安。」先生微微一笑。

「昨晚……真的太失禮了。」夫人困窘地說，眼神卻沒跟我對上，連我也有點尷尬。

「尤迪絲，我倒有點奇怪為什麼妳這麼信賴這小子。」先生還刻意拿來說！雖然這兒只有我們三個人，不怕被人聽到。

夫人的雙頰發紅——雖然我不知道是不是因為天冷而發燙——而我也感到有點不知所措。夫人慢慢地說：「我……我不清楚。只是，漢斯給我一份久違了的親切感……在我記憶深處，彷彿有過相似的片段——同樣在雪地上、同樣是樹林裡。只要看到那面容，我便會安心下來……」

縱使我沒有鏡子，我也猜到我的耳根通紅起來。

「對了，男爵在哪兒？」我扯開了話題。

「聽皮埃爾說，他早上已往普勒梅爾鎮去，好像要跟當地的酒商談稅款的事情。」夫人像是逃過一劫似的說道，畢竟這樣入夜前她也不用特意迴避他。

「這樣的話，尤迪絲妳帶我們好好看一看這古堡吧，說不定我們可以解開屍體失蹤之謎。」先生說。當他說到「屍體」這兩個字時，夫人的身子稍微顫動了一下。

「好、好的。」夫人回答。「先說這兒，這兒是中庭，雖然現在積了雪，這兒其實種滿漂亮的玫瑰花。那兒是前門，前方左右兩邊有兩座高塔，後方還有一座，另一邊是家族的墓園……」

先生和我依著夫人所指的各個地方眺望著。後方的高塔明顯和前面的不同，前方的都有瞭望用的露台，後方的其實是個鐘塔，圓形的鐘面上有指針指示著現在的小時，我猜當中的機械比那些只會每小時發出聲響的鐘樓先進得多。

當我還在欣賞古堡的建築時，先生卻一言不發，注視著腳邊的花圃。我和夫人覺得奇怪，我便問：「先生，你在看什麼？」

「尤迪絲，妳說這兒種的是玫瑰嗎？」先生頭也不回地問。

「是的，下雪前這兒還長滿了鮮豔的玫瑰。」尤迪絲答道。

「先生，你找到什麼嗎？」我看見先生臉上的笑容消失了，也有點緊張起來。

「漢斯，你知道蘇格拉底是怎麼死的嗎？」先生突然冒出這樣的問題。

「你說的是那位古希臘哲人嗎？」我摸不著頭腦地說：「我記得書上說是被判死刑的，

好像是被權貴迫害，控告不實的罪名……這有什麼關係？」

「讓我介紹你們認識殺死蘇格拉底的兇手——」先生掏出手帕，在沒有被雪掩蓋的花圃裡小心地拔下一片葉子，隔著手帕舉起給我們看：「這是毒堇，蘇格拉底被判死刑，便是喝毒堇汁而喪命。」

我和夫人都有點吃驚，同時也有點迷惑。我問道：「這是毒……草？」

「這不是『毒……草』，」先生模仿我的語氣，說：「是『非常厲害能致人於死的毒草』。野生的毒堇不難找，但在玫瑰園種上一整排的毒堇，就實在教人有點詫異了。」

在先生旁邊的花圃裡，有著一整列跟他剛摘下葉子那株一模一樣的植物。我不禁抽了一口涼氣。

夫人帶我們往古堡每一個角落，從馬廄至倉庫、由酒窖至塔頂，先生也一一查看了，可是他似乎沒看出異樣。最後我們來到墓園。

「這兒便是德萊斯家的墓園。歷代男爵和家人也是葬在這兒的，當家的男爵死後都會送到那邊的墓室，而家族則以土葬埋在墓園裡。」夫人指著我們面前一間不太大的石房子，面向石房子的空地上則豎立了十來塊墓碑。

「昨天下過雪，真不巧。」先生自言自語地說。

「先生，下過雪有什麼問題？」我問。

先生沒理會我，指著圍牆上的白色閘門，向夫人問道：「尤迪絲，那道閘門是通往哪兒去的？」

「好像是外面森林旁的小路……我不大記得了。」

我們跟著先生走到門前。先生伸手推門卻推不動，於是跳起伸手抓住圍牆邊，探頭察看。

「萊爾，我有鑰匙啊。」夫人說。

「啊，對。」先生微笑著說：「我差點忘了。」

先生拍拍沾到身上的雪片，接過鑰匙，花了點時間找出正確的那把，把閘門打開。門外一如夫人所說，是通往森林的一條小路。

先生把門關好，跟夫人說：「尤迪絲，我們好像還有一個地方沒看。」

「除非有我不知道的房間，否則沒有了啊。」夫人回答說。

「我們還沒看過男爵的房間。」

夫人有點猶豫，說：「你……認為他的房間裡有屍……」

「不，」先生說：「記得我們原來的計畫嗎？我們只要找到男爵殺人的證據便足夠了，找不找到屍體也不打緊。」

夫人點點頭，但隨即想到什麼似的，說：「可是，皮埃爾常常替男爵打理房間，如果你們給皮埃爾撞見的話……」

「那妳替我們支開皮埃爾不就行了嗎？」先生說。

「啊……」夫人顯得有點不安，但仍點頭說：「我明白了。」

我們躲在樓梯旁，看著夫人在大廳中跟皮埃爾說了幾句，接著二人往庭園走去。我們躡手躡腳爬上樓梯，快走到三樓時……

「啊，兩位波克蘭先生。」肥胖的道格拉斯太太突然出現，跟我們碰個正著。

「原來是道格拉斯太太，我以為妳正在廚房準備午餐呢。」先生自然地說。

「我聽皮埃爾說昨晚有人潛入來，嚇到了夫人，所以我上來看看。」道格拉斯太太說。

「妳昨晚可好？聽皮埃爾說妳在晚上看東西不大清楚。」

「是啊，我眼睛不好，在暗一點的地方便和瞎子沒分別了。不過我昨晚睡得很熟，如果不是皮埃爾敲門，我也不知道發生了這樣可怕的事。」

「是這樣嗎……」先生好像想到什麼的樣子，問道：「對了，道格拉斯太太妳在這兒工作多久了？」

「差不多十年了。」道格拉斯太太滿臉笑容。

「男爵府中一直就只有妳和皮埃爾兩個僕人嗎？」

「自從我來了之後一直這樣……雖然有些工人會來做一些雜務，但住在這兒的只有我們。」

「那麼妳來工作之前這兒豈不是只有皮埃爾一個人？」

「是啊，其實我也是因為主人回來居住，才獲聘請吧。」

「回來居住？」先生問。

「聽說男爵閣下十來歲便去了昂熱大學讀書，因為先代男爵和夫人已過世，男爵的姐姐又出嫁了，這古堡便一直空置，直至十年前男爵回來。」

「男爵有姐姐嗎？」我問。

「我不大清楚，我也只是從鎮上聽回來。好像說男爵有位叫安妮……不，好像叫艾麗絲的姐姐，很久以前嫁給了巴伐利亞的貴族……之後就沒有跟主人聯絡了。沒聯絡也很正常吧，畢竟他們又沒有一起長大，感情不好也不足怪……」

「男爵沒有跟他姐姐一起長大？」先生打斷了對方的話。

「呀——糟糕了，這些事情我不應該多口的……而且我也只是聽回來，是謠言吧！」道格拉斯太太慌張起來。

「道格拉斯太太，我們不會告訴別人的。」先生以沉穩的語氣說：「我們只是關心妹妹的新生活而已，請妳告訴我們吧。」

道格拉斯太太有點遲疑，但還是小聲地說：「這只是聽回來的啊——聽說男爵閣下是私生子，先代的男爵在病重時怕沒人繼承爵位才讓他回來。」

私生子？這真是醜聞啊！私生子繼承爵位有違法律啊……不過只要有貴人撐腰，大概也無人過問吧。

「兩位不用擔心，」道格拉斯太太說：「雖然男爵閣下的樣子……跟常人有點不同，但他對夫人很好。夫人也很溫柔，縱使旁人看不出來，我覺得他們很關心對方。比之前那兩位，她跟男爵之間的感情好多了。」

先生追問道：「之前的兩位？男爵過去有兩位妻子嗎？」

道格拉斯太太面有難色，說：「糟了！我已說得太多……我要回去工作，失陪了。」話畢便匆匆走下樓梯。

「原來如此……」先生沉吟著。「漢斯，我們快去看看男爵的房間，不然午餐時間一到皮埃爾便來找我們啦。」

我們悄悄打開了男爵臥室的房門，肯定裡面沒有人便迅速走進房間，把門關好。房間的裝潢跟客房差不多，只是窗前的桌子上多了些零碎的物件。我和先生分別打開抽屜和衣櫥，不過只看到一些普通的衣服，頂多還有一些珠寶。

「看來男爵很喜歡吃山桑子啊。」當我走到鏡子前，我發覺旁邊的小桌子上有一大盤藍色的水果。這種山桑子就像紅莓，不過是藍色的……說不定男爵是吃太多山桑子所以鬍子才變藍的？

先生走過來卻沒有看那些山桑子，反而拿起了一個盛了白色粉末的玻璃小瓶。他打開瓶子，嗅了嗅，然後伸手指沾了一些，放進嘴裡。

「先生！危險啊！這可能是毒藥！」我想起庭園的那些毒菫。

「不啦，」先生吐出舌頭，說：「我剛才聞了一下，也大概知道這是什麼，我只是想確定罷了。這是無毒的白礬。」

「是女士塗在臉上讓膚色變白的那種化妝品？」

「就是那些。」先生把瓶子放回桌上。男爵有化妝嗎？不，問題是男人要這樣的化妝品幹什麼？果然是法國人啊。

「漢斯，看來這兒沒有什麼重要的東西——我想，男爵把要緊的物品都放到書房吧。」先生指了指房間的另一邊。男爵的書房和睡房就像我們的客房，兩者不但相連，更共用一個陽台。看來這古堡的房間設計全是如此。

我們走進書房後，卻遇上一個大問題——可以搜查的地方太多了！房間裡有很多書架，擺滿大小不一的書籍，靠窗的桌子上有一疊疊的紙張和文件。要在這房間裡找東西，恐怕得花上兩天！而且我根本不知道要找什麼！

先生謹慎地翻開男爵案頭的一份文件，說：「男爵好像替梅爾克公爵負責這一帶的稅收……」然後拉開抽屜，翻看一下。

「先生，我應該找些什麼？」面對這個書海，我不知從何入手。

「你看看有沒有像札記或信件之類，我們的確沒太多時間了。」先生一邊說一邊繼續翻文件。

我只好漫無目的地在書架上亂找，偶然看到用繩子綑綁的文件，打開一看，卻只是一些官方書信，大抵是前幾代男爵跟布列塔尼軍方的通信之類。在我快要放棄這個書架時，卻發現一綑很奇怪的手札。

「先生，你看這個……吉爾．德萊斯男爵應該是大廳那幅畫裡的人吧，這兒有他的病歷。」我把其中幾頁交給先生。

「『……戰後歸來，男爵腿傷雖已痊癒，奈何傷毒入骨，敝人之療法無效，只能以鴉片、柑橘汁混和金箔止痛……』」我開始讀手上的其中一頁。

「這又如何？」

「還有之後的：『……偶購得珍貴之咖啡，混和金盞花、薑黃、蒲公英及金箔入藥，男爵病況好轉……』」

「這些藥方沒什麼問題啊。」

「這一頁開始奇怪了。『……敝人發現男爵竟私服神秘的東方藥方，此乃大大不智，然藥已入心，無法根治，只能以藥抑藥……』」我翻開後面的一頁。

「給我看看。」先生拿起我剛讀完的一頁，細心查看。

「但最古怪的是最後這頁。『男爵傷寒入肺，藥石無效，染病後三十日歿。』只有這簡單的一句。」我把最後一頁放在先生面前，說：「看字跡是同一位醫生的記錄吧。開始時連藥方也詳細地記下了，臨死前三十天卻只寫了兩句？這不是很奇怪嗎？」

霍夫曼先生嘴角揚起，說：「漢斯！這一回你幹得真好！這的確是很重要的線索……不過，你還是錯過了重點。」

先生指著這些手札下方的簽名——拉蘇瓦醫生。

我正想問先生這位拉蘇瓦醫生是何許人，忽然聽見走廊傳來夫人的聲音。

「皮埃爾，你還是先回去庭園替我找好了。我想指環是在那兒丟失的。」

「夫人，我們剛才找了這麼久也沒找到，說不定您是在屋裡丟掉的呢？我們先從您房間開始找不就好了嗎？」說話的是皮埃爾。

我和先生不敢妄動，輕輕把文書放回原位，耳朵貼近門邊，聆聽著門外的動靜。聽到夫人的聲音開始變小，先生便慢慢地打開門，從門縫看到沒有人，和我趕緊離開男爵的書房。

「尤迪絲，怎麼了？」我們扮作若無其事，經過夫人打開門的房間。

「先生，夫人遺失了戒指，我們剛才在庭園找了好久也沒找到，所以先回到夫人的房間找找。」皮埃爾正提起地毯一角，回頭答道。

「讓我們來幫忙找找吧！」先生走到夫人身邊，遮掩著皮埃爾的視線，對夫人打了個手勢。

「啊！找到了！」夫人叫道。當然，她只是扮作從地上拾起指環，實際上她是從口袋裡拿出來的。

「夫人，果然是在房間裡嘛。」皮埃爾語氣就像埋怨剛才在雪地上浪費時間，當然身為下人的他不敢說重話。

「噹……」窗外傳來鐘聲。

「午餐的時間差不多到了，請到餐廳用餐。」皮埃爾從窗戶看了看鐘塔，說道。於是我們一起沿著樓梯往一樓的餐廳走去。

「皮埃爾，」先生突然叫住了管事，說：「男爵府只有你和道格拉斯太太兩個僕人，如果有人半夜急病，要往鎮上找醫生也很麻煩啊。」

皮埃爾像被獵犬盯上了的獵物一樣，停下腳步，回頭答：「啊……我、我也略懂醫術。

而且府裡備有不同的藥品，先生您不用擔心。」

霍夫曼先生微微一笑，沒再追問。他向我打個眼色，我才想起——皮埃爾的全名是皮埃爾．拉蘇瓦，從他剛才緊張的反應，我幾乎可以肯定他便是拉蘇瓦醫生。

用餐時，先生還是顧左右而言他，不著邊際地說著瑣事，因為儘管男爵不在，皮埃爾還在我們身邊侍候。

「對了，漢斯，我想起一件事。」先生吃完午餐後，當著皮埃爾和夫人面前跟我說：「聽說普勒梅爾鎮有位老翁收藏了一顆很漂亮的紅寶石，既然這兒跟普勒梅爾鎮相鄰，我們一會兒去拜訪他，看看他願不願意割愛吧。」

「啊？好、好的。」我完全不知道先生搞什麼鬼，只好順應點頭贊成。

夫人張惶地看著我們，不知道先生的用意。

「先生，現在才出發恐怕要到入黑你們才能回來，明早再出發好不好？」想不到阻止我們的竟是皮埃爾。

「不，難得今天放晴，萬一明天下起雪來路會更難走。皮埃爾，我們今晚會晚點回來，不用預備晚餐了。」先生說。

我很快預備好斗篷和輕便的行裝，到馬廄牽來了兩匹馬。夫人一副焦急的樣子，似乎很想問先生有什麼打算，但因為皮埃爾在場又不能發問。

「尤迪絲，」當先生騎上馬背時，回頭對夫人說：「我們只去一去，今晚便會回來了。妳不用擔心，這路上十分安全，不會有事的。」

夫人好像聽出了先生的弦外之音，可是先生的保證沒法消除她的疑慮。她說：「真的嗎？

萊爾，我還是很害怕會遇上意外。」

「放心，請相信我。」先生說。我對夫人點點頭，以堅定的眼神向她作出承諾……雖然我實際上也很擔心，完全不明白先生丟下夫人要我跟他到鄰鎮是為了什麼。

5

我們策馬跑了十數分鐘，先生突然拉停了馬，說：「漢斯，我們現在往森林去。」

「森林？」我奇道：「我們不是去普勒梅爾鎮嗎？」

「不，我們回去古堡。」

「咦？」

我們穿過森林，不久便到了古堡背後的那條小路，看到鐘塔和墓園。

「這兒有樹木遮掩，應該沒有人發覺吧。我們先在這兒休息一下。」先生下了馬，綁好韁繩。這兒距離墓園的圍牆只有百多碼。

我走到先生旁邊，問道：「先生，我們在這裡等什麼嗎？」

「對，」先生從行裝裡拿出了毛毯，說：「等天黑。」

「為什麼要這樣做？」

「我想看看男爵知道我們不在時，到底會幹些什麼事。」先生把毛毯鋪在一塊大石上，慢慢坐下。

「啊！不是吧！」我大驚道：「萬一他趁機傷害尤迪絲……」

「我九成肯定尤迪絲安全啦。」先生輕鬆地說。

「那還有一成呢？」我皺起眉頭，擔心這十分之一的可能性。

「唔……餘下的一成就是尤迪絲在出問題前逃走，像前天早上一樣。」先生笑了笑。

我想不到先生這樣回答，只好把狠話吞回肚子裡。

「你別那麼緊張，」先生拿出酒瓶、麵包和奶酪，說：「吃點東西喝點酒暖暖身。現在是冬天，五時便日落了，我們不用等太久。我剛才還發現了有趣的東西哩。」

先生從口袋裡拿出一個小匣子，遞給我。我打開一看，裡面有三個小布袋，每個袋裡也有一顆玲瓏剔透的琥珀石。

「這是什麼啊？我們只是冒充寶石商人罷了，先生你還準備了道具？」我拿起其中一顆琥珀。

「這是我從男爵的書房拿的。」先生一面喝著紅酒一面說。

「先生你偷的？為什麼偷男爵的寶石……」

「你看看布袋上有什麼吧。」先生打斷我的話。我拿起布袋，發覺上面分別繡了字母「A」、「É」和「B」。

「這是什麼？」我問。

「這樁案件的關鍵證據。」先生說。

「什麼案件啊？」我愈來愈頭昏腦脹。「先生，我一直以為我們在找男爵殺害前妻的證據，可是你今早說過男爵、皮埃爾和道格拉斯太太都不是兇手。昨晚有人企圖對尤迪絲不利，你又說沒有入侵者。我們到男爵房間找證據，你卻偷來三顆琥珀石。我搞不懂啦。」

「漢斯，你忘了還有一件事件啊。」先生接過小匣子，把酒瓶遞給我。

「哪一件？」我喝了一口紅酒。

「你發現的那一件啦。」

「是……老男爵的病？」

先生點點頭，說：「皮埃爾是醫生，卻對我們隱瞞。上一代的男爵臨死前沒有病歷紀錄。庭園裡種有毒菫。縱使動機不明，我也不由得把三者聯想在一起。」

「啊！」我開始明白了：「皮埃爾毒死了老男爵？」

「我的確這樣想，可是中間有些不協調的地方。」

我開始了解先生的做法了……要提防的是皮埃爾！男爵不是壞蛋，真正的壞蛋是皮埃爾，他毒害了男爵的父親，操縱年幼的男爵，侵吞財產……說不定男爵的前妻也是他殺的……

我們待了兩三個小時，先生又陷入了沉思，我只好獨個兒啃麵包，因為他說過他思考時別打擾他。天黑後，霍夫曼先生說：「好了，我們回古堡去，偷偷看看事情有沒有變化吧。」

我在微弱的光線下嘗試解開韁繩，先生卻問我：「漢斯，你在幹什麼？」

「解繩騎馬回去嘛。」我邊說邊繼續解開繩子。

「我們特意來這邊就是為了偷偷地回去啊！」

「我們要爬牆嗎？」爬牆我當然沒問題，但先生嘛……他的手腳一向不大靈活就是。

先生不發一言，悄悄地走到圍牆前那扇門，說：「漢斯，你爬牆吧，我從這兒進去便行。」他輕輕一拉，門便打開了。

「咦？這兒不是上鎖了嗎？」我問。

「我今早只是假裝鎖上罷了。」雖然光線不足，我也知道先生這時露出了狡黠的笑容。

我們放輕腳步走進墓園，先生跑在前頭，慢慢走到連接古堡大樓的側門。先生忽然停下來，回頭望向墓室。

「先生，怎麼突然停下？」我差點跟他撞上。

「漢斯……」先生頓了一頓，說：「雖然不一定有意義，但也值得一看吧？」

「什麼跟什麼啊？先生？」有時我覺得先生在說一種只有他自己才明白的語言。

「來！」先生往回頭走，跑到墓室前。我也只好跟著他。

先生在墓室門前看了看，便伸手拉開了墓室的門。

「我們進去吧。」先生說。

「什麼！」我幾乎大喊道，還好話沒說出來便止住了，連忙壓下聲音說：「先生！我們進這種鬼地方幹什麼啊！」

「先進去再說！」先生一再催促，我只好照做了。

我們進到墓室後，先生關上門，立時伸手不見五指。只聽見先生掏出打火石，不一會點起了小小的火光。

「這兒有火把，正好。」先生看到牆上有把火把，便點亮了它，室內頓時明亮起來——雖然我覺得有光比沒光更可怕，因為我面前便有五口石棺。

「先生，我們進來幹什麼啊？」我不想逗留多半刻鐘。

「我想跟老男爵聊幾句，所以進來咯。」先生笑說。

「先生，你不懂什麼招魂的巫術吧……」我搞不懂先生的意思。

「我想親眼看看第五代德萊斯男爵的樣子。」

「嚇！」我目瞪口呆，說：「先生你要……打開石棺？」

「不，不是『我要打開石棺』，是『我們要打開石棺』。」先生一邊說，一邊蹲下查看每口棺材的碑文。「『吉爾．德萊斯男爵』……是這一口了。漢斯，你到那邊，我們一起抬起蓋子。」

天啊，打擾死者會被詛咒的吧！還是會被拉進地獄啊？或者老男爵化成殭屍，要吃我們的肉？呀……我為什麼要幹這種苦差啊……

「好，一二三！用力！」先生指示著，我只好硬著頭皮把石棺的蓋子抬起，移到旁邊。我一邊用力，一邊別過臉去，不想看見棺材裡面的樣子。

「天啊！怎麼這屍體也消失了！」先生突然嚷道。

我連忙回頭一看——

媽呀，哪兒消失了！已變成骷髏的屍體就在我眼前！頭顱還在我這一邊，一些藍色的毛髮還殘留著，而老男爵就像仰頭看著我……

「我騙你的。你也太膽小了吧。」先生淡淡地說，但他心裡一定十分得意！可惡啊！

「先生，你知道我一向最怕鬼的啊……」我哭喪著臉說。

先生沒理會我的抱怨，檢查骷髏。他翻開已腐爛的衣服，說：「漢斯，你看看這兒。」

我不情不願地走近，看到屍體的肋骨斷了，胸前有個洞。

「手腳的骨頭也碎了……咦，原來在這兒？」先生突然伸手，從棺材裡拿出一件東西。

那是一把短劍，和三樓梯間用來裝飾的那一把一模一樣。

「這是大收穫啊！」先生放下短劍，說：「這便是原因了！」

霍夫曼先生二話不說，趕緊跑回古堡，我只好在後面跟著他。

「先生！我們不是要偷偷觀察男爵他們嗎？」我問。

「不用了，找皮埃爾談談便解決了。」先生說。

我們在通往梯間的走廊遇上道格拉斯太太。
「咦！兩位先生！你們怎麼在這兒？」她有點驚訝。
「啊……我們剛回來。皮埃爾在哪兒？」
「他應該在房間。他今天一直很沮喪似的，黃昏時我還看到他滿懷心事地在庭園踱步。」
「沒有……妳說他剛才在庭園踱步？」先生若有所思地問。
「是啊。」道格拉斯太太看了看我們，說：「先生，你們不覺得熱嗎？在室內還穿著厚厚的斗篷。」
道格拉斯太太伸手想替我們脫去斗篷，先生卻呆立在旁邊。
「就是這個啊！我真笨！天啊，我真笨！所有細節也齊全了！難怪他們的表現如此反常！」先生歡天喜地，跟道格拉斯太太說：「對了，我今天問過妳有關男爵前妻的事，讓我換個方式發問吧——男爵是不是曾經先後帶兩位金髮少女到古堡居住？即使他們不是夫婦。」
道格拉斯太太露出訝異的表情，說：「先生您怎知道的？」
先生沒回答，拉著我說：「道格拉斯太太，我們有很重要的事要辦，我們先走一步了。」
我們丟下道格拉斯太太，往二樓皮埃爾的房間。先生正想敲門，可是突然停住，小聲地說：「我們還是先從陽台看看他在做什麼吧。」
我們走進隔壁空置的房間，從相連的陽台窺看著。皮埃爾在桌前拿著筆在寫什麼，忽寫忽停，樣子很是痛苦。他放下筆，拿起旁邊的酒杯，眉頭深鎖，正要啜一口——
「漢斯！快阻止他！別讓他喝！」先生突然嚷道。
我沒多想便衝進房間，一手把皮埃爾手上的杯子打掉，扳著他的右手，而皮埃爾錯愕地看著我。

「你……」皮埃爾結結巴巴的，說不出半句話。

「皮埃爾先生，」先生從陽台走進來：「你先別急著要死。這樣糊裡糊塗死了，太划不來啦。」

那是毒藥嗎？皮埃爾想要自殺？

「先生……我……一切都是我……」皮埃爾還是沒法把話說好。

「皮埃爾，我和漢斯其實是路過的英國人，僅此而已。」先生說。

「咦？」皮埃爾還是一臉愕然，但沒有之前的恐懼。

「你不信便看看我的手。」先生攤開雙手，說：「你說這雙手像是握劍的嗎？」

皮埃爾看了看，說：「的確……不是啊。」

「所以，你不會有事，男爵也不會有事。夫人在哪兒？我們只要好好談一下便好了。」

「夫人……夫人應該在房間。」皮埃爾說：「剛才男爵回來用餐後，問夫人討回鑰匙，夫人慌張地說她不知道血跡什麼的。男爵說要跟她好好談一談，要她在房間裡等他。」

「這樣嘛，我們一起去吧。」先生叫我放開皮埃爾的手臂，我們三人一同往樓上夫人的房間去。

6

經過三樓樓梯時，我不由得想起老男爵棺材裡那把劍，想看看是否和掛在牆上那一把一模一樣。可是，牆上只有一面盾牌，原來的劍卻不見了。

「先生，短劍不見了。」我指著盾牌說。
霍夫曼先生看見後，表情作出一百八十度轉變，本來輕鬆的姿態消失得無影無蹤。
「糟糕！怎會這麼快演變成這樣的！快！」先生三步併成兩步，說：「要出人命啦！」
我和皮埃爾大吃一驚，連忙跟著先生走到夫人的房間，用力的敲打著門。
「尤迪絲！尤迪絲！」我發覺門沒鎖上，打開一看，裡面空無一人。
「在男爵的房間！」先生立即走到不遠處男爵的臥室，嘗試開門卻沒成功，房門被反鎖。
——砰！
門後突然傳出物件碰撞的聲音，我不由得有不好的聯想，可是身體卻動不了，不知道該怎辦。
「從書房那邊進去吧！」皮埃爾嚷道。
「沒時間啦！」先生說：「漢斯，跟我一起撞門！」
我點點頭，和先生數了三聲便一起把門撞開。先生踉蹌地倒在地上，我勉強穩住身體，只看見房間裡一片凌亂，原本在桌上的物品散落四周，木架和椅子橫七豎八地擱在房間中央，躺椅的椅背被割破，棉絮散滿一地。詫異地瞧向我們的男爵正站在火爐前，而臉色鐵青的夫人則站在房間另一邊，二人似是僵持著。
「快！漢斯！阻止殺人啊——」仆倒地上的先生大喊道。
我二話不說，一鼓作氣向前衝刺，飛身將男爵撲倒。
「漢斯！你在搞什麼鬼？」先生在我背後嚷道，而男爵不斷掙扎。我回頭一看，發覺拿著劍的不是男爵而是夫人！她已來到我們面前，舉起短劍往我們身上刺下去——
「漢斯！」眼看短劍要刺中，先生一個飛撲把夫人撞倒。夫人在喊罵著：「放開我！讓我殺死這藍鬍子！我不殺他他便要殺我了！」

夫人拿著劍亂劃，先生十分危險。我連忙放開男爵要救先生，想不到男爵比我更快一步，用手臂擋開了夫人的劍，被劃出一道長長的傷口。夫人看到血，歇斯底里的哭個不停，短劍也從手中掉落。

「漢斯！萊爾！你們丟下我！那野獸要來殺我了……」夫人情緒崩潰，抓住我和先生的手臂痛哭。

「尤迪絲，妳放心，沒有人要傷害妳。我已經知道所有事情了，所以妳不用害怕。」先生一面安慰夫人，一面跟皮埃爾說：「你快替男爵治療吧。」

皮埃爾連忙拿來包紮傷口的藥和布，男爵手臂上的傷口也不太深，沒有大礙。皮埃爾跟男爵治療時輕聲說了幾句，男爵露出訝異的神色——他大概從皮埃爾口中知道我和先生的真正身分了。

「唉，好險，差點便鑄成大錯。明明是一件小事，卻幾乎釀成慘劇，真是可怕啊。」先生坐在夫人旁邊，說道。

「小事？」我奇道：「尤迪絲發現了男爵前妻的屍體，之後屍體又離奇消失，這是小事？」

「什麼？」男爵愕然地說：「我的前妻？」

「漢斯你別愈描愈黑。」先生說：「讓我先說明一下屍體為什麼消失了吧。尤迪絲沒有看錯，也沒有發瘋，她前天早上的確看到兩具金髮女屍。可是，當我們前晚去看時，屍體已被男爵和皮埃爾移走了。」

「怎可能啊，鑰匙一直在尤迪絲身上，那兒是一間密室啊。」我說。

「漢斯，你記得我說過牢房的掛鎖不用鑰匙也能合上的吧。」我點點頭，先生繼續說：「那不就是答案麼！就是這麼簡單啊！」

「哪兒簡單了！」我說：「尤迪絲說她鎖上了門才離開地窖啊！難道你說她記錯了嗎？」

先生微微一笑，對男爵問道：「閣下，夫人已將那串鑰匙歸還嗎？您可不可以借我一用？」

男爵默默地掏出鑰匙，皮埃爾替他拿給先生。

「漢斯，」先生把整串鑰匙拋給我：「請你把那支牢房的鑰匙選出來。」

「我怎知道是哪一把啊，先生。不過我們只要試試便可以找出來……」我理所當然地說，但隱隱覺得這說法有點不妥。

「這就是竅門了。我們晚上打開的掛鎖，不一定是尤迪絲早上打開的那一個，因為我們都是用試的才找到正確的鑰匙。」

尤迪絲也開始平靜下來，問道：「即使如此，男爵也沒有鑰匙打開原來的鎖啊？」

先生從口袋拿出一片小小的金屬碎片，說：「開鎖不一定要用鑰匙，用鐵鉗也可以吧。只要有工具，將整把掛鎖粉碎掉也不是難事。」

「這是本來的鎖的碎片？」我問。「可是，他們怎弄來一把新的掛鎖？」

「你笨啊，漢斯。你忘了那兒有多少間囚室嗎？」

對了，旁邊的囚室也有沒合上的掛鎖。

「我猜情形是這樣的：尤迪絲往地窖時，皮埃爾發覺了，暗中跟在她的後面，看到了二號牢房的機關和尤迪絲的反應，猜到裡面藏有屍體。他躲起來，看著尤迪絲離去，心裡盤算有什麼方法進去看看。男爵回來後，他們便決定把鎖弄壞，發現了暗門和屍體，於是把屍體移走，再從旁邊三號囚室門上拿來沒合上的掛鎖，把門鎖好。這樣即使有人來也找不到屍體了。」先生一口氣說著。

「您怎麼連三號囚室的掛鎖這個細節也知道？」皮埃爾訝異地問。他這一句正好承認先生全說中了。

「前晚我們去查探時，一號的鎖合上了，四號的鎖沒合上還掛在門上，而三號和五號也沒有鎖。如果本來三號囚室沒有鎖的話，你們不會拿更遠的五號而放棄四號的。這是很簡單的道理啊。」

「那麼，」我拿著鑰匙問道：「這個染血的牌子又是怎麼一回事？」

「我說過了，這木牌上的紅色不是血跡嘛。」先生說。

「那這些紅色的是什麼？」我嘗試用指甲刮，但那些紅色沒有褪下來。

「漢斯，你問錯問題了。你應該問深褐色的是什麼才對。」先生笑說。

我呆住了，再仔細看看木牌，用指甲刮了刮深褐色的地方——那些深褐色竟然沾上我的手指！

「這是油漆？」我問。

「對啊。那塊木牌本來就是紅色的。」

「有這麼紅的木材嗎？」我看著木牌子，把它翻來覆去。

「有，不過我們歐洲人很少看到它還是木頭時的樣子，它都是磨成粉末來買賣的。這是巴西紅木。」先生說。

「用來染布的那種染料？」夫人問道。

「對啊，就是那種來自東方的高價染料。」先生說：「因為木材本來就是紅色的，妳怎洗也洗不掉它的顏色啦，反而會把深褐色的油漆磨掉，所以紅色的部分愈來愈大。當年維爾嘉農將軍到新大陸殖民，就是為了爭奪這些紅木的產地。」

「那這牌子為什麼塗上油漆了啊？」我問。

「因為隨將軍出征的第四代男爵吃了敗仗，覺得羞恥便把牌子塗上深褐色了。」皮埃爾說：「本來這些木牌子是將軍贈送的紀念品，代表軍隊遠征新大陸殖民的榮耀，第四代男爵最初打算把它們當作家族的寶物一代傳一代的。」

「而皮埃爾你昨晚想潛入尤迪絲的房間，也是為了這個吧。」先生說。

「陽台的黑影……是你？」夫人驚愕地說。

「因為我偷聽到你們在說牌子什麼的，我便想看看出了什麼問題，或者拿另一個掉包。」皮埃爾說。原來我們在房間裡討論牌子時他在門外偷聽著！而我們那時只說牌子有問題，並沒有提過血跡或什麼。

「昨晚我聽到尤迪絲的叫聲後，跑到房間前已察覺陽台相連的鄰房的門虛掩著。當我們進房間後，皮埃爾便進來了，我猜他之前正在隔鄰等著吧。後來我檢查過了，在隔壁的房間可以輕易從陽台走到尤迪絲的房間的。」啊！所以先生看到我睡地板！

「慢著，我有一個疑問，」我想起一件事：「昨晚為什麼男爵這麼遲？他的房間明明是最近的！」

「因為男爵要化妝。」先生笑著說，我和夫人訝異地看著男爵。

「男爵，抹去那個可笑的藍色吧。」先生隨手拿了塊布，丟給男爵。男爵靦腆地接著，往臉上用力的擦……那撇古怪的藍鬍子變回淡褐色。

「山桑子混和白礬加水是藍色染料的製法。缺點是氣味很酸，晚上還在唇上塗這鬼東西會很難入睡，所以男爵要跟夫人分房睡，不讓她知道他的藍鬍子是假的。」先生對我說。「這也是城堡大部分僕役不留宿，以及他無法從軍的理由，他要掩人耳目，盡量減少與人接觸。」

「為什麼要裝神弄鬼？」我奇道。

「因為男爵只是偽冒的繼承人——他是皮埃爾的兒子。」先生淡然地說。

男爵和皮埃爾默然無語，我和夫人卻嚇了一大跳。男爵是假的？

先生看到我們意外的樣子，說：「好了，剛才我們在說屍體吧。她們並不是男爵的前妻，她們是上一代男爵吉爾．德萊斯——真正的藍鬍子——的女兒安妮和艾麗絲。我想我沒弄錯名字。我也想問一問，男爵……啊，我還是叫你的名字貝特朗．拉蘇瓦吧，為什麼你要殺死吉爾．德萊斯？你那時大概只有十一、二歲吧？」

「他殺死了先代男爵？」我驚呼道，夫人也似乎被先生的說法嚇一大跳。

男爵，不，貝特朗臉色一沉，說：「因為……因為他殺死了安妮和艾麗絲。」

「果然如此啊。」先生仰後倚在椅子上，我和夫人卻無法理解這一連串的謎底。

皮埃爾說：「讓我說吧。吉爾．德萊斯男爵本來是個出色的男人，我一直當他的助手，在戰爭時我也擔任他隊中的醫官。可是，他在戰爭中傷了腿，回來後也一直治不好，夫人又突然病逝，他整個人也崩潰了。我開了不少藥方給他，怎料他瞞著我，聽從那些東方的庸醫，使用了危險的藥，結果他的性格愈來愈多疑，行為也愈來愈暴躁……」

「是毒菫吧。」先生插嘴說。

「正是……」皮埃爾悲傷地說：「雖然波斯人認為毒菫可以治內傷，但份量稍一出錯便會致命，而且長期服用會改變人的性格……」

「那個惡魔開始毆打安妮姐姐和艾麗絲。」貝特朗接著說。「那時我跟隨父親在古堡居住，每天都看到那藍鬍子對她們拳打腳踢。比我大六歲的安妮姐姐某天從古堡消失了，藍鬍子說她嫁到國外，當然我們一點也不相信。艾麗絲很害怕，雖然她比我年長三歲，我們的感情一直很好，我跟她說過我會保護她，帶她離開這個鬼地方……可是……」
貝特朗哽咽起來，流下眼淚。他吸了一口氣，繼續說：「我失敗了……她被那惡魔抓住，帶到地窖後便消失了……我痛恨我的軟弱……後來，藍鬍子因為一件事發狂，要把父親帶到地窖的拷問室，我便拿起那把裝飾用的短劍，追趕他們，在地下室入口的石梯上刺進他的胸膛，接著他摔了下去……我不後悔，我從不後悔殺死這魔鬼！我只後悔我缺乏勇氣，如果我早些下定決心，艾麗絲便不用死……安妮姐姐也可以活著……我……」
貝特朗泣不成聲，看到這個外表冷漠的男爵如此悲慟，我也產生了憐憫之心。
「為了隱瞞男爵被殺，我假裝他患了傷寒，不准僕人接近，」皮埃爾說：「我偽冒了他的公文，把貝特朗當成他的私生子，向當時的布列塔尼總督說明，繼承了爵位。那時總督亦剛繼任不久，正忙著跟王室討價還價、爭取權力，貝特朗是否私生子他也不過問，時間一久，男爵的身分便沒人懷疑了。」
「我一直找不到艾麗絲她們的屍體，但我相信她們一定還在古堡裡，想不到尤迪絲誤打誤撞下竟然找到她們……」貝特朗止住了眼淚，說：「我實在不忍心她們繼續在黑暗的地窖受苦，也害怕這起事件被揭發，連累父親受罪，所以我把她們帶出來，埋到墓園去。」
我想，貝特朗當時一定擁抱著變成了骷髏的艾麗絲痛哭。
「對了，剛才皮埃爾為什麼要自殺？」我突然想起。
「父親？你……」貝特朗被我的話嚇了一跳。
「因為他以為事情敗露，打算寫下遺書把所有的罪狀算到自己的頭上，代子受罪。冒認繼承、謀殺貴族，可是一等大罪啊。」先生說。
「為什麼他突然以為事情敗露？我們被尤迪絲認作義兄，說來也未必會把他們供出來啊。」我說。

「都只怪我們太可疑吧，而且，一開始他們便誤會了我們的身分。」先生苦笑著說：「漢斯，你看我們現在穿著什麼？」

「普通的衣服和斗篷嘍，有什麼問題？」

「是普通的衣服和『王家親衛隊』的斗篷啊！」先生嚷道：「試想想，有兩個人穿著王家衛士的服裝卻說自己是寶石商人，不是有夠白癡嗎？他們一直以為我們是來調查的人員啊！皮埃爾曾在軍隊辦事，當然一眼看穿這件斗篷是王家制服了！」

原來如此！難怪先生說自己笨了，我們一直在撒給人識破了的謊，雖然他們以為的真相也是錯誤的！

「貝特朗故意要跟我們比劍，就是想試探底蘊，確認身分，結果精通各國武術的漢斯反而令事情變得更棘手，因為貝特朗從劍術誤認我們真的是法國王室的衛士。」先生搖搖頭，好像對自己錯過這線索感到可笑。「他們以為尤迪絲找來了公職人員，當然不敢把真相告訴她。如果我們沒有出現，事情可能老早圓滿地解決了。」

「不，」久沒作聲的夫人說：「即使那個藍鬍子多壞，他們也沒有理由假冒身分、侵吞他人財產啊？我又怎會認同這種事呢？」

「尤迪絲，」先生輕輕嘆了口氣，說：「妳會認同的。因為妳是藍鬍子吉爾．德萊斯男爵的么女兒，德萊斯家族的真正繼承人。」

我錯愕地看著夫人，而夫人震驚地瞧著先生。

「我……是……男爵家的……」夫人結結巴巴地說。

「貝特朗之所以冒認男爵，就是為了尋找艾麗絲的妹妹。至於妳為什麼會流落異鄉，我便不清楚了。」

「她……是我救走的。」貝特朗說：「艾麗絲消失後，藍鬍子竟然連當時只有兩歲的小女兒也不放過，我只好抱著她，冒著風雪穿過森林不斷奔跑……最後遇上一位商人和他的夫人。我告訴他們有壞人要對付這女孩，哭著求他們收養她。大概我的樣子很誠懇吧，那位好心的先生和夫人應承了。他們便是妳的養父母，尤迪絲。」

夫人呆然地聽著，貝特朗繼續說：「我回到古堡後，藍鬍子在發瘋的找她，說父親拐走他的女兒，所以要懲罰父親……接下來的你們也知道了。我一直堅持要找回艾麗絲的妹妹，讓她繼承這個家。我曾先後誤會了兩位少女是妳，邀請她們來住，可是經過一段時間的觀察後，發覺弄錯了。其中一位還偷了一袋珠寶遠走高飛，這只能怪我粗心吧。」

「結果去年你找到那商人，還認得他。」先生說。

「是的。」貝特朗點點頭。

「既然你已找到尤迪絲，為什麼不跟她說明真相？」我問。「你怕她會認定你是殺父仇人嗎？」

「那不是原因，我……我是個卑劣的男人。」貝特朗頹然地說。「尤迪絲她……跟艾麗絲長得一模一樣。我偽冒男爵子嗣，本來只是為了把艾麗絲的妹妹找出來，讓她延續德萊斯家血脈，我和父親之後便會不辭而別，但當我看到尤迪絲時，我回憶起以前跟艾麗絲共度的美好時光……尤迪絲和她姐姐一樣溫柔，一樣聰敏，而且，她比艾麗絲更堅強……」

貝特朗表情流露著愧疚，偷偷瞄了尤迪絲一眼，再說：「我屈服於私慾，無法放棄這偽冒的身分，只求留在尤迪絲身旁，每天看到她無憂地生活，我便感到快樂。在她身上，我彷彿看到安妮姐姐和艾麗絲失去的幸福……縱使我是個雙手染血、犯下殺人罪的罪人，我仍祈求上主讓我延續這微小的幸福……」

夫人站起，走到坐在長椅上的貝特朗跟前，一臉慍怒。

「你真差勁……」

「尤迪絲，我……對不起，我……」貝特朗慚愧地抬頭，吞吞吐吐地說。

「你當我是什麼人？你以為我嫁給你，是為了男爵家的家財和地位嗎？」

「咦？不，不，我才沒有——」

「你根本沒把我當作妻子！」夫人高聲嚷道：「我嫁給你，就準備和你甘苦與共，直至死亡將我們分開！我才沒有下賤到隨便跑個貴族出來，我便願意下嫁！」

「我、我不是那個意思……」貝特朗一臉慌張，跟我之前對他的印象大相逕庭。

「就算你之前來我家時老是裝冷漠，我也看出你溫柔的一面啊！你怕我在城堡孤獨消沉，讓我邀請家人來陪我，又讓我回家探望父親，我知道這是你笨拙地表達溫柔的方法！既然你當我是妻子，就別獨力承擔一切，跟我說清楚啊！」

「啊……啊，尤迪絲，我……」貝特朗抬頭看著這位比自己年輕十歲的妻子，像是找不到話語。

「我夢裡看見的溫柔臉孔，一直都是你吧，是那個抱著我跑過森林的你吧……」夫人收起怒氣，在她丈夫身邊坐下，溫婉地看著對方。

先生站起來，拾起短劍，拍拍我的肩膀，和皮埃爾三人離開了房間，關上門。

「讓他們好好談一下，我們外人可無法介入了。」先生說。

「先生，為什麼你這麼了解這事件？從哪兒看出這麼多端倪的？」我問。

「漢斯，一開始事情已經很奇怪了。假設男爵殺了人，把屍體藏在地窖，那他為什麼要把屍體藏匿處的鑰匙交給尤迪絲？還要特意警告她不准到地窖？如果是故意的，他不怕尤迪絲逃跑向法官報告嗎——事實上她真的逃了——所以結論很簡單，男爵根本不知道那兒有屍體。不准她到地窖大概是怕她像藍鬍子那樣摔下石梯吧。於是我懷疑兇手是皮埃爾。」

「我？」皮埃爾驚訝地說。

「可是，當我們發覺屍體不見了後，我便明白男爵褲管上的泥巴是挖泥土時沾上的，而他和皮埃爾一定要是一道的才能知道地窖的秘密，因為道格拉斯太太到鎮上採購食材去了。所以皮埃爾的嫌疑也消去了。」

「泥巴不是趕路沾上的嗎？」我問。

「下雪天趕路會弄濕褲管，卻不會沾上泥巴，何況男爵是乘馬車的。我想如果昨天沒有下大雪，我們便能在墓園直接看到新墳了。」

先生頓了一頓，再說：「可疑的人只餘下道格拉斯太太。可是她有夜盲病，沒可能到光線不足的地窖去。當我發覺沒有嫌犯時，我開始想：是不是最初的假設錯了？死者真的是男爵的前妻嗎？當我把『死者是因為男爵找來跟母親一樣有金髮』的想法逆轉過來，便想到『死者的金髮是遺傳自母親』，所有事情也開始合理了。」

「你怎知道男爵有女兒的？」皮埃爾問。

「我找到這個。」先生把那個裝有琥珀的匣子交給皮埃爾，說：「琥珀是孕婦的護身符，這裡面有三顆，便代表這位夫人曾懷孕三次。而且那些布袋更有她們名字的頭一個字母。」

皮埃爾打開匣子，說：「啊……真是教人懷念啊……」

「先生，你怎麼突然想到要看看吉爾的棺材的？」我問。

「我只是靈機一觸吧，說實在的沒有什麼把握。因為我總覺得皮埃爾毒死老男爵的假設有點奇怪，我就是想不通貝特朗的身分——可是，當我看到藍鬍子是被刺殺後，便肯定了他們的關係：要殺死男爵皮埃爾可以用毒不需要用劍，但皮埃爾偽造了病歷，顯示那一劍是他要隱瞞的。這一切不是很明顯了嗎？」

「你們……打開了男爵的……石棺？」皮埃爾大吃一驚。

「啊，這個嘛，皮埃爾先生你當作不知道就好了，正如我們會當作不知道這兒的事。」先生笑著說：「我們是向英格蘭王室盡忠的臣民，別國事情我們一概不理會，所以你叫貝特朗．德萊斯男爵不用擔心，繼續處理那些煩人的稅務吧。」

皮埃爾笑了笑。原來這位白髮蒼蒼的老人家笑起來蠻好看的。

「對了，尤迪絲的真名叫什麼？『尤迪絲』是養父改的名字吧？」先生問。

「貝兒，貝兒．德萊斯。是『美麗』的意思。」

貝兒，真是個漂亮的名字。為了解救陷入危機的父親，美麗的少女來到種滿玫瑰的古堡，委身下嫁一頭外貌嚇人的野獸。雖然二人相愛，但少女曾經因為一些原因離開，幸好她最後也留在丈夫身邊，更以她的溫柔打破詛咒，讓野獸展現出面具下善良的真面目……

「漢斯，你想什麼想得出神了？」先生問。

「沒什麼，」我搔了搔頭髮，說：「只是一個美女與野獸的故事罷了。」

哈梅林
魔笛兒童
誘拐事件

自從經歷過哈梅林的那個事件，霍夫曼先生從法國買了一支六孔豎笛[27]回倫敦，閒時在家吹奏。先生一向懂得演奏小笛，所以指法相似的法式豎笛他一拿上手便懂，有時他更會即興編一些沒人聽過的曲調。縱使他極少在賓客面前表演——反正也沒幾位賓客，先生常常躲避貴族們的到訪——我也有點懷疑，這款新樂器在英格蘭貴族圈子流行起來，是全靠先生引進的。

每當笛聲響起，先生陶醉地奏著柔和的曲子時，我便想起在哈梅林跟隨笛聲跑掉的小孩子們，以及那些奇異的老鼠。我還清楚記得我們離開哈梅林的那個清晨，在路上我回頭多看一眼，卻望見晨曦中的那個身影——那人站在小土丘上，大力揮著手，臉上掛著得意的笑容，在朝陽映照下他的影子向西方延伸，變得壯大無比。

「他將來會是個不得了的大人物吶。」

霍夫曼先生好像說過類似的話。

*

「那個鼓笛手太差勁了，奏出來的簡直是來自地獄的聲音！他擔任宮廷樂師之前是當拷問官吧？公爵還打賞他兩個金幣，難道薩克森沒有像樣一點的樂師嗎？被那種聲音折磨了幾天，那鼓笛手應該反過來賠我們兩個金幣！如果公爵讓他在皇帝陛下[28]面前表演，陛下再昏庸也會立即發兵剷平薩克森啊！」

離開德勒斯登後，霍夫曼先生一路上總是在嘀嘀咕咕，猶如骨鯁在喉，不吐不快。原因沒別的，這次旅程中先生被人擺了一道，可是他又礙於家族關係不能發作，只好挑三找四的找些事情來罵。兩個月前我們剛從丹麥回英國，休息不到三天，先生便收到萊比錫大學[29]的講學邀請，決定動身往德意志地區的薩克森一趟。我們在北海繞了個大圈子，剛從丹麥回來，又乘船重回漢堡，輾轉跑到萊比錫，先生卻發覺原來講學是假，拉攏是實，一到便給薩克森－魏瑪公爵的下屬帶到薩克森選侯國的首府德勒斯登。薩克森選帝侯[30]閣下年紀尚小，由薩克森－魏瑪公爵攝政，而公爵是少數得悉霍夫曼先生真正身分的外國人之一——因為霍夫曼先生的母親跟公爵是遠房親戚，公爵自然很清楚先生繼承了伯爵爵位的事。可是，薩克森－魏瑪公爵絕對不是懷念親人而邀請先生來到德意志，當中牽涉的政治糾葛，大概比親情更重要。

神聖羅馬帝國近年急遽衰弱，即使訂立了「教隨國立」的政策仍無法遏制各屬國的矛盾，舊教徒和新教徒紛爭不絕，大戰宛如箭在弦上。據說在帝國某些地方因為教派衝突，連貴族領主也陷入鬥爭之中，管你是男爵還是伯爵，只要被人孤立、沒有勢力和軍力作後盾，也一樣被囚禁、被殺死。事實上，捍衛信仰只是權貴爭奪領地、擴充版圖的藉口，以宗教為名，即使再骯髒的手段也能得到教皇或皇帝的默許——當然亦有不少人豎著宗教改革的旗幟來搶奪保守派的財產利益。

在這個寸土必爭的局勢下，擁立新教的薩克森選侯國自然希望跟英格蘭打好關係，結成聯盟。只要得到英國王室幫忙，牽制西班牙等舊教力量，帝國內部的新教勢力便能喘一口氣。我們在德勒斯登的那幾天，公爵殷勤招待，又塞了一袋珠寶給先生，期望先生在英國朝廷發

27. Flageolet，十六世紀末法國人發明的新式樂器，正面有四個指孔，背面有兩個。
28. 指神聖羅馬帝國的皇帝。十六世紀末的皇帝為魯道夫二世（Rudolf II），被認為是庸碌無為的君主。
29. University of Leipzig，位於薩克森的萊比錫，於一四〇九年創立，是德國第二古老的大學。
30. 神聖羅馬帝國的七大選侯之一，擁有薩克森領地（即薩克森選侯國）的支配權，並擁有選舉帝國皇帝的權利。

揮影響力。霍夫曼先生一直以假名周遊列國，甚少表明自己的貴族身分，就是為了避免這種麻煩事，不過這回是親戚拜託，就算不情不願也只好賣個人情。

告別公爵後，我們直接往漢堡出發，準備乘船回國。雖然公爵提出派遣親信送我們一程，但先生一再婉拒，畢竟先生在薩克森宮廷裡言行拘謹地過了好幾天，能早一刻回復「遊歷學者萊爾．霍夫曼」的身分，他大概願意用一半家財來交換。公爵說服不了先生，改為送上一封用詞誠懇、親筆簽名蓋印的官方信函，內容大意是學者霍夫曼先生是薩克森－魏瑪公爵的貴賓，各地貴族請給予方便云云。我代先生收下，但我知道先生才沒興趣使用——先生遊歷各地，鮮少跟貴族打交道，我們一向習慣在平民生活的地方留宿，因為比起掌權的大人物，百姓知道的隱秘傳說、荒野奇譚更豐富更有趣。

也許先生心情不大好，他竟然接納我的建議，願意直接回家，沒有到奧地利或布蘭登堡逛逛看尋找他至愛的傳說題材，真是感謝上主保佑。我們預定經過漢諾威[31]再到漢堡，不料中途迷路，在山林裡騎馬走了老半天，還是搞不清楚方向。

「怎麼又是岔道！」我拉動韁繩讓馬匹停下來，看著前方左右兩條鋪滿落葉的小路嘆道。這片森林看來人跡罕至，一路上我們沒遇見半個人影，想來今早指示我們方向的老伯傻愣愣的，說只要跨過兩座小山丘便找到漢諾威，他一定弄錯了什麼。

「先生，我們走左邊還是右邊？」我向霍夫曼先生問道。

先生沒回答我，只是舉起左手，看著右邊的路口。

「先生？」

「噓，靜一點，漢斯。」先生指了指前方，再指指耳朵。我留心一聽，遠方傳來微弱的笛聲。「那邊有人。即使去不到漢諾威，也能找到小村莊吧。」

我們策馬循著笛聲往右邊走去，甚至離開了山路，鑽進樹林裡。每往前多走一步，笛聲便響亮一分，當我們穿過樹叢來到一片平地時，便看到笛聲的源頭。這片空地被樹木圍繞，兩旁給五、六尺高的岩壁包圍，就像小小的盆地。地上開滿黃色的小花，有些蝴蝶和蜜蜂在飛舞，恍若一個天然的花圃。在花圃盡頭的岩壁上，有一個奇裝異服的青年蹺腿而坐，拿著一根像是牧童笛的黝黑色豎笛在演奏，他穿著一件縫滿彩色補丁的上衣和長褲，外披一襲同款的長袍，活像把彩虹穿在身上，只是這道彩虹未免寒酸了點。他戴著一頂跟衣服相襯的闊緣尖帽，閉起雙眼陶醉地吹奏樂曲——說來奇怪，笛子明明像是牧童笛，音調卻低沉圓潤得多，而美妙的音樂伴隨著風聲，彷彿告訴我們這位花衣笛手其實是森林的精靈。我們走近，青年大概聽到馬蹄聲，笛聲倏地停止。他站起來，袍子的下襬差不多垂到腳跟，我才發覺這身服飾又有點像傳說中的巫師裝束。

「你好！請問往漢諾威該怎麼走？我們迷路了。」我抬頭以薩克森語[32]對他說，縱使我坐在馬背上，站在岩壁上的他仍比我高出半個身子的高度。靠近一看，這位青年一頭淺褐色的頭髮，年紀頂多比我大一點，大約二十出頭。

青年打量著我們，好一會才回答：「這兒離漢諾威很遠，至少還要走上一天。」

「一天！那麼附近有沒有村莊或城鎮？」我問道。

「這兒最近的城鎮是哈梅林，只要四十分鐘左右的行程。」

「哈梅林？薩克森商圈的哈梅林？」我詫異地問。

「對，就是那個哈梅林。」

31. Hannover，德意志地區中部和北部交界的城鎮，十六世紀時商貿繁盛。
32. 即今天稱為「低地德語」的方言。十六世紀時德意志北部一帶至荷蘭都是使用這種語言。

原來我們走錯了這麼遠！哈梅林和漢諾威相差了二十多里，看來我們一開始便弄錯方向——或許指路的老頭把兩個地名搞混了。哈梅林和漢諾威也是位於薩克森選侯國領地之外的城鎮，亦曾是漢薩同盟[33]的屬地，不過早年同盟衰弱，各地王室合力打壓他們的貿易壟斷，漢薩同盟的勢力遠不如前，哈梅林和漢諾威等城市紛紛脫離。貿易不景氣、新舊教徒又鬥個你死我活，也難怪公爵要拉攏英格蘭王室，薩克森這片土地早晚會爆發戰爭。

「可否告訴我們怎樣走？」我向青年問道。

「你們沿著這個方向，」他指著樹林的一方，「走大約二十分鐘便會看到一棵高大的橡樹，樹下有一塊長滿青苔的巨大三角形岩石，你們應該不會錯過。橡樹左邊有一條崎嶇的小路，只要走二十分鐘便能離開樹林，看到威悉河和哈梅林。千萬別走錯橡樹右方那條較平坦的路，那邊很危險。」

「有什麼危險？」

「別過問，總之有危險。」那青年似乎有點不快。「還有，我勸你們要留心哈梅林的傢伙。」

「什麼？」

「哈梅林有很多不守信諾的壞人和騙子，小心吃虧。」青年望向遠方，一臉憤憤不平的樣子。我怔了一怔，難道這青年曾被哈梅林的居民誆騙了？

「啊……謝謝你的忠告。」我向青年道謝後，策馬向他剛才所指的方向走去，可是先生一動不動，盯著青年。

「你是法國人嗎？」先生突然用法語向青年問道。

青年愣住，站在岩壁上注視著霍夫曼先生。

「你的笛子吹得很好，我付你十杜卡[34]，再奏一首曲子吧。」先生再用法語說。

我對先生突然說要付對方鉅款深感訝異，但青年眉頭輕皺，回答道：「抱歉，我不擅長法語。」

先生微微一笑，以薩克森語說道：「啊，我剛才問你是不是法國人罷了，我以為你來自巴黎。還是說，你從義大利來？是羅馬嗎？」

「不，我不是……我要走了。」青年似乎對先生的奇異態度有所警戒，轉身往身後的叢林走去。

「請等一等……」先生一邊說一邊下馬，我也連忙跟著他，可是我們要往空地的另一端才能走上岩壁，青年早已消失於樹林之中。

「先生，有什麼問題嗎？」我站在先生旁邊，問道。

「沒有，我只是有點好奇。」先生拍掉飄到肩上的枯葉，聳聳肩說。

「好奇？」

「薩克森的森林裡有個穿上義大利即興喜劇丑角服裝的青年在吹法國的新式豎笛，不是十分古怪嗎？」

「那是法國的豎笛？」我問道。

「是啊，我曾在法國見過一兩次，算是新發明吧。但他卻不是法國人。」

我心想對方也許只是詐作聽不懂法語，說不定真的來自巴黎，可是當我打算開口反駁先

33. 十三世紀至十六世紀末一個龐大的城市聯盟，以德意志地區、波羅的海一帶的城市為主，由各地的貴族及富商領導，擁有軍隊及大量財富，是一個商政合併的組織。

34. Ducat，或譯作杜卡登、達克特或達克，德意志地區使用的法定金幣，大約一英鎊兌二杜卡。另有杜卡銀幣，一枚杜卡金幣與兩枚銀幣等值。

生的想法時，卻想起我們不應再花時間待在森林裡，為這種小事情磨蹭。

「先生，別深究了，太陽下山後路便很難走啦。說不定有猛獸跑出來哩。」

先生一聽到「猛獸」這個字，緊張的左顧右盼，二話不說回到馬背上。對霍夫曼先生來說，他不擅長應付的東西只有三樣——森林裡噬人的凶猛野獸、航海中遇上的狂風暴雨和死纏不休的貴族千金。

*

經過橡樹和大岩石後，不用半個鐘頭我們便穿過樹叢，看到哈梅林。因為我們所在的地勢較高，能清楚眺望哈梅林全景——河岸右方是被城牆環抱的內城，房屋並排而建，縱使近年貿易遇上阻礙，仍是一副熱鬧繁華的景象。城區左方有一座宏偉的建築物，兩座白色的尖塔恍如灌木叢中的高杉，率先抓住旅人的注意。如果我沒猜錯，那是城鎮的教堂，而遠方更有一座稍矮的鐘樓。河邊的城門前有一座大橋，橫跨大河和中間的土堤，岸邊還有散落的碼頭和水車磨坊，由此可見在漢薩同盟壯盛的時代這兒擁有優越的商業地位。城牆外四周散布著零星的房子和田地，和內城相比，這些房舍就像落後了一個世紀，只是未開發的農村。

「啊，真走運，看來這兒的發展跟漢諾威不相上下呢！」我遙望著連綿的房子和街道說，心想待會應該能吃一頓豐富的。

向著城鎮這邊的山坡樹木稀疏，我們沿著彎彎曲曲的山路，不一會已來到城外的田舍前。從太陽的位置判斷，我們身處城鎮的東南面，身後的山擋在哈梅林南端。漢諾威在哈梅林的東北方，我們卻向著西北方走，假如我們沒遇上那吹笛人，搞不好我們會一直迷路到尼德蘭[35]了。

「漢斯，你看那兩個婦人是不是在瞪我們？」我們尚未走近城牆，先生突然對我說。我循著先生的目光望過去，看到兩個農婦站在麥田裡表情怪異地盯著我們。她們的圍裙掀起一角，做成一個袋子的形狀，看來她們正在拾麥穗，身後正好有兩座小小的麥堆，似乎是不久前收割下來的。可是她們都筆直地站著，停下手上的工作，看著我們經過。

「也許她們沒見過旅人？」我沒回頭，一邊跟那兩位農婦對望一邊回答。

「這兒是哈梅林，她們怎可能沒見過旅人？」

實在太古怪了。我和先生一路往城牆南面的城門走去，遇上的居民都投以奇異的目光。他們交頭接耳，指手劃腳，彷彿我們是他們從沒見過的珍禽異獸。我們的服裝很特別嗎？

「咦？你們怎麼走來的？」當我們經過一群在樹下圍圈而坐的小孩子時，一個看來像十一、二歲的男孩說。這群小孩有十數人，衣服有點殘舊，看樣子都是窮家小孩，可是他們都掛著趾高氣揚的表情，坐在倒在地上的粗樹幹和石頭上。說話的男孩似是他們的老大，他比其他小孩高大強壯，長了一頭發亮的紅髮，鼻子高挺，坐在樹蔭下的大岩石上，就像接見臣子的君王。

「當然是騎馬來的吶。」我拉停了馬匹，說。

「不哪，我是說你們怎麼從那邊來的？」紅髮小鬼站起來，指著我們剛走過的山丘。

「我們迷了路，本來想去漢諾威，可是卻來到這個哈梅林了。這兒是哈梅林吧？」

「這兒是哈梅林沒錯，但你們真的從科柏山上走過來的？」那些小孩子都一臉愕然的看著我和先生。

我回頭向山丘眺望了一眼，回答道：「對啊。有什麼問題？」

35. Netherlands，即荷蘭（「荷蘭Holland」是尼德蘭的一個省）。本屬西班牙，一五六八年爆發獨立戰爭，一五八一年宣布獨立，可是直到一六四八年西班牙才承認其獨立地位，之前雙方一直交戰中。

「那是科柏山啊！從來沒有人經科柏山走來的！」一個頭戴灰色帽子的男孩嚷道。「人們只會從山腳北面的平地，或沿著城西的河流走來啊！」

「為什麼沒有人從科柏山走來？是有什麼危險嗎？」我想起吹笛人的話。

「當然很危險，因為有女巫啊！」帶頭的男孩說。

「咦？」我驚訝地張開口，但不到一秒心底便浮現「糟糕了」的念頭。我轉頭瞧瞧霍夫曼先生，果不其然，他嘴角微微上揚，眉宇之間流露著興奮的神色，半天之前沒精打采的樣子如今一掃而空。

「你剛才說的是『女巫』？」先生問道。

「對，女巫。聽說科柏山女巫在山上活了好幾百年啦，她會襲擊走山路的旅人，有時又會拐走小孩子，偷走牲畜，總之很可怕啦。」

「這個傳說……不，這個女巫在哈梅林很有名的嗎？我從沒聽說過啊。」先生乾脆從馬背下來，走到小孩們身旁，小孩們移過身子，讓出空位給先生坐下。我站在先生身後，畢竟兩個成年人跟一群小鬼坐在石頭和地上，有夠滑稽的。

「城裡大多數人都不相信女巫存在，但城外的農戶都很清楚。」灰帽子插嘴說。「我爺爺說，因為城牆裡有教堂，女巫不敢進去，所以只能在城外作惡。」

「哦？所以說，城裡的人都不清楚女巫的事嗎？」

「對哩。」

哎呀，不好了。

「漢斯，」先生回過頭跟我說：「我們還是別進城，在這邊過夜吧！」

「先生，這兒未必有旅館啊？」

「雖然沒有正式的旅館，但有一家廉價酒館，住不起城裡旅店的商人有時會到這邊投宿的。」帶頭的小鬼說。我狠狠瞪了他一眼，埋怨他怎麼多管閒事——唉，舒適的床鋪和美味的晚餐再一次離我而去了。

「忘了自我介紹，」先生對那群小孩說：「我叫萊爾．霍夫曼，是英格蘭的旅行作家，這是我的僕人漢斯．安得森．格連。」

「作家！」帶頭的小鬼忽然興奮地高呼一聲，說：「是撰寫騎士小說的作家嗎？」

「不，先生是研究歷史和傳說的。」我說。

「傳說！」他的反應比之前更熱烈，說：「這麼說，作家先生你有沒有見過圓桌騎士團的遺物？亞瑟王和蘭斯諾特真的存在嗎？他擁有聖杯嗎？石中神劍是什麼樣子的？」

雖然我知道以亞瑟王傳說為主題的騎士小說，跟描寫查理曼大帝和亞歷山大大帝的小說一樣風靡了歐洲大陸，但我沒想過連這種鳥不生蛋的農村也有讀者——啊，不對，這兒是哈梅林，城裡一定有另一副繁華光景吧。

「很可惜啦，」先生笑著回答：「即使我跑遍了英格蘭和蘇格蘭，還是找不到確切的證據，亦找不到那些傳說中的物品。不過每個地方的民間傳說也有點不同，亦有點根據，就算事實不是和傳說完全吻合，兩者亦有決定性的關聯……亞瑟王應該是真有其人的。」

「我就知道我說得沒錯！」那小鬼很是雀躍，說：「安東尼和卡爾還取笑我們，我呸！」

安東尼和卡爾大概是跟他們不對盤的孩子吧？

「你很喜歡騎士的傳說嗎？」先生問道。

「不是喜歡，」對方回答說：「我們便是騎士啊！我是『哈梅林騎士團』團長齊格菲．施耐德，他們是我的騎士團團員和下屬。」

如果沒看到他們認真的樣子，我幾乎「噗」一聲的笑出來。這些小毛頭頂多只有十二歲，當中更有流著鼻涕的六、七歲小鬼和女孩子，哪有領主願意接納這樣的一個騎士團？小孩子的想像力真是豐富。

「啊，原來是團長嗎？」先生微笑著說：「失敬了。」

小鬼團長似乎為了不讓我們小看他們，對他的團員嚷道：「我們給外來的客人唸一下騎士團團規！」

眾人挺直腰板，齊聲朗誦：「一、永不背叛，誓死效忠『哈梅林選侯國』！」

哈梅林選侯國？皇帝何時增加選帝侯的數目了？這群小鬼擅自篡改黃金詔書[36]，真是罪大惡極啊。

「二、救助窮困與苦難者，捍衛正義！」

「三、總是給予女士援助！」

唔，可是看樣子你們也是窮困者之一嘛。

「四、不可跟團員紛爭！」

這不是抄襲梅勞里爵士[37]的著作嗎？

「四、寬恕求和的敵人！」

「四、必須報答他人的恩惠！」

「四、善待旅行者！」

「四、不得挑食！」

「四……」

「怎麼每人說的第四條也不一樣？」我問。

「我們還沒議定第四條嘛。」團長身旁一個穿著麻黃色長袖外衣、肩上披著破布、拿著一根短短的旗杆的金髮小男生笑著說。其他的小孩還在爭論第四條團規到底是什麼。「我叫約翰內斯，是團裡的紋章官兼掌旗官。」

「這是你們的團徽？」我指著那面殘舊破落的旗子問。「是有車輪的茅房和一隻野雞？」

「這是水車、尖塔和老鷹啊！」紋章官把旗子揚開，又指著肩上畫著相同圖案的破布——那大概給當作紋章袍[38]，可是我仍覺得那是一隻雉雞。

「小漢斯，我就說你這次畫得醜，你又不聽。」團長插嘴說。

「別叫我小漢斯！我叫約翰內斯[39]！小漢斯這名字太弱了，怎可能當上威武的騎士！頂多只是個僕人的名字吧！」

「喂，漢斯這名字也不算太差的……」我悻悻然道，霍夫曼先生在旁邊早已笑得合不攏嘴。

「我覺得這徽章畫得挺不錯。新繪的嗎？」先生笑著聊道。

「還是作家先生有眼光啊！上星期我們跟內城的小鬼們在河邊打了一仗，旗子上的紋章是之後重畫的。」毫不威武的小漢斯說。

「那天贏得真痛快啊！」團長說：「雖然多多摔斷了腿，但這是我們騎士團成立以來最大的勝仗！卡斯柏和亞當特別有功勞，都升級當騎士啦。」

36. 一三五六年神聖羅馬帝國皇帝查理四世所頒布的敕令，設立七位選帝侯，成立由諸侯選舉皇帝的制度，一直沿用至十九世紀帝國滅亡。
37. Sir Thomas Malory，十五世紀的英國作家，亞瑟王傳說的編撰者之一。「總是給予女士援助」是梅勞里爵士提出的圓桌騎士團團規之一。
38. 中世紀軍人的無袖外衣，主要由前後兩幅組成，繡上所屬軍隊的紋章，可以披在盔甲外。部分軍人（如傳令官）的紋章袍附有披肩或袖子。
39. 漢斯（Hans）是約翰內斯（Johannes）的暱稱。

「哥哥，我也要當騎士。」一個紮辮子的小女孩牽著紋章官的衣角說。
「妳還不行啊。」約翰內斯搖搖頭。
「瑪格莉特，妳只有六歲，太小了。」團長說：「過一兩年妳才加入吧。」
瑪格莉特噘起嘴，一副想哭的樣子。瑪格莉特跟約翰內斯有著一樣閃亮的金髮，五官也相像，大概就連旁人也能認出他們是兄妹。
「女孩子也可以當騎士？」我問。
「當然，我們的副團長也是女孩啊。」團長指著一位年紀看來跟他差不多、長髮及肩、披著花圍巾的女孩，說：「她是希爾達，稱號是『花圍巾騎士』。別小看她，幹起架上來男孩子也會哭著逃跑哩。」
「那麼旁邊那位一定是『灰帽子騎士』了。」我開玩笑道。
「你真聰明啊！」灰帽子回答：「我叫亞當，稱號是『灰帽子騎士』。」
「哈！」霍夫曼先生朗聲笑出來，說：「漢斯，你說這個騎士團不是很有意思嗎？」他轉個頭對齊格團長說：「團長閣下，很高興認識你和你的團員。可否勞煩你派人帶我們到你剛才提過的酒館？」
「沒問題，作家先生。」團長跟旁邊一位樣子看來很精明的男孩說了幾句，再跟我們說：「這位是團醫巴爾塔薩，他剛好要去探望多多，可以帶你們去多多的家。」
「多多的家？」我問。
「就是那家酒館。」巴爾塔薩回答說。比起其他小孩，他似乎沉著得多，的確像一位醫生。
「好了，今天就此解散！明天我們再討論團規第四條，以及騎士封號等事宜！」團長一聲令下，孩子們紛紛散去。他跟紋章官兄妹小聲說了幾句，拍拍對方的肩膀，再揮揮手道別。

他大概在安撫瑪格莉特小妹妹，看來他跟約翰內斯的感情很好，不想小女孩鬧彆扭令哥哥為難吧。

2

我們牽著馬，跟著巴爾塔薩沿著城牆外側往西邊走。經過城門時，我不由得輕嘆一聲，不過先生心意已決，我只能寄望這個城外的酒館環境不會太差。

「巴爾塔薩，你真的懂醫術嗎？」先生問。我想起之前團長提過，多多在「戰爭」中跌斷了腿，「團醫」是要去為團員治療嗎？

「叫我巴爾便好了。我的父親是醫生，我也懂得一點皮毛。」巴爾微微點頭。

「你們的騎士團好像很有規模啊。」我插嘴說。

「只是小孩子的遊戲吧，」巴爾微笑說：「不過大家都很敬仰老大，所以即便是遊戲，大家也像真正的騎士團一樣團結。」

「你們的騎士團有多少人？」

「正式的騎士只有九人，但連同一起玩的小孩大約有三十人，他們都渴望入團。團長會定期設下考驗，提拔完成課題的人當騎士，像上星期跟城西的小孩打仗，亞當便是完成了指派的任務，升級成為『灰帽子騎士』。」

「你們為什麼跟城西的小孩打仗？」先生問。

「那群小鬼人數跟我們差不多，卻恃著自己住在富有的內城區，老是瞧不起我們，一直以來我們都被他們欺負。他們一向在城西河堤那邊聚集，我們都不敢跑過去，怎料有天他們反過來跑到城南城牆外，說占領了我們的領地，趕跑我們。城西的小孩們比我們強壯，我們只好隱忍，可是老大突然出現，帶領我們團結起來，把那些可惡的小鬼們趕回去。接著便開始了我們跟他們的戰爭，騎士團亦因此組成了。」

看來那個叫齊格的小鬼頭有兩下子。

「以往都是城西的孩子們到城外欺侮我們，自從騎士團成立後，他們每次跑過來我們都能抵禦，上星期我們首次主動出擊，攻陷他們在河堤的領地，將他們打個落花流水。帶頭的安東尼和卡爾根本不懂得當領袖，他們的手下一見形勢不對便落跑了，不過團長仁慈，只要他們承諾不再找我們麻煩，以往的恩怨便一筆勾銷。」巴爾說話時仍保持著一貫的沉穩，可是亦不難發覺話中帶有一點點神氣。

「他們真的沒再找你們麻煩嗎？」我問。

「嗯，他們輸得心服口服，老大還對他們說將來可以一起玩。」

我以為那安東尼和卡爾是壞孩子，跟齊格他們勢不兩立，但說到底都只是孩子，一切不過是遊戲嘛。

「這兒便是酒館了。」說著說著，原來我們已來到酒館外。這酒館沒有什麼特別，只是一幢兩層高的木房子，不過附近都是矮小的平房，它變得特別顯眼。房子有點陳舊，但大門外掛著一個木招牌，上面畫著一頭黑鳶，我想這酒館大概叫作「黑鳶酒館」吧。

我把馬匹綁好，提著行裝跟先生走進大門去。酒館大廳不算寬敞，擠迫的坐著十來個客人，眾人拿著酒杯囂囂嚷嚷，好不熱鬧。角落裡有位老人家抱著魯特琴[40]在演奏，可是聲音細小，被客人的笑鬧聲掩蓋。

「嗨！巴爾。你老媽差你來找你的老頭子回去嗎？他才剛喝了一杯，我保證他不會醉啦。」一位滿臉鬍子的壯漢，捧著盛著三杯啤酒的盤子，對巴爾說。

「不，我是為老闆你帶客人來的。」巴爾讓開一步，指指我們。

「哦？」鬍子老闆眉毛揚起，放下啤酒，走過來說：「歡迎！是兩位嗎？你們打算投宿？」

「是的，」先生說：「有空房間嗎？」

「當然有！哈，這種鬼地方難得有客人留宿啊！」老闆露出跟外貌不搭調的潔白牙齒，笑著說：「不過老兄啊，我看你們也不是窮鬼，城東的旅館比我這兒舒適得多啦！你們怎麼不進城？」

該說這個老闆呆笨還是老實？哪有人把到手的生意趕跑的？

「我對住宿和食物沒什麼要求，」先生微微一笑，說：「在路上我們遇見這些孩子，跟他們挺投緣，就想不如住在城外。」

「你們是來經商的嗎？」

「我們只是路過哈梅林，正打算回英格蘭。不過這幾天從德勒斯登出發後一直在趕路，我想在這兒休息兩三天吧。」

老闆似乎對有貴客光臨很是高興，說：「我們這兒沒什麼名產，自家釀的大麥啤酒倒是不錯的，來來來，先坐下喝一杯吧！你們的馬在外面？」

「是的。」

「多多！」老闆回過頭，扯開嗓門大聲嚷道：「你這臭小子別給我偷懶！牽客人的馬匹到後院餵草！」

40. Lute，中世紀的撥弦樂器，類似吉他。早期有五組弦線，文藝復興時期後改成六組。

「知道啦，老爸，不用喊得那麼大聲。」一個瘦弱的小孩，從櫃檯後一拐一拐的走出來。看樣子他只有十歲，身材比巴爾還要矮小。他一手撐著一根木拐杖，一手扶著桌椅，蹣跚的走到我們跟前。

「老闆，他既然有傷就別要他做這些事了，讓我把馬牽到後院便行。」我看到這小孩走幾步路也滿困難的，不由得插嘴說。

「不！這小子的腿傷是自找的，自己的工作當然得由自己負責！」老闆伸手拉住我。「你們是客人，我這間酒館再寒酸，也不會讓客人自己餵馬。」

「老闆，」巴爾說：「我不是客人，讓我幫忙吧。」他邊說邊扶著多多走出店外。

老闆招呼我們坐下，端來兩杯深褐色的啤酒。我嚐了一口，味道尚過得去。

「你們是旅行商人嗎？」坐在我和先生對面的一個紅髮男人跟我們搭訕。

「不，我是位作家。」先生拿起酒杯，啜了一口。

「作家！是撰寫騎士小說的作家嗎？我最喜歡讀騎士小說了！有讀過《高盧的阿瑪迪斯》[41]吧？阿瑪迪斯真是英勇……」這男人說得口沫橫飛，我覺得他的樣貌表情有點似曾相識。

「莫非你是施耐德先生？你的孩子是不是叫齊格菲？」先生問。

「咦？對啊。你認識齊格嗎？」

我開始了解團長迷上騎士傳說的原因了。

「我們在路上遇上齊格，」先生說，「他讓巴爾帶我們來這家酒館。」

「巴爾！」施耐德先生身旁的一位樣子較年長的男人，一聽到巴爾的名字便縮下身子，左顧右盼的回望著。那男人雖然算不上肥胖，但他身材短小，加上瞇成一線的細眼和大鼻子，令人想起從洞穴裡冒出頭來、緊張地尋找天敵的土撥鼠。

「醫生，你這麼怕老婆可不行啦。」施耐德先生吃吃地笑著，拍打著對方的肩膀。「啤酒是上天給努力工作的男人的賞賜，你老婆干涉的話便是違背上主的意旨。」

「我才不是怕老婆，只是不想聽她嘮叨罷了。」醫生稍稍坐直身子，目光還是放在四周，似乎想避開自己的兒子。

「你是巴爾的父親？」我插嘴問。

「是的，敝姓沃斯，是位醫生。」沃斯醫生點點頭，說：「閣下是？」

「我姓霍夫曼，」先生回答道：「而他是我的僕人漢斯。」

「霍夫曼先生，你是寫騎士小說的嗎？」施耐德再一次興致勃勃地追問。

「不，我是研究傳說和歷史的。不過我沒找到亞瑟王的遺物，沒有聖杯，也沒有石中劍。」先生好像為了省下重複的對話，先把話一口氣說完。

「啊呀，真可惜。你們是從英國來的嗎？我也好想去英國或法國，看看騎士小說裡描寫的景色……」施耐德嘆了一口氣。

「你區區一個馬夫，哪來金錢讓你去啊。你少工作半天也付不起地租和稅金啦。」醫生揶揄他說。

「唉，早知當初丟了侍衛的差事時，乾脆跑去當水手好了。可是我又捨不得老婆和兒子……」

「老闆，來四杯啤酒。」先生回頭對在櫃檯後的老闆說：「難得結識新朋友，讓我請客。」

41. 原名Amadis de Gaula，十六世紀時大熱的西班牙騎士小說，作者為加西·羅德里格茲（Garci Rodriguez de Montalvo），被譯作多種文字流傳歐洲各國。作品描述高盧（法國地區）王的私生子成為偉大騎士的傳奇故事。

「噢！謝謝你啊！」施耐德先生好像滿高興，仔細一看，他的衣服有不少縫補過的痕跡，看樣子他的生活頗拮据。沃斯醫生亦笑容滿面，不過我想他並不是貪小便宜，而是由衷的喜歡喝酒。

先生跟他們閒聊著在歐洲各地旅行的見聞，施耐德和醫生也十分感興趣。這是理所當然的，先生比船員見識更廣，對一般住在鄉鎮、沒機會外遊的普通人來說，他的故事比小說還要精采。

聊了一堆遺跡、傳說、民間故事後，先生向他們提問重點：「聽說這兒也有女巫傳說，好像叫什麼科柏山女巫的，是真的嗎？」

「唔……」施耐德頓了一頓，瞧了瞧醫生，回頭說：「對外地人說這個似乎不太好，不過霍夫曼先生你這麼大方，我們又談得來，你聽過就算，千萬不要跟他人說是我們說的。城裡大家都說不相信山上有女巫，但那只是謊言，大家其實是害怕招來厄運，所以閉嘴不談。」

先生點點頭，我也好奇地聆聽著。

「科柏山在城鎮的東南方，假如你站在南方的城門，向左前方眺望，便會看到那座形狀怪異的山丘。」施耐德說：「哈梅林周遭的山坡都長滿樹木，唯獨科柏山向著城鎮的山坡光禿禿的，岩壁參差嶙峋，感覺十分邪門。雖然山脊兩旁樹木茂密，應該有很多上好的木材，可是我們都不敢上山，頂多在山腳伐木或打獵。三年前開始工人們都改到西北方威悉河下游旁的樹林工作，因為大地主打算在那邊開墾更多田地，租給農民圖利，只是城牆外根本沒有保障，一旦打起仗來，莊稼都化為烏有……啊，說遠了。山上的女巫嘛，我也不知道流傳多久了，我小時候已聽祖父說過。我父親對上三代一直住在哈梅林，我想這女巫一百年前已在科柏山上吧。」

「我聽說那女巫有二百多三百歲，二百年前那場大瘟疫發生時她便是散播者。」沃斯醫生插嘴說。「據說她能變身成動物，又會下迷惑人心的毒咒，使用那些需要蟾蜍肝、蛇皮、水蜥眼、山羊膽、女人指甲、小孩頭髮之類的邪門藥方製作魔藥，我小時候還聽說過她有一種油膏，只要塗在身上便能飛天。」

「有人見過這個女巫嗎？」先生問。

「當然有，」施耐德啜了一口酒，再說：「我父親提過，三十多年前城東有兩戶的牲口被女巫下咒弄死，侍衛長瓦格納便誇下海口，說要上山獵巫。瓦格納一行四人上山，翌日卻只有他一人回來，他還遍體鱗傷，奄奄一息。他對山上的遭遇絕口不提，但任何人也看得出他眼中的恐懼，有人猜女巫殺死了他所有手下，留他一命就是讓他警告我們不要侵入她的領地。也許是冒犯了女巫，他痊癒後性情大變，沉默寡言，幾年後病死了。連最厲害的瓦格納也被折磨成這個樣子，其他人更不敢靠近科柏山半步。」

「那時我只有幾歲，跟著當醫生的父親看診，親眼看到瓦格納大叔手臂上的肉被削去一大片，血淋淋的，真恐怖。」沃斯醫生信誓旦旦的說。

「除了這位瓦格納先生外，還有誰見過女巫？」先生追問。先生大概想找個目擊者親自問一下吧，畢竟這個瓦格納大叔已過世，道聽塗說的資料，作不得準。

「怎會有？見過女巫又死不了的，大概只有瓦格納大叔了。」醫生說。

「你們還可以問問大約翰，他也算『見過』女巫吧。」施耐德一邊喝啤酒一邊說。

「大約翰是誰？」

「大約翰是替大地主工作的伐木工人，他的家就在城外的最南端，靠近科柏山……啊，一提起他他便來了。」施耐德站起身，向門口一位穿得髒兮兮的高個子招手。

「真該死，我老婆的大姐老是看我不順眼，就在我完成工作打算來喝兩杯時，硬要我今天之內搬好倉庫的木頭……我呸，她不過是個幹粗活的僕役，只是稍微跟老闆關係好一點，擺什麼臭架子！說到底還不是跟我們同一階級！要不是看在我老婆的份上……」大約翰甫坐下便不住的唸，沒察覺先生和我的存在。大約翰的手臂相當粗壯，左邊臉頰有一道淺淺的疤痕，棕色的頭髮像鳥巢般凌亂，褲子沾滿泥跡，一看便知道是個靠體力勞動賺生活的人。

「大約翰，這位是新朋友霍夫曼先生和漢斯先生。霍夫曼先生是位作家啊。」施耐德替我們作介紹，大約翰臉上一紅，像是為之前的牢騷給外人聽到而感到不好意思。

「我、我是約翰．漢普汀克。你們好。」

先生微微一笑，回頭向鬍子老闆多要幾杯啤酒，大約翰頓時輕鬆下來。請喝酒果然是世界通行跟陌生人打交道的法門。

「我們在談科柏山女巫的事。」醫生跟大約翰說。大約翰瞪大雙眼，似乎在奇怪怎麼會聊這樣一個禁忌的話題。

霍夫曼先生緩緩地笑著說：「我只是搜集各地的傳說作為寫作及研究的題材，這兒不是西班牙，沒有王室直屬的宗教裁判所[42]，別擔心。」

大約翰點一點頭，沒說什麼，只是拿起酒杯啜了一口。無意間我瞥見他拿杯子的右手有點異樣，仔細一看，原來他的右手缺了無名指和尾指。

「漢普汀克先生，你見過女巫嗎？」我問道。

他放下酒杯，頓了一頓，說：「唔……怎說呢……似乎是見過吧，我也搞不懂。」

「怎麼一回事？你不知道對方是不是女巫嗎？」我問。

「不啦，我肯定她是女巫，只是……她隱身了，我只聽到她的聲音，看不到她的樣子。」

「山上有女巫啊！他殺死了她的鼠王，她沒向他報仇嗎？」大約翰像是酒醒了，眼睛瞪得老大。

「地主沒說錯，他果然有法力、懂巫術呢！要不然怎抵抗女巫啊！」

「慢著！難、難道說他跟女巫是一夥的？」施耐德臉色一變。

「那吹笛人提起……」我本來想把吹笛人對哈梅林的怨言告訴他們，但先生用手肘碰了我一下，搖搖頭像是叫我別說。

「我想他只是有點累，待一下才離開吧。」先生微笑著說。「不用想得太多。」

「這個……也對。」施耐德點點頭，其他人也附和著。

「作家先生你們經過科柏山嗎？沒被女巫抓住嗎？」醫生問道。

「沒有，」先生舉起酒杯，「所以值得喝一杯慶賀吧？」

我們繼續聊著，話題從女巫和吹笛人轉到哈梅林的生活環境和發展。據施耐德說，李昂．瓦格納本來是居民榜樣，因為他出身寒微，卻能擠進權貴的圈子，只是他愈富有便愈無情，想當年老瓦格納橫死後，居民們處處照顧他們一家，如今卻恩將仇報壓榨農民和工人。沃斯醫生也加入抱怨，說市政府忽略平民，物價年年上升，貧者愈貧、富者愈富之類。就在他多喝兩杯打算回家時，有人慌慌張張地衝進酒館，說住在科柏山山腳東面的老翁不小心被刀子刺傷，他的家人跑來找醫生求救。

「山腳東面有兩家獵戶，從這兒走去要花上大半個小時呢。」施耐德在醫生離開後跟我們說明。沃斯醫生喝得有點茫，我真懷疑他能不能替病人治療。

聊著聊著，我漸漸覺得餓起來，於是老闆弄來雜菜湯和雜肉腸，我們一邊吃一邊談各人的軼事。施耐德本來當侍衛，五年前因為開罪市長夫人被辭退了，只能在地主瓦格納家當馬夫。大約翰自小跟父親學習當木匠，生活原本不錯，結婚後生下一子一女，數年前卻因為意外失去兩根手指，不能繼續做木工，只好改行當伐木工人。本來不富裕的生活，在不景氣和地主苛徵重稅的雙重打擊下，更是捉襟見肘。他們說，城裡貧富懸殊，很多人為了脫貧，寧可冒險當船員或是離家到外地闖一闖。

施耐德和大約翰很感謝先生請客，離開時還再三道謝。大約翰喝了不少——老闆說每次他受了地主或老婆姐姐的氣就喝得特別多——他的臉色比施耐德的頭髮更紅，醉醺醺似的，施耐德便攙扶他回家。幾天前先生才跟歐洲最有權力的貴族之一碰面，今天便跟窮得連啤酒也不敢多喝一杯的平民吃飯，我有時在想，先生的生活遭遇落差真大。

「多多，你帶客人到房間去。」老闆一面收拾一面對多多說。大廳的客人大都已離去，只有彈魯特琴的老頭兒坐在角落，抱著琴打起呼嚕來。

「對了，」先生問道，「吹笛人滅鼠後，老鼠都消失了嗎？」

「尚有一些漏網之魚，可能是聾的老鼠，沒被笛聲吸引吧。」老闆笑著說。

「你不相信女巫存在，但相信魔笛？」先生再問。

「嘿，」老闆再次露齒而笑，說：「你們英國人寫的那本《巫術揭密》[44]，裡面不就指出很多虛假騙人的巫術嗎？科柏山女巫什麼的我沒見過，可是那吹笛人舞弄老鼠我卻看到。如果那不是真正的法術，說不定是某些鍊金術研究出來的新事物吧！也許那笛子能奏出令老鼠迷糊的聲音，只是人類聽不出來罷了。」

「誰說窮鄉僻壤沒有智者？」先生說：「老闆，在這兒經營酒館浪費了你啊。」

老闆沒回答，只是苦笑一下，回頭繼續收拾。他的話讓我回想起吹笛人手中那根黝黑的豎笛，雖然先生說過那是法國的樂器，但笛子會不會被鍊金術師賦予魔力，令它奏出能操縱老鼠的神奇樂聲？

多多帶我們到二樓的房間，床鋪和桌椅一如所料既破落又殘舊，但總算過得去，至少我翻開被子沒看到老鼠或蟲子。我看見多多瘸著腿，便多打賞他幾個芬尼，沒想到他說：「先生，如果你是衷心讚賞我的服務，你賞我一杜卡我也會收下，可是如果你是同情我跛足，很抱歉，恕我不能接受。」

我怔了一怔，沒想到這個小孩不卑不亢，看到金錢還能說出這樣的話。

「哈，漢斯，你敗給這小子了。給他一芬尼就好。」先生坐在床邊，笑著說。

多多點點頭，接過銅幣，道謝後一拐一拐地離開房間。

「先生，」我一面打開行裝，一面說：「這次收穫很豐富嘛，既有女巫又有鼠王和魔笛……我們要待多久？一星期？」

先生搖搖頭，說：「鼠王或魔笛之類便由他吧，我只在意山上的女巫。」

「先生，你說什麼啊？剛才施耐德先生他們說的事情不也很有趣嗎？」

「的確蠻有趣的，但跟女巫相比，它們就像放在珍珠旁的銀飾一樣普通、一樣庸俗……雖然我也不知道這顆珍珠是不是贗品罷了。」先生說完後便躺在床上，連衣服也沒有換便睡著了。

我抓抓頭髮，不明白先生為何這麼說，他之前聽到施耐德提起「鼠王」時明明很雀躍。不過這樣子正好，因為我已經惦掛著英國老家的羽毛床墊。我不介意跟著先生到處旅行，只是一年有十一個月待在外頭，總教人吃不消。哈梅林的晚上很寧靜，不過也許是酒館遠離繁

44. The Discoverie of Witchcraft，由英國人雷吉諾・史考特（Reginald Scot）於一五八四年所撰，內容為抨擊傳統教會審判巫術的「非理性」做法，並且解釋不少欺騙群眾的巫術及魔術的真相。

華的內城的緣故吧。我一闔上眼便想起吹笛人在科柏山上吹奏的旋律，柔和而低沉的聲音十分動聽。就連在睡夢中我也夢見他在吹笛，只是夢境中他不是獨個兒在樹林演奏，而是有一大群活潑的老鼠在他的身旁隨著音樂起舞。

最可笑的是，在夢裡我也變成那些手舞足蹈的老鼠之一了。

3

早上窗外傳來喧鬧聲，我睜開眼，只見霍夫曼先生倚在窗邊，注視著下方的道路。我的腦袋還充滿著跳舞的老鼠和吹笛的捕鼠人，一時間想不起自己身在何方。

「早安，漢斯。」先生指了指窗外，「好像發生了什麼事情，我們去看一下。」

我衣履不整、迷迷糊糊的，還沒搞清楚情況便給先生拉到酒館門口。酒館門前是一片小小的空地，有些擺攤的小販正在賣蔬菜和肉類之類，這兒似乎是城外一個不正式的市集。在晨光照耀下，哈梅林城外的風景煞是不錯，可是這一刻卻彌漫著一股詭異的氣氛，令這景色冒上灰濛濛的陰影。空地上有幾個農婦在竊竊私語，面露不安的神色，有人掩著嘴巴，有人發出微弱的驚訝聲，像是什麼可怕的事情正在醞釀著。

「……漢普汀克家的孩子……」

在刻意壓下的聲線中，我隱約聽到這句話。

「漢普汀克先生不就是大約翰嗎？」我對先生說。

「打擾一下，」先生向旁邊一位胖婦問道：「請問漢普汀克家是否發生了什麼意外？我們是大約翰的朋友，昨晚才跟他和沃斯醫生喝過酒。」

婦人打量著我們，大概聽到先生報上了大約翰和醫生的名字，她倒沒有防範，很乾脆地跟我們說：「哎喲，你們認識漢普汀克先生嗎？聽說他家的小漢斯兄妹不見了啦。」

「小漢斯兄妹？是約翰內斯和瑪格莉特嗎？」我錯愕地問道。

「不然還有誰啊？漢普汀克家不就只有他們兩個小孩嘛。」

昨晚大約翰沒有提及，我實在沒想過紋章官兄妹便是他的孩子——大約翰一頭棕髮，相貌的輪廓很深，加上一雙粗眉，很難把那對五官細緻的金髮兄妹跟他聯想起來。

「說不定是科柏山女……啊，沒什麼。」胖婦話說了一半又吞回肚子去，不過我很清楚她要說什麼。

先生問明大約翰的家的位置後，便和我一同走去。我們經過昨天小鬼們聚會的大樹下，再往前多走二、三十碼，便看到十數人聚集著，站在一幢破落的灰白色小屋前。那群人大多是婦女，但當中亦有紅髮的施耐德先生和數個我不認識的男人。抱著頭、一臉愁容地坐在屋前木長凳上的正是大約翰，他似乎在跟施耐德正在說什麼，而他身後站著一個臉色蒼白的女人，惴惴不安地張望著。她的衣著跟大約翰一樣寒酸，淺棕色的長髮結了個髮髻，我想，她一定是大約翰的妻子。

「……大約翰，他們會不會只是去玩耍了？」當我們靠近時，我聽到施耐德說。

「不，他們一向不會比我和安娜早起床……」大約翰憂心忡忡似的，眼眶紅了一圈，跟他那硬朗的外表毫不相符。

「施耐德先生，漢普汀克先生，早安，」先生走近他們，說：「是不是發生什麼事情了？」

「啊，是霍夫曼先生，你好。」施耐德回過頭，神色凝重地說：「大約翰的孩子們不見了。」

「是約翰內斯和瑪格莉特兄妹嗎？」我問。

「啊！」大約翰整個跳起來，揪住我的衣領，激動地說：「你見過他們嗎？他們在哪兒？請告訴我！」

「不，」霍夫曼先生伸手攔在我們之間，安撫著大約翰，「我們只是昨天黃昏到這裡時見過他們罷了。他們還跟施耐德先生的兒子和沃斯醫生的兒子在一起。」

大約翰垂頭喪氣，無力地跌坐回凳子上。

「什麼時候發現孩子們不見了的？」先生向施耐德問道。

「聽大約翰說是今天早上，」施耐德說：「他說昨晚太晚回家，孩子早在被窩裡睡著，今早起來卻發現昨晚仍掛在牆上的孩子們的外衣都不見了，床上只餘下凌亂的被子。」

大約翰抬起頭，接著說：「我覺得奇怪，於是搖醒妻子，兩人在房子裡找他們……我們的家這麼小，根本沒有角落可以讓他們躲起來啊！我們在城外沿著路逐家逐戶查問，也沒有人見過他們……」大約翰以只有三根手指的右手掩面，一副難過的樣子。

「有沒有可能進城找朋友玩了？」我問。

「不，他們進城也只會來我家找我兒子吧，但他們今早沒來過。」施耐德對我們說：「我聽到消息便趕過來，齊格現在到他們平日遊玩的地方搜尋，但剛才巴爾帶來口訊說沒看到，他們正往河堤那邊找找看。」

「有問過負責看守城門的守衛嗎？這樣可以知道他們在城內還是城外。」先生說。

「城門沒有守衛。」施耐德搖搖頭。「現在不是戰時，守衛只會巡邏，不會在各城門站崗……其實既然今早沒有居民見過小漢斯兄妹，說不定他們半夜已不在了……」

「但他們不可能平白無事半夜離家啊！」大約翰擔心地大嚷。

「安娜！」

我們身後忽然響起一道女聲，我回頭一看，一個穿著灰色裙子、年約四十多的婦人急步走來。從裝束看來她是個僕役，跟施耐德和大約翰一樣屬於平民階級，可是她五官勻稱，即使年紀不輕亦有三分姿色，衣飾亦不至於大約翰那般寒酸。她一出現，站在大約翰身後、似乎是他妻子的女人表情乍變，就像真正可靠的救星終於到場一樣。

「凱洛琳！孩、孩子都不見了！」大約翰的妻子迎上前去，抱住那個叫凱洛琳的女人。

「安娜，別害怕。」凱洛琳讓安娜靠在自己胸前，再轉頭對大約翰怒目而視。「約翰，你怎麼搞的？孩子怎會不見了的？」

「我、我……」大約翰一臉困窘，似乎想反駁卻又無法明言。

「那是凱洛琳，大約翰太太安娜的姐姐。」施耐德小聲對我和先生說道。「她跟大約翰一樣替瓦格納工作，不過地主比較信任那女人，安娜又跟她要好，大約翰和她就像青蛙與蛇的關係。」

凱洛琳咄咄逼人地質問過大約翰，聽到對方說城裡城外都沒人見過孩子們後，斬釘截鐵地大嚷：「一定是科柏山女巫拐走他們的！」

她的話恍如一聲巨響，令本來鬧烘烘的群眾都靜下來，噤聲瞪著她。有人面露厭惡的神色，有人一臉驚愕，就是沒有人開聲回應。

「凱洛琳！妳、妳別胡說！」大約翰大聲喝罵，畢竟公開提及女巫是禁忌，搞不好會招來厄運。

凱洛琳沒理會對方，繼續說：「這又不是沒有先例！大家也很清楚，女巫每隔一段時間便會作惡！她一定是報復她的魔物被殺……」她指的應該是之前施耐德說過的鼠王吧。

所有人都靜默下來。我想，雖然大家沒說，心底也有相同的答案，小漢斯兄妹恐怕凶多吉少。大約翰的家是城外最接近科柏山的房子，女巫要擄走小孩，會選上他們也很合理啊……

「可以讓我看看房子嗎？」霍夫曼先生突然說道。

大約翰詫異地瞧著霍夫曼先生，但沒有反對，站起來把木門打開，讓我們走進室內。大約翰的家是一幢小小的磚屋，沒有間隔或房間，屋子裡就是一個小小的空間，長和　也大約是七至八碼。房子只有一道大門，有三扇窗子，沒窗的一邊牆上有個壁爐，爐上是通往外頭的煙囪。房間的盡頭有三張木床，一張看來是大約翰夫婦的臥鋪，另外兩張較小，大概是小漢斯兄妹的。床上只有凌亂的被子，被子有縫補的痕跡，由此可見大約翰一家並不富有，而床邊更擱著一柄削成劍狀的木棒、一小袋大概用來充當投石索彈藥的石頭和「哈梅林騎士團」的旗子，那大概是小漢斯的寶物。

霍夫曼先生走到床前，掀開被子，仔細地看了一會，又蹲下來看看地面。大約翰、安娜和施耐德站在門口看著，其他居民也在他們身後，伸長脖子想看看這位外國人在幹什麼。

「先生，有什麼發現嗎？」我看著先生審視著用來鋪地面的乾蘆葦，問道。

「沒有，完全沒有特別。」先生站起來，輕鬆地說。他回過身子，向著待在大門旁的大約翰夫婦問：「漢普汀克先生，我想問一下，施耐德先生說你早上拿外衣時發現孩子不見了，對不對？」

「是的。」大約翰沮喪地說，聲音跟他昨天在酒館大吵大嚷時有天壤之別。

「外衣掛在哪兒？」

「就在那扇窗旁邊。」他指了指左面。

在大門左方的窗子旁邊牆上有幾個掛勾，就在我的視線水平的高度。

「你習慣把外衣掛在哪個鉤子？」先生問。

「最左面的。」大約翰狐疑地答。他大概不明白先生為什麼要問這個問題——雖然我也不知道。

「孩子的外衣呢？」先生再問。

「就在旁邊。」大約翰答道：「每天睡覺前，我們都會把外衣掛上去，左邊第一個鉤子是我的，旁邊便是我妻子，之後便是兒子和女兒。每晚睡覺前也掛著四件衣服，我每天早上穿外衣時總會看到他們的外衣掛在旁邊，所以今早一起來看到只有兩件便知道不對勁……」

「霍夫曼先生，這些鉤子呀、外衣呀跟孩子的去向有什麼關係？」施耐德搶白道：「孩子給女巫拐走，我們也沒有辦法啊……」

「如果真的是女巫帶走他們，這女巫也挺善良的，不用擔心嘛。」先生說。

「你說什麼？」眾人訝異。

「不是嗎？如果真的是女巫擄走孩子，這位女巫還害怕孩子著涼，替他們穿上外衣才拐走，而且孩子們也乖乖聽話，連地上的蘆葦也沒踏亂。」

眾人面面相覷，一時議論紛紛。大約翰著急地抓住霍夫曼先生的手臂，說：「先生，即是這不是女巫幹的嗎？是吧？是吧？那到底孩子去了哪兒？」

先生拍了拍大約翰的肩膀，說：「乾著急是沒有用的，現在我們先回想一下昨晚的細節，擬好策略後再出發搜尋吧。」

我們回到屋子外，居民都緊張地盯著先生，彷彿先生是舞台上的演員，大家都想知道他接下來的說話，如何讓故事演下去。

「昨天晚上回家後，你有沒有留意到什麼不尋常之處？」先生對大約翰說，再回過頭向安娜說：「也請夫人回想一下，昨天有沒有奇怪的事情，孩子們有沒有說過什麼話。」

「沒有……」大約翰說，「我昨晚跟你們在酒館喝過酒，回來後安娜跟我說了幾句話，我便睡了……」

「夫人妳呢？」先生問。被凱洛琳攙扶的安娜皺著眉，沉默不語，只是一味搖頭。她的臉色好像比之前更蒼白，也許認定是女巫拐走孩子，比起不知道犯人是誰——或可能根本沒有犯人——來得實在吧。

「都怪我昨天喝太多……」大約翰哭喪著臉，一邊搥打胸膛一邊說：「如果昨晚少喝兩杯，沒有睡得那麼熟，我可不會聽不到他們開門離家啊！我昨晚睡得不省人事，只記得夢見跟菲舍爾先生在酒館喝酒……」

「咦，我昨晚也夢到他呢！」一個老翁插嘴說。

「菲舍爾先生是誰？」我問。

「他是大約翰和我自幼相識的舊友，」施耐德接過話，「跟我們很要好，家裡有點錢，父母去世後繼承生意，經營航運貿易。可是他十二年前被揭發偷運私鹽，連夜逃亡離開哈梅林了。他以前常常跟酒館的老爹合奏，他吹小笛和打鼓，老爹彈魯特琴……」

「笛聲？對，我昨晚好像聽到笛聲……」人群中有人嚷道。

「我、我也聽到！就在四點的鐘聲響過之後吧？」

「咦？我昨晚睡得很熟，但今早我老婆問我昨晚有沒有聽到音樂聲……」各人七嘴八舌，原來不少人昨晚也聽到笛子奏出的樂曲，包括我在內——

慢著，笛聲……？

「啊！」我大喊一聲，嚷道：「不是女巫！是吹笛人！是吹笛人拐走了孩子！」

眾人駭異地瞪著我，我著急地說：「昨天我們在科柏山上向他問路，他曾咬牙切齒罵哈梅林的居民！」

「你說什麼！」大約翰焦躁地說：「那個捕鼠人……不，那個吹笛人說了什麼？」

「他說哈梅林的人是不守承諾的騙子，一臉忿然的樣子……」

「天哪！是那個捕鼠人！」人群中某人驚呼道：「他替我們滅鼠，不但沒拿到報酬，那天還被大約翰攆走，所以他記仇向大約翰報復了！」

「既然那個吹笛人可以用魔笛迷惑老鼠，說不定他用笛聲來迷惑孩子，要他們自行離家啊！」人群再度起鬨。

「孩子被他拐走了？那我們趕緊上山找孩子吧！」

「可是山上有女巫啊？」

「各位！請等等——」先生高聲說道，可是他的話被突如其來的馬蹄聲打斷。

「你們這些傢伙，造反了嗎！」一個肥胖的男人騎著一匹黑馬，從我們之前來的路上走過來。這男人看來五十多歲，身材臃腫，頭顱跟身體就像一大一小兩個球，他就算騎在高大黝黑的駿馬上也沒半點威風，倒有種滑稽的樣子。尤其他頭上沒半根頭髮，卻戴了一頂過時的紫色扁帽，帽簷又插著一根誇張的綠色羽毛作裝飾，配搭那件看來不便宜但缺乏品味的暗紅色高領外套，真是連我這種不懂服飾潮流的外國人也覺得糟糕。這禿頭男人臉帶怒容，雙眼就像老鼠一樣，睥睨著聚在大約翰家門前的眾人。

「今天是禮拜天嗎？還不回去工作！要不是我心血來潮到樹林跑一趟，發現只有兩個傢伙開工，便給你們這些騙子白領薪水！」那男人在馬背上呼喝道。

「瓦格納先生，大約翰的孩子們失蹤了，所以我們才……」

「不見孩子的是大約翰，又不是你們！給我去上班，否則我當你們無故曠職，別指望我發薪水！」

人群中的幾個男人面面相覷，一臉無奈地離開大約翰身邊。那些男人大概是大約翰的同事，一起在這個胖地主手下當伐木工人，早上知道朋友家中出事，便義不容辭丟下工作趕來幫忙。不過在老闆淫威之下，眾人只得向現實低頭——從他們的衣著看來，他們不比大約翰一家寬裕。

「還有你，施耐德，」男人轉向瞪著站在我們身邊的施耐德先生，「這兒是我家的馬廄嗎？」

「我來之前已餵好馬……」

「你的工作只有餵馬嗎？還是要我親自動手來教你？我跟你說，你不要工作的話請隨便，城裡不少人恨不得替我工作。」

施耐德搖搖頭，拍了拍大約翰肩膀，默默地往城門的方向走去。

「漢普汀克，」瓦格納瞄了凱洛琳和安娜一眼，再對大約翰說：「我不是個無情鬼，你家出事，我就姑且讓你們請一天假。別忘記你們吃我的、住我的，知恩不報的傢伙注定下地獄，不管你們找不找得到孩子，明天也要準時上班。」

那肥胖的禿頭地主拉動韁繩，讓馬匹回頭。他離開前斜視了先生和我一眼，那眼神就像看到髒老鼠似的，對我們這種跟「下等工人們」混在一起的旅行者予以鄙視。我怕先生被那傢伙惹怒，又會做出什麼驚人之舉，意外地他沒有動氣，反而對我稍稍皺眉，就像我才是惹惱他的人。

「霍夫曼先生……」瓦格納離開後，大約翰緊張地抓住先生的手，像哀求似地說：「我是個老粗，不及先生你博學，我相信你一定有方法替我向那吹笛人討回孩子的？是不是？我求求你……」

先生默然瞧著大約翰，再掃視仍在場的一眾婦女，嘆一口氣，說：「漢普汀克先生，我不能保證什麼。我會想想辦法，但你要有接受壞消息的準備。」

我們別過大約翰，走回黑鳶酒館。在路上，先生顯然一臉不快，眉頭蹙得比離開德勒斯登時更嚴重。

「先生，我們——」

「漢斯，你怎麼如此話多呢？把不該說的都說出來了，唉……也許我不能責備你，只怪我失策，沒料想到你可能亂說話。」先生打斷我的話，邊說邊搖頭。

「先生，我說錯什麼話啊？」

「你提什麼吹笛人嘛？」

「昨晚我真的聽到笛聲啊！和其他人一樣，那些笛聲令我做夢，夢見……」

「我是說，你憑什麼直說『是吹笛人拐走孩子』呢？」先生停下腳步，一臉無奈地瞧著我。

「那……那不是很合理的推論嗎？笛聲神秘地響起，孩子們又不見了，兩件特殊的事情同時發生，不是明顯有關嗎？」

「我們迷路意外來到哈梅林，對居民而言也是特殊事件吧？按照你的說法，就算我們不是拐走孩子的犯人，也一定是帶來厄運的惡魔了。」

先生的反駁令我語塞。

「漢斯，我平日要你多讀書，就是要你了解一般人的心靈。」先生再次起步，跟我並肩而行。「民眾的心靈，尤其是沒受過教育的百姓的心靈，是十分容易受一兩句話擺佈的，只要他們認定某個觀念是事實，便會堅信不移。這是一把兩面刃，運用得宜你便可以令他們輕易同意你的說法，即使他們不了解說法背後有何道理；相反地，他們亦可能因為某句話而永遠跟你對立，恐怕就連高爾吉亞[45]再世也無法扭轉這些人的心思。」
「這麼說，先生你已經知道事情的來龍去脈了？」
「還沒看清，但總算有點頭緒。」
「拐走孩子的不是吹笛人嗎？」我問。
「當然不是。」
「那麼是誰？」
「女巫。」先生輕描淡寫地回答。
「咦？」我愣了一愣，錯愕地瞧著先生。
「所以啊，漢斯，你剛才的無心之言反而替邪惡的女巫開脫了。」
「先生，你是說認真的嗎？」
霍夫曼先生微微一笑，我看不出他是不是在尋我開心。換作平時，這大概是玩笑話，可是小漢斯兄妹下落不明，生死未卜，先生應該不會故意在這節骨眼愚弄我。
回到酒館，先生說：「我們現在先進城內，四處溜達一下，打探消息吧。我們連環境都不熟，不可能查出孩子們的去向……時間不多，漢斯你趕緊梳洗一下，我們便出發。」
我梳洗過後，抓了一個酒館老闆為我們準備的椒鹽卷餅，啣在嘴上跟隨先生入城。哈梅林比我想像中富庶，雖然幅員不大，從城的一端走到另一端只要十數分鐘，但城中街道井然有序，新建的房子也有不少，當然規模遠不及德勒斯登或漢堡這些大城市。市集附近有某幾棟新建築雖不宏偉卻很華麗，而且具備同一特色，房子正面都有兩層高的凸窗，窗頂飾以渦狀花樣和石雕人像。先生進城後跟各色居民閒聊，我從他們的對話之中，知道那些漂亮的房子出自一位叫科德．特尼斯的建築師之手，城裡的貴族富人們爭相邀請他為自己蓋房子，所以這些建築物都有著類同的模樣。

先生口才了得，不管是萍水相逢的路人還是在店子前方擺攤的商販，他也能輕鬆抓住話題，跟對方熱絡地談天，打聽情報——他經常以此方法，打聽到一些鮮為人知的奇聞傳說。不過這次我實在不了解先生跟這些居民在談什麼，因為他既沒有打探女巫傳說，也沒探問孩子的蹤影，只是一直在聊近年哈梅林的經濟、威悉河航運貿易的變化、週邊森林的開墾進度，以及旅行者、朝聖者或賣藝人的多寡。勉強有點關係的，只有問及城裡的教育情形，有多少小孩上學、有多少當學徒之類。

「先生，到底我們要打探什麼？」在先生跟不少人交談過後，我忍不住問道。我們來到教堂前的廣場，先生似乎打算找教堂的修士詢問。

「當務之急自然是找孩子的下落啊。」

「但你剛才向居民打聽的都是無關的消息？」

「無關？全都有關。不多了解哈梅林本身的情況，我又怎麼能判斷到底是哪一個女巫拐走孩子呢？」

「咦？這兒有超過一個女巫作惡嗎？」我驚訝地嚷道。

「漢斯，」先生突然換過語氣，嚴肅地說：「我必須先說，我們不一定能找回孩子……不，應該說無法救回的可能性很高，即使抓住女巫也於事無補。」

「先生，你意思是孩子們已經……死了？」

「不一定，但有這個可能。就算這一刻仍活著，恐怕也命不久矣。」

45. 古希臘哲學家，詭辯學派學者，他能言善辯的能力影響了公元前五世紀雅典廣大的民眾，縱使柏拉圖和亞里斯多德批評他只是以語言技巧來誤導或瞞騙他人。

我不由得打從心底生起寒慄，想像到孩子被女巫綑綁，準備將他們丟進熱氣騰騰的大鍋中煮成魔藥的場面。

「那、那我們趕緊上山救人啊！管那女巫有三頭六臂，手下有哪些魔物，我帶齊武器裝備應該也能一戰吧？」雖然我沒有太大信心，畢竟施耐德說過地主瓦格納那個當侍衛長的父親帶了幾個人亦不敵敗陣，但現在可不能示弱。

「誰說女巫一定在山上？」

「咦？」

「我就說——」

先生沒把話說完，因為廣場另一邊有人朝我們大嚷——叫嚷的人正是施耐德先生。

「不、不得了！」施耐德氣喘如牛，語氣焦灼：「河邊！河邊！我現在去找大約翰，你們先去瞧瞧！」

施耐德話畢便往城南奔跑。我不知道河邊發生什麼事，但瞧見他焦急的樣子，一定有大事發生。我和先生急步走到城西城牆外，只見城門右方河堤某處聚集了一群人，正圍著某人議論紛紛。定睛一看，那個被圍住的人是大約翰的姨姐凱洛琳。我們走近，本來我已做了最壞打算，猜想凱洛琳腳邊躺著小漢斯或小格莉的屍體，但我完全猜錯——凱洛琳旁邊沒有任何屍體，她被眾人圍住，是因為她手上拿著一幅濕漉漉的米白色破布。

我瞧了數秒，才意會到那幅上面畫著黑色簡陋線條的破布是什麼。

那是小漢斯的「紋章袍」。

不一會，大約翰夫婦和施耐德趕至，大約翰一見那幅布，臉上血色全失，緊緊抓住凱洛琳肩膀，大聲質問她：「妳在哪兒找到的？哪兒！快說！」

「就在河裡，卡在碼頭樁柱下。」凱洛琳神色憂傷，指著身後碼頭某處。

「漢普汀克先生，你確定這是孩子的衣服嗎？」先生問道。

「沒錯……」大約翰拉開破布，就連我也認得那是我昨天見過穿在小漢斯身上的那件「紋章袍」，上面那個可笑的「輪子茅房雉雞」徽章仍清晰可見。

「老天啊，孩子的下場就像老鼠……」人群中一個婦人悄聲說道。

「小漢斯！小格莉！」大約翰歇斯底里地呼喊，假如施耐德沒拉住他，他大概已跳進威悉河裡。我也想像到，吹笛人把孩子們引到河邊，讓他們像老鼠一樣跳進湍急的河流中……

「我們趕緊到上游找找吧！」施耐德對各人說。

「衣服也流到這邊了，要找應該到下游吧？說不定人已被沖到奧爾登多夫[46]！」

「河水這麼急，就算在下游找到也救不活啦……」

眾人七嘴八舌在討論著，大約翰卻無力地抱著破布，跪在地上，他太太安娜只能靠在姐姐凱洛琳身上不住發抖。有人說要借船在河裡打撈，有人說要通知市長，好讓侍衛幫忙搜索，但大家都只出一張嘴，沒有人行動。大概各人心裡都想著相同的事——即使找到也頂多是屍體，事到如今，花人力物力去找孩子實在沒有意義。

「先生，你認為……」我六神無主，轉身向霍夫曼先生探問，怎料話剛說出口，才發覺他不在人群之中，張望一下，發現他跟施耐德跑到近碼頭樁柱的一方在談話。

我走近他們，先生似乎察覺我的行動，向我這邊走過來。

「先生，你跟施耐德先生在談什麼？」

46. Oldendorf，現稱為黑西施奧爾登多夫（Hessisch Oldendorf），一個位於哈梅林西北方約十公里外的城鎮。

「沒有什麼，只是問他女巫的所在地。」

「我們要上山嗎？可是孩子不是被吹笛人引進河裡……」

「你跟我來吧。」

我們離開河堤——先生甚至沒跟大約翰夫婦道別或慰問半句——回到教堂外的廣場，然而先生沒往南走，反而往城北走去。我摸不著頭腦，但既然先生叫我跟著他，他自然知道目的地。

不到數分鐘，我們來到城北一棟大宅門外。跟靠近市集的建築物相比，這房子大數倍，周遭的房屋也比較疏落，似乎是富人貴族居住的區域。這兒是女巫的住處？

「漢斯，想不想吃一頓好吃的午餐？」先生忽然問道。

「當然想……不過酒館的椒鹽卷餅和香腸也可以。」我不知道先生的用意，先做一個保險——我怕待會連椒鹽卷餅和香腸也沒得吃。

先生似乎看穿我所想，微微一笑，再說：「你有帶那封信出來吧？」

「信？」

「公爵的信啊。」

我赫然想起那封薩克森－魏瑪公爵的介紹信。這信是貴重公函，我自然隨身攜帶，只是我沒料到先生有意使用。我掏出信函，交給先生。

「別給我，我們現在進去，你交給男僕吧。」先生指了指大宅。

「咦？啊，好的。」我走進庭院，往大宅的門前敲門。先生站在我身後，神態輕鬆。

「這兒是誰的房子？哪一位城中貴族的？」我回頭向先生問道。

「不是貴族，是市議會委員瓦格納的。」

我愕然地瞧著先生。只要有薩克森－魏瑪公爵的介紹信，別說哈梅林市長，就連屬地領主布倫瑞克－呂訥堡公爵都會樂意招待，但先生卻將信用在一個小小的官員身上。

還是說，先生想從瓦格納身上查出當年他父親上山的路線？說不定目前只有他知道女巫巢穴在山上的什麼位置……

我沒來得及追問，大宅前門打開，我向門房遞過信件，說英格蘭的法學博士萊爾．霍夫曼求見。公爵的信件沒暴露先生的貴族身分，我自然不會多說。

接信的男僕收過信件，請我們在門廳稍等，再往樓梯走去通知主人。這房子裡面跟外在一樣華麗，只是銀器陶瓷擺設略多，有種向客人炫耀財富的味道。

不一會，樓梯傳來急促的腳步聲，肥胖的禿頭地主像個球般從樓梯滾下來。我聽到他一邊走下來一邊罵僕人怎可以讓貴賓站在門廳等待，然而他看到待在門口的「貴賓」是先生和我時，驚訝之色盡掛在臉上。

「您、您便是霍、霍夫曼博士？」瓦格納小心翼翼地問道。

「正是在下。今早見面時沒機會跟瓦格納先生您打聲招呼，實在抱歉。」先生不懷好意地笑著——當然他隱藏了「不懷好意」的部分，那表情只有我看得懂。

「我、我沒想到您是薩、薩克森－魏瑪公爵的貴賓……假如我當時有什麼失態……」

「不要緊，不要緊，我和隨從到德勒斯登拜會公爵，回程迷路來到哈梅林，因為事前沒有打點，就想不好意思打擾市議會。倒是今早跟您有一面之緣，向人詢問後方知是尊貴的議會委員，便決定冒昧拜訪。」

「啊，啊，歡迎之至，歡迎之至。」胖地主鬆一口氣，亮出一個大大的笑容，邀請我們往大廳休息。他大概從先生語氣確認我們不是來找麻煩，心裡踏實一點。我從男僕手上取回信件，心想剛才瓦格納看到公爵簽名和印章時，不曉得有沒有被嚇得靈魂出竅，畢竟一個小小的市級平民官僚，一輩子也不一定有機會接待國王級貴族的上賓。

「博士您在城裡哪兒留宿？如不嫌棄，請移駕到寒舍小住幾天……」

「我們已有住處，馬匹都有店家照顧，瓦格納先生您讓我們來作客已很足夠了。我還希望您別嫌我這身旅行衣裝寒酸呢！」先生哈哈大笑，對方也趕緊陪笑臉。

霍夫曼先生和瓦格納在客廳喝酒寒暄，我猜想對方一開始也有點懷疑先生是否冒名頂替，偷取了他人信件的騙子，但先生的口才和學識可是真材實料，只要談上十分鐘，再愚笨的地方官員也會了解先生的確來自上流階級。哈梅林屬於布倫瑞克－呂訥堡公國領地，現任領主是韋爾夫家族的亨利．尤利烏斯，是德意志貴族中有名的改革派，他提拔法學家和學者取代貴族擔任地方法官，建立良好的法律制度，我肯定瓦格納清楚了解，故此對身為法學博士的先生更顯尊重——搞不好某天先生會被介紹擔任公國的顧問，現在先打好關係，有百利而無一害。

一如先生所言，午餐十分豐富，既有茴芹煮甘藍菜、鹿肉香腸、牛肉餡餅等等，瓦格納更吩咐廚子炮製一道英式的香料燜雞，味道比我們在老家吃過的更美味。本來身為僕人的我禮節上不該跟他們同桌，但先生向瓦格納宣稱我是他的近身隨從，同時擔任書記，禿頭地主自然不敢怠慢。

「漢斯是我的得力助手，他擅長多國語言，文字工夫了得，他日定必獨當一面呢！」先生如此介紹我。他沒說謊啦，只是我不止擔任隨從和書記，更負責跑腿、烹飪、餵馬、打掃、保鑣、腳夫等一大堆雜務，先生只挑一兩項來說明，聽起來就好像滿威風的。

然而，午餐前發生了一則小插曲。

「法蘭茲，叫克麗絲出來跟客人一起用餐。」瓦格納對一直待在一旁的年輕僕人說。

「呃、大小姐不在家。」那個叫法蘭茲的僕人神色慌張地回答。

「不在家？她跑到哪兒去了？」瓦格納眉頭一皺，貌甚不悅。
「我不知道……大概又是一個人到北部的森林騎馬……」
「瓦格納先生，克麗絲是令千金嗎？」先生微微一笑，替法蘭茲擋下責罵，打圓場道。
「啊，是的，小女克麗絲蒂娜在家跟老師學過邏輯學和哲學，我想正好跟博士您見見面，向您討教。」
「不要緊，反正我這幾天仍在哈梅林，總有機會碰面。」
雖然先生嘴上如此說，但我知道他心裡大大吁一口氣。不知道那位千金小姐年紀多大，但觀乎瓦格納的年紀，加上她會獨個兒策馬郊遊，應該也有二十歲以上吧，而且她仍住在父親家中，即是仍未出嫁。瓦格納不一定有心撮合女兒跟先生，只是不怕一萬就怕萬一，若然那位克麗絲小姐看上我這位風度翩翩的主人，搞不好接下來又要發生麻煩事。
午餐時我從瓦格納和先生的對話得悉，瓦格納夫人數年前病故，即使瓦格納家財萬貫，從漢諾威請來名醫，仍阻止不了妻子蒙主寵召。雖然我對這禿頭地主印象不好，但聽他語氣，他倒是一個深情的丈夫，事隔數年，提起妻子仍一臉緬懷，眼神流露出一絲溫柔。只是後來談及哈梅林的居民，瓦格納又換上一副刻薄嘴臉，直斥他聘用的人們都是騙子，經常偷懶騙取工資。
「那些低等的傢伙都沒有上進心！我也是平民出身，但看我現在的地位！擁有的財富！他們都不值得憐憫！」瓦格納語氣激昂，話畢卻像察覺在客人面前失儀，連忙道歉。
嗯，這種暴發戶守財奴，我和先生在英國也遇過不少。
午餐後瓦格納帶我們參觀他的府邸，展示不少美術品和銀器，有意無意間炫耀他的財富，賣弄他在貴族官員間的人脈。雖然我和先生在城外酒館聽過大約翰他們的抱怨說生活困難，在瓦格納家卻像走進別國，未來彷彿一片榮景。瓦格納說著每年開墾多少土地、農作物增產多少，又說威悉河如何幫助哈梅林商人經營貿易，即使脫離漢薩同盟，哈梅林只會愈來愈強盛云云。

當我們參觀過瓦格納的書房，瀏覽過書架上十數本珍貴但明顯沒被翻閱過的拉丁文古籍後，窗外傳來下午一點鐘的鐘聲。

「啊，不好，我要出席市議會的會議……」瓦格納從窗子向外瞧了瞧。「博士您有興趣跟我一起去，讓我介紹市長給您認識嗎？」

「那當然很好，只是我擔心打擾你們。」先生頓了頓，再微笑道：「其實能在瓦格納先生府上作客已讓我很滿足，因為我本來沒打算經過此地，冒然干擾會議，不知道會否為市長及市議會添麻煩。我也不知道其他議會委員像不像您這麼親切好客，但反過來說，若然每一位委員也邀請我進餐見面，亦讓我有點困擾。」

瓦格納揚起一邊眉毛，露齒而笑，愉快地說道：「博士您說得對，說得對。請在我家慢慢休息。」他轉身對僕人法蘭茲說：「我現在去議會，你替我好好侍候博士和他的書記，別怠慢客人。」

先生言下之意，瓦格納心領神會——假如其他委員知道先生來訪，紛紛巴結，瓦格納便失去優勢。他大概恨不得我和先生在他家一直待到晚上，再藉詞留我們過夜。我們愈領得多人情，他日先生就愈難拒絕他的請求，這是商人的投資之道吧。

瓦格納離開後，先生跟法蘭茲閒聊起來。那位年紀跟我差不多的僕人似乎沒想到客人會主動跟他聊天，一開始只生硬地回答先生的問題，但漸漸察覺先生不像他的主人那麼嚴肅，緊繃的表情徐徐放鬆。聽他說，他好不容易才獲瓦格納聘用，雖然男僕不是什麼高貴的職業，但缺乏一技之長的他能在市議會委員的家裡工作，不用當水手或農夫日曬雨淋，已感到上主保佑。

「法蘭茲，你有沒有聽過瓦格納先生父親的事？」在聊到瓦格納發跡史時，先生問道。

「啊……那個……」法蘭茲被這個問題嚇倒，吞吞吐吐的，他明顯地知道答案。

「別緊張，我已聽過女巫的事。」先生故意淡然地說。

「博士，這話題還是別說較好，我怕會招來厄運。」

「你們都怕這個……不能談的傢伙嗎？」我問道。

「書記先生，我不知道英格蘭人是不是不害怕那個，但我們哈梅林的居民都知道那山是禁忌之地，我的父親從祖父聽過教誨，祖父就從曾祖父那兒聽過。主人的父親觸犯禁忌，結果連命也丟了，我們就更清楚這話題不能談。」

法蘭茲神色慌惶，就連我也看得出這表情不是裝出來的，他是發自內心的感到恐懼。

「那我們還是別談吧。」先生微笑道。「對了，你們家負責照顧馬匹的人是不是叫施耐德？」

「啊，是的。博士您認識他？」

「昨晚一起喝過酒。」先生笑道。「你可以帶我們去馬廄嗎？」

法蘭茲一臉詫異，他沒想到尊貴的地主客人居然跟地位低賤的馬夫喝過酒。我們一行三人離開主屋，來到房子後面下人居住的別棟，馬廄就在旁邊。

「咦，霍夫曼先生！你怎麼來了？」我們步近時，施耐德正在為馬匹擦身。「是有孩子們的消息嗎？」

「暫時沒有，我只是來你們老闆家裡作客而已。」先生說。「我以為你仍在外面為孩子的事奔走呢。」

「沒辦法，剛才我因為要牽馬給另一位委員才會經過河邊，我再不回來，差事便會丟掉啦。」施耐德聳聳肩。

「博士，你們是在說那個伐木工孩子的事嗎？」法蘭茲問道。他大概很奇怪施耐德問先生孩子們的消息。

「對。法蘭茲你有沒有聽過什麼消息？」

「好像說是那個捕鼠人來報復吧？」

我沒料到連他也知道——先生側頭瞄了我一眼，像說著「看你幹的好事」，我只能羞愧地垂下頭，避開先生的目光。

先生跟施耐德聊著馬匹的事，參觀瓦格納家中的坐騎。瓦格納馬廄裡有七、八匹駿馬，每一匹都毛色光亮、俊美健壯，可見瓦格納的富有，更顯出施耐德工作之用心。我想法蘭茲以為先生是個愛馬之人，但我知道先生一定在盤算著什麼，他才不會無緣無故談馬談這麼久。

「嗒嗒——」

正當先生摸著一匹黑色良駒的脖子，讚賞牠筋肉粗壯時，我們身後傳來踢踢躂躂的馬蹄聲。我回頭一看，只見一個披著棕色斗篷、身穿紅衣的女性騎在一匹白馬的馬背上，居高臨下地瞧著我們。這女生看來二十來歲，相貌挺好看的，但我卻感覺不到一絲女性的柔弱，反而渾身散發著英氣。或者這是因為她坐在馬上，影響了我的觀感吧。

「克麗絲小姐！您到哪兒去了？主人剛才找不到您，大發雷霆啊。」法蘭茲對那女生說。

「我管他。」克麗絲從馬背躍下，瞄了我和先生一眼，對法蘭茲說：「他們是誰？新來的僕人嗎？」

「他、他們是主人的貴賓！」法蘭茲緊張地揚揚手，似乎要制止克麗絲繼續亂說話。

「貴賓？」克麗絲打量著我們。似乎那不是錯覺，即使她下了馬，我仍感到她渾身男性的倔強氣息。

「這位是法學博士霍夫曼先生，而這位是他的書記。」法蘭茲介紹道。當他說出「法學博士」時，在我身旁的施耐德微微發出一聲驚呼，我便小聲地跟他說那是先生的正職。

克麗絲的目光沒從我倆身上移開，大概是對我們的裝束感到奇怪吧。

「克麗絲小姐，幸會。」先生對她行禮。雖然對方一臉狐疑，仍按照上流階級的慣例回禮。

「霍夫曼博士有事找家父？」克麗絲問道。

「沒有，只是碰巧路過此地，跟令尊有一面之緣，所以登門拜訪。」

克麗絲沒回答，只點點頭，但從她的眼神看來，她將我們當成來白吃白喝的傢伙。

「法蘭茲，替我到廚房打點，我未吃午餐。我現在回房間，叫他們送餐點上來。」克麗絲無意跟我們攀談，逕自對法蘭茲說。

「小姐，主人叫我侍候兩位客人……」

「不要緊，」先生插嘴說：「你去處理就好，我們在這兒跟施耐德繼續聊一下馬兒。」

法蘭茲好像很感激先生的通融，立即急步往主屋走去。

「那我也失陪了。」克麗絲向我們行禮。似乎我不用替先生擔心，這位小姐跟那些貴族千金不太一樣，沒有看上先生——不過或者是因為先生現在的服裝太寒酸，才讓他躲過一劫。

克麗絲從馬背上卸下一個皮革袋子，施耐德便趨前牽過韁繩，引領白馬到馬槽喝水。

「啊，克麗絲小姐，妳掉東西了。」我看到她卸下袋子時，一件物件從袋口掉到地上。

我正想上前為她撿起，卻因為看清那東西是什麼而愣住，停下動作。

「謝、謝謝。」

克麗絲迅速將東西拾起，收回袋裡，頭也不回離開馬廄。

「先生，你看到嗎？」我小聲地對先生說。他點點頭。

掉到地上的，是一撮頭髮。用一條有點陳舊的緞帶綑綁著的，長約四寸的金色頭髮。

縱使克麗絲的髮色也是金色，那撮頭髮的顏色卻不大相像。不過不論那是不是她的頭髮，更重要的問題是，誰會帶著一撮剪下來的頭髮四處跑？

「施耐德先生，我要上一下洗手間，你們先繼續聊，我去去就回來。」先生在我發問之前說道。

「你知道房間在哪兒嗎？」施耐德問。

「剛才你們老闆有帶我們參觀。」先生笑道。

在我仍未回神，先生便獨個兒溜掉。我知道他才不是要上廁所，好歹我跟隨他多年，他是不是另有居心我也能看出一二。我和施耐德繼續談天，只是我們不再談馬匹，改成談大約翰和他的孩子。他說雖然小漢斯兄妹和他的兒子年紀有差，但一直是玩伴，假如有什麼不測，齊格一定非常難過，就像失去了弟弟和妹妹一樣。他也提及醫生的兒子巴爾，說他十分聰明，他日一定能繼承父親衣缽，繼續為城裡的窮苦大眾治病。

然而，我猛然感到一陣寒慄。

我想起昨晚沃斯醫生的話。

——據說她能變身成動物，又會下迷惑人心的毒咒，使用那些需要蟾蜍肝、蛇皮、水蜥眼、山羊膽、女人指甲、小孩頭髮之類的邪門藥方製作魔藥……

小孩頭髮。

剛才那撮頭髮，會不會是小漢斯兄妹的？

我還記起我們拜訪瓦格納的理由。先生一開始便說了。

我們要去「女巫的住處」。

先生暗示過女巫不止一人，我們找的女巫不一定在山上……

地主的女兒就是女巫？她抓了大約翰的孩子們？孩子們就在這房子裡？

假若如此，先生剛才「另有所圖」的事情便很明顯——他要對付女巫克麗絲！

我找了個藉口說要找先生，匆匆跟施耐德告別，跑進房子裡去。我不曉得先生會不會遇上什麼危險，面對女巫，我很可能跟瓦格納的父親一樣無用武之地，但我決不能讓先生一個人冒險。

只是，在那之前我得面對另一難題。

我在房子裡迷路了。

因為我怕先生要做什麼危險的事情，我自然不敢向屋裡的僕人問路，反而更要避開他們的耳目，以免打草驚蛇，結果在偌大的房子裡迷路。

我焦急地走著走著，想跑到主人和家族的房間，結果愈走愈遠，來到似乎是下人們住宿的地方。我經過一個擺著一張長椅、像是通往後門的門廊，正要趁沒有人發現前離開，卻聽到一聲微弱的呼喊——旁人或許聽不出來，但我聽力很好，畢竟在打鬥時聽覺往往比視覺更可靠。

「……嘿！」

我認得那聲音，那是先生每次有所發現時，不由自主地發出的驚呼。

聲音從我身旁一扇門後傳出，我謹慎地推開一線，門板卻「嘎」的一聲暴露了我的動作。

「漢斯！你嚇死我了。」越過半開的房門，先生跟我面面相覷。那是一個僕人的房間，室內的傢俱都很簡陋，沒有任何特別，而先生他正站在靠近門口旁的一個木架子前，拿著一個表面刻紋的木匣把玩著。

「先生！我才被你嚇死啊！」我悄悄帶上房門，壓下聲音緊張地說。「你在這兒做什麼？我以為你去找克麗絲小姐了……」

「為什麼找她？」

「她、她是女巫吧？」

「你在胡說什麼？」

「我剛剛想起，你說我們來是因為這兒是女巫的住所嘛！」

「對，我們現在正在『女巫』的房間呢。」

「咦？這兒是克麗絲的……」

「是凱洛琳的房間。」

我沒想到這兒蹦出大約翰妻子姐姐的名字。

「凱洛琳是女巫？」我驚訝地問。

「嗯。」

「是她抓走孩子的？」

「不是，但也是。」先生回答道。

「這是什麼啞謎？」

「不是啞謎。」先生換上認真的表情，說：「你來了正好，快找一找，看看有沒有線索。好不容易才避過法蘭茲法眼，我們動作得俐落一點。」

「我不知道什麼是線索啊？」

「金幣、銀幣、跟這房間感覺不合的名貴物品之類，金錢的可能性最大。」

我摸不著頭腦。「先生，我們來做小偷嗎？我們還有足夠的旅費，之前公爵更塞了一袋珠寶給我們，我們現在很可能比城裡八成以上居民富有哩！」

「你犯什麼傻，我們才不是要偷竊啦。假如找到大額金錢，那我就有方法找回孩子們。」

「假如找不到呢？」

先生回頭盯著我，蹙著眉說：「沒有的話，那孩子們就凶多吉少了。」

我完全無法理解，可是只能依先生指示去做。我找過床下，也敲過牆壁，差不多找了半個鐘頭，但就是沒有找到任何財寶，亦沒發現任何暗格。

「糟糕了，如此一來另一個可能性比較高……愚蠢的女人！為什麼要選一個損人不利己的方法呢？明明可以損人利己……」

我不曉得先生的話有什麼意思，但他氣急敗壞的樣子告訴我他真的感到煩惱。我本來打算追問，但我敏銳的聽覺讓我知道這不是好時機——門外遠處似乎有什麼騷動。

先生也留意到狀況，於是中止搜索，小心還原房間原來的模樣，離開房間。我們從走廊走到樓梯，便遇上正在爭論的施耐德和法蘭茲。

「博士！原來你在這兒。」法蘭茲說。

「我剛才迷路了，看到那邊有一張長椅就坐下來休息。這府邸真大哩。」先生微笑道。

「霍夫曼先生！大約翰那邊——」施耐德忽然搶白。

「你別騷擾主人的賓客！」法蘭茲嚷道。「就算你跟博士喝過酒，博士又親切地跟你交談，你也沒權利要他替你辦事！」

「不是辦事！我只是要告訴他一個消息！」

「主人吩咐我讓博士留步，你要他離開就不行！」

雖然二人的話有一搭沒一搭，我大概了解情況了——大約翰那邊有一些新進展，想請先生過去給予意見，法蘭茲知道後連忙阻止，因為瓦格納暗中下了留人的指示。

「法蘭茲，其實我也差不多要告辭了，剛才已響過四點的鐘聲吧。」先生說。法蘭茲一臉失望，畢竟客人主動要離開，他沒理由阻撓。

「嗯，有紙和筆嗎？」先生向法蘭茲問道。法蘭茲拿來紙筆墨水，先生便在紙上寫上給瓦格納的便箋，內容是謝謝款待，改天再訪云云。先生將信箋交給法蘭茲時，更掏出一個價值一杜卡的金幣，給法蘭茲當小費。

「博士！我可不能收這巨額小費！」法蘭茲驚愕地拒絕，但他看到金幣時雙目放光。一杜卡，是一般小費的一百倍吧。

「這是你應得的，收下吧。」在先生堅持下，法蘭茲收到金幣。施耐德在旁看似有點意外，但我猜他早料到先生出手闊綽，因為他昨晚才請各位新相識吃飯喝酒嘛。

我們離開瓦格納府邸，施耐德跟隨我們走到門外。

「施耐德先生，你有什麼事情要告訴我？」先生轉頭向施耐德問道。

「齊格剛才捎來口訊，說大約翰請先生你去他家一趟。」

「發生什麼事了？」我問。

「我不清楚，但似乎有孩子們的消息。」

「你現在跟我們一起去嗎？」先生問道。

「我恨不得立即過去，可是市議會會議差不多完結，老闆回來發現沒有人替他牽馬一定發火。我之後再過來。」

我們暫別施耐德，急步往南邊的城門走去。

「先生，你為什麼對那法蘭茲這麼闊綽？他不值得給這麼高的小費吧？」我隨口問道。

「那是做給瓦格納看的。」

「做給那地主看？他回家了嗎？」我不由得回頭瞄了一眼，縱使我們已遠離大宅，根本看不到房子。

「他不在，但法蘭茲獲得高額打賞，僕人們一定議論紛紛，消息自然會傳進瓦格納耳朵裡。這樣我們之後再去那房子查探，甚至向下人們打聽消息也較容易。」

「下人們會掌握重要消息嗎？」

「當然，沒有案件是密不透風的，而平民階級更容易獲得重要的情報，因為貴族們都可以花錢享樂，而平民只能以說三道四作為平日消遣。」

這好像有點道理，縱使我不知道先生口中的「重要情報」是什麼。

一如早上，大約翰家前聚集了一群人，當中更有好些熟面孔，像沃斯醫生、施耐德的兒子齊格和「花園巾騎士」希爾達等等。大約翰妻子安娜也在，倒是凱洛琳不見蹤影。

「先生！你來便太好了！」大約翰一見先生便趨前迎接。

「施耐德先生說有消息，怎麼了？」

「先生，你看這個！」

大約翰向先生遞過一封信，先生雙眼掃視一遍後，露出一副我從沒見過的複雜表情。我湊近一看，發現信上只有寥寥數字，但內容十分驚人。

約翰內斯和瑪格莉特在我手上，這是給你們的警告。想他們回家就叫那禿頭付我應得的酬金。

——捕鼠人

「我們在河邊找了老半天也找不到孩子，剛才回來，卻發現這封信在家門前。」大約翰緊張地說。雖然他仍顯得不安，但知道孩子不是像老鼠一樣給丟進河裡，語氣中帶著一絲希望，期望先生能替他救回孩子。

「你和太太一直不在家？」先生問。

「嗯，我們從凱洛琳找到衣服後，一直在威悉河邊。」

「沒有人看到誰放下這信的？」

「沒有。」大約翰搖搖頭。

「漢普汀克先生，我不是要破壞你的希望，只是任何人也可以冒充那吹笛人寫這一封信——」

「但有梳子作證據啊。」

「梳子？」

大約翰給先生遞過一柄小巧的木梳，說：「我以前當木匠時製作過很多梳子，後來受傷便一一賣掉幫補家計，唯獨這一柄小格莉很喜歡，我便給她帶著，這是她的寶物，梳子從不離身。我發現信件時，梳子就放在旁邊，這是吹笛人用來證明孩子們在他手上的證據吧！」

「梳子沒水漬，即是孩子們沒淹水，那真是不幸中的大幸啊。」醫生插嘴說道。

先生瞪著梳子和信，露出困惑的神色——我從來沒見過先生這表情。這麼說，先生的判斷錯了，孩子們不是被女巫拐帶，而是真的如我所言，犯人是吹笛人。先生不發一言，持續瞧著那封短短的信，大概為自己的失策感到懊惱。

「霍夫曼先生，你們之前在山上見過吹笛人，我想請兩位帶路……」大約翰邊說邊回頭，眺望那座奇異的山。

「你們不怕上山嗎？」我問。「我聽說科柏山是禁忌之地，居民都不敢上去。」

「我們畏懼女巫，但我們更愛孩子啊。」醫生拍了拍大約翰的肩膀。「大約翰是我們的好夥伴，我們赴湯蹈火在所不辭。假如現在被抓的是巴爾，我肯定大約翰也會衝上山救人。」

「我想，要上山的話還是明天再上吧。」先生打破沉默。「晚上山路難走，容易迷路，而且既然吹笛人送來信件，說明贖回孩子的辦法，那便代表孩子暫時仍安全。」

眾人覺得先生言之有理，縱使大約翰心焦如焚，他也不得不承認先生的判斷正確。這時施耐德趕至，知道消息後也同意我們的決定，我們約好明天早上在大約翰家前集合，再看看哪些勇敢強壯的傢伙願意上山冒險。

「就算瓦格納開除我，我明天也要上山啦。」施耐德大義凜然地說。「這禍事本來就是他不付酬勞導致，他有什麼不滿，我們就集體向市長告狀。」

當男人們紛紛逞強，說著明天如何對付誘拐犯吹笛人時，我看到齊格愁容滿面，默默地瞧著他的父親和其他成年人。畢竟遇上真正的事件，他們的「騎士團」等同兒戲，就連當助手也力有不逮。

「別擔心，我們會救回約翰內斯兄妹，你們明天便能重聚了。」我對他說。

齊格點點頭，一臉無奈。

人群解散後，我和先生緩步走向酒館。

「先生，所以犯人不是──」

「漢斯，暫時別說話，我要好好思考。」

我不知道先生是真的在思考案情，還是單單因為先前的推論大錯特錯而惱羞成怒。不過無論是前者還是後者，事情應該朝著良好的一方發展，明天我們挑幾個壯漢一起上山，找出那吹笛人躲藏之處，事件便能順利完結。

然而這時的我，仍未知道這僅僅是一連串事件的開端。

4

翌日早上當第一道晨光射進房間，我便從不安穩的睡眠中醒過來。這天責任重大，畢竟只有我和先生在山上見過吹笛人，能否拯救孩子便得依賴我們的記憶。也許出於相同原因，先生比我更早起床，我醒來時他一如昨天，坐在窗前眺望窗外的風景——跟昨天不同的是，他今天的表情比較嚴肅。

「漢斯，你梳洗後我們便出發，跟大約翰他們一起上山。」

先生做事一向出人意表，然而這一回他卻沒有提出反常的提議，看來事情真的超出他的掌控。我遵照先生所說，準備妥當上山的行裝，吃了點早點，跟他離開酒館，往大約翰家跟他人會合。

然而我們的計畫在剛離開酒館便被打亂了。

「……想不到今天到醫生家的孩子……」

酒館老闆站在門外，跟一個扛著長柄斧、腰間佩劍的中年壯漢在聊天。從裝束看來，對方是城裡的守衛。

「老闆，怎麼了？」先生插嘴問道。

「啊，霍夫曼先生，早安。」老闆回過頭，面露憂心的神色。「聽說吹笛人昨晚又來抓走孩子了。」

我被老闆的話嚇倒，回頭瞄了先生一眼，只見他也輕輕蹙眉，像對事態感到意外。

「是沃斯醫生的孩子？巴爾？」因為剛才聽到老闆那半句話，於是我問道。

「嗯，而且連施耐德的兒子也被拐走了。」老闆指了指那守衛說：「這位是康拉德，他在城裡當侍衛，跟施耐德是鄰居。這位是霍夫曼先生和他的隨從，他們跟施耐德認識。」

連齊格也被抓了？昨天傍晚我們才說過話……

「現在城南亂成一團哩！」康拉德跟我們微微點頭示意。他聲線低沉，跟他那粗獷的外表匹配。「據說和昨天大約翰的情況一樣，施耐德夫婦和醫生夫婦早上醒來，發現孩子已經失蹤。」

「他們會不會是自己離家的？」我模仿先生一向的做法，先從其他可能性開始發問。「他們和約翰內斯兄妹感情融洽，又富冒險精神，他們可能自行上山找吹笛人談判？」

「不是啦，吹笛人再次遺下勒索信了。這犯人真囂張……」康拉德搖搖頭。

「信件在施耐德家還是在醫生家發現？」先生忽然問道。

「在教堂，被一柄匕首釘在門板上。」

「信件內容是什麼？」先生再問。

「我不知道啦，我不太識字，據說好像也是要錢之類。假如我早點起床，或許能阻止孩子被擄走……」康拉德摸了摸劍柄，一臉氣憤難平。

「早點起床？」先生疑惑地問：「你知道孩子們是什麼時間不見的？孩子父母曾在半夜醒來，確認當時小孩仍在嗎？」

「不啦，是笛聲。」

「笛聲？」

「有居民說今天早上四點多聽到笛聲，就是在教堂那邊。因為曲子很短，好像說不過十幾秒，沒有人知道聲音源頭，但很多人都說聽到，包括夜巡的侍衛。其他人可能是睡迷糊了弄錯，但我的同僚才不會呆笨到分不清笛聲和鳥鳴哩。」

所以昨天的猜測正確，吹笛人真的將對付老鼠的方法用在孩子身上了，他不用闖進房子拐走小孩，只要吹奏魔笛，就能令人迷失本性，讓他們乖乖的自行離家……面對這種巫術，就算我劍術再高明，恐怕也沒有勝算啊。

「醫生和施耐德先生現在在哪兒？」先生向康拉德問道。

「在施耐德的家，大約翰和其他人也在那邊了。」康拉德指了指城門的方向。「我來城外是想查一下有沒有人目擊吹笛人帶走孩子，可是這邊的居民就連笛聲也沒聽到哩。我現在要回去，你們要不要我帶路？」

「正好，有勞。」

——哈梅林有很多不守信諾的壞人和騙子，小心吃虧。

吹笛人的這句話言猶在耳，我依然記得他當時那副咬牙切齒的表情和憤慨的眼神。在路上我無法擺脫這思緒，不禁想像他犯案的過程：為了討回公道、奪回自己應得的報酬，他在山上部署，抓準時機竄進哈梅林，舉起那支魔笛，吹奏出魔幻的旋律。孩子們迷迷糊糊地從房子裡走出來，像傀儡似的跟著吹笛人一步一步往科柏山走去……吹笛人很可能換了衣服吧，為了顯示自己復仇的決心，換成一襲紅色的獵人裝束，小漢斯兄妹、齊格和巴爾在他眼中只是獵物，跟他擺弄的老鼠沒有分別……

「到了。」康拉德的話讓我從可怕的幻想中醒過來。

施耐德的家看起來和大約翰的差不多，只是位於城裡，旁邊還有一些大小差不多的木房子，感覺上不像城外的那麼破舊。先生和我隨著康拉德來到那兒時，施耐德、醫生、大約翰和一些居民在門外聚集，看來正商討對策。大約翰仍舊憂心忡忡，一副心神不定的樣子，施耐德則板著臉跟兩個男人在說話，反而站在他身旁像是他妻子的女性流露傷心的神態，淚水在眼眶中打滾。醫生頹然坐在路旁一個木桶上，被一個肥胖的婦人不斷責罵，說什麼「就怪你每天喝酒，孩子被拐走也渾然不覺」之類——我想那一定是醫生太太。

我們步近，施耐德看到我們後沒有打招呼，單刀直入地說：「霍夫曼先生，齊格和巴爾也被抓走了……」

「我們聽到消息便趕過來。」先生道。「好像說犯人在教堂留下了勒索信？」

「對，看。」施耐德給我們遞過一頁紙片。雖然他語調冷靜，但他的手微微發抖，看來他只是努力壓下內心的慌張，不讓情緒顯露出來。

齊格菲和巴爾塔薩也在我手上，這是你們試圖反抗我的懲罰。你們敢來找我，我便讓四個孩子永遠消失。我現在要那禿子給我雙倍酬金。

——捕鼠人

信紙上方有一個破洞，看來信的確曾被匕首釘在教堂大門上。

「先生，有什麼想法嗎？」我看到先生讀信時表情稍稍亮起，於是問道。

「這信紙和字跡跟昨天的相同，出自同一人之手。」先生邊說邊翻過信紙背面，再湊近鼻子聞了一下。「有點淡淡的花香。」

我記得我們在山上遇見吹笛人的地方，正好長了不少野花，所以吹笛人的巢穴就在山上那個天然花圃附近？

「你們都是早上發現孩子不見的？」先生向施耐德和醫生問道。

「對，就像昨天大約翰家那樣子……」施耐德點點頭。「房子沒有被人闖進的跡象，就是孩子消失了，恍似是自行離家似的。」

「而、而且巴爾的外衣也不見了，跟昨天小漢斯兄妹的情況一模一樣……」醫生補上一句。

「你們有沒有聽到笛聲？」

「我沒留意，但住在教堂那邊的朋友都聽到。」施耐德指了指身後的幾個人，他們紛紛點頭。

「我……也沒聽到。」醫生說。

「你當然聽不到！每天喝完酒便睡到像頭豬似的！我寧願被抓走的是你！巴爾是個好孩子，為什麼上主要讓他遇上這種事啊……嗚……」醫生太太邊罵邊哭，醫生連忙安慰妻子，可是對方不領情，甩開他的手。

「為什麼吹笛人要挑上齊格和巴爾？」因為醫生太太的話，令我不自覺地插嘴問道。齊格和巴爾大概有十一、二歲，而且齊格個子滿高的，體格也不錯，假如吹笛人的魔笛效力消退，他們清醒過來便能反抗，要是我是吹笛人便會抓年紀更小的孩子。

「是報仇啊！」人群中一個男人嚷道。「當天動手將吹笛人趕出城外的就是大約翰和施耐德吧！他們將那吹笛人狠狠摔在地上，對方便向他們的孩子下手了！」

「那巴爾呢？為什麼要抓我的巴爾！」醫生太太一把眼淚一把鼻涕的向那人喝道。

「勒索信上不是明寫著嗎？那是因為昨天醫生說大約翰是好夥伴，要一起上山對付吹笛人，對方故意懲戒他啊！」

「我們昨天在城外大約翰家談事情實在太大意了，那傢伙一定是隱身偷聽到我們的計畫，於是搶先對付我們……」

「所以他跟女巫是一夥的？」

「我說那吹笛人根本不是人類，是披著人皮的魔鬼啦！」

眾人七嘴八舌，意見雜亂無章，一時間我也不曉得誰說的有理，誰說的只是臆測。

「信是用刀子刺在教堂大門上嗎？」先生朗聲問道。眾人頓時住嘴，望向先生，中止了無意義的爭辯。

「嗯，沒錯。」

「刺在門板上的哪個位置？」

「右邊門上正中，大概這個高度吧……」人群中一個男人伸手比劃，大約跟先生肩膀差不多高。

「刀子在哪兒？」

施耐德跟身旁的人面面相覷，似乎無人知道那柄刀子的下落。

「那刀子很重要嗎？」我問。

「在任何事件中沒有細節是不重要的，因為所有事情彼此關聯，再小的物件也有它的存在意義。」先生說。「可是現在刀子不見了，說什麼也沒用。」

「先生，我們暫時別管什麼細節吧。」我一想起孩子們正在受驚吃苦，便決定說話不拐彎抹角。「孩子要緊，我們趕緊帶大家上山搜索那吹笛人藏身之處……」

「兩位抱歉，」施耐德插進我和先生之間的對話，「剛才在你們到來前，我們已決定中止上山一事。」

「怎麼了？」我感到詫異，畢竟對施耐德來說，今天他該更迫切地希望上山找孩子吧？

「我們怕惹怒對方，孩子們的處境會更危險……」

「可是妥協的話，不見得孩子們能平安歸來啊？」我緊張地反駁道。

「抓走齊格和巴爾是對我們所有人的警告，我不能連累其他同伴……」施耐德邊說邊回頭瞄了眾人一眼。「我們只好依吹笛人指示，請求瓦格納付錢……」

「那地主才不願意付吧？」我說。

「那總得一試啊！」施耐德語氣突然變得激動，可是隨即露出尷尬的神色。「……抱歉我失態了……兩位，我們都很清楚那吝嗇的老闆視財如命，他連四百杜卡也不肯付，現在更不可能拿出八百來。可是付錢贖回孩子是最安全的方法，我們只好硬著頭皮去求他。」

「對，那大概是最穩妥的辦法吧！」意外地，先生點頭贊同施耐德。「對方要的是錢，作為人質的孩子暫時應該安好。這事我似乎幫不上忙，不過假如你們之後再決定上山搜索，我很樂意帶路。」

先生的態度教我十分意外，換作平時，他一定會想盡辦法對付傷害小孩的壞蛋，要對方哭著求饒。我們向施耐德他們告辭後，先生一股腦兒往城外走，似乎打算回黑鳶酒館。

「先生，施耐德要去跟瓦格納談判，我們其實可以去助威，瓦格納可能會看在先生份上願意付錢救人啊？」差不到走到城門時我說道。

「那只是徒勞，你覺得那刻薄的地主肯拿出八百多杜卡？恐怕就連布倫瑞克－呂訥堡公爵親自說項，也無法從那胖傢伙身上榨出一芬尼呢。」

「施耐德先生不是提過嗎？瓦格納說吹笛人的捕鼠酬金本來就該從公帑支付，他可以不用自己的錢吧？」

「那只是瓦格納胡說，沒經過市長和市議會同意，怎可能為他擅自下的決定報帳？市議會委員可能真的從稅金拿到不少好處，但一定巧立名目，通過正式支出集體分贓。假如瓦格納可以隨便從公家抽掉一大筆錢，其他委員怎不有樣學樣，那教市長如何向公爵交代？」

先生說得對。

「還有，刀子有什麼特別嗎？」我想起先生追問眾人的事。

「要看到才知道有沒有特別。」

「從刀子可以知道什麼？就算換成釘子，或是把信放在地上，也改變不了目前的狀況吧？」

「刀子可以說出很多事實啊！」先生嘆道。「是廉價的刀子嗎？還是富人的高價品？是士兵用的款色？還是獵人用的？刀子是新的還是舊的？是犯人事先準備，還是臨時找來的？這些問題的答案都能揭示很多線索。事實上，犯人用刀子就很可能是故意的。」

「故意？」

「假如施耐德和醫生只看到信，大概仍會氣憤得衝上山找吹笛人算帳，可是那刀子令人有不好的聯想，教人留下『孩子有可能被傷害』的印象，如此一來，信件記載的文字不再是單純的『言辭上的警告』，而是一種『實在的威脅』，他們自然更容易就範。你看，剛才施耐德不是很害怕嗎？他們昨天的氣勢全消失了。」

先生一說，我才明白背後的道理。

「對手是個狡猾聰明的傢伙，我們要小心行事啦。」先生補充道。

「嗯……我們現在回酒館嗎？」

「對，我們騎馬上山看看。」

「咦？」

「我本來以為上山找尋吹笛人只會浪費時間，可是如今覺得可能是個不錯的主意。」

我們回到酒館，牽出馬匹，沿著前天來哈梅林的路往科柏山走去。經過崎嶇的小路，我們回到那棵高大的橡樹旁，樹下那塊長滿青苔的巨大三角形岩石就像我們之前見過的模樣。只要從岩石往右走，便能回到我們遇見吹笛人的盆地。

然而，霍夫曼先生從馬背一躍而下，走到岔道的另一邊，蹲下細看旁邊的矮樹叢。

「先生，怎麼了？」我也連忙下馬，跑到先生身旁。

「前天我們經過這兒時，這邊的樹叢沒有折斷。」先生指向數株結著紅色漿果的樹叢，當中有六至七棵枝幹被折，像是有東西曾壓在樹叢上。

「會不會是野獸？」我問。

先生仔細檢查地上，說：「哈，你說得對。似乎是狼群。」

我循著先生所指，隱約看到地上有狼的足印。

「啊！」我趕緊抽出短刀，環顧四周，恐防狼群偷襲。從足印看來，這群狼的數量不多，但假如群起攻過來，要一邊保護先生一邊反擊也不是易事。「先生，還是趕緊上馬吧。」

「等等，這兒除了狼的足印外還有人的足印。」

「人的？」

我不由得卸下戒備，低頭瞧向地上——在一棵枝幹被折的樹叢旁邊，泥地上明顯有半個鞋印。

「是吹笛人的？」我問。哈梅林居民說過他們不會走上科柏山，那麼這個新近的腳印便很可能是吹笛人的吧。

「不確定，也有可能是女巫的。」

先生的話令我愣了一愣。我幾乎忘掉科柏山上除了吹笛人外還有傳說中的女巫，萬一狼群和女巫同時出現，恐怕我也不敵……不，說不定狼群是女巫的使魔，就像鼠王一樣，比一般野獸更可怕……

「先生！那趕緊上馬啊！」我緊張地擺出戰鬥架式，以防敵襲。

「慢著，我想再仔細多看一下……」

「嗚──」

忽然間，一聲狼嚎在樹林中響起。我無法聽出聲音來源的方向，彷彿那匹狼已逼近身邊，卻又像來自岔道遠方。狼嚎令先生站直身子，臉上露出警戒的表情。

「似乎不能繼續調查了……」先生邊說邊急步走回馬匹旁。面對粗暴的野獸，先生的理論和智慧往往派不上用場，他也很清楚這弱點，所以他鮮少冒險。趁早察知危機、該撤退時便撤退，是我們在荒郊遊歷多年的重要心得之一。

我們上馬後，先生猶豫了片刻，還是決定先回哈梅林。我知道他想再探索一次我們遇見吹笛人的那個地方，可是狼的警告比吹笛人的信更有效果，而且我們不知道狼群的領地有多大。狼守護領地的習性十分強烈，假如我們在狼群的領地外跟一大群狼遇上，大概仍能安全離去，可是若然誤進牠們的領地，即使只遇上一匹狼，牠亦會拚死攻擊。

「真可惜，假如沒有狼群，應該不難找到那個地方吧。」在路上先生說道。

「咦，不難嗎？我們之前還在山上迷路……」我有點意外。

「我們迷路是因為不知道要找什麼，現在知道了，自然容易得多。」

「單單知道要找吹笛人便有幫助嗎？」

「我們要找的不是吹笛人，而是一個地勢很特殊的地點。」先生說。

「地勢很特殊？是怎麼樣的？」

「我也說不上，但總之很特殊。」

先生又再說出我無法理解的話。一般人會以為他只是故弄玄虛，但我知道先生一定是掌握了什麼才會這樣說的。

「先生你怎麼知道？」我問。

「你知道漢諾威為什麼叫漢諾威嗎？」先生突然提起那個我們本來的目的地。

「不……兩者有關係嗎？」

「有。」先生簡短地回答，微微一笑卻沒有繼續解釋。我撤回前言，搞不好先生真的只是在糊弄我。

我們回去哈梅林之前，先在科柏山山腳附近查探一下，也探問過前晚醫生曾應診、住在山腳東邊的那家獵戶。那獵戶姓耶格，先前受傷的是六十多七十歲的耶格老先生，家裡只有他和兒子及媳婦三人。我有想過巴爾被吹笛人抓去，可能是醫生到耶格家診症時遇上什麼事情，可是跟耶格老先生談過後，發現我錯得離譜，他們一家不但不知道孩子被拐走，甚至不曉得出現過捕鼠的吹笛人，城裡肉販和廚師會到他們家買肉，所以老先生和他的家人都不清楚城裡的事。老先生亦說，他近來沒發現任何異樣，甚至沒聽過笛聲──當然，他年紀老邁，我和先生要大開嗓門他才聽得清楚我們的話，我想就算吹笛人在他家門前演奏，他也一樣聽不到。

「那老先生看來精神奕奕，完全不像前天才因為受傷要沃斯醫生赴急診呢。」離開獵戶的房子後，我對先生說。

「是醫生的處方藥效吧，我剛才看到老先生的桌上有勞丹酊。」

「勞丹酊？那個瑞士鍊金術士發明的藥？」

「對，帕拉塞爾斯的藥。沃斯醫生看起來像個鄉村大夫，但治療手段大概比不少醫生前衛啊。」先生笑道。

在我遇上先生之前，我一直以為這些「新派醫學」都是騙子的伎倆，但隨著先生四處闖蕩，見過更多不可思議的新事物、新知識後，我才改變看法——只是利用公開焚燒醫學權威著作來吸引大眾注意，我想我原先對那個鍊金術士的看法也不是不合理吧[47]。

「老闆，來兩杯啤酒。」回到酒館後，先生點了兩杯啤酒。距離午餐時間尚有一個鐘頭，酒館裡沒有其他客人，只有彈魯特琴的老頭在一角隨興地撥動琴弦，還有多多瘸著腿站在一旁抹酒杯和盤子。

老闆送上兩杯啤酒，說：「霍夫曼先生，你們去找孩子了嗎？」

「只是查探一下，可惜沒有發現。」先生啜了一口啤酒後，搖搖頭道。「城裡的情況如何了？」

「聽說施耐德他們請瓦格納付錢贖回孩子，結果被對方罵個狗血淋頭，反指他們故意藏起孩子，意圖敲詐他的財產。他還警告他們說不怕事情鬧大，不管市長還是法官來處理，都能看穿他們不軌的企圖，法律會制裁騙子云云。」

果然像先生所說。

「施耐德先生他們甘心放棄嗎？」先生問。

「當然沒有，他們懇求瓦格納借款，好讓他們向吹笛人贖回孩子，那胖子才不會答應啦，畢竟幾百杜卡，他們三人不知道要花多少年才能歸還。醫生那一份可能還好，可是大約翰和施耐德嘛，他們本來就收入不多，家裡亦沒有什麼東西可以拿來抵押，光靠勞力不可能要老闆墊支那麼大筆的款項啦。」

47. Paracelsus，原名菲利普斯・馮・霍恩海姆（Philippus von Hohenheim），十六世紀初著名醫師和煉金術士，否定當時的傳統醫學學說，認為人體與化學密不可分，將鍊金術結合醫學，為現代醫療化學奠定基礎。曾公開焚燒醫學權威蓋倫（Galen）及阿維森納（Avicenna）的書籍以表示自己鄙視傳統，被人稱為「醫學界的馬丁路德」。勞丹酊（Laudanum，亦譯鴉片酊）是帕拉塞爾斯發明的口服鴉片類止痛藥，直至二十世紀初仍被當成非處方藥發售。

「那他們現在有什麼打算？」

「好像說四處籌錢，我也準備好一份，只是我頂多能拿出幾杜卡而已。」老闆搖搖頭。

「其實吹笛人弄錯下手對象了吧。」我插嘴說。「既然他要瓦格納付錢，那擄走的該是瓦格納的孩子，而不是施耐德先生或大約翰他們的啊。」

「瓦格納就只有一個女兒，而且她也二十七歲了，說不定吹笛人的魔笛對成年人無效吧？」老闆回答道。

「克麗絲小姐已經二十七歲了？」我詫異地問，因為她看起來很年輕，我猜頂多二十一、二歲，想不到只比先生年輕一點點。

「你們見過她嗎？對啊，雖然我移居哈梅林日子不長，但克麗絲小姐的事倒是人盡皆知，因為是適婚年齡，人又長得好看，城裡好些小伙子對她很有意思，可是瓦格納一直將他們拒諸門外。」

「為什麼？」

「當然是看不起他們，嫌他們地位低微啊。」老闆賊笑一下。「即使那胖子差不多是哈梅林最富有的人，他卻對自己的出身耿耿於懷，希望能當上真正的貴族。假如他繼續賺錢，說不定數代之後瓦格納家成為顯赫的家族，會獲得冊封提拔，可是在他有生之年嘛，願望大概是難以達成了。所以他退而求其次，想將女兒嫁給貴族，如此一來就算自己沒有封號也可以自稱『子爵夫人的父親』或『男爵夫人的父親』，孫兒繼承高貴的血統，滿足虛榮心。其實貴族什麼的還不只是個虛銜？男爵伯爵也可能失勢，可能被政敵排擠，比平民活得更苦……」

經老闆一說，我才明白瓦格納巴結先生的真正用意。從公爵那封用詞親暱的介紹信可以看出先生和德意志擁權的貴族圈子關係匪淺，只要跟先生打好關係，鐵定能靠他的人脈認識其他貴族的公子哥兒，女兒嫁入名門的機會便大大增加。

就在老闆繼續談瓦格納如何限制女兒結交朋友、如何趕跑追求者時，酒館大門打開，進來的居然是昨天在瓦格納家侍候我們的法蘭茲。

「霍夫曼博士！原來您真的在這家破……這家酒館留宿？」法蘭茲一臉驚訝地問道。

「是法蘭茲嗎？怎麼了？」先生從容地回答。「要不要喝杯啤酒？」

「主人吩咐我請您和書記先生到府邸共進午餐，他知道小姐昨天跟您碰面時有點失態，特意設宴賠罪。」

「我才記不起克麗絲小姐對我說過什麼不好的話呢，你家主人言重了。」先生笑道。「不過，漢斯，你看我們該不該赴會呢？」

先生故意將決定權丟到我身上，法蘭茲便一臉哀求似的瞧著我。

「瓦格納先生盛意拳拳，拒絕似乎不太好。」我說。看在同是僕人的身分份上，姑且幫他一次……我才不是饞嘴貪吃那些美味的菜餚啊。

「好，那我們起行吧。老闆，看來我今晚才能再嚐你煮的雜菜湯了。」

在前往瓦格納家的路上，法蘭茲告訴我，他的主人要他邀請先生作客，可是他們不知道我們留宿之處，結果法蘭茲今早跑遍哈梅林城內的旅店和酒館，卻無法找到先生。昨天他曾問過施耐德是否真的和我們喝過酒，施耐德有告訴他地點，只是法蘭茲不信那是事實。黑鳶酒館似乎是城裡城外最廉價的酒館，像先生這種動輒打賞一杜卡給僕人的闊客，犯不著光顧這種九流的店子。

在瓦格納府邸門外，我們遇上大約翰的姨姐凱洛琳，她正板起臉訓斥兩個年輕的女僕，被罵的傭人只能垂著頭道歉。凱洛琳瞧見我們，表情稍稍僵住，再換上微笑有禮地向我們點頭示好，態度恭敬，跟昨天早上判若兩人。我猜先生打賞法蘭茲一事已在府中流傳，凱洛琳才發現先生跟她妹夫往來的窮等人並不一樣，說不定還多多少少有點後悔。

進入宅邸後，那禿頭地主誇張地向先生展露笑容，請我們到餐廳一起用膳，克麗絲小姐這回亦在場，她的打扮和昨天更大相逕庭——她穿上一襲華麗的紫色長裙，戴上首飾，儀容秀麗，大有名門千金的風範。然而，儘管她的外表充滿女性的溫婉俏麗，臉上卻沒半點笑意，我完全想像到她是勉為其難依父親要求，以此裝束赴宴，招待先生。

「霍夫曼博士，聽說昨天小女跟您見面時，態度不遜，希望您不要見怪。」在席上瓦格納對先生說，他更在說話時瞥了克麗絲一眼，用眼神逼她向先生致歉。

「沒有，沒有，克麗絲小姐策馬的英姿令人留下深刻印象，比我認識的千金小姐更有氣質，這一定是瓦格納先生悉心教育的功勞。」先生沒等克麗絲接話，用他那些常用的花言巧語帶過話題。

今天的午餐一如昨天般豐富，瓦格納更開了兩瓶陳釀美酒，席間談笑風生。克麗絲小姐雖然話少，但瓦格納硬要她搭話時她亦能說出精闢的意見，她甚至能跟先生討論我們英格蘭的湯瑪斯·摩爾爵士的思想和著作。我肯定她那個禿頭父親追不上他們的討論內容，在談論摩爾爵士時，他只能說出「我聽說摩爾的妻子很醜陋」這種愚蠢的評語[48]。

「瓦格納先生，雖然我只是碰巧路過此地的學者，但也想問一下，您打算如何處理這兩天發生的小孩誘拐事件？」就在我們享用甜點扁桃仁糖膏時，先生冷不防地丟出這話題。

「啊，啊……您的意思是？」瓦格納顯然沒預計先生會問這問題，就像察知異樣的野生動物般，提起警覺反問道。

「聽說犯人要求您付贖款，否則會對被抓走的孩子不利。」先生吃下一片糖膏，以輕鬆的語調說：「我有點好奇您會堅拒和罪犯妥協呢？還是向威脅屈服呢？這是個困難的選擇吧。」

先生用上「妥協」和「屈服」這些說法，瓦格納自然以為先生站在自己一邊，回復本來的輕鬆神情。「我當然不會屈服！博士，您是個明白事理的學者，一定看出這些所謂的案件有多麼的荒謬吧！小孩被笛聲誘惑而失蹤？哈！依我看，根本是那些窮鬼的詭計、企圖敲詐我的詭計——他們把小孩子藏起來勒索我，假如我不答應付錢就向市長或法官告狀。我才不怕這些賤民！」

「不過，當初您沒付那吹笛人捕鼠的酬勞，您不怕被牽連追究嗎？」先生問道。「我們來哈梅林路上見過那吹笛人，後來聽居民說他捕鼠已是多天前的事，他一直留在城外，恐怕就是拿不到錢誓不罷休。」

「霍夫曼博士，這部分我倒想清楚了。」瓦格納不徐不疾地回答：「我上星期趕跑吹笛人，是因為他用巫術捕鼠，如果我付錢就是跟惡魔交易，不管新教還是舊教，教會都不可能認可這做法。假如他用的不是巫術，那就肯定是騙子，那我為什麼要付酬勞給騙徒？所以無論如何，我不付款也是最有道理的做法啊。老實說，我甚至懷疑那吹笛人是漢普汀克和施耐德請來的戲子，串通演一場戲，目的就是詐騙我的家財。因為我精明才沒掉進他們的圈套！」

瓦格納說罷得意地大笑，先生點頭稱是，不過我從他的眼神裡看出另一種笑意。克麗絲小姐反而板起臉孔，像是對自己父親那番話不以為然。我想她平日一定見慣這禿頭地主的囂張跋扈，對這種洋洋自得的說詞倒胃口。

因為瓦格納提起巫術，我以為先生會順水推舟，探問對方父親上山狩獵女巫的往事，可

48. Sir Thomas More，十六世紀政治家、哲學家，著有《烏托邦》一書。在英王亨利八世任內擔任國會下議院議長及大法官等等，卻因為反對國王捨棄天主教另立聖公宗於1535年被處死。據說摩爾爵士曾在賓客面前嘲諷他的第二任妻子愛麗絲外貌醜陋。

是他卻沒有提起，只繼續閒聊貿易和德意志各公國的勢力鬥爭。飯後瓦格納推說有文件要處理，讓女兒招待先生，談那些哲學和神學的話題——假如我不知道瓦格納想將女兒嫁給貴族的計畫，我一定以為他是因為不懂這些艱深的討論而落跑。他是想讓克麗絲在先生心裡留下好印象，然後再請先生當媒人介紹對象吧。

「克麗絲小姐，請恕我冒昧，」瓦格納離開後，我們走出庭園，先生微笑著對克麗絲說：「您似乎不同意瓦格納先生在孩子失蹤一事上的處理方法吧。」

克麗絲愣了一愣，再回答道：「不，我沒有意見。我只是對家父自吹自擂的本領感到羞恥，在博士您這位學識淵博的學者面前，他每多說一句話，就多暴露自己一分無知。」

「哈，小姐您不用介意。」先生爽朗地笑道：「令尊能白手興家，創造財富，惠及哈梅林廣大的居民，我感到萬分敬佩。您準備協助父親打理事業嗎？以您的才幹，一定能幫助瓦格納先生拓展生意的規模。」

「我沒有興趣。」克麗絲搖搖頭。「賺取不義之財只會令人下地獄。『駱駝穿過針眼，比富人進天國還容易』，這是聖經上說的。」

先生和克麗絲坐在庭園一角的長椅，討論著神學中財富與權力的意義。雖然昨天克麗絲一副瞧不起我們的態度教我反感，但今天的她令我改觀。比起我們遇過的那些貴族千金小姐，她對知識和真理的追求更勝於享用華衣美饌。我猜過世的瓦格納夫人一定是個品格和外貌都一流的女士，不然單憑那個禿頭財主，斷斷不可能生出這樣一位才貌雙全的女兒。

「克麗絲小姐，請容我冒昧一問，像您這麼優秀的女性為何仍是單身呢？」先生突然問道。

克麗絲稍稍怔住，似乎沒料到先生有此一問。

「我沒有任何不敬的意思，只是在我家鄉，像小姐您這麼有學識、有見地的女士，大概每天都有十多名求婚者在門外守候。」先生補充說。

「博士，這是我父親的意思。他希望我嫁給望族，而不是城裡隨便一個單身漢。」克麗絲保持平穩的談吐，但我覺得她的語氣中有一絲慌張。

「以小姐的才幹和外表，我想裙下之臣中不乏年輕的貴族男士吧？以瓦格納先生的地位，也該認識不少望族成員？」

「父親的確曾介紹過四位男士給我認識，但我對他們都沒有好感，他們都是覬覦著父親的財富，以政略來考慮婚姻。」

「對，我十分同意，」先生微微點頭，「政略婚姻很容易招來惡果……」

我也理解克麗絲的說法。貴族不等同富有，理財不善的貴族在歐洲比比皆是，財力往往是令落泊貴族起死回生的關鍵。

「克麗絲姐姐！」

就在先生談到貴族聯姻的一些不幸例子時，兩個小男孩闖進庭園，朝我們直奔過來。一個孩子長得胖壯，看似十一、二歲，另一個較矮小，大概是前者的弟弟。二人衣著光鮮得體，但仔細一看，會發現褲子上有縫補過的痕跡。

「哦，東尼[49]、卡爾，你們來了嗎？」克麗絲站起來，彎腰給孩子們一個擁抱。

「他們是？」年長的孩子無禮地指了指先生和我。嗯，大概因為我們服裝寒酸，他們就像昨天的克麗絲一樣，把我們當成新來的僕人。

49. 東尼（Toni）是安東尼（Antonie）的暱稱。

「這位是來自英格蘭的霍夫曼博士，而這位是他的書記格連先生。」我們向這兩個小孩點頭致意。聽到克麗絲小姐以「格連先生」來介紹我，我幾乎反應不過來，畢竟僕人一向被輕視，只會直呼其名，甚至當我不存在嘛。

「他們是安東尼．法爾克和卡爾．法爾克，是我的表弟。」克麗絲說。這時我猛然記起，他們應該是齊格口中跟「哈梅林騎士團」對敵的城西小孩的頭領。

聽克麗絲說，安東尼兄弟的母親是瓦格納的妹妹，而他們的父親是城裡的烘焙師，在城西經營麵包店。我們在黑鳶酒館吃的椒鹽卷餅好像就是他家的店子出售的。

「你們怎麼來了？」克麗絲問。

「媽媽說有事情找舅舅商量。」卡爾指了指身後的主屋。「她說我們很久沒來探望舅舅，所以一起來。他們現在在大廳說著什麼，我們便出來玩。」

「你們就是跟齊格他們玩打仗遊戲的孩子嗎？」我插嘴問道。

「什麼遊戲！那是真的打仗！」矮小的卡爾挺起胸膛嚷道，可是隨即又像洩了氣，嘟嘟嘴。「不過我們輸了。」

「卡爾，我們下次贏回來就好，齊格那小子不會每次都那麼幸運的。」安東尼拍了拍弟弟的背脊。

「可是齊格他現在……」我話說到一半不由得止住。安東尼的話顯出他們不知道齊格、巴爾和小漢斯兄妹被可怕的吹笛人抓走，生死未卜。不曉得是他的父母沒收到消息，還是怕引起恐慌故意對兒子隱瞞，抑或是認為吹笛人拐帶孩子跟自己無關。

「齊格怎麼了？」安東尼問。

「沒什麼。」先生替我打圓場，笑著改變話題問道：「你們那場仗怎輸的？好像說你們在河堤的領地被齊格攻陷了？」

「哼！我們才沒有輸給齊格，頂多只是輸給多多罷了。」沉不住氣的卡爾嚷道。

「多多？酒館的多多？」我問。

「嗯。」安東尼說：「他當誘餌，引我們和同伴走到河堤木橋旁邊，齊格和亞當他們忽然從高處跳出來，用一張魚網把我和卡爾罩住。我的同伴們見狀都跑掉，真是沒骨氣的傢伙。」

「多多是那時摔斷腿的？」我記得齊格說過，多多是在那場「戰役」中受傷。

「我看到齊格跳出來，已經知道他們的戰略了，我想只要能抓住多多當人質，齊格就拿我們沒轍，想不到多多完全沒有猶豫，翻過橋上的欄杆往橋下躍下。那兒足足有十幾尺高啊。」安東尼回答道。我沒想到那小個子如此勇敢，不過考慮到這不過是一場孩子間的遊戲，因此而摔斷腿又好像太愚蠢了？

「你們是從英格蘭來的？」卡爾突然問道。

「對。」我代先生回答，再想了想，說：「亞瑟王是真有其人喔。」

我記得齊格說過因為他堅稱亞瑟王和圓桌騎士存在而被安東尼和卡爾取笑，現在我是替他出了一口氣吧。

「我知道，我們又不是笨蛋。」安東尼吐出一句。

咦，所以他們其實只是口硬，故意跟齊格唱反調而已？

「霍夫曼博士，」克麗絲打斷這兒戲的話題，「請容我先失陪，我想跟他們的母親打個招呼。」

「我也想會一會這位法爾克夫人，她是瓦格納先生的妹妹，我在府上作客，禮節上我該拜會一下。」

克麗絲沒有反對，於是我們留下兩個在庭園蹦來蹦去、精力充沛的小頑童，回到主屋。

然而，我們剛轉進走廊，便聽到瓦格納的吼聲。

「……艾瑪！難道妳沒有半點羞恥心？居然膽敢提出這種無理要求？」

我們走進大廳，只見瓦格納站在桌子旁，一手按著檯面，貌甚忿怒。在他面前坐在長椅上，腰板挺直，身穿一襲綠色長裙的婦人，似乎就是他的妹妹。那女人漲紅著臉，雙眼向下瞄，雙手緊捏手帕，一臉無奈。

「父親，怎麼了？」克麗絲見狀，趨前問道。

「這忘恩負義的婦人！」瓦格納罵了一句，回頭看到先生和我卻愣了愣，再勉強堆起笑容。「博士，讓您見笑了，這是我的妹妹艾瑪。」

烘焙師的妻子看到我們這兩個陌生人，不由得緊張地站起來，不過我從她的眼神看出一絲疑惑，原因九成又是出自我們身上那套寒酸的旅行裝束。

「是法爾克夫人嗎？幸會，我是來自英格蘭的法學博士霍夫曼，這是我的書記。」先生向對方行禮。

「父親，您為什麼對姑姑大發雷霆？」克麗絲追問。她邊說邊站到夫人身旁，似乎她們感情融洽，眼見對方被父親責罵，便不問緣由支持。

「這女人……博士，您精通法律，我請您評評理，看看過分的是我還是我這無情無義的親妹。」瓦格納示意我和先生坐下，他再坐到旁邊，說：「六年前，艾瑪的丈夫跟我商借一千杜卡，用作擴充他家的麵包店業務。他說打算在鄰鎮奧爾登多夫開分店，所以需要資金，我看在他是我妹夫的份上，不但沒要他給我抵押保證，還給他極其優厚的還款條件——分十年攤還，年息三分，即是每年只要還我一百三十杜卡就好。」

「這的確是很慷慨的借款條件。」先生點頭說道。

「就是啊！那筆錢我借給其他商人，可以賺取五倍利息，但我念在一場兄妹，就不介意少賺一點。可是啊，博士，您知道我這妹妹今天來是為了什麼？是想暫緩還款！」

「哥，麵包店的情況你不是不清楚……」法爾克夫人吞吞吐吐地小聲說著。

「妳想說奧爾登多夫的分店被對手打垮，只能倒閉收場嗎？還是說近年哈梅林貿易減少，連生意也受影響嗎？那跟我無關！妳丈夫在借錢之前就該好好考慮風險！否則他當什麼老闆？妳這女人還算盡心機，知道我喜歡兩個外甥，特意帶他們來『探望』我，妳的用意未免太明顯吧？」

「我才沒有！我帶安東尼和卡爾來，真的只是想讓他們跟兄長你見面……」

「妳——」

「瓦格納先生，可以先讓我說兩句嗎？」先生制止了瓦格納兄妹的爭吵，以溫和的語氣說道。

「請，請。」

「夫人，請問麵包店這幾年的經營狀況如何？每年都虧損嗎？」

法爾克夫人猶豫了一會，無力地點點頭。「哈梅林的主店尚有一點盈利，但奧爾登多夫的分店虧損嚴重，今年初不得不結束營業。」

「即是說，來年應該會有盈利？」

「一定！」

「這世上哪有一定賺錢的生意？」瓦格納插嘴罵道。

「不，哥，我肯定我們會賺錢，到時再繼續還款……」

「假如奧爾登多夫的麵包店反過來到哈梅林開分店呢？」先生問道。

法爾克夫人張開口，無法回答這問題。

「就是啊！假如人家反過來擴張，我就鐵定收不回借款吧！」瓦格納氣呼呼地說。我不由得猜想，奧爾登多夫的那家麵包店的出品是不是很美味，不知道能不能吃到。

「瓦格納先生，我也想問一下，少賺一百三十杜卡對您今年的生意有沒有什麼影響？」先生忽然回頭向瓦格納問道。

「區區一百多杜卡，當然才沒有影響！」

「那您不讓夫人延遲還款的原因是？」

「是原則問題！我們簽了借據，就要遵守合約內容！這是商人的最大守則！」

「這個也有道理。」先生微微一笑，從座位站起來，踱兩個方步後，說：「瓦格納先生，我看您還是讓夫人延後一年還款吧。」

夫人聽到先生的說法後，臉上頓時亮起來，相反瓦格納臉色一沉，對先生皺眉道：「博士，這實在有違我——」

「請先聽我說完。」先生伸手示意瓦格納住嘴，再從容地說：「延後不是無條件的。首先，我們請瓦格納先生向夫人再借出一筆款項……」

「什麼？」瓦格納眉頭比之前皺得更緊。

「該筆款項就是先前借款餘下未還的數額。瓦格納先生之前該收了五年的還款，即是共回收了六百五十杜卡吧？餘下的一樣是六百五十杜卡？」

瓦格納和夫人都點點頭。

「那瓦格納先生現在向夫人借出六百五十杜卡，一樣是年息三分，分五年攤還，夫人便以這筆錢歸還原來的借款。瓦格納先生，您不用拿出一芬尼，只要讓他們暫緩一年還款，您未來五年便可以多賺一百杜卡了。」

瓦格納從腰間掏出一個手掌大小的羅馬算盤，專注地撥動直坑上的金屬珠子。「每年多付二十杜卡，即是一百五十杜卡……」從他的表情看來，他似乎對這提案不太抗拒。

「條件還沒說完。」先生繼續說：「這次借款不能沒有抵押，畢竟前一次的借款出了問題，即使是兄妹也得公事公辦。法爾克先生必須拿半間麵包店做抵押——我說的不只是『店子』，而是包括業務、帳目、學徒的半盤生意。在清還債款前，瓦格納先生有權對麵包店的經營方式提出意見，法爾克先生必須視瓦格納先生為麵包店的合夥人。」

法爾克夫人似乎對這條件感到詫異，但隨即點點頭，表示同意。瓦格納先生沉默片刻，收起算盤，說：「好吧，這我可以接受。艾瑪，妳回去叫妳丈夫過來，我們再簽新的借據。」

法爾克夫人向先生道謝後，便由克麗絲陪同離開。

「博士，謝謝您為我們調停，能多賺一百杜卡是不錯，但今年少拿到一百多的還款總教我難以釋懷。」瓦格納悻悻然道。

「您喜歡的話，隨時可以拿到，畢竟您拿到法爾克先生的麵包店了。」

「那家破店子值什麼錢？每年賣麵包不過賺蠅頭小利……」瓦格納苦笑道。

「您可以將店子賣給他們在奧爾登多夫的競爭對手啊。」

先生此話一出，瓦格納微微怔住，狐疑地瞪著先生。

「假如法爾克先生的生意沒起色，您便可以主動向他們的對手提出，將合夥經營權轉售，直接讓法爾克的店子變成人家的分店。您可以全額賣掉，也可以跟對方合作，到時喊價喊多高就看您的手腕。在這方面您該有信心吧？」先生露出狡詐的笑容，瓦格納頓時換上恍然大悟的表情。

「啊……對啊，有這樣的手段……博士，您不愧是學者，我以為我賺錢手段厲害，似乎還不及您哩！」

二人惺惺相惜地調侃，我在一旁卻覺得不是味兒。多逗留一會後，先生推說有事要處理，在瓦格納再三挽留下告辭，而我們剛步出大宅，我便忍不住發作了。

「先生，您為什麼教那地主掠奪人家的店子啊？」我質問道。「那家店子應該是法爾克先生的心血吧？」

「漢斯，你認為假如瓦格納接受妹妹的要求，延緩還款一年，法爾克一家會有什麼下場？」

「當然就是下一年再還錢，繼續好好地經營下去……」

「不會的，他們來年多半也還不到錢。」

「為什麼先生你這麼說？你認識他們嗎？」

「假如法爾克先生甘於『安分地經營』，便不會在六年前冒險借鉅款拓展業務了。整整一千杜卡啊，這數字不驚人嗎？」先生嘆一口氣。「我們來到哈梅林，也聽過不少人談到這兒的情況，漢薩同盟衰落、德意志邦國之間的對抗，平民生活只會愈來愈艱苦，富人卻能倖免。我認為瓦格納根本不會通融，讓對方延遲還款，這個急功近利的財主只會威逼法爾克一家變賣資產，法爾克的下場很可能和漢普汀克先生和施耐德先生一樣。現在他或者會從老闆變成員工，但至少他仍能維持生計，他的員工和學徒仍能如常生活。」

「可是我們干涉他人的人生，這正確嗎？」

「沒有正確或錯誤的，因為我們的人生也不斷被他人干涉啊。」

先生的話很奇妙，我有聽沒有懂。或許先生仍介懷於被公爵欺騙，平白跑來薩克森一趟吧。

「我們接下來要回到調查吹笛人和孩子的案件上嗎？」我問道。我仍很在意孩子們的安危。

「是，但我們身處下風，目前束手無策，只能等待對手發招。」先生臉色略顯陰沉。「施耐德他們不願意冒險，我們這些外地人也沒辦法號召居民上山，只能靜觀其變。」

我想反駁先生，眼見孩子們的父母受盡煎熬，孩子命懸一線，這時候更應「干涉他人的人生」，來硬的也要讓施耐德和醫生以及其他成年人改變主意，一同上山搜索；不過我心底也明白先生的話有其道理，我們畢竟是過客，即使成功說服對方，萬一徒勞無功，只會令失去孩子的父母陷入更大的哀慟。

我們來到酒館門外，剛好遇上我們曾見過的兩個孩子——「花圍巾騎士」希爾達和「灰帽子騎士」亞當。他們神色凝重，心事重重似的。

「啊，是作家先生和僕人。」亞當率先看到我們，主動向我們打招呼。

「你們來探望多多嗎？」我指了指酒館。

「嗯。團長和巴爾都不在，統率騎士團的責任便落在我身上。」希爾達說。我記得齊格說過她是副團長。

「你們擔心他們的安危嗎？」我問。和安東尼兄弟不同，我肯定他們知道朋友被拐走的事。

「當然不擔心。」亞當一臉直率地說。

「我們騎士團的成員都訓練有素，無論遇上哪種情況都能應付。」希爾達補充道。

「對，對。吹笛人什麼的，只要我們騎士團團結起來便能解決掉……」

希爾達瞪了亞當一眼，亞當連忙住嘴。他們的態度讓我擔憂起來，這些小鬼似乎在盤算什麼，搞不好打算自行組團上山搜索救人。

我來不及出言勸阻，亞當便被希爾達拉著離開。我想起昨天醫生和施耐德說要上山征討吹笛人，結果不到翌日齊格和巴爾便被拐走了，萬一小鬼騎士團的用意被吹笛人知悉，那明天消失的或許是這些孩子……

這天晚上酒館比平日冷清，施耐德和沃斯醫生他們忙於四出奔走籌錢，自然沒有來，就連一些我過去兩天見過的常客也沒露臉，也許他們沒有心情喝酒，亦可能害怕自己不在家，孩子便會被吹笛人用魔法擄去。

我和先生在酒館大廳吃晚餐，席間我和老闆閒聊，確認酒館的麵包來自法爾克先生的麵包店。

「哈梅林裡的麵包店就只有法爾克一家，假如不是自家烘焙，那就一定是法爾克出品了。」老闆說。

「老闆你知道法爾克先生在奧爾登多夫開分店的事嗎？」我隨意地問道。

「哦，我不清楚詳情，但聽人家提過。」老闆聳聳肩。「好像說虧了很多錢，不得不結業吧。那邊原有的麵包店好像很有名，不管鹹點甜點都很受歡迎，法爾克的手藝不可能贏過對方啦。」

「那麼一開始借錢的決定果然是錯誤的呢……」我想起先生的分析。

「借錢？」老闆問。

「對啊，法爾克先生向瓦格納借錢開分店，可是錢還了一半還不下去，今天他太太只好向兄長討人情，拖延還款……」

先生斜視我一眼，我才發覺我說錯話——法爾克先生向太太的兄長借錢做生意是他們一家的私事，我隨便說出來，會令法爾克先生蒙羞。只是話說出口便無法收回，恐怕明天這消息便會傳遍城裡。

「那吝嗇的傢伙就連親妹也不肯通融吧！」老闆似乎沒留意先生的眼神和我的臉色，繼續朗聲笑道。「瓦格納那種守財奴，對錢財看得緊，要他同意延後還款期？門都沒有吧？」

「那傢伙啊……他自己當年還不是一樣靠借款才度過難關？嘿。」

那個一直坐在角落、抱著魯特琴的老翁突然插嘴說。

「老爹，你說什麼？」老闆轉頭向他問道。

「我說啊，李昂那小子現在有財有勢，但當年他也不過是個窮光蛋……他從商頭十年際遇一般，一年好一年壞，人家顧念他老爸為哈梅林犧牲，才跟他做生意……」魯特琴老頭含糊地說。

我差點想問李昂是誰，但在我開口前驟然想起那是瓦格納的名字，施耐德先生曾經提過。

「……記得那年他遇上麻煩，也是靠借款才解決嘛……假如他的債主沒跑掉，他今天才沒有那麼風光吧。」老頭繼續像夢囈般唸道。他每天也醉醺醺似的，我也不知道他這刻說的是事實還是夢話。

「為什麼跑掉的反而是債主？債戶逃跑我聽得多，債主跑掉倒是第一次聽。」先生問道。似乎老頭的話引起先生興趣了。

「呵，因為畏罪潛逃哪。」老頭露出缺掉兩顆門牙的笑容。「當年啊，李昂不知道是投資失敗還是貨物被劫，虧了大本，他向經營航運的朋友菲舍爾借了三百杜卡才不用變賣資產，想不到兩年後菲舍爾因為偷運私鹽的罪行敗露，連夜帶著妻小逃離哈梅林，李昂才不用還款……我肯定他本來也要像法爾克那樣向債主討人情啦……」

我記得施耐德也曾提過菲舍爾這名字，而且那個人還和這個魯特琴老頭很熟稔似的。

「老爹你對這些往事很清楚啊。」我說。

「人老了，淨是記得以前的瑣事嘛，像是施耐德當侍衛第一天便和同僚大打出手、大約翰因為爛醉差點錯過自己的婚禮……大約翰小時候和他兒子漢斯長得一模一樣，簡直像同一個模子倒出來的，呵呵。李昂的女兒以前也是個野丫頭哩，整天跟其他小鬼廝混，就像今天的小鬼們，嘿……當年我開這家酒館，李昂那小子也常常來光顧啊！只是人有錢了，便要跟過去斷絕，瞧不起我們這些庶民小店……」

「這酒館是老爹你開的？」先生邊問邊瞧向站在一旁的老闆。

「這家黑鳶酒館其實是老爹的啦，」老闆苦笑一下，「兩年前我移居到這兒，老爹便將酒館廉價讓給我，條件就是讓他每天待在這兒喝酒彈琴。」

「人生就是有酒有音樂就足夠了嘛……」老頭輕輕掃了一下他的魯特琴。「像李昂那樣子家財萬貫卻活得不快樂，又有什麼意思？或者看看威廉，現在不是比他以前在呂特茨堡當男爵輕鬆得多？」

「威廉是誰？」我問。

老頭沒有回答，只是似笑非笑地瞄向老闆。

「老爹，你喝太多，又胡言亂語了。」老闆皺著眉說道。

「對對，你才不是什麼落難貴族……哈哈，我說錯了。來來來，聽我彈一曲，獻給從北方逃到哈梅林的可憐男爵……」

我錯愕地瞧著老闆。

「老闆你——」

「漢斯，先靜下來讓老爹演奏吧。老闆，請給我們兩杯啤酒。」

先生打斷我的發問，他向我打了一個眼色，示意我別追問。的確，假如那只是醉鬼老頭的妄想，要老闆證明自己「不是貴族」便很滑稽；相反萬一老闆真的是因為家族爭權被迫逃離根據地的低級貴族，我問下去也不會得到答案。易地而處，我也不希望有人打探先生的底細和背景吧。

這一夜我輾轉難眠。小漢斯兄妹、齊格和巴爾的下落讓我很擔憂，但我更在意的是希爾達和亞當的態度，不曉得他們會不會幹傻事，吹笛人又會不會對他們伸出魔掌。翌日早上，吹笛人再度犯案的消息傳來，我便心知不妙。

然而事情卻和我的預想有一處不一樣。

失蹤的孩子確是我和先生昨天遇見過的，但不是希爾達或亞當。是烘焙師的兒子，安東尼和卡爾。

5

帶來安東尼兄弟被拐走的消息的人，跟昨天一樣是那壯碩的中年待衛康拉德先生，只是今天他還帶了兩名同僚前來。我和先生下樓，便看到他們在酒館大廳跟老闆談話，神情凝重。

「今天輪到法爾克家的孩子了。」老闆向我們轉述聽來的消息。

「有聽到笛聲嗎？」我迫不及待追問。

「不單聽到，有人甚至看到吹笛人了。」康拉德說。「凌晨四點多，有守衛在北邊城牆的瞭望塔上聽到笛聲，他望向城裡，發現那個奇裝異服的吹笛人，一邊吹奏笛子一邊緩步穿過兩棟房子之間。那邊是瓦格納先生的倉庫，沒有人居住。」

「你的同僚有追吹笛人嗎？」我問。

「當然有，可是他跑到倉庫旁時，笛聲已停下來，吹笛人也消失得無影無蹤。他趕緊通知其餘守衛，可是也沒找到人。」康拉德頓了頓，「因為已經連續兩天有小孩被抓，即使市議會沒下命令，我們守衛也提高警覺了，怎料還是被那可怕的傢伙玩弄於股掌之中……我們甚至不知道他如何進城！昨晚我們特意安排人手，徹夜守住各城門，但那吹笛人就是憑空出現在城內……」

「你的同僚看到吹笛人時，他有沒有帶著孩子？」先生問道。

「似乎沒有，但因為天黑的關係，也有可能是他沒看清楚。聽說他也是憑藉月光才看到那吹笛人。」

「你們之後徹底搜查也找不到吹笛人的蹤跡嗎？」

「嗯，我們調動所有值夜的守衛，團團包圍城北所有通道，那吹笛人不可能逃跑，但結果我們不但抓不到人，還在瓦格納家門外發現勒索信，那時候才知道法爾克的孩子遭殃。我們趕到法爾克家，但為時已晚……當時法爾克夫婦還睡眼惺忪，沒察覺孩子被抓了。」

「信上寫什麼？」

「先生，我說過我識字不多嘛。不過聽同行的守衛說，上面寫著安東尼和卡爾已被擄走，還要瓦格納先生準備贖金，送上科柏山之類的。」康拉德說：「因為這回遇害的是法爾克家，商人們和比較富有的居民都開始擔心，事件亦引起一些市議會委員留意。信上提及科柏山，所以我們便來這邊，問問看有沒有人見過吹笛人和孩子，再決定下一步……」

康拉德言下之意，恐怕是「再多窮孩子也比不上一個富家子」，雖然法爾克家周轉不靈，要向瓦格納借款，但他好歹是城裡的烘焙師，每天為居民提供麵包外更聘請學徒，有一定社會地位，所以孩子被拐便不得不重視。

「我說，那吹笛人大概長了翅膀飛走了吧……」康拉德身旁一個高個子侍衛說道。「不是說『那女巫』只要塗上某種神秘油膏便能飛天嗎？」

「既然是『那個女巫』，那吹笛人用的便是隱身魔法吧！也許一開始吹笛人便不存在，他其實是女巫的化身……」另一侍衛說。

「先向我們所知的事實求證吧！」先生突然朗聲說道——我知道他十分討厭這種毫無根據、將一切訴諸魔法巫術的猜測。「康拉德先生，你說目擊者在城牆的瞭望塔看到吹笛人在城內，我想那地點應該距離城牆不遠吧？」

「嗯，的確滿近的。」

「那你們有沒有想過，也許城北有通往城外的地道？」

「地道？」

「我前天在市集跟不少人閒聊，聽說哈梅林的城牆早在三百年前已開始興建，斷斷續續地才變成今天的模樣，對不對？」

「好像是，我也不太清楚。」康拉德點點頭。

「所以今天根本沒有人知道三百年前設計城牆的建築師做了什麼啊。」先生笑道。「在我來自的英格蘭，就有擅長建造地下引水道的建築師。哈梅林位於威悉河畔，建築師在興建城牆前，留下地下水道的設計不是很合理嗎？而且城北住了不少富人吧？他們各家族都具備做這些事情的財力吧？」

「對啊，我曾聽來自奧彭海姆的旅人說過，他家鄉的有錢人甚至建造了一個地下道迷宮呢！奧彭海姆就在萊茵河畔[50]嘛。」老闆插嘴說。

「這麼說來也有點道理……」主張「吹笛人飛進城裡」的侍衛摸著下巴，點點頭。

「勒索信在誰手上？」先生問道。

50. Oppenheim，德國西部一個城鎮，近法蘭克福。

「在法爾克家。雖然信釘在瓦格納家門，但被害人是法爾克先生，自然由他保管。」

「漢斯，我們拜訪一下法爾克先生吧！昨天跟夫人碰過面，我想我們登門也不算太唐突。」先生回過頭對我說。

「假如你們現在過去，很可能會撲空。」康拉德搔搔面頰。「法爾克先生現在應該在瓦格納先生家，大概是請求對方拯救孩子吧。瓦格納先生不肯救陌生人的孩子，但安東尼和卡爾是自己的外甥……可是……嗯……」

我們都聽懂康拉德欲言又止的原因，一般人一定願意出手相助，但那守財奴地主很可能對自己「鍾愛的外甥」也不留情面。

先生向老闆問過法爾克麵包店的位置後，我們便出發。康拉德說法爾克先生不在家，但我們也先到城裡逛逛，到市集打探一下情報。然而，縱使魯鈍如我也察覺到，城裡彌漫著一股不穩的氣氛——街上人人臉上流露著一絲絲憂心，一些擺攤的商販偷偷打量我們這些陌生人。法爾克家孩子被拐的消息一定已傳遍城裡，之前窮孩子被抓，一般人還覺得事不關己，可是安東尼和卡爾遭毒手，那代表吹笛人的下手對象不分貧富，所有有孩子的家庭都暴露在相同的風險之中。

攤販們比昨天和前天拘謹，不過仍願意回答先生的問題，像有沒有聽到笛聲、有沒有見過吹笛人之類，只是答案都是「沒聽到、沒見過」。我們來到法爾克先生的麵包店，烘焙師夫婦一如所料不在，只有一位員工領著兩個學徒在工作。跟那個員工道明來意後，我和先生便在店外等待。法爾克的房子不大，但房子旁有一個偌大的石烤爐，附近也沒有其他民居或商店。我和先生等待期間，不時有居民前來購買麵包，掛在木柱子上的椒鹽卷餅賣得不錯，不過我聽到一個婦人離開店子時跟同伴抱怨，說麵包定價太高，假如有選擇的話便不會光顧。

「先生，城北真的有地下道嗎？」我向先生問道。
「不知道，那只是其中一個可能性。」
「還有其他可能？例如什麼？」
「例如吹笛人真的懂魔法，會長出翅膀？」我訝異地問道，聲音不自覺地提高。
「吹笛人真的是飛進城裡。」
「要『飛』進來不一定要用魔法，只要在城裡的鐘塔綁上一端繩子，另一端綁在城牆外的樹上……」先生邊說邊示意我壓下聲音。
「城外有那麼高的樹嗎？」我想像著犯人如何利用繩索在空中越過城牆。
「你問我『可能性』，那只是其一嘛。我可沒說那是事實。」先生笑著聳聳肩。
「先生你又戲弄我了……」
「好吧，我不作弄你，漢斯，你先想想地點在這事件中的意義吧。」
「地點？」
「吹笛人的巢穴在城南外的科柏山上，麵包店在城西，守衛在城北目擊吹笛人。這不是很古怪嗎？」

先生一說我才發現這次的拐帶跟之前兩次不一樣。小漢斯兄妹在城南外牆被拐走，笛聲同樣在城外南邊響起，齊格和巴爾被擄，聽到笛聲的居民也在吹笛人撤退回科柏山的路線上，可是安東尼兄弟的情況恰恰相反，完全搞不懂吹笛人是在抓走孩子前從城北潛入城裡，還是抓到孩子後從城北逃跑。

我正想跟先生討論這事情，卻見到以手帕擦著眼淚的法爾克夫人被一個表情頹靡的瘦削男人攙扶著，緩步向我們這邊走過來。那男人看來便是烘焙師法爾克先生了。

「夫人，早安。這位一定是法爾克先生了，幸會。」先生有禮地跟他們打招呼道。

「啊，早安。」夫人愣了愣，再對自己的丈夫說：「這位便是昨天替我們調停的霍夫曼博士。」

法爾克先生的表情稍稍亮起，可是仍難掩飾眉宇間的沮喪和擔憂。

「幸會。」法爾克先生的嗓子沙啞，不曉得這是他本來的聲線，還是剛跟瓦格納大吵而失聲。

烘焙師夫婦邀請我們內進詳談，法爾克先生跟下屬交代數句，讓他們代為處理業務，再帶我們到店面後的房間。麵包店是一棟兩層高的房子，店子後方和樓上便是法爾克家。法爾克家裝潢佈置尚算亮麗，任何人也能看得出比大約翰和施耐德的家富裕得多，但細看之下會發現架上的花瓶、燭台和盤子都是便宜貨，跟禿頭地主的家有顯著的差異。

「博士有何貴幹？」安頓後，法爾克先生問道。

「我們聽到孩子的消息，便立刻趕過來，看看能不能幫上忙。」先生誠懇地說。

「能幫上忙的只有一個人，但那傢伙……」法爾克一臉悻悻然，但大概礙於口中的「那傢伙」是妻子的兄長，說到一半的辱罵只能吞回肚子。

「剛才你們去找瓦格納先生嗎？」

法爾克先生似乎不想對外人談太多，他默然地跟妻子回看一眼，像是對我們這些多管閒事的外國人感到不解。

「前天漢普汀克家的孩子、昨天施耐德家和沃斯家的孩子失蹤，我也幫忙調查。」先生向他們解釋道。「我有看過那些索取贖款的信件，而且，我們來哈梅林途中，曾在山上見過那吹笛人……」

「你們知道東尼和卡爾在哪兒！」夫人搶白大嚷。「快告訴我們！我們立即帶人上山救人……」

「我們不確定犯人的巢穴所在，搜山要花一點時間，不過，你們不擔心犯人發現侍衛們上山，會對孩子不利嗎？」先生以平靜的語氣反問道。

法爾克先生和夫人頓時噤聲，看來先生的話比吹笛人的信帶來更大的威嚇。先生接下來告訴他們大約翰和施耐德的情況、吹笛人拐帶孩子的前因後果，從他的們反應看來，小漢斯兄妹他們被拐走的消息，在城裡的商人和權貴圈子中沒有人留意。

「那混蛋應該早在伐木工孩子被抓時便付款啊！」法爾克先生不留情面，直呼妻子的兄長做混蛋。「我也記得捕鼠人的事，只是我們不知道瓦格納沒有付酬勞……都是那自私的傢伙害的！安東尼啊，卡爾啊……」

「你們今早發現孩子不見時，有沒有察覺家裡有任何異樣？」先生問。

「沒有，」法爾克先生搖搖頭，「早上我和艾瑪被侍衛的敲門聲吵醒，才發現孩子們的房間空空如也，家裡也沒有外人進過的痕跡……」

「有沒有麵包店的學徒在這兒留宿？」

「沒有，他們都和父母同住。」

「可以讓我看看安東尼和卡爾的房間嗎？」先生再問。

法爾克先生帶我們走上樓梯，來到孩子們的房間。如他所說，房間沒有異樣，除了床上的被鋪有點亂外，不見到有任何打鬥或暴力的痕跡。先生仔細檢查了衣櫥和窗戶，我在旁也裝模作樣察看，但我沒留意到有什麼特別之處，除了在衣櫥角落我看到打仗用的「武器」——跟小漢斯兄妹一樣，安東尼兄弟有一些木製的玩具短劍和盾牌。

「昨晚孩子們有沒有提起過什麼事情？」先生向法爾克夫婦問道。

「應該沒有……」夫人回答。

「啊，卡爾好像說看到什麼鷹……但那應該無關吧。」法爾克先生說到。

「鷹？」

「對了，」夫人似乎也想起來，「我們從兄長家回來後，他們又跑去玩，黃昏才回家。卡爾說過什麼灰色的鷹，大概是在河邊看到？」

雖然像是小孩子的胡言亂語，但我赫然想起那個「吹笛人長出翅膀」的說法……吹笛人在河邊化身巨大的灰鷹，盯上安東尼和卡爾，夜裡再下手擄走他們？

「那封釘在瓦格納家大門的信在你們手上嗎？我從康拉德先生那邊聽過了，但想仔細看一下內文。」下樓回到大廳後，先生問道。

法爾克從懷中掏出一封信，遞給先生。我湊過去看看，發現紙張和筆跡跟之前的一樣。

安東尼和卡爾在我手上，叫瓦格納三天之內準備一千杜卡，親自送上科柏山，放在岔路上大橡樹下的三角形巨岩旁，三天後我沒收到錢，孩子的下場便會和老鼠一樣。這是最後的警告。

——捕鼠人

「我聽說信是用刀子刺在瓦格納家的大門上，你們有沒有見過那柄刀子？」先生問道。

法爾克夫婦面面相覷，似乎對刀子去向不清楚。

「信是侍衛交給我們的，他們發現時的情況我也不知道……」

「那不要緊。」先生將信歸還給法爾克先生，「你們跟瓦格納先生談過後，他有什麼反應？願意付贖金嗎？」

法爾克先生眉頭緊蹙，一臉憤慨地搖頭。「剛才我們不歡而散。我們以為他知道事情後會跟我們一樣焦急，但他讀完這信後只是皺一皺眉，反問我們為什麼聽從犯人指示找他。安東尼和卡爾是他的外甥啊！他怎麼可以這樣冷酷無情……」

「兄長斬釘截鐵地說他不會付錢，」法爾克夫人泫然欲泣，「即便是我的孩子，他也不留情面，說不會向罪犯屈服。」

「為了孩子，我也不管尊嚴，哀求他看在艾瑪份上，先墊支那一千杜卡，我們兩夫婦他日定當歸還。孩子的性命可不能等啊！可是那無情的傢伙竟然說我前債未清，新債免問，麵包店已被用作抵押品，我們沒有資格向他討價還價。他說一杜卡也不會借出，說是什麼商人原則云云……我呸！他根本就不在乎孩子們的安危！不在乎家人！只在乎自己的財產……」

「你們有什麼打算？」先生問道。

「兄長那邊是沒有辦法了，我們只好另想法子……」法爾克夫人有點哽咽，邊說邊用手帕擦眼淚。

「我們回來之前去了一趟商人公會會長阿倫德斯先生的家，」法爾克先生替太太說下去，「希望公會能協助，只是會長剛好不在，我們只能讓僕人通傳，下午再去拜訪。會長也是市議會委員之一，他或者有辦法以市議會名義施壓……不過情況有點棘手……」

「為什麼？公會成員不是有互相幫忙的協定嗎？」我問。

「李昂．瓦格納也是公會成員兼市議會委員，加上財力雄厚，平日商討事務其他委員都要看他面色，只有市長和阿倫德斯先生能壓下他的氣焰。可是，市長昨天因公務前往呂訥堡，至少要五天後才回來，萬一李昂從中作梗，就怕議會不但無法迫令他付款救人，更反過來支持他見死不救……」

「東尼！卡爾！」夫人大概想到了最壞情況，不由得激動地高呼。

「可是其他委員也應該懂得易地而處吧？」我再問。「你們跟吹笛人無仇無怨，對方也抓走你們的孩子，天曉得下個遭殃的是誰啊？」

「現在只能寄望他們會這樣想，可是我怕李昂用手段拉攏他們……始終遭殃的不是他們，他們只要將錢花在聘用更多侍衛保護自己的子女上就好……」

說不定法爾克先生的說法是事實。愈富有的人愈自私，或者該說，這時代就是自私的人才能令自己變得富有。

「師傅，克麗絲小姐來了。」麵包店的其中一名學徒走進大廳，對法爾克先生說。站在他身後的正是法爾克先生口中「那混蛋」的女兒，她這天穿回前天我們見過的那身便裝，顯然昨天穿那襲華麗的裙子不是她的本意。

「姑——啊，博士，您好。」克麗絲好像對我們在場感到意外，但她仍有禮地問候先生。

「我們從侍衛那裡得悉昨天碰過面的孩子出事，便趕緊過來慰問夫人，看看有沒有什麼能幫上忙。」先生向克麗絲說明道。「克麗絲小姐也是為此而來吧？」

克麗絲點點頭，並坐到她姑姑身旁，緊握對方的手。「剛才我在家聽到父親對姑姑和姑丈大吼，可是我不敢插手，只好事後過來……」

「妳比妳父親有人情味多了……我那個兄長眼中就只有錢……」法爾克夫人又再咽咽嗚嗚地啜泣起來。

「克麗絲，妳可否替我們在妳父親面前說幾句？」法爾克先生不顧身分，懇求他的姪女幫忙：「安東尼和卡爾一向待妳如親姐，就算妳瞧不起我這個失敗的烘焙師，也請顧念兩個孩子……」

「姑丈，請別這樣說！為了安東尼和卡爾我自然願意盡力說服我父親，只是我的話語恐怕就像丟進水井的石子，沒有任何效果。」克麗絲無奈地說：「我來之前已嘗試勸說他，可是我一提起孩子的名字他便對我發怒，叫我別多管閒事。」

「兄長這麼固執……不知道如何才能教他改變主意……」夫人擦過眼淚。

「看來不容易，」先生邊說邊站起，「瓦格納先生『心裡剛硬』，除非威悉河河水全變成血、天降冰雹、蝗蟲來襲，或是城裡所有家庭的長子遇害，否則他都不會妥協吧。法爾克先生，我們先失陪，不打擾你們家人商討對策，假如市議會的決定有違你們的期望，你們又打算召集人手上山尋人，請告知我們，我的隨從漢斯身手了得，雖然面對吹笛人的魔笛不一定有勝算，但好歹多一分讓孩子獲救的機會。」

我們告別法爾克先生和夫人，回到街道上。我對先生的最後發言感到有點不快，先生拿面對摩西的法老來比喻瓦格納，雖然惟妙惟肖但未免太不合時宜——人家還在擔心孩子，他偏要調侃提「長子被上主擊殺」的經典，搞不好我們剛離開麵包店，夫人便焦慮得昏倒過去。再者，我真的不認為自己的劍術或拳腳能勝過吹笛人的魔法，萬一我在笛聲下失去常性，將刀刃指向先生，那就不堪設想了。

「先生，接下來我們可以做什麼？搜索城北的地下水道嗎？」我問。

「漢斯，我們離開德勒斯登時公爵塞給我們的那一袋珠寶，你有沒有隨身帶著？」先生沉思一會後反問道。

「啊？沒有，應該在酒館的行裝裡吧。」跟明確寫上先生名字的重要信函不一樣，財寶雖然名貴我卻沒放在身上，畢竟日常沒機會用上寶石嘛。

「那我們先回酒館，之後再到瓦格納家。」

「咦？我們拿珠寶去找瓦格納先生幹什麼？」

「瓦格納是商人，自然有門路收購寶石。」先生淡然地說。「漢斯，這案子有兩個關鍵，一是錢，一是瓦格納，要解決事件便要先處理兩者。況且法爾克夫婦遇上這種禍事，我們也得負部分責任吧。」

我本來想問我們要負什麼責任，卻想起法爾克先生說瓦格納拒絕借錢給他們夫婦贖回孩子，是因為他們的舊債未清，而讓法爾克先生連店子也押上，使這筆舊債膨脹的正是先生。縱使先生昨天對隨便插手干涉他人的人生表現漠然，但看來他也心存芥蒂，暗地裡同意我的看法。一千杜卡是筆鉅款，但先生一向淡泊名利，對他來說金錢不如知識寶貴。

回到酒館，跟老闆寒暄數句、告知他烘焙師夫婦現在的困境後，我在房間的行李中找出那隻手掌大小的紅色天鵝絨布袋，打開瞧了瞧，確認裡面盛著寶石。先生囑咐我小心帶在身上，別在路上被扒手偷去，不過我們衣裝儉樸，大概沒有小偷會打我們主意。

我們來到瓦格納府邸，門房恭敬地邀請我們進門，剛好跟瓦格納碰個正著。他和僕人法蘭茲正在送別一位賓客，可是從他的臉色看來，對方比較像不速之客。

「這是商人公會會長阿倫德斯先生，這位是來自英格蘭的霍夫曼博士。」瓦格納瞧見我們，神情稍稍放鬆，跟我們介紹道。阿倫德斯先生長了一頭灰髮，看樣子比瓦格納年長十來歲，雖然跟瓦格納同是商人，身型卻瘦削得多。法爾克夫婦說之前去了找這位會長卻沒遇上，我猜他們在路上剛好彼此錯過，法爾克剛離開瓦格納府，會長先生便跑來找這禿頭地主。

阿倫德斯會長跟先生打過招呼後，似乎對先生的身分或由來沒興趣，回過頭板起臉對瓦格納說了句「總之事態嚴重，即使市長不在明天也得開會討論」，再向我們點點頭後便離開。

「瓦格納先生，一切可好？」先生問道。

「還好，還好，」瓦格納堆起不自然的笑容，「只是市議會有些老傢伙小題大做，硬要將一些雞毛蒜皮的小事誇大成『危機』，借勢增加自己的影響力……」

「吹笛人的事？」

「不就是。阿倫德斯說侍衛報告連續數天有孩子被拐走，犯人更在勒索信中針對我，所以要召開會議商討對策。」

「我今早也聽到消息，剛到過法爾克家一趟，慰問令妹和家人。」先生對此沒有隱瞞。

「哦？」先生的話似乎引起瓦格納的警戒。「博士您今天這麼早來，不是想替我妹夫說項，勸我向罪犯屈服吧？」

「當然不是，今天我來是要跟瓦格納先生您談談生意。」

「生意？」

先生向法蘭茲瞥了一眼，再向瓦格納說道：「這兒說話不大方便。」

瓦格納畢竟是個在貿易圈子打滾多年的老手，立刻明白先生的言下之意。他帶我們到書房，並且支開法蘭茲，要他去跟廚子確認午餐的菜單。

「這兒沒有外人能聽到。」瓦格納關上書房厚重的門後，對我們說。

先生滿意地點點頭，對我說：「漢斯，拿出來。」

雖然先生沒有明說，但我清楚他指的是什麼。我掏出那只天鵝絨布袋，將裡面的寶石平鋪在桌上——袋裡有十數顆大小不一的寶石，包括紅寶石、祖母綠和藍寶石。

「老天！」看到價值連城的寶石，瓦格納雙目放光，表情明亮起來，跟阿倫德斯的齟齬恍似是半世紀前的事。「博士您為什麼有這麼多……」

「您可以先檢查一下，看看是否真品。」

瓦格納迫不及待掏出一支附象牙手柄的小巧放大鏡，鼻子快要貼上桌面，仔細察看各寶石。我想他一定無時無刻帶著放大鏡、天秤和算盤這些商人必備的工具。

「真品，絕對是真品……這光澤就連門外漢也能看出，贗品可冒充不了。」瓦格納小心撿起一枚紅寶石，「光這一顆，我看至少值二百杜卡……」

「瓦格納先生，您有沒有相熟的寶石鑑定師可以介紹給我？而且能保守秘密的。」

「博士，您要出售這些珍寶嗎？」

「對。」

「請恕我唐突，博士您為什麼……這些寶石的來歷……」瓦格納吞吞吐吐，好像不確定如何在不冒犯先生下將心裡的疑問吐出來。

「不瞞您說，這些寶石的擁有者不是我，是薩克森－魏瑪公爵——我跟公爵家有一點血緣關係。」

「啊！難怪公爵在信函裡對博士您如此重視！」瓦格納臉上增添了三分尊敬的神色。我有點意外先生居然會自曝這身世秘密，不過假如撒謊，說不定會讓對方起疑，先生一定是謹慎考慮過才決定不編造藉口吧。

「公爵託我販賣這些寶石。」先生說。

「公爵閣下在財政上遇到麻煩嗎？」

「不，這些不是私人財產，是充公得來的財物一小部分。我想您很清楚目前擁護舊教的勢力嘗試遏止新教擴張，尼德蘭那邊已在打仗[51]，恐怕德意志在不久將來也面臨內戰。支持改革派的公爵自然要準備，包括充實軍用資金，所以託我帶些樣品暗中找門路。我原本打算在漢諾威打探，結果意外來到哈梅林，這幾天下來察覺瓦格納先生您相當可靠，既然如此，這筆生意就乾脆跟您談。」

我撤回前言，先生臉不紅氣不喘地胡扯——雖然公爵的確擁護新教，但這些寶石是對先生的賄賂而不是軍餉嘛。不過直說目的是換錢贖回孩子大概會讓情況變得很複雜，要是瓦格納翻臉就不好了。

「謝、謝謝賞識！博士所言甚是，事涉軍政，我當然會守密。」瓦格納貌似很高興，畢竟先生的說法就像將他拉進貴族的圈子，把他當成自己人。「哈梅林有鑑定師，不過本地大概沒有買家，我在呂北克[52]和漢堡都有熟人從事寶石買賣，那邊應該能賣個好價錢。」

「他們能否確保交易不會被旁人知道？假如有人留意到大額資金流動，交易曝光可不是有沒有瞞稅那種小事，是足以導致兵戎相見的大麻煩。」先生演技逼真，我幾乎以為公爵真的在我沒注意時委託他做這種事。

「我保證沒問題，不過假若博士有此疑慮，我可以代為接手，權充賣家，讓博士和公爵隱去身分。到時呂北克或漢堡的公會只察覺我和他們交易，我改以土地或其他糧產為名目和博士您交付資金，一切便能在水面下進行。」瓦格納頓了頓，再莞爾一笑，「當然，身為商人，貿易不抽成未免有點違背原則，但我保證差價會符合行規……」

「沒關係，只要事成，那點小錢不成問題，況且您能從中取利，您才會盡力抬價吧。」先生也露出狡詐的笑容。

「博士真明事理。」瓦格納樂不可支。

「不過您有足夠資金當這個中間人嗎？假如要隱去貨幣來源，最理想是您付我的金幣來

51. 尼德蘭七省起義（荷蘭獨立戰爭）的起因之一是當地新教加爾文派信徒被擁護舊教的宗主國西班牙迫害。
52. Lübeck，德國北部港口城市，曾是漢薩同盟的「首都」。

自另一鑄造地，假如公爵收到的是漢堡或呂北克發行的杜卡幣，恐防還是有精明的人能查出這筆交易。公爵身邊不乏為一點小利益出賣情報的下人。」

先生繼續胡說八道，但他的話令瓦格納沉默片刻，像在深思如何回應，倒是那胖子臉上隱然露出得意的神色，似乎胸有成竹。

「博士，我姑且給您一點信心。」瓦格納走到書架旁，我以為他要打開旁邊的箱子，取出一袋金幣以證明他足以付給先生，沒想到他卻從書架上取出一本厚重的經課集[53]。這本紅色的經課集頗陳舊，木製的封面開口處有一個連著封底的金屬扣，離奇的是扣上居然掛著一把小鎖。禿頭地主從腰間摸出一把小巧的鑰匙，將鎖打開，翻開封面，我才發覺書頁中心被鏤空，長方形的空間裡收藏著一疊對摺的紙。

「我跟漢堡的布商貝倫貝格家[54]是密切的貿易夥伴，這兒有他們家族開立的票據，憑票可以領取現金。」瓦格納打開其中一張，我看到貝倫貝格家的徽章和名字，還有家族成員簽名，紙張附有水印，難以偽冒。在金額一欄寫著一千零六十杜卡，我不由得驚呼一聲，假如其餘票據金額接近，那這疊毫不起眼的紙張加起來的價值足足上萬。

「就算博士您有多十倍的寶石，我都能代為墊付。」瓦格納得意洋洋地說。

「很好，很好，」先生點點頭，「那有勞瓦格納先生您聯絡呂北克或漢堡的買家，讓他們和鑑定師前來。需時多久？」

「我派信差出發，一來一回，我想三天後便會來到。」

「好，就這樣辦。」

我差點忍不住想插嘴——吹笛人的交付贖金限期也是三天，萬一那些寶石商人遲來一步，那我們便來不及拿錢救人了。我嘗試用眼神提醒先生，他卻示意我收回寶石，我只好默默地照做。

「本地的寶石鑑定師值得信任嗎？」先生突然向瓦格納問道。

「當然，只是對買家而言，他們一定會想用自己人……」

先生從我正在收拾的寶石中撿起一顆，遞給瓦格納。「這樣吧，不曉得買家們會不會拖太久，先勞煩您和相熟的鑑定師為這一顆紅寶石估價，我有必要時亦能先向公爵交代。」

「好，好，」瓦格納瞧著手心中的寶石，眼裡盡是貪婪，「那我先給博士您寫張單據，證明寶石是您委託我鑑定……」

「我剛說過事情要秘密進行，您忘了麼？」先生以責備的口吻說道。

「啊，對，十分抱歉。」瓦格納有點慌，「只是不開單據，對博士您的保障……」

「假如我不信任您便不會拜託您辦事啊。」先生露齒而笑。「而且，難道您會為了一百杜卡的寶石放棄賺數千數萬的機會嗎？您要是如此短視便不會有今天的地位了。」

我看到這禿頭胖子幾天以來最誇張的笑容。

午間的菜單一如昨日豐富，席間瓦格納比平日更高興，完全掩飾不了他內心的雀躍。雖然克麗絲小姐缺席——我猜她還在姑姑家安慰對方——但她的財主父親毫不在乎，彷彿前天因為同樣的事而大發雷霆的另有其人。

午後先生和我離開瓦格納府，我在路上抓住機會，問先生那個我在意的問題：「呂北克和漢堡的寶石商最快三天後才到，來得及將寶石兌成贖款嗎？」

53. 經課集：（拉丁語：Lectionarium）神職人員編撰的聖經經文選集，讓信徒按時修讀。雖然十六世紀宗教改革，不少新教徒仍沿用舊教編訂的經課集。

54. 貝倫貝格銀行（Berenberg Bank）：全球最古老投資銀行，創辦人貝倫貝格兄弟原本從事布匹貿易，因為逃避宗教迫害從比利時安特衛普移居漢堡繼續業務，並於一五九〇年拓展，向其他商人提供銀行服務。該銀行至今仍營運中，目前（二〇二〇年）聘用約一千五百名職員。

「當然來不及。」先生輕鬆地回答。

「那怎辦？我們直接用寶石來贖回孩子嗎？但吹笛人不一定相信寶石是真品……啊，先生你要瓦格納找本地的鑑定師，是想將寶石賣給城裡的富商或貴族嗎？瓦格納也可能會買吧？不過他八成會壓價……我猜即使他壓價，那些寶石仍足夠付贖款，只是讓他撿現成便宜，實在不甘心……」

「漢斯，你別想太多，總之目前最優先的是確保孩子能平安歸來，吹笛人要錢便給他錢好了——當然事後我會好好教訓那個害孩子受苦的傢伙。」先生的眼神閃過一絲慍怒。「而我們現在要做的，是為了明天做準備。」

「做什麼準備？明天會發生什麼事？」我不解地問。

「明天市議會開會嘛，我們自然要去參一腳。」

「咦，我們要幹什麼？阻止委員們支持瓦格納拒絕交付贖款嗎？可是我們只是外地人……」

「那部分你先別管。」先生在路上張望，像在搜尋什麼，「我明明記得在這邊……」

「什麼在這邊？」我尾隨著邁著大步往前走的先生。

「啊，原來在這兒。」

我們來到一家店子外，我抬頭一看，看到裁縫師的招牌。

「明天要上舞台，今天自然要準備戲服。」先生笑道。

我們進入店裡，裁縫馮德爾是位五十來歲的先生，我記得我們初到哈梅林便從大約翰他們那裡聽過他的事，好像說女巫害他的太太難產之類。先生花了十多杜卡向裁縫師買了兩套用料上乘的現成服裝，從外衣到褲子一應俱全，馮德爾先生看到先生出手闊綽，建議量身訂製衣服會更合身，但由於縫製需時，所以先生回絕掉，只要求對方稍稍修改成衣的袖子和褲管的長度。

「漢斯，你在這兒等裁縫先生修改好新衣服，然後帶回酒館。我們分頭行事。」裁縫師替先生量好尺寸，跟我們說明修改長短細節後，先生一邊穿回他的外衣一邊對我說道。

「先生要去找法爾克先生？還是施耐德先生？」我問。

「不，我想跟公會會長聊聊。」先生嘴角揚起。

先生向裁縫師打聽到阿倫德斯會長的府邸所在後便隻身離開。我提議一起去，但先生吩咐我在這兒等候，說要是我們明天身上的衣裝不夠名貴，對委員們的說服力會大打折扣云云。先生的話有點矛盾吧，他現在不正是一身儉樸去找公會會長？當然今早我們有跟對方碰過面，會長知道我們是瓦格納的客人，先生又頂著學者名號，我猜對方至少不會請先生吃閉門羹。

半小時後，我帶著改好尺寸的衣服回到酒館。我在房間等了十數分鐘，躊躇著是否該到會長府邸門外等候先生，可是先生沒有指示，天曉得我到場會否壞事，過去幾天我已不時失言。我決定到酒館大廳等候，老闆一如平常跟酒客談笑，魯特琴老頭抱著琴打呼，多多瘸著腿打掃清潔，他們稍微磨平我內心的疙瘩。孩子接連被拐、父母徬徨無助，加上禿頭地主吝嗇頑固，這趟意外的旅程實在教人心亂如麻，酒館的日常風景算是讓我有點安慰。

然而這日常風景也在侍衛康拉德先生再訪後變了調。

康拉德在門口跟老闆聊了幾句，老闆稍稍愣住，但又點點頭表示明白，隨後回到大廳繼續工作。我看到酒客們交頭接耳，似乎發生了什麼事。

「老闆，有什麼突發事件嗎？不是又有孩子被拐吧？」我點第二杯酒時問道。

「不，沒有什麼大不了的，只是市議會通知明天早上九點集會，要求所有居民出席。應該是討論吹笛人的事吧，可能要全體居民表決，又或是有某些重要公告。」

「啊……不過市議會的大樓能容納全城居民嗎？」

「地點在教堂啊。以往有全體居民集會，都是在教堂舉行。」

我不知道為什麼市議會會議變成了居民大會，但看到先生笑意盈盈從酒館門口進來，我便猜想到原因了。

「先生！集會是你弄出來的吧？」

「什麼？」先生邊向老闆點一杯啤酒，邊回頭反問我。

「明早九點全體居民到教堂集會那件事啊。」

「啊，不，那跟我無關。」先生聳聳肩。「我跟阿倫德斯會長聊天聊到一半，會長的僕人說信差送來瓦格納發給所有委員的信，要求將原來的閉門會議改成集會，移師教堂舉行，討論『吹笛人危機』。會長很快便同意，吩咐部下知會侍衛長，要求今天日落前通知所有居民。」

「是瓦格納的主意？」

「他可能想利用群眾壓力逼市議會就範吧。阿倫德斯十分同情法爾克夫婦，傾向支持付贖款救回孩子，而且他跟瓦格納一向不對盤，萬一在市議會的會議中向來支持瓦格納的委員倒戈，瓦格納便很可能被逼付款解決事件。相反召開集會，瓦格納尚可以煽動民眾，堅持不能接受擄走孩子的罪犯開的條件，令市議會屈服。我不就說過民眾的心靈很易擺佈嘛。」

先生一說，我又覺得頗有道理。就如烘焙師所說，那胖子耍手段來影響市議會決定了。

「那麼，剛才先生你找會長是為了什麼？」

「不就說了嗎？是聊天啊。」先生笑道。「我想探聽一下市議會委員的立場、委員間的關係、過去有沒有恩怨之類，當然也想知道會長他對吹笛人事件的看法。要明天解決事件，不先多了解關鍵人物們可不行。」

「明天便解決事件？」我以為要等三天後寶石商人來到才能了事。

「大概，我也不敢保證，但按目前走勢，事情該在明天有定論了。」

我不曉得明天市議會會下什麼決定，但似乎孩子們能否平安歸來，就看這些成年人有多少惻隱之心，萬一那些人當中有多幾個像瓦格納的傢伙，說不定我們要面對最殘酷的結果。我不由得聯想到六個孩子像老鼠般淹死在河裡，或是從此消失，下落不明，只餘下他們失去靈魂的父母，每天期盼能再次見孩子一面……

因為這些令人膽寒的念頭，晚餐我食不知味，那些芥末肉丸大概本來就不怎麼美味，如今我更只嚐得到辛辣。飯後回到房間，我繼續讀小說，好讓自己暫時忘掉孩子和他們父母的苦況，先生卻拿了紙筆在計算一些數目，密密麻麻的寫了好幾頁。我問先生那些數字有什麼用途，他說只是有備無患，明天能不能派上用場也不知道。

無論如何，明天的居民集會是能否讓瓦格納屈服、贖回孩子的關鍵了。

6

翌日早上八點多，先生和我來到教堂，準備參與居民集會。教堂外人山人海，上百個哈梅林的市民正魚貫進入正殿，當我們差不多走到大門時，侍衛康拉德看到我們，走過來跟我們打招呼。康拉德不斷打量我們，畢竟我們換上昨天新買的衣服，行頭不輸城裡任何權貴富商。事實上，當我們離開酒館，經過市集來到教堂路上已招來不少目光，有些認出先生過去數天曾跟他們閒聊的路人竊竊私語，以為我們是什麼王侯貴族，之前偽裝成庶民打探民情。

「啊，是霍夫曼先生？我差點認不出你們了。」

「康拉德先生，早安。」先生無視對方疑惑的眼神，掛上笑臉友善地說：「今天是市議會召開的集會，我們這些外地人冒昧出席，不換套好一點的衣服恐怕會被拒諸門外。」

這當然是先生胡扯，就算我們穿得破爛，禿頭地主也不會不容許我們參與，說不定他更會透露先生跟薩克森－魏瑪公爵的交情，往自己臉上貼金。

「的確呢！不過反正沒有什麼秘密，委員們大概不反對外人旁聽。」康拉德點點頭，再打了一個呵欠。

「你怎麼好像精神不太好的樣子？」我問道。

「昨晚我和同僚都沒睡嘛。」康拉德搖搖頭，嘆一口氣。「連續幾天被那吹笛人弄得雞犬不寧，守衛們都不敢鬆懈，尤其是凌晨四點至天亮期間，我們更打醒十二分精神，警戒那可怕的傢伙再用神秘的方法入侵城裡。幸好昨晚相安無事，萬一再有孩子被拐走，恐怕全體守衛都要負上責任，侍衛長大概會被治罪……」

「真的辛苦你們了。」先生說。「現在守衛們都回家休息嗎？還是到這兒參加集會？」

「怎可能休息啊，」康拉德苦笑一下，「他們仍在城門當值，畢竟過去數天發生這麼多事，差不多變成備戰狀態了。倒是大白天不用盯得太緊，我和幾個同伴也受命來管理人群，搞不好這邊更容易出意外——」

康拉德話沒說完，我們旁邊便傳來幾聲吆喝，兩個衣衫襤褸的中年漢似乎起了糾紛，其中一人臉色紅潤，大概是喝醉酒。我對他有點印象，他好像是酒館的常客之一，不曉得他是一大早便灌下幾杯，還是喝了個通宵，但我猜他對被市議會強制參加什麼勞什子集會一定很不快。

康拉德和他的同僚前往調解，我和先生便隨著隊伍走進教堂。大殿裡已坐滿了一半市民，加上仍在外面的群眾，我猜這數百人能填滿所有座位。倒是殿內壁壘分明，衣著得體的富人和素裝的窮人各據一方，商人和權貴都坐在右前方，工匠們離他們稍遠一點，幹粗活的工人和農民則坐在左邊。不過富人的區域很小，粗略估算，他們只占全部人一成左右。

「博士，早安。」大概因為我們穿上了高貴的衣服，居民們都讓路給我們走到大殿右前方，結果在座椅旁的走道遇上克麗絲小姐。她今天仍穿著便服，不過縱使是便裝也比平民身上的衣服光鮮亮麗得多。

「克麗絲小姐，早安。」先生向她行禮。

「博士和格連先生也出席集會嗎？」她邊說邊瞄了我一眼，似乎對我們身上的名貴服飾感到好奇。

「對，希望令尊不會見怪。請問令尊在哪兒？」

克麗絲回頭瞧了一眼，我循她視線一看，發現瓦格納和幾個上了年紀的男人正站在祭壇旁，而祭壇前放了幾張椅子。那些男人之中，就有頭髮灰白的公會會長阿倫德斯先生，他正和身邊的人談話，而瓦格納則和另外幾個貌似委員的男人聚在一起，他們都對禿頭地主一副阿諛奉承的樣子，但瓦格納卻板著臉，他大概認為這是一場無妄之災吧。

先生向克麗絲小姐話別後，趨前往瓦格納走去，我連忙從後跟上。瓦格納看到先生，頓時笑逐顏開，撇下身旁的委員們張開雙臂歡迎。

「博士！啊，歡迎您出席我們的集會。」一如其他人，瓦格納邊說邊打量我們的新衣服，只是他沒有點破，大概因為說出來的話，有暗示我們之前穿得太寒酸之嫌。

「瓦格納先生，希望您別介意我們這些外地人打擾你們城市的集會，我們會靜靜地在一旁觀看。」

「當然不介意！正好相反，我想我們正需要法學博士的意見哩！」瓦格納頓了一頓，壓下聲音說：「不過博士，我想您應該不會贊同給予誘拐犯人金錢，向罪惡屈服吧？」

「當然，誘拐犯該得到的是懲罰，才不是獎賞。」

瓦格納露出滿意的笑容，親暱地抓住先生的臂膀。「博士您這句話可真說到我心坎裡！假如我們邀請博士發言提供法學意見，您願意賜教嗎？」

「我很榮幸能為哈梅林的市議會服務。」

「太好了，太好了。」瓦格納不住點頭，「博士，我來介紹其他委員給您認識……」

瓦格納熱情地向其他委員介紹先生，他們都似乎對先生的身分感到好奇，大概除了禿頭地主的引介外，我們身上的名貴衣飾亦起了作用。只有阿倫德斯會長沉著地跟先生寒暄，對瓦格納補上一句「我們昨天見過面」。瓦格納沒有問詳情，他大概以為那是指二人在他家碰面的事吧。

在先生跟委員們漫談著哈梅林的風景和天氣時，我望向群眾的座席，這時位子也差不多坐滿，大殿後方近門還站著好幾十人。在工匠和商人的群體中，我看到一臉愁容的法爾克夫婦，而在平民那邊的前排，我看到大約翰夫婦、施耐德夫婦、沃斯醫生和他的夫人，他們臉上也掛著凝重的表情。大約翰的姨姐凱洛琳坐在大約翰妻子旁，不住跟妹妹說話，不曉得她在唸什麼。在座位稍後之處，我還看到酒館老闆和裁縫馮德爾先生，就連魯特琴老頭也在——當然他現在沒有抱著琴，只是坐在座位上打瞌睡。剛才那個鬧事的醉鬼現在正和侍衛康拉德並肩而立，站在左邊走道的角落，看樣子他被康拉德狠狠教訓過。

不知怎的，我瞧向民眾時，覺得有一點不協調的感覺，就像有哪兒不對勁似的，但又說不上原因。

「各位哈梅林的市民！」隨著九點鐘的鐘聲響過後，委員們坐到祭壇前面向大眾的椅子上，只有阿倫德斯站著朗聲發言。「請肅靜！集會現在開始。今天讓各位參與這個集會，原因只有一個，就是哈梅林目前面臨可怕的威脅，我們市議會不得不在市長缺席下緊急訂定對策。因為事涉全城居民的安全，市議會決定公開討論過程，並且傾聽居民的意見，以示公允，歡迎各位發言出謀獻策。」

我和先生被安排坐在「富人區」的第一排座位上，阿倫德斯跟我們距離不足三碼，而坐在他身旁的正是瓦格納。

「過去數天，一名自稱捕鼠人的神秘男子，拐走了多位市民的孩子。漢普汀克先生的一對子女、施耐德家的孩子、沃斯醫生的兒子，以及法爾克先生的兩位公子，先後被那歹徒擄走，並且留下勒索信件。」雖然這些消息已傳遍城裡，阿倫德斯仍不厭其煩複述一次。「這男人犯案手法驚人，他能吹奏笛子操縱小孩，而且神出鬼沒，多次躲過侍衛入侵城裡，抓走孩子。」

當阿倫德斯提到「操縱小孩」，民眾之間有人傳出微微的驚呼，我猜有人只知道有孩子被拐走，卻不知道犯人用這種令人防不勝防的方法。

「這是犯人拐走孩子後留下的信。」阿倫德斯掏出一張紙片，我認得那是昨天我們在法爾克家見過的勒索信。「『安東尼和卡爾在我手上，叫瓦格納三天之內準備一千杜卡，親自送上科柏山，放在岔路上大橡樹下的三角形巨岩旁，三天後我沒收到錢，孩子的下場便會和老鼠一樣。這是最後的警告。』犯人拐帶多個孩子，勒索對象是我們市議會委員瓦格納先生。由於瓦格納委員堅拒付款贖回孩子，被害者父母要求市議會介入，主持公道。現在我們先讓瓦格納委員發言，說明他反對的理由，然後再聽聽受害者父母的意見。」

瓦格納從座位站起，清了清喉嚨，以比平日大一倍的聲量向市民說：「哈梅林的諸君，請聽我說！剛才阿倫德斯委員說的也許是事實，但縱使是事實，不論是孩子的父母、市議會還是市長也沒有權利要求我向那吹笛人屈服。或許你們會認為我這樣說是由於我吝嗇金錢，無視被拐孩童的安危，違背基督的教誨，可是我堅決反對妥協的原因，不單單為了自己，更為了守護公義、道德，以及廣大哈梅林居民的福祉。」

禿頭地主的發言令我有點意外，我以為他會一如平日以高高在上的姿態訓斥群眾，抱怨阿倫德斯強迫市議會開會討論事件，怎料他掛上一副誠懇的態度，不徐不疾地述說自己的觀點。

「吹笛人拐走孩童，留下勒索信，以孩子的性命威脅，換取金錢，即使不用法官審議我們都知道這是犯罪行為。吹笛人是罪犯！是犯下大罪的罪犯！上主的訓誡有云，『勒索使智慧人變為愚妄，賄賂能敗壞人的慧心』，難道我們要縱容邪惡，屈從於犯人的脅迫？我告訴你們，這是違背公義的做法！我們可以一邊姑息罪惡，一邊自稱遵行聖經的教誨嗎？當然不能！我們不能口頭上說一套，行為上做另一套。我們必須堅定信念，向罪犯說不！」

瓦格納頓了一頓，掃視群眾一眼，再繼續發表他的偉論。

「我們的信仰亦不容許我們向這個邪惡的吹笛人屈服！吹笛人使用魔笛操控孩童，那分明是巫術、是來自魔鬼的力量。跟我年紀差不多的朋友，我想你們都記得多年前奧爾登多夫發生的巫術事件吧？那兒的居民做了正確無比的抉擇，燒死了兩個敗壞道德、為禍人間的女巫[55]。先父亦受到感召，挺身而出，肩負保護哈梅林的責任，冒險征討惡名昭彰的科柏山女巫……雖然先父功敗垂成，而身為兒子的我選擇了另一條造福這城市的道路，但我無時無刻謹記先父的教訓！即使犧牲性命，我們也不能跟魔鬼交易！」

我身後的民眾傳出零落的喝采聲，似乎這番話獲得好些虔誠教徒的認同。

「接下來是最重要的——身為哈梅林的一分子，我必須堅決反對給予吹笛人金錢！試想想，我們一旦付錢贖回孩子，不就說明了我們認同吹笛人的做法？你們認為那惡魔會收手嗎？

當然不可能！貪婪的他只會一而再、再而三地使用巫術抓走小孩，持續威脅我們。就算我散盡家財，各位的孩子也不會安全，甚至可能比以前更危險！因為其他歹徒、惡棍、巫師知道哈梅林是個不會抵抗邪惡的城市後，便會成群結隊來加害我們善良的市民！我身為市議會委員、本城市的最大地主，絕不容許這些邪魔歪道傷害諸位的兒女！我願意帶頭捐款，增加聘用侍衛的預算，修葺城牆，我更期待其他委員和商人加入這行列，以保護哈梅林為己任！」

瓦格納說罷，民眾間傳出掌聲——雖然我看到帶頭鼓掌的是瓦格納的僕人法蘭茲，但從其他人的表情看來，也有不少人是發自內心讚好。

我想我太小看這胖子了，他能白手興家並非偶然，縱使他平日的談吐令人反感，在牽涉到財富利益時他便會發揮強項，我猜他用這種巧言利口談成過不少生意。他也許完全言不由衷，但至少聽起來滿有說服力，我差點同意他的觀點才是正確的，要不是先生前天跟我說過，我才不會察覺瓦格納耍心機之處——他說捐款修葺城牆，搞不好聘用工匠還得經過他，那他不但不用破財，還可以從中撈一筆。付贖款給吹笛人，錢便鐵定消失了，但交給市議會的話，轉一圈便能回到自己的口袋。

「接下來讓被害家族發言……請我們敬重的烘焙師先說。」阿倫德斯沒有任由瓦格納的優勢持續，讓法爾克提出反駁。

「謝、謝謝阿倫德斯委員。」法爾克先生從座位站起，沒有走到祭壇前，直接站在原地向委員和民眾說：「各位，我不擅辭令，我只能說就算瓦格納委員的論點正確，請各位顧念

55. 根據一九七三年度《下薩克森年鑑》（Niedersächsisches Jahrbuch）〈紹姆堡縣獵巫紀錄〉（Hexenverfolgung in Schaumburg），一五五八年及一五五九年於奧爾登多夫曾有名為Ilske Laginges及姓Katersche的兩名女性承認施行巫術，先後受審及（很可能）被燒死，是當地最早的獵巫紀錄。研究者指出，二人應該是在酷刑下才自承罪行。

我們為人父母，眼前看到的不是什麼公義的大道理，就只求孩子平安歸來。我的朋友，我的同胞，假如你們的孩子被擄走，你們能不焦急嗎？你們能放棄唯一能救回孩子的機會嗎？各位委員，請你們憐憫我的安東尼和卡爾，要求瓦格納委員接受吹笛人的要求吧！身為瓦格納委員的妹夫，我也不敢強求他拿出贖款，我會另想辦法，只求他暫時墊支。我會盡力在三年內歸還雙倍的款額，可是孩子們只有三天，請讓我用我的未來換取孩子的未來……」

法爾克的說辭不如瓦格納的動聽，但感覺上真摯得多，民眾和委員聽過後也交頭接耳，大概覺得交付贖款也是權宜之計。

阿倫德斯邀請沃斯醫生接著說明他的看法，可是醫生結結巴巴，只能吐出跟法爾克差不多的話，說自己將來會歸還贖款之類。我猜他的妻子比他更能言善道，只是在這種正式場合女性不宜出風頭，她說話反而讓委員留下壞印象。

「各位，瓦格納委員是我的老闆，我一家人都受他恩惠，我失業後他聘用我當馬夫，我和家人才得到溫飽，在此我要感謝他。」輪到施耐德發言時，意外地他一開口便稱讚那刻薄成性的胖子。「我的兒子齊格是個聰明的孩子，他三個月後便滿十二歲，準備成為玻璃匠學徒，沒料到這時遭遇橫禍。瓦格納先生，我不希望市議會的各位大人強迫您跟吹笛人妥協，只想請求您看在孩子份上，破例同意那犯人的要求。齊格他數年後一定會成為一位獨當一面的玻璃匠，假如您願意拯救他，我們施耐德家的子孫都會記得您的名字，我和孩子餘生也會報答您的恩情。」

施耐德比他人聰明，我很清楚他跟瓦格納一樣說著違心的話，但如此一說，委員們反而更同情各位父母，瓦格納也有很亮麗的下台階。他在那胖子家工作多年，大概摸清老闆的脾性，知道對方吃軟不吃硬。

「我也很同意施耐德先生的說法。」阿倫德斯會長說：「就像法爾克先生所說，瓦格納委員的看法是對的，從公義和道德去考慮，沒道理跟施巫術的犯人妥協。可是孩子們命懸一線也是事實，眼下只有答應吹笛人的要脅，他們才能活命。我們的確不能跟魔鬼交易，但見死不救也有違基督的教誨。」

「阿倫德斯委員，我無法認同您的說法。」瓦格納反擊道：「吹笛人拐走孩子，怎可能說責任在我們身上呢？將我說成見死不救，不就是硬將犯人作惡的責任加諸我身上嗎？我們甚至不知道孩子們現在是否仍活著！而且，哈梅林每一位居民的私人財產都該受保護吧？福音書裡基督說過『不可偷盜』啊。我的諸位同僚，假如今天市議會決定我必須交付贖款，難保明天便輪到閣下，要拿自己的錢去贖回陌生人的妻子、馬匹或牲口。各位認為這合理嗎？」

「無恥！」一聲怒吼從民眾間爆發，我回頭一看，發現說話的是大約翰。「瓦格納，這事明明因你而起！你答應了吹笛人付款捕鼠，事後違反承諾，對方才抓走我的孩子出氣！你就是禍因，卻將責任撇得一清二楚！別提基督之名，你不配！」

大約翰的指控造成很大的迴響，民眾間頓時嘈雜起來。

「漢普汀克，我知道你的子女被拐，心焦如焚，所以我原諒你對我的誣蔑。」瓦格納出奇地冷靜，神色自若。「哈梅林的諸君！你們也許對事情略有所聞，或者也見過河流裡的鼠屍，可是，一開始這交易便相當不合理。吹笛人要求的酬勞是四百二十六杜卡！這是合理酬金的數十倍金額！更重要的是，我答應對方時可不知道他用巫術來捕鼠！假如我沒有明確拒絕這巫師的要求，給予他酬勞，消息一旦傳出，別說我，恐怕整個哈梅林面臨災禍。我也是冒著被這惡魔報復的風險，堅持保護這城市才終止跟他的交易，如果現在各位委員逼我向他屈服，你們就成了魔鬼的幫兇。」

瓦格納的回應令群眾繼續鼓譟。雙方各執一詞，而且各有道理，我本來以為情況會一面倒，沒想到事情變得如此複雜。

阿倫德斯讓其他委員陸續發言，不過他們的說法都模稜兩可，一方面同情大約翰他們，另一方面他們似乎都在意瓦格納的警告——有些人在乎教會的看法，擔心給予支持舊教的勢力藉口出兵攻打哈梅林，尤其哈梅林已脫離漢薩同盟，軍力上吃虧；有些委員則吝嗇財產，同意即使市議會下決定，也不能強迫任何人交付金錢，指這跟搶掠無異云云。

「在座有沒有人有意見？」在最後一位委員發言後，阿倫德斯向群眾問道。我看到瓦格納盯著我和先生，我猜他示意先生可以趁現在插話。

「請容我冒昧插話。」先生突然站起，轉身面向大眾說道。「我是來自英格蘭的法學博士萊爾．霍夫曼，日前受邀到萊比錫大學講學，回程途經本地小休數天。假如各位尊貴的市議會委員不反對，我想我可以為大家提供一些法學上的意見。」

先生洪亮而清晰的聲音令群眾間靜下來，他們大概對先生的身分感到好奇。當中似乎有些人現在才發現，眼前這個衣冠楚楚的男人正是每晚在黑鳶酒館跟老闆和酒客寒暄的外國人。

「首先我想指出，瓦格納委員指跟吹笛人交易有可能觸犯禁忌，引起教會對他或哈梅林這城市的責難，這是不正確的。他舉奧爾登多夫的兩個例子是事實，但我沒記錯的話，十多年前奧爾登多夫亦有一則案例，一名男子被控施行巫術，調查後被釋放[56]。除非瓦格納委員有辦法證明吹笛人捕鼠的方法是巫術，否則他在吹笛人滅鼠後不支付酬金，足以視為違反商業協議，責任全在委員身上……」

先生的話令瓦格納露出驚訝的表情——哈，他一定沒想過先生會在這關鍵時刻背刺他，如此一來形勢便完全倒過來了。先生一向擅長不動聲色對付敵人，那禿子肯定無法理解先生為何突然變臉吧。

「……不過，吹笛人只能以合法手段向瓦格納委員追討承諾的酬金，亦即四百二十六杜卡，而非利用誘拐無辜者以作威脅，並且單方面提高金額。瓦格納委員在法律上沒有責任接受吹笛人的要求。」

咦？

先生話鋒一轉，突然站到瓦格納的一邊。我錯愕地抬頭瞧著先生，只見他從容自若地環視群眾和一眾委員，保持本來的微笑。瓦格納這時顯然鬆一口氣，他嘴角微揚，好像很滿意先生以退為進地說服其他人。

「我整理了一些我記憶所及、各地關於誘拐的案例，在此給各位委員參考。」先生從懷中掏出一張紙，開始唸出一些地名及年份，並且敘述案情、審訊結果和罰則。我不知道那些案子是真是假，但先生記憶力拔群，我陪他走訪各地，旁聽過他在不少大學講課，即使沒紀錄在手，他也能舉出很多例子。

我不知道先生在盤算什麼，但他真的好像在盡法學博士的責任，替哈梅林的市議會提供意見。先生在祭壇前踱著步、說著那些案例時，我瞄了瞄大約翰和法爾克他們，只見他們臉上愈發憂愁，尤其先生提到一些有傷亡的案子，他們一定是聯想到孩子已被吹笛人殺害……

當我想到這一點時，赫然被另一件事攫住心神。

一開始我以為那只是錯覺，但片刻後，我察覺那是真的。

我聽到笛聲。

56.同樣根據一九七三年度《下薩克森年鑑》，一五八一年於奧爾登多夫一名叫Cord Pipenbrinck的男性在巫術審訊後獲判無罪並釋放。

縱使十分微弱，我也幾乎肯定教堂外傳出斷斷續續的笛聲。大殿裡似乎無人發覺，但我對自己的聽力很有信心。

與此同時，我知道我早陣子感到不對勁的是什麼了——而且兩者加起來，令我寒毛直豎。

這個集會裡，沒有小孩。

小孩沒出席集會是合理的，除了在襁褓中、被母親抱到教堂的幼兒外，在場年紀最輕的孩子是滿十二歲的各行業學徒，沒工作的、在學的小孩不會被市議會視為集會的對象。

他們現在都待在家，或是跟同伴在街道上嬉戲。

比起淩晨，現在這一刻孩子們更沒防備，假如吹笛人瞧準這時機竄進城裡、吹奏魔笛——

「先生！」我慌張地從座位躍起，跑到先生身旁，壓下聲音說道。

「怎麼了？」先生暫停演說，小聲地問。

「笛聲！我聽到外面有笛聲！」我湊近先生耳邊說。

先生瞧了瞧民眾身後的大門，再回望左右兩方。我知道他一定想到我猜想的大麻煩，但他沒有聲張。

「先生！別猶豫！我肯定沒聽錯！你快點警告大家啊！」

「你先去確認一下。」先生望向祭壇旁的門廊。「那邊應該通往鐘塔，那兒視野好，你上去看看。不過無論有什麼發現也不要魯莽行事，必須第一時間回來先跟我說。不要露出擔憂的表情，你會引起市民恐慌。」

我點點頭，裝作冷靜地急步往門廊走過去。

「我的書記剛剛提醒我，有一個案例很值得說說……」先生的聲音漸漸變小，我經過門廊、拐過兩個彎角，便看到通往鐘塔的樓梯。

我一口氣登上那道長長的樓梯，當我愈往上跑，笛子吹奏的旋律愈清晰，我甚至認得那是我和先生在科柏山上遇上吹笛人時他演奏的那一段。

來到鐘塔頂，我避開大鐘和旁邊的巨大機械裝置，朝鐘塔四方的洞口張望，一時間我分不清方向，但我朝笛聲的來源眺望，便認得那是南方。

而我看到的光景令我感到一陣寒慄。

就如先生所說，塔頂的視野非常好，在這兒能清楚看到南方城牆，甚至能看到城牆外的景色——在牆外通往科柏山的路上，有一大群東西緩緩移動，我定睛一看，確認那是小孩的隊列，他們三三兩兩地聚在一起，隊伍就像毛蟲般匍匐前進，而領頭的是一道彩色的身影。是吹笛人。

我差點想從鐘塔躍下追上去，但我沒忘記先生的叮囑，馬上從塔頂奔回大殿，向先生報告。我連跑帶跌地衝進集會場地時，發現先生已演說完畢，坐回原來位置，而某個像商人似的男人正在發表意見。

「先生！」我趕緊回到座位，無視旁人好奇的目光，小聲地說：「小、小孩正在被抓走……」

先生冷靜地站起，扶著我往門廊的方向走過去。他離席時還不忘向旁邊的人行禮，就像我們不過是要稍微上個洗手間似的。

「你看到什麼？」穿過門廊，拐過一個彎角後，先生問道。

「一大群小孩就像老鼠般被吹笛人引領出城了！」我緊張地揚手。

「在城裡？」

「不，他們已通過城門，在往科柏山的路上了！先生，我們別浪費時間，快追上去吧！」

「先等一等，我要知道確切的位置，你給我指一下。」先生往鐘塔的方向走過去。

我不理解先生在猶豫什麼，是認為我看錯嗎？但我知道先生不會隨便改變心意，只好快快依先生所言，一起跑上鐘塔。

在鐘塔上我指向剛才看到吹笛人的方向，可是如今他們已無影無蹤，大概已走到山腳我們看不到的地方。

「先生，我沒有看錯！孩子們真的……」

「我相信你，漢斯，你不用解釋。」先生一臉正色，「現在我們去看看吧！」

我們沿著樓梯下塔，鐘塔底有側門通往外面，我們便沒有回到正殿，直接離開教堂。我一馬當先往南跑，先生卻從後叫住我。

「漢斯，不是那邊。」

「什麼？」

「我們不可能追得上啦，即使到瓦格納家偷他最快的馬也肯定追不上。」

先生沿著教堂外圍走到正門，當他往教堂入口走過去時，我才知道他要「看看」的是什麼。在教堂的大門外，一封信被匕首刺在門板上。

「嘿，終於看到刀子了。」先生拔起匕首，檢視一下再讀信。那柄匕首刀刃比手掌長一點，手柄木造，護手是簡樸的十字形，上面沒有特別的花紋。看樣子有點像士兵用的刀子，但刀身很乾淨，刀鋒沒有崩損，似乎沒有用過。

「這傢伙果然來真的。」先生的話打斷我的思緒，我想起眼前的重點不該是匕首，而是信的內容。

「先生，信上……」

先生沒理會我，逕自推開沉重的大門，大門發出響亮的聲音。開門聲驚動眾人，各人都回頭瞧向我們，正在發言的另一個工匠也被打斷，似乎正奇怪我們為什麼在這邊現身。

「各位！大事不妙！」先生眉頭緊皺，再次以洪亮的聲音說：「我的書記剛才察覺異樣，於是我們到外面看看，發現教堂大門上有這封信——『立刻中止無意義的集會，我改變主意，除非瓦格納今天日落前帶錢上山，否則全哈梅林的孩子將會永遠消失。捕鼠人』。」

先生唸出勒索信，我從後瞄到內容，確認他一字不漏，吹笛人將限期提早，逼瓦格納今天就範。先生的話引起轟動，一時間民眾議論紛紛，先生則筆直往祭壇走過去，將信交給瞠目結舌的阿倫德斯先生。

「霍、霍夫曼博士所言非虛……」阿倫德斯邊讀信邊望向我和先生，「但這兒說『全哈梅林的孩子』……」

「我耳朵靈敏，剛才好像聽到笛聲，於是走上鐘塔看看，」因為看到先生示意我發言，我便一五一十將看到的情景說出，「我看到一大群孩子被那吹笛人帶領著，從南方城門離開！」

我這番話引起群眾震撼，好些站在後排的市民頓時衝出教堂，他們八成是有孩子的父母。委員間也紛亂起來，有人擔憂地命令僕人回家查看，有人不管身分擠到民眾之間，爭先奔出教堂回家看看自己的孩子有沒有被拐走。瓦格納呆立當場，雖然他沒有未成年的子女，但吹笛人提前交付日期，而且抓掉更多孩子，實在始料未及。

康拉德和其他侍衛忙亂地疏導人群，防止心焦的父母將他人推倒發生意外，法爾克和施耐德他們卻茫然地站在座位前看著亂局，臉上五味雜陳。面對這劇變，市議會不可能同意瓦格納的堅持，鐵定會強迫他交付贖款，可是若然吹笛人一如瓦格納所言是個惡魔，即使付款也不見得能換回孩子，全城的孩子很可能遭遇不測，被當成獻給撒旦的祭品……

「這、這只是惡作劇吧？」瓦格納搶過勒索信，緊張地看著。與此同時，幾個市民哭喪著臉回來向阿倫德斯求救，從對話中我知道他們都住在教堂附近，而他們證實孩子都消失不見了。

「為什麼孩子們能夠通過城門的？守衛幹什麼？」阿倫德斯一臉惴慄，像是喃喃自語，又像在向先生詢問。

「不曉得，我們趕緊去看一下。」先生回答。

先生和我匆匆離開教堂，阿倫德斯和瓦格納跟隨著，經過大門時阿倫德斯叫住康拉德，命令他同行，告訴他南方城門的守衛可能出事。阿倫德斯同時吩咐其他侍衛到各城門召集人手，他大概準備在最壞的情況下上山討伐犯人。我們身後還有一些民眾，有人可能沒有子女，聽到公會會長的話自告奮勇來幫忙，但我想當中也有不少人只是出於好奇，抱著湊熱鬧的心情想一窺究竟。

而我們走到城門時，卻被情景嚇住了。

城門旁的碉樓裡應該有兩名侍衛負責看守，如今一個倒在地上，一個俯伏在桌上。

「還有呼吸。」先生率先探了地上守衛的鼻息。

「你們給我醒醒！」瓦格納焦躁地抓住伏在桌上的守衛，用力將他搖動。對方有點反應，地上的另一人也漸漸回復清醒。

「……啊……咦？瓦、瓦格納先生！」守衛好像被那禿子嚇了一跳。

「發生什麼事了？」阿倫德斯向二人問道。

「是、是會長？啊，我、我怎麼了？」另一守衛瞧見兩名市議會委員，仍一臉迷糊，就像知道自己該抖擻精神，靈魂卻控制不了身體似的。

「我問你們怎麼了？為什麼昏倒了？」瓦格納質問道。

「啊……是笛聲……」

這句話令我們呆住，縱使有多少意料之內——魔笛不止能控制小孩，連對成年人也有效。

「你們聽到笛聲便昏過去了？」先生問道。

「對、對，我們本來正在用餐，畢竟通宵看守也餓了，結果才吃了幾口，外面突然傳來笛聲……我當然警惕起來，可是接下來我便什麼也記不起了……」守衛們大概不認識先生，但他身上的衣裝和旁邊的兩個市議會委員讓他們猜到先生的身分不凡，於是有問必答。桌上的確有些麵包，另外還有兩盤雜菜湯，我這時才留意到瓦格納身旁的那個守衛手上仍抓住一個沾上醬汁、咬了一口的麵包，地上還有兩個翻倒的酒杯，吹笛人大概沒讓他們來得及拔劍便以笛聲制伏他們。

「廢物！」瓦格納大罵道。

「你們沒見到孩子吧？」阿倫德斯問道。

「什麼孩子？」

「那可惡的吹笛人又犯案了！」胖地主罵道。「他就在你們眼皮下將孩子帶走！混帳！」

「這、這個時間？哪、哪一家遇害了？」

「全部。」康拉德插嘴，冷靜地回答。

「全部？」

「我在鐘塔看到他拐帶了一大群孩子，從這兒離開了。」我說。

「啊！我的女兒！」

倒地的守衛好像已為人父，一聽到消息便躍起，可是他甫站起又倒下，似乎他的身體仍受笛聲影響，無法控制。

「你別焦急，我們現在召集人手，派人追上去。」阿倫德斯說。

先生問過一些細節——像笛聲從哪方向傳來、他們昏倒的大約時間之後，一個侍衛氣急敗壞地衝進碉樓。這侍衛早些時候跟康拉德一起在教堂維持秩序，我還記得他是昨天說吹笛人可能會隱身的那個傢伙。

「報、報告！東邊城門的守衛不知道什麼原因昏倒了！」

「什麼？」瓦格納和阿倫德斯被這消息殺個措手不及。

「我們別等了，出發吧。」先生突然說。

「慢著，」阿倫德斯一副狼狽相，「也許其餘城門的守衛……」

「既然吹笛人也對東面城門下手，那其他侍衛亦不能倖免。」先生邊說邊往碉樓門外走。「這兒近黑鳶酒館，我的馬匹在那邊，先到酒館取馬再決定下一步。」

這一刻無論大地主還是公會會長都六神無主，只好聽從先生的指示。畢竟先生遇過不少比今天更危急的關頭，應變力和領導才能比偏安一隅的地方官員高得多。

我們穿過城門，準備向右前往酒館，先生卻停下腳步，瞧向左前方。

「先生，怎麼——」

我的疑問不用先生解答，因為我也看到了——在遠方的田野路上，有一道小小的背影，正緩慢地往科柏山方向移動。先生率先向那身影跑過去，我趕緊尾隨，其他人見狀也紛紛跟上。這時看熱鬧的人已減少很多——我猜他們看到連守衛也不敵，擔心吹笛人會對自己不利——但還有十餘人。

我們走了差不多三百碼，當我們愈接近，那道身影便清晰。

那是酒館老闆的兒子多多。

他瘸著腿，正撐著木杖一拐一拐地往前走。

「多多！」我往前疾衝搶過先生，喊叫多多的名字，但他沒有反應。

我跑到他面前，但他仍渾然不覺，雙目無視地注視前方，繼續一步步拖著受傷的腿前進。他表情呆滯，額上卻冒出斗大的汗珠，可見他這段路走得吃力，然而他心無旁鶩地朝山直走過去。

「多多！快醒來！」我雙手抓住他小小的臂膀，阻止他前行，他才緩緩抬頭瞧向我。

「別擋我……」多多對我說，可是他的視線卻越過我的肩膀放在科柏山上，完全沒瞧我的臉。「……我趕不上大家啦……」

「漢斯，多多還好嗎？」先生追上我們，邊喘氣邊問。

「他好像不太清醒！」

「啊，是酒館老闆的兒子！」其他人也追上來，搶在前頭的是一個壯漢，我好像在酒館見過他。

「多多！你怎麼了？」康拉德蹲下身子，用力搖動多多，完全無視他跛足的事實。「快找人通知威廉！他剛才焦急地回酒館，現在應該很擔心！」

「康拉德先生，你別太用力啊！多多腿上有傷啦！」我伸手制止康拉德。

「康……康拉德叔叔？咦？」多多雙眼漸漸回復焦點，輪流瞧看我和康拉德的臉。

「多多！你認得我嗎？」康拉德高興地問。

「當然啊，康拉德叔叔。」

「上主垂憐！你沒事便太好了。」康拉德一把抱住多多。「至少能救回一個……」

「吹笛人的巫術失效了？」阿倫德斯問。他和瓦格納跑得慢，好不容易才來到我們身邊。

「嗯，似乎是。」康拉德回答。

「那不是什麼巫術啦。」先生突然說道。

「什麼？霍夫曼博士，您說什麼？」瓦格納詫異地問。

「看到多多的樣子，我便確定了。」先生對在場所有人說：「阿維森納[57]曾在《治療論》提過這種恍惚狀態，我猜吹笛人的笛聲就是應用了類似的技術。就像我們聽到聖樂會感到上主的榮耀，聽到柔和的音樂會感到舒暢，吹笛人找到令人進入恍惚的旋律，所以能迷惑孩子，令侍衛昏倒。」

「原來是《治療論》也談過的方法！」眾人對此嘖嘖稱奇。

「有這麼神奇的事？」禿頭地主一副不能置信的樣子。

「阿維森納在書中以阿拉伯語『al Wahm al-Amil』命名這種狀態，指出只要確立適當條件，便能令人變得恍惚，將他人告訴他的任何事情當成真實，接受任何命令。」先生詳細說明道。

「現在別管這些事吧！」康拉德打斷先生的話柄，向多多問道：「你記不記得剛才發生什麼事？」

多多點點頭。「外面傳來笛聲，我覺得在召喚我，於是我便出去了，可是我走得太慢，追不上其他人……啊，對了，我要趕緊追上去啦，你們別攔住我……」

「你知道他們在哪兒？」我問。他雖然清醒過來，但似乎心神仍維持在那什麼「al Wahm」的狀態，堅持要隨吹笛人上山。

「不知道，但只要跟著笛聲就好。」多多邊說邊指向山上。

「笛聲？」周遭明明除了鳥鳴和風吹過草坡的聲音，沒有其他聲音啊？

「現在那邊傳來的笛聲啊，唔唔唔……」多多就像跟著我們聽不到的旋律哼上一小段。雖然有點跑調，但我認得那就是我剛才聽到的曲子，亦即是我和先生在山上聽過的那一首。

「哪有什麼笛聲啊？」人群中一個婦人邊說邊將手掌放在耳邊，嘗試捕捉聲音。

「好像只有那小孩聽到的樣子！」另一婦人說。

「為什麼只有小孩才聽到？」阿倫德斯問道，他大概希望博學的先生能給他一個答案。

「也許因為他們的耳朵特別敏銳吧！」人群中一個青年插嘴說：「人老了，耳朵不是愈來愈不行嗎？反過來想，年紀愈小便愈能聽到成年人聽不到的聲音……」

這好像有點道理。

「你聽到笛聲嗎？」先生問多多。

「嗯。」

「聽得出方向，知道源頭在哪兒？」

「對。」

「那就好辦。」先生對其他人說：「各位，我建議接下來我和瓦格納先生跟隨多多上山，找吹笛人談判。我是外地人亦是法學博士，由我負責調停，我想吹笛人也不會反對。」

「霍夫曼博士！既然這小孩能指示方向，讓侍衛上山對付那罪犯才是上策啊！」瓦格納聞言緊張地說。

「剛才您也看到侍衛們被吹笛人制伏了，待他們恢復後再上山，我怕太遲。別忘了最後那封勒索信的內容，時限變成今天日落前。」

「那好歹多帶一些人手……」

「現在對方手上有上百個小孩當人質，萬一他誤以為我們有惡意，孩子便不保了。」先

57. 又名伊本・西那，十世紀著名波斯醫師及科學家，他的醫學著作《醫典》（The Canon of Medicine）備受歐洲人推崇。《治療論》（Book of Healing）為其著作，但內容和醫學無關，主要談及邏輯學、自然科學、哲學及玄學等範疇。當中有章節分析人類精神與肉體的關係，是最早論述催眠的精神學著作。

生小聲說了一句：「假如有小孩遇害，您也不想背上污名，被市長甚至公爵追究吧。」
「我也一同去吧！」康拉德挺身而出，臉上一副無畏的神色。「跟壞蛋談判，至少要有能保護自己安全的手段。」
「康拉德先生，不用勞煩你了，漢斯能擔任這職位。」先生微笑著指指我。
「您的書記？他弱不禁風似的，怎可能──」
因為看到先生的表情，我二話不說搶前一步，雙手抓住康拉德的右臂，在他還沒來得及反應前將手腕向後扳，他一失重心我便閃身將他絆倒，壓在他背後。
「老天！」
我扶起這個比我高兩個頭的大漢，微笑著致歉。他驚訝地瞧著我，大概除了因為他沒想到我能在一秒之內將他扳倒，更沒料到我用的是他們德意志人擅長的日耳曼擒拿技。我使用的可是源自猶太人奧托[58]的正統摔技啊。
「瓦格納先生，我前天替您和法爾克夫人調停財務糾紛，結果雙方都不是很滿意嗎？與其跟吹笛人硬碰，兩敗俱傷，不如找一個彼此同意的協議，減少損失。」先生對瓦格納說道。
「……好吧，這樣子我們三人跟隨這小孩上山吧。」瓦格納無奈地答應。「但我不會付贖款，付錢給罪犯是──」
「我堂堂一個法學博士，怎可能容忍有人拿小孩當籌碼來敲詐勒索呢？我會教對小孩出手的惡棍得到報應，孩子吃過的苦，我定當加倍奉還。」先生轉向我，「漢斯，你先照顧多多，我去酒館取馬。」
「先生，粗活由我來幹便好……」
「不，酒館只有兩匹馬，我還要到瓦格納先生府上多借一匹良駒。」先生邊說邊回頭向瓦格納問道：「沒問題嗎？」

「沒有，法蘭茲剛才應該回去了，博士您跟他說，他知道哪一匹是我的坐騎……施耐德八成趁亂沒回馬廄工作……」

「那就好。」先生再回頭悄聲跟我說：「守住這兒，萬一有人不知就裡從城裡跑出來說要上山找孩子，你便制止他，用武力也可以。我不要節外生枝。」

聽過先生的指示，我才明白為什麼他不讓我去取馬，假如有焦躁的父母要衝上山，只有我能在不傷及對方下施展摔技制伏對方。

先生往酒館方向跑過去後，群眾都議論紛紛，談笛子令人失常性的原理，也有人提到科柏山女巫的傳說，說既然吹笛人不是用巫術，不曉得女巫到底在這事件上有沒有插手，吹笛人入侵她的根據地她又會不會報復。我本來想搭話，但一來先生叫我看管多多，我怕我一分神他便拖著瘸腿上山，二來我沒機會搭話，因為先生離開不到片刻，酒館老闆便騎著我的馬直奔過來。

「多多！」老闆下馬後緊緊抱住孩子。「你平安無事！」

「老爸，你抱得太緊啦。」

老闆一向對兒子冷淡，想不到他原來如此疼愛多多。聽老闆說，先生回到酒館告訴正在發愁的老闆多多在這兒，他便立即過來。因為他六神無主，先生叫他騎馬他便照做，沒想到這兒距離酒館不遠，其實不用騎馬。我們告訴他事情經過和先生的建議，他聽過後沉默半刻，再回復平日的表情，點點頭說：「嗯，既然只有多多能聽到笛聲，那就沒辦法。這是上主給

58. Ott Jud，十五世紀奧地利武術大師，擅長擒拿技，他的技巧大幅影響日耳曼擒拿技（Ringen）往後的發展。

予他的任務，他便必須盡責完成。」

過了好一會，先生策馬回來，意外的是同行的還有施耐德，他騎著一匹壯碩的黑馬，看來瓦格納的抱怨不是事實，施耐德先生是個盡責的人。那匹黑馬我有點印象，第一次遇上這禿頭地主時，他便是騎著牠。

施耐德翻身下馬，將韁繩交給他的老闆，對方一副理所當然的表情，懶得道謝。他心情應該很差，尤其他想到施耐德正是害自己要蹚這渾水的傢伙之一，假如對方好好看管孩子，不讓吹笛人有機可乘，今天他便不用被迫上山談判。

「霍夫曼先生，請你好好照顧多多，別讓他遇上危險。」酒館老闆對先生說。先生不嫌麻煩躍下馬，面對面對老闆說：「我答應你，我以我父母之名起誓，一定會讓多多平安歸來。」

我沒想到先生立此重誓，可見他真的很重視多多和老闆。先生就是有這怪脾性，他不管對方身分地位，縱使萍水相逢，只要是投緣的他便會盡全力支持，相反假如是作惡的傢伙，他便會全力擊潰，教對方生不如死。

我想起先生昨天提到向吹笛人贖回孩子時眼裡流露的那一絲怒氣。吹笛人犯下拐走小孩這等重罪，即使先生表面從容，心裡一定充滿義憤，準備讓對方吃盡苦頭。不過這也是吹笛人自找的，或許就像先生所說，他合法地追討欠款，向市議會申訴，倒楣的便是禿頭地主而不是他了。

7

我們一行四人騎著馬，沿著我和先生走過三次的山路登上科柏山。先生讓多多跟他共乘，一路上他們都走在前方，由多多聽著那我們聽不到的笛聲引路。瓦格納和他的黑色駿馬走在我旁邊，縱使馬兒精壯威武，馬背上的瓦格納卻霸氣全失，誰也看得出他心裡忐忑。

我們經過前天到過的大橡樹和三角形巨岩後，多多指示我們繼續往山林裡走。我認得這兒通往我們初次碰見吹笛人那個被岩壁包圍的盆地花園，吹笛人的巢穴果然是在那邊。一路上我都保持警覺，除了提防吹笛人設下陷阱外，更必須警戒著狼群的侵襲。我在馬匹的行裝裡藏著兩柄短劍，假如被狼突襲，我要確保能及時抽出——可是我亦要留意著，萬一吹笛人吹奏魔笛，令我陷入那個什麼恍惚狀態，那空手的我至少不會禍及無辜，造成無可挽回的傷害。

「啊！笛聲！」

就在我們差不多來到那盆地時，連我也聽到笛子吹奏出來的曲子。我們愈往前走，笛聲便愈清楚，瓦格納緊張地瞧向我，好像想確保我們沒有被吹笛人控制，或是像侍衛般昏倒。我的精神也緊繃起來，只能看著先生的背影，緩緩策馬前進。

當我們走進那片被樹木和岩壁包圍的空地，數天前的光景再度呈現在我眼前——穿著縫滿彩色補丁袍子、頂著闊簷尖帽的吹笛人正在岩壁上吹奏著黑色的豎笛，跟上次不同的是他這次站在岩壁上而不是坐著。我們一靠近，笛聲便倏然停止，岩壁上的吹笛人背著陽光居高臨下，姿態威嚴，恍若睥睨賤民的領主，嘲笑著對他無可奈何的我們。

「啊，果然是這兒呢！」先生回頭對我說。「對方真聰明，假如我們帶著一群侍衛前來，守住上面的人轉身便能逃跑，而我們要繞到另一端才能登上岩壁，追上去已遲了。這是在山林作戰、調兵遣將的要訣啊。」

「博士！您佩服個什麼啊？那惡徒就在面前，趕快要他歸還孩子吧！」瓦格納一臉不快地說。

「對，對，畢竟我來就是要當這個調停者，正事要緊。」先生微微一笑。「萬一拖太久，城裡的傢伙們按捺不住衝上山來，瓦格納先生您便麻煩大了。」

「為什麼我麻煩大了？」瓦格納皺著眉反問。

「因為假如他們發現抓走孩子的吹笛人就是令千金，即使您一無所知也脫不了關係。」

先生說完這句話時我仍弄不清楚狀況，只見瓦格納目瞪口呆地瞧著前方，我循著視線抬頭一看，赫然發現岩壁上摘下帽子的吹笛人撒下一頭金色長髮——那不是我們之前見過的青年，而是克麗絲小姐。

「博士，」克麗絲小姐一臉鎮靜，「您早就知道了？」

「不能說是『知道』，只是綜合所有線索，結論只有一個。」先生笑著說：「況且小姐您比真正的吹笛人矮一點，我當然能一眼看穿。」

「霍、霍夫曼博士，這、這到底是……」瓦格納結結巴巴，無法完成句子。其實我這刻也一樣驚訝，禿頭地主好歹能吐出幾個字，我卻只能張開嘴巴啞口無言。

「您的女兒是事件的主謀，她誘拐了全城的孩子，向您勒索贖金。」先生淡然地說道。「我來就是為你們居中調停，以免有人受害。」

「為、為什麼……她……我……」瓦格納依然慌張，就像無法理解眼前的事。

「我們別在這兒說話吧，」先生用雙腳輕夾馬腹，將馬趕到空地一旁可以走上岩壁的小斜坡，「克麗絲小姐，您應該有一個地方可以讓我們好好坐下來傾談？麻煩您帶路。」

我們策馬走上岩壁，原來克麗絲身後不遠處也拴著一匹馬，我們上去時她已束好頭髮戴回帽子、壓下帽簷遮蓋著臉的上半部，騎上馬背準備帶路。岩壁上是另一片樹林，但我們走了不到三分鐘，樹木變得稀疏，地形也變得複雜，我發現我們似乎正在下山而不是上山。我們兩旁都是高聳的岩壁，似乎我們正走進科柏山那些嶙峋的巨岩之中。

「嘻……」

走著走著，我隱約聽到孩子的笑聲，彷彿從岩壁後傳來，卻又一瞬即逝。隨著我們愈深入山中，那些嬉鬧聲愈發頻密，我看到連瓦格納也紛紛張望四周，奇怪著聲音從何而來。就在我們穿過兩片岩壁之間的細長峽道、拐過一個彎角，孩子的聲音轟然傳出——眼前的光景比剛才克麗絲小姐現身於岩壁上更教我驚訝。

峽道通往的是一片廣闊的谷地，跟谷外的環境不同，這兒綠草如茵，左方長著好幾棵大樹，右方則有一棟附石製煙囪的小木屋，外觀雖陳舊卻感覺很結實。屋旁有兩匹馬在吃草，而距離小屋不遠處還有一條小溪，我不曉得溪水從何而來，又如何從這山谷中流走，但從水流看來這不是死水，說不定它最後匯入威悉河中。

在這個恍如沙漠綠洲的園地內，此刻聚集了近百個小孩，各自嬉戲玩耍——有些小孩在互相追逐，有些在爬樹，有些團團圍坐著在草地上聊天，還有些拿著糕點往嘴裡送。靠近小屋的草地上放了幾張用木頭搭成的簡陋桌子，上面放滿各色麵包糕點，盛在一個個籃子裡，琳琅滿目。我本來預想孩子們被吹笛人關在籠子裡或被綁起來，完全沒料到現實是如此一副野餐會的模樣。

更叫我詫異的是，我看到齊格、巴爾和安東尼他們正在照顧年幼的孩童，「花圍巾騎士」希爾達在替一個小女孩擦鼻涕，小漢斯兄妹正手舞足蹈地對著一群坐在他們面前的小孩說話，看樣子他們正在講故事或是在演戲。他們看來都精神奕奕、笑容滿面，跟我想像中哭著找爸媽的悲慘樣子截然不同。

「啊，是作家先生和僕人！」齊格率先注意到我們。他的話引起一些小孩瞧向我們，但大部分孩子對我們沒有興趣，自顧自的繼續吃喝遊玩。

我們隨著克麗絲下馬，多多雖然行動不便，但在先生照料下仍順利從馬背下來，撐著拐杖站在先生身邊。我本能地牽著馬匹找可以拴好韁繩的地方，齊格卻跑過來主動替我牽馬，就像他是這兒的主人似的。

「騎士團集合！」齊格綁好馬匹後，對著小孩們喊道。十來個孩子湊過來，其中包括「團醫」巴爾和小漢斯兄妹。「希爾達，妳暫代團長職務，讓大家分別照顧小孩。巴爾、小漢斯、瑪格莉特，你們跟我一起來。」

我不知道齊格這是什麼意思，但看來他們會跟我們一起進小屋，參與談判——他們預料到瓦格納會來跟女兒談判嗎？

「安東尼，麻煩你和卡爾幫忙了。」我們經過屋前那些放糕點的木桌時，齊格跟正在分派椒鹽卷餅的安東尼說。

「別給我指示，我又不是你的團員。」安東尼嘛嘛嘴。「不過你放心，我會好好幫忙，我也有我的騎士精神。」

我們九個人——瓦格納父女、齊格、巴爾、小漢斯兄妹、先生和被他攙扶的多多，以及我——走進那間小木屋裡。屋子裡再次令我錯愕，並非因為室內有什麼特別的裝潢，而是因為床上躺著真正的吹笛人——那個我和先生曾碰見過的青年。他一看到我們便嘗試坐起，可是他一個踉蹌，差點從床上掉落，我才發現他右腿包紮著，似是有傷在身。

「你這傢伙！」瓦格納一看到青年便大嚷道：「果然是你這個捕鼠的混蛋！是你唆使我

的女兒幹這種壞事！」

「他沒有！」克麗絲甩下帽子，擋在她父親面前回嘴道：「一切都是我的主意！我只是替他討回公道！」

「妳別——」

「兩位先等一下。」先生一邊讓因為腿傷而疲累的多多坐在門旁一張木椅上，一邊從容地說：「我就是知道任由你們談判搞不好雙方會各執一詞，陷入僵局，我才自薦擔當這中間人。瓦格納先生已同意我負責調停，那麼我現在問一下克麗絲小姐，您願意讓我處理嗎？」

克麗絲有點猶豫，回望了青年一眼，但對方比她更不知所措。

「或者我問錯對象了，」先生轉向勉強坐直身子的青年，「我是來自英格蘭的法學博士萊爾．霍夫曼，閣下應該是路德維希吧？請問您願意讓我代為調停您跟瓦格納先生之間的糾紛嗎？」

「博士您認識他？」瓦格納怔怔地問，事實上我也嚇了一跳。

「不認識，只是昨天聽某人提過他的名字。」先生聳聳肩。昨天我跟在先生身旁都沒聽過這回事，唯獨他一人去找了阿倫德斯會長，如此一說，難道吹笛人認識阿倫德斯？一切是公會會長的陰謀？

青年訝異地望向先生。「嗯，博士您怎麼知道我的名字？您知道我……」

「雖然我不認識您，但大概知道您的目的和事情的經過。我保證會公平地解決你們的紛爭。」先生盯著青年，對方瞧了瞧克麗絲，再瞄了小孩們一眼，然後點點頭表示同意。

「很好，各位請坐。」先生環視一下，示意各人坐到屋裡的椅子和長凳上，克麗絲就坐在床邊，有點像表示自己支持吹笛人反抗她父親的意味。這時候我才有餘閒好好打量這木房子——一如外觀，這小木屋內裝潰陳舊，就像有數十甚至上百年的歷史，倒是桌椅或木架之類雖不花稍卻很紮實，我屁股下椅子的木材完全沒有被蟲蛀蝕的跡象，架上還有些小巧的陶器和木匣之類。連著煙囪的壁爐正燒起小小的火堆，旁邊放著一鍋菜湯，似乎我們來之前路德維希正在煮午餐……啊，不對，他連床也下不了，煮湯的應該是齊格或巴爾他們。房子裡唯一感覺不協調的是擱在角落的一隻木酒桶，它的木材跟其他傢俱不一樣，看來頂多只有兩、三年歷史。

說起來，為何科柏山上有這樣的一棟房子？

「博士，為什麼讓這些小鬼留下來？」瓦格納望向小漢斯兄妹，「我們談判才不用這些小孩子在場吧？」

「我是『哈梅林騎士團』團長齊格菲．施耐德，我們以騎士團的身分擔當見證人，以防你反口不認帳。」齊格挺起胸膛，一臉無畏無懼。

「混帳，什麼騎士團？你們這些臭小子別妨礙我們大人談——」

「瓦格納先生，請稍安毋躁。」先生微笑著打斷禿頭地主的抗議，「既然我負責調停，見證人由我和我的書記擔任就好，不過孩子們是這事件的重要證人，他們在場提供證詞也是必須的。」

瓦格納聞言沒再反駁，只狠狠瞪了齊格一眼，像在說「你爸受僱於我，待我回去讓你爸吃吃苦頭」。

先生站在房子中央，就像剛才在教堂集會中對民眾演說的樣子，開始他的表演：「好，我們先談談瓦格納先生沒付的捕鼠酬金……」

「等等，」瓦格納打斷先生的話，「博士，我們不是說過不會跟罪犯交易嗎？就算我的女兒參與其中，明顯是這傢伙擔當主謀，唆擺克麗絲拐帶漢普汀克的兩個孩子——」

「吹笛人從來沒有抓走小漢斯兄妹，不管那個『吹笛人』是這位年輕人還是令千金。」先生說。

「什麼？沒有？那到底是誰……」

「女巫啊。」先生再次說出那個數天前的推論。

「可笑！科柏山根本沒有——」瓦格納話說到一半便止住，像是不小心吐露秘密般連忙掩住嘴巴。

「瓦格納先生您果然知道科柏山女巫的真相哩！」先生笑著回話：「但您弄錯了，我沒說是『科柏山』的女巫，城裡也有卑劣的『女巫』喔。」

啊，先生說過大約翰的姨姐凱洛琳是女巫，也許「女巫」只是一個譬喻，一開始帶走孩子、勒索瓦格納的是凱洛琳。

「為什麼『女巫』要拐走小漢斯兄妹？瓦格納先生才不會付款贖回他們吧？」我插嘴問道。

「漢斯，你弄錯前提了，女巫沒有拐走他們，」先生頓了一頓，「女巫是要謀殺他們。」

我驚訝地望向小漢斯，只見他臉上掛著陰霾，其餘孩子和克麗絲也一樣臉色變得不好看。

「為什麼？為什麼那個女巫要殺害孩子？」我追問道。

「理由就暫且別追究，因為跟瓦格納先生的商業糾紛無關。」先生泰然自若，沒半點動搖地避過話題。「總之女巫以『咒語』擺佈漢普汀克夫人，令她在大半夜帶著子女走上『禁忌的科柏山』，捨棄孩子，意圖讓科柏山女巫代勞殺害小漢斯兄妹。」

跟隨先生這麼久，我終於聽懂先生這番話的真正意思。凱洛琳唆使妹妹瞞著丈夫捨棄孩子，在我們抵達哈梅林當天晚上，趁著丈夫酒醉熟睡，帶小漢斯兄妹離家上山，撇下孩子後獨自歸家，翌日假裝不知情。對了，最初主張科柏山女巫抓走孩子的人，正是凱洛琳啊。

「可是剛才瓦格納先生說山上沒有女巫？」我再問。

「這事就只有瓦格納先生知道嘛……啊，不對，這兒應該還有兩人知情。」先生瞄向克麗絲和路德維希，他們稍稍愣住，但沒有反駁。「不過就算科柏山女巫並不存在，孩子在山上也凶多吉少吧？連瓦格納先生的父親和同伴都遭難，兩個十歲不到的小孩鐵定九死一生了。」

「慢著，」我追問，「既然科柏山沒有女巫，那令侍衛長老瓦格納受傷的是——」

「狼群啊。漢斯，你不是也看到腳印嗎？」先生回頭瞄向瓦格納，「瓦格納先生，我有沒有說錯？這兒人少，我保證不會將這秘密透露給第三者知道，您放心直說好了。」

瓦格納一臉窘困，半晌後無奈地點點頭。

「令尊過世前向您透露真相嗎？」先生問。

「沒有……」瓦格納似乎不欲多談，但先生亮出一副聆聽的樣子，他停頓數秒後便繼續說：「……但我後來找到他的手記，裡面記錄了他和同伴上山獵巫的真實經過。同伴之中有老練的獵人，可是因為他們都不熟悉地勢，被群狼圍攻，只有父親倖存。為了顧全同伴的名聲，他才說那是女巫的所為。」

我不肯定瓦格納最後一句話是不是事實——老瓦格納可能想撇清關係，畢竟他是發起獵巫的侍衛長，行動失敗、同伴死亡的責任被追究起來，他和家人便麻煩了。

「令尊的手記有繪畫地圖吧？」先生向瓦格納問道。

「您怎麼知道？他有記下遭遇狼群的位置，但我沒上過山，所以不知道是否正確……」

「先生，等等！」我因為想到事情有矛盾不得不打岔：「是狼群也好，女巫也罷，大約翰在黃昏時的確收到吹笛人的勒索信啊！那時候不是確定孩子是被吹笛人拐走的嗎？這又是怎麼一回事？」

「我不確定經過，但我猜在山林中落單的小漢斯兄妹摸黑找路歸家，徬徨中在三角巨岩旁看到平坦的路，誤以為是下山通往城鎮的方向，怎料那邊是狼群的領地，他們回頭拚命逃跑，被路德維希這位善心人救助了。他的腿傷也應該是當時造成的吧。」

齊格、巴爾、克麗絲和坐在床上的吹笛人都訝異地瞧著先生，我想先生一定說中了。

「博士，您說得沒錯……」路德維希說：「那天半夜我聽到狼群的聲音有點異常，當中夾雜了孩子的呼喊聲，於是我不自量力地去救人，唉。」

「但假如沒有路茲[59]哥哥，我和妹妹已經被狼吃掉了。」小漢斯說道，他的妹妹在旁邊緊張地不住點頭。「路茲哥哥對著狼群吹奏笛子，引開牠們注意，我們才能逃跑。」

「可是我自身難保，被那些野獸狠狠咬了一口，結果反而是這兩個小孩扶我回來這兒。」路德維希苦笑。

「啊！於是你因利乘便，綁架小漢斯兄妹，發出勒索信嗎？」我嚷道。

「漢斯，那封不是勒索信，是偽裝成勒索信的家書啊。」先生笑道。

「家書？」我和瓦格納異口同聲地說道。跟這禿頭財主有著相同反應，實在有夠羞恥的。

「那封信既沒提付贖款限期，亦沒提及交付方法，卻附上小格莉的木梳用來證明孩子在手上。」先生微微一笑，「這不是很奇怪嗎？在收到信之前，漢普汀克先生還在擔心孩子已遭不測呢！這封信反而令他安心，知道孩子無恙，尚在人間。更重要的是，外人不會知道小格莉的梳子由父親製作，是足以當成信物的東西。換個身分思考，假如你是犯人，你要向父

59. 路茲（Lutz）是路德維希（Ludwig）的暱稱。

母證明孩子在手上，你會留下什麼當作證據？」

先生一說我才察覺那柄梳子的確有異，假如是凶殘的犯人，很可能會割下手指或耳朵用來恐嚇對方，沒那麼狠毒的也該送上頭髮或衣服，不可能想到一把平平無奇的木梳子。

「但小漢斯其實可以在信中好好說明——啊，不，的確不能……」我把問題說到一半便吞回肚子裡，因為我已想到答案。小漢斯一旦說明自己和妹妹身處科柏山，就會使母親的惡行曝光。他們知道是姨母唆擺母親下手，所以有所顧慮嗎？

「博士，假如這傢伙沒有動歪念，利用孩子勒索我，那幹嘛送出這種書信？他沒送孩子回來就是犯罪的證明！」瓦格納搶白道。

「這個啊，我實在要賠罪，」先生走到我身旁，搭著我的肩膀道：「就怪我這個隨從口不擇言，引起這一串騷動。」

「我？」我吃驚地抬頭瞧著先生。

「他在沒有證據下，隨便說出『吹笛人拐走了孩子』，因為大家都記得早幾天捕鼠後的不愉快場面，加上在河邊找到孩子的衣服，於是順理成章地將這猜測當成事實。」先生沒回應我，繼續對著瓦格納說。「因為城裡已出現『吹笛人犯案』的傳言，人人信以為真，路德維希送回孩子就等同承認自己是誘拐犯人，將炭火堆到自己頭上，恐怕憤怒的居民會將他押上絞刑台。他的抉擇滿有意思，與其在極其不利的位置辯解，倒不如將錯就錯飾演壞蛋，這樣對他更有利，可以爭取時間想方法解決困境。」

糟糕，原來我無心之言竟然釀成大禍，難怪先生當時臉色難看。先生不是占卜師，不會猜到我的一句話會引起一場風波，但他大概預想到謠言在城裡能醞釀出什麼麻煩，現在搞不好甚至超越他的預期了。

「先生，路德維希和小漢斯兄妹怎會知道城裡的傳言？」我想到當中不合理之處。「按照他的說法，那時候他受了傷，沒可能下山到城裡打聽刺探吧？啊，難道他懂得巫術，足不出戶也能看到城裡的情形……」

「巫術個屁。」先生搖頭失笑。「漢斯，這不是明擺著嗎？他們沒下山但知道消息，自然是有人上山告訴他們啊——而且這些人物不就在這兒嗎？」

「啊……是克麗絲小姐？」

「還有齊格吧。」先生笑著將視線轉向一直沉默的「騎士團團長」身上。「齊格，你事前已知道漢普汀克夫人打算遺棄小漢斯兄妹嗎？」

齊格微微嘆息，點點頭。「上星期小漢斯已告訴我他和妹妹可能有危險，他偷聽到他媽媽和……那『女巫』的對話，只是我們還沒來得及準備好對策，事情便發生了。」

「所以你們早知道小漢斯和妹妹在科柏山上？你們不是在他們失蹤時在城裡打探消息嗎？」我問道。

「那時候我其實在召集騎士團的團員商討對策。」齊格搔搔他那頭紅髮，表情有點尷尬。「大人們不可靠嘛，所以我們只好隱瞞所知的事，自行想辦法。我們不知道小漢斯和瑪格莉特是不是在科柏山上——也可能是在其他森林——但最後判斷還是科柏山的可能性最高，於是我、希爾達、卡斯柏和亞當上山搜索。我們在山腳遇上克麗絲小姐，因為她說她清楚地勢，能避開山上的危險區域，我們便一同登山，順利找到路德維希先生和小漢斯他們了。」

「妳怎麼會清楚地勢——啊！」瓦格納突然喊了一聲，「克麗絲，妳偷看過手記！」

克麗絲冷冷地瞪著她的父親。「對，我小時候就看過了，早知道祖父的謊言，更知道你故意默不作聲，讓自己頂著『為居民犧牲的悲劇英雄遺族』的光環，博取別人同情來掙骯髒錢！」

「克麗絲！妳今天生活無憂還不是因為我懂得利用這優勢？妳能夠唸那些什麼哲學、閒時騎馬郊遊，全是拜這『謊言』所賜！別忘恩負義！」瓦格納齜牙咧嘴，對自己的女兒露出凶狠相。克麗絲還以顏色，站起來像是要跟父親大吵一頓，但先生走到二人之間，伸手安撫二人。

「請兩位先將這些不滿放一旁吧。」先生說：「我們今天就是要調停紛爭，先處理正事，其餘一切往後再說……」

「先生，那為什麼齊格和巴爾翌日又被拐走了？」我插嘴問道。瓦格納的家事我沒興趣，我只想知道這幾天一連串的案件到底是怎麼一回事。

「那當然也不是誘拐。他們是自行上山的，至於半夜城裡出現的笛聲，自然是克麗絲小姐所為，她要弄假成真，讓人們相信孩子們是被吹笛人擄走。」

「為什麼他們要再上山？」

「應該是為了報答路德維希吧，他救了小漢斯和小格莉，不反過來幫助他便有違『騎士團團規』了。」

我想起這些小鬼們唸的那些「團規」，當中就有「救助苦難者」和「報答他人恩惠」的規條。想不到他們真的嚴格遵守這些想像出來的守則啊。

「所以目的其實是讓巴爾上山，醫治病人？」我望向齊格和巴爾。

「這位小朋友將來一定會成為出色的醫師。」路德維希摸著自己的右腿，一臉感恩的樣子。「我受傷翌日便開始發燒，幸好他醫術高明，傷勢才沒有惡化。我曾在船上見過水手受傷，發燒三天後便去世了……」

「我沒有這麼厲害，剛好這小屋外面長滿各式草藥，我只是依照我記憶所及去配製而已。」巴爾謙虛地說。

我本來想問齊格為什麼不通知沃斯醫生，但在發問前才想起他剛說過大人不可靠，擔心路德維希會被當成壞人。的確，瓦格納是市議會委員，換我是齊格也不敢冒這個險，這禿子八成會橫蠻地促使吹笛人被定罪。

「所以第二封勒索信其實都不是用來勒索嗎？」我問先生。

「嗯。那封信一樣沒有提及交付贖款的方法，純粹是用來拖延，以及阻止我們組隊搜山。畢竟大白天往山裡跑一趟，黃昏前應該能找到吹笛人這個藏身之所吧。」

我們在第一天黃昏在大約翰家門前說著要搜山時，齊格就在現場，所以當時他愁眉不展的原因並非擔心小漢斯兄妹的安危，而是怕施耐德先生和同伴上山危害路德維希的安全。

「那麼法爾克先生的兩個兒子呢？」我再問。「他們又不是被拐走，是自行上山的？」

「細節我尚未釐清，但我估計他們也是自發行動，只是當時他們未必知道真相，不曉得自己的失蹤會被用來勒索他們舅父。」先生望向克麗絲。「換言之，這也不是誘拐，而是克麗絲小姐企圖欺詐父親財產的騙案。」

「博士您說得對。」克麗絲淡然地回答。「只是我沒想到我父親如此冷血，對外甥見死不救，無動於衷。」

「克麗絲妳——」瓦格納再度怒吼，但這回克麗絲只冷冷地露出嘲弄的笑容，像對所作所為毫無悔意。

「於是您今天便一口氣帶走所有孩子，逼瓦格納先生屈服？」我無視禿頭地主，向克麗絲追問。

「對，不做到這地步，他才不會低頭吧？」

「但您用什麼方法帶走上百個孩子？那支笛子真的有什麼法力，還是像先生說是什麼波斯醫學原理嗎？」

「波斯？」

「漢斯，我們花太多時間討論這些旁枝末節了，暫時別探究這個吧！」先生打斷我對克麗絲的疑問，邊說邊用眼神示意。我望向他視線所及之處，赫然發現瓦格納氣忿得緊握拳頭，女兒的輕視令他勃然大怒，我的提問恍如火上加油，搞不好他會突然失控，衝過去賞女兒耳光。

瓦格納像是按捺著肚子裡的怒氣，以抖顫的聲音說：「克麗絲，妳快給我將孩子帶回去，我不管妳為什麼協助外人幹這種壞事，但妳——」

「你以為你是地主、是市議會委員便能為所欲為嗎？我今天就不聽你的。」克麗絲表面上平靜，眼神卻像要噴火似的。

「放肆！我現在就是命令——」

「瓦格納先生，請先聽我一言，」就在瓦格納漲紅了臉，打算從座位站起來時，先生稍稍伸手，「您似乎不了解目前困境啊，克麗絲小姐占了上風，您已沒有退路了。」

「什麼困境！不就讓她將孩子——」

「克麗絲小姐，妳今天在外面，一直都將帽子壓得低低的吧？」先生問道。克麗絲聞言嘴角微彎，斜視她父親一眼，再點點頭。

「那又如何？」正在發怒的禿子反問。

「瓦格納先生，外面的孩子都不知道吹笛人就是克麗絲小組。假如她現在跑出去，讓孩子們認得她是令千金，您有辦法像令尊一樣將事實掩埋，瞞騙城裡所有居民嗎？不知道阿倫德斯委員會不會聯同市長向公爵打小報告，誣指閣下製造事端，甚至用上您老掛在嘴邊的巫術指控呢？」

瓦格納啞然地瞪著女兒。剛才騎馬來到這兒，克麗絲故意戴回帽子，原來就是為了留著這一手。

「您讓孩子們回去，他們說出吹笛人是令千金您便有大麻煩；假如您心狠手辣，不讓孩子們回去，一樣會招來全城居民的怨恨，指責您無法跟吹笛人討回孩子，將您當成罪魁禍首。要避免落得這下場，您只能答允克麗絲小姐的一切要求，不管是八百杜卡還是一千杜卡，您也不得不付。您看，您是不是陷入一個無路可退的局面呢？」

「這、這是什麼可怕的陰謀……」瓦格納頹然地癱在椅子上，這時他有再優秀的口才也無用。嘿，誰教你一開始出爾反爾，慳吝錢財，現在有此結局也是活該啊。

「請放心，我就是來幫您的嘛。」先生忽然朗聲笑道。「我是個公正的調停人，克麗絲小姐，您這種做法雖然奏效，但實在有違公義。」

「博士，您想說什麼？」克麗絲的笑容消失，換上疑惑的表情，我也對先生的話感到意外。

「無法讓對方心悅誠服，只會招來怨恨。仇恨是個循環，今天您占了便宜，他日對方便會想方法令您吃苦，到頭來兩邊皆輸。」先生在房間中央邊踱步邊說：「所以我建議你們找一個雙方都滿意的協定，如此事情才能圓滿解決。」

「博士，您說過不同意我付贖金吧？」瓦格納順著先生的話，再次向他確認。

「對，因為勒索而付款是不合法的，我自然不會同意，您只要按協定付出應付的金額就好。」

「您要我支付原來的捕鼠酬金？可是博士，四百多杜卡實在毫無道理啊！這就像您在酒館喝了一杯酒，老闆向您索取五十杜卡那樣無理！這根本和搶劫沒分別吧？我——」

「瓦格納先生，我沒說過您需要支付酬金，事實上我認為您不該為路德維希捕鼠付出一芬尼。」

先生這句話令我們都愣住，不止瓦格納，就連克麗絲、路德維希和齊格他們都詫異地瞧著先生。

「先生！這不是跟您在集會說過的不一樣嗎？既然瓦格納先生事前已答允，即使價錢再高也是一場雙方同意的交易啊？」我問。

「不，瓦格納先生的說法正確，只是正確的不是剛才那個喝酒的比喻，而是前天我們用餐時他說過的那個。」

「前天他說了什麼？」我忘掉那胖子說過什麼，因為我一直覺得他廢話連篇，不用浪費心神記住。

「對，我前天說過什麼？」瓦格納也一臉呆然。

「您說『笛子捕鼠』不是巫術便是騙術，不管是哪個都不該付款。這個您說中了，那不是巫術，但的確是騙術。」

騙術？

先生走到牆角，打開角落前那只酒桶瞧了一眼，再闔上木蓋，將桶子拉到房間中央。路德維希臉色蒼白，似乎想阻止先生，可是他腿傷未癒無法下床，只露出焦急的神色。

「各位，請看。」先生打開桶蓋，我探頭一看，卻看到怵目驚心的情景。

很多老鼠。

酒桶裡似乎有數十隻老鼠，牠們體型細小、毛色漆黑，密密麻麻的擠在那個直徑約兩尺的木桶裡。大部分老鼠沒有因為光線射進桶裡而活動起來，只有少數蠕動著，其中幾隻抬頭望向我，嘗試沿著桶壁爬出來，可是木桶的深度讓牠無法逃離。這些老鼠讓我想起但丁在《神曲》裡描寫的地獄第八圈，罪人的靈魂擠在溝裡被魔鬼或毒蛇折磨，諷刺的是在第八圈受苦的罪人正是騙子。齊格和巴爾瞪大眼睛，小格莉嚇得尖叫，小漢斯連忙蓋著妹妹的嘴巴，大概怕引起外面的孩子注意。
「博、博士，這、這……」瓦格納跟我們同樣驚訝，指著木桶不能言語。
「十個捕鼠人，九個是騙徒。」先生蓋回蓋子，再將酒桶推回牆角。「客戶委託捕鼠，通常都是以捕獲數量計算酬金，而老鼠容易繁殖，所以騙子們會自行養殖老鼠，將自養的混進抓捕的，換取更多金錢。一般人未必知道這些江湖伎倆，我倒在遊歷各地時曾聽過不少市井流氓誇口說這門生意如何好賺。路德維希，那只桶子裡的老鼠都給灌了酒吧？加上數天沒餵食，應該都奄奄一息了。」
床上的吹笛人就像秘密被揭破的小孩，一臉不知所措，既沒有承認也沒有否認，只眼睜睜地瞧著先生。
「可是居民們不是看到吹笛人用笛聲引誘老鼠嗎？沃斯醫生更好像說過，吹笛人在瓦格納府門前表演，吹笛引來幾隻老鼠亂竄……」我想忘掉剛才看到的「老鼠地獄」，可是我對先生的說法更感好奇。
「這便是路德維希高明之處，再猖狂的騙子也頂多每抓一隻老鼠便加上兩隻自養的來賺取三倍酬金，他卻連半隻也不抓，設計出一道詭計，全用上自己的老鼠來進行騙局。那件縫滿補丁的彩色袍子一定有暗袋，他只要先藏上幾隻老鼠，在瓦格納先生家門吹奏笛子，抓住居民注意，然後用腳拉動線頭打開暗袋，讓老鼠從身後掉出來，圍觀者便會以為老鼠是被笛聲引出。克麗絲小姐，您可以讓我檢查一下袍子嗎？」
「……不用了，博士您說得對，只是線頭是連著衣袖，打開暗袋的方法是提高手臂。」路德維希代答。
「河裡的鼠屍又如何解釋？」我問。
「對，那天晚上我和老爸也有偷看，看到老鼠們跟隨他在街上亂跑……」齊格插嘴說。

看來孩子們也不知悉底蘊。

「我剛就說過，這騙局很高明嘛——不只高明，還很大膽。」先生笑著說：「路德維希看準了一般人思考的弱點，故意稱晚上的捕鼠過程必須保密，其實就是預期大家會偷看。他挑上凌晨四點才進行騙局，就是要讓熬夜的好奇者睡眼惺忪，更容易被他的花言巧語迷惑，將看到的假像當成真實，然後透過口耳相傳影響大眾。」

先生指向那只可怕的酒桶，說：「我猜，本來應該還有其他酒桶吧？」

「……還有兩個。」路德維希無奈地點點頭。

「他在進城『捕鼠』前，先準備了兩個盛滿老鼠的酒桶，放在遠離城市的河流上游岸邊，然後等到深夜，再帶著一批同樣灌了酒、醉醺醺的老鼠進城，在街道上吹著笛子，製造老鼠跟著他跑的假象。」

「這假像怎可能製造出來？老鼠醉了便會跟著笛聲跑嗎？」我問。

「當然不會，要牠們別走散，自然要綁住牠們啊。」先生用雙手做出拉繩子的動作，「在一根線上每隔半尺綁上一個魚鉤，然後刺進老鼠後頸或下顎，再將線的一端綁在自己的腰上，這樣子便能令一串老鼠跟在自己身後。我想當時他綁了三串吧，一串勾上十至二十隻老鼠，在只有星光照明的漆黑街道上，看起來便像有數十隻老鼠跟著他跑了。」

「老鼠不會咬斷那根線嗎？牠們的牙齒很鋒利啊？」

「假如用一般的線自然能咬斷，但只要用一種堅韌的線便可以了。」

「有這種線嗎？」瓦格納問。

「當然有，這幾天我更不時看到哩。」先生在房子裡張望一下，從一旁的架子上拿了一綑線下來。「呵，連證物也找到了——這是羊腸線。」

啊，是用來製作琴弦的線材！的確，這種線韌性十足，即使老鼠沒醉也不容易將它咬斷。

魯特琴的琴弦也是用羊腸製造，難怪先生說這幾天不時看到。

「路德維希在城裡拖著幾串老鼠，走過幾條街道，確定有足夠『證人』後，便離城來到事前準備的上游位置，把木桶裡的老鼠和被串刺的老鼠統統丟進河裡。他時間算得準，老鼠沿著河流沖到哈梅林時天已亮，在河邊工作的人目睹奇景自然會招來民眾，而不久前看到『吹笛人引跑老鼠』的居民便會將兩者聯繫起來，當成因果，整場騙局便完成。城裡的老鼠根本沒少過，但群眾看到滿河鼠屍是事實，於是便主觀地覺得城裡的老鼠一定減少了——原因和結果其實是反過來的。」

「您……您為什麼如此清楚？您一直在旁偷看著嗎？」路德維希怯生生地問道。他的這個問題證明先生推論屬實。

「因為你弄錯了一件事啊。」

「弄錯了一件事？」

「你弄錯老鼠的種類了。」先生微笑道。「各地為患的老鼠大致上分成兩種，一種是褐鼠，一種是黑鼠，前者毛色較淺、體型較大、擅長游泳但不擅攀爬，後者毛色深、體型比前者小、反過來擅爬不擅泳。哈梅林位於河邊，酒館老闆曾說過二樓沒老鼠，這說明棲息本地的該是褐鼠，施耐德先生和醫生提過當天河裡的老鼠比平日看到的細小，毛色較深，這更讓我確定我的推論正確。我猜你抓捕繁殖的黑鼠來自沒有河流的內陸城市，假如你沒弄錯這點便能瞞過我了。」

路德維希驚訝地張開口，看來他沒察覺這錯誤。

「可是您連我用羊腸線綁老鼠的方法也知道……怎可能……」

「你丟棄老鼠時自然不會花時間將牠們一一解開，而是直接將三串老鼠投河吧？因為牠們還被線串連著，於是在湍急的河水中打結交纏，變成一團團像鼠王的異物。」先生嘆一口氣，再說：「我一開始聽到有人目睹傳說中的鼠王，高興得不得了哩，可是聽過捕鼠的過程後，便知道這是一場騙局了，唉。」

原來先生一早便看穿這把戲！施耐德他們看到三隻鼠王，先生便料到吹笛人用上三串老鼠……我終於明白那天晚上先生對魔笛和鼠王興致缺缺的理由了。

「……嘿！我就知道是騙局嘛！」瓦格納露齒而笑，似乎他從剛才看到那些噁心的老鼠後回復過來，更理解到風向變了。「上主明察，我壓根兒不該付錢給這注定死後下地獄的騙子！克麗絲！妳現在給我乖乖的帶孩子回去，我姑且忘掉妳忤逆的惡行，既往不咎。」

「慢著，瓦格納先生，」先生微微伸手阻止二人再起齟齬，「我是調停人，有責任提出讓雙方心服口服的協議，請先聽我說說好嗎？」

「好，博士，請說。」

「您不用付酬金，但需要付予路德維希先生賠償。」

先生直白的一句換來瓦格納的一臉錯愕。

「為什麼？博士？您剛才不是揭穿他那卑劣無恥的騙局嗎？為什麼我……」

「瓦格納先生，您不認得他嗎？」先生指向路德維希。

「就是上星期說替我們捕鼠，企圖敲詐我的混蛋啊？」

「他全名是路德維希．菲舍爾，這樣子您記得嗎？」

瓦格納聞言愣住，片刻後再高呼一聲：「啊！是你！」

「菲舍爾……啊？」我猛然想起這姓氏。「先生，他是老爹提過，因為偷運私鹽的罪行曝光，連夜逃亡的那個菲舍爾？」

「漢斯你笨蛋啊，年紀對不上啦。他是那位菲舍爾先生的兒子。」

「你、你就是當年那個老跟著克麗絲的臭小子——」

「瓦格納先生，我相信您欠菲舍爾先生三百杜卡的借款尚未清還？路德維希代父討債，我身為調停人便不得不處理。」

對了，我記得魯特琴老爹提過，菲舍爾逃亡前有借過錢給瓦格納應急。

「證、證明在哪？口說無憑——」瓦格納之前的從容消失得無影無蹤。

「我有借據。」路德維希從床邊的袋子掏出一張紙，先生趨前接過。

「『萊納‧菲舍爾借三百杜卡予李昂‧瓦格納，以此為據。』」先生朗讀內容後，說：「雖然有點簡陋，但有雙方簽名作實，法律上能承認是正式文件。瓦格納先生，請問這是不是您的簽名？」

瓦格納似乎想藉詞推搪，訛稱與他無關，但他大概知道無法否認這鐵證，尤其城裡像老爹那些年長者都對借款略有所聞，只能不情不願地點頭。

我記得施耐德說過，這位菲舍爾先生家境不錯，但仍跟大約翰他們要好，在黑鳶酒館和他們打混。這借據行文如此隨意粗疏，大概是菲舍爾先生不問細節便借錢給對方周轉，看來他是個熱心助人的老好人。

「很好，我本來就是為了調停這債務糾紛而來，現在處理路德維希‧菲舍爾向李昂‧瓦格納追討金錢的案子。捕鼠騙局或拐帶勒索都與此事無關，我建議雙方在協商時暫時忘掉這些事。」

「博士，您一開始就知道路德維希的身分？還知道他的用意？」克麗絲詫異地問道。

「不是一開始，最初只猜測他是哈梅林原居民，但前晚聽酒館老爹提起往事，說以前經營航運的菲舍爾先生借了三百杜卡給瓦格納先生，我便推論出吹笛人的身分了。」

「先生，兩者哪有關係？」我問。

「菲舍爾先生畏罪逃跑是十二年前的事，在那之前兩年借錢給瓦格納先生，年息三分的話，十四年間利息共一百二十六杜卡，加上本金三百就是四百二十六杜卡。」先生笑道：「這位好青年雖然是個騙子，但他一開始便沒有打算奪取超過他應得的。」

原來那個零碎的酬金數字是有意思的啊。

「但你如何知道他曾是哈梅林居民？」我再問。

「假如他是四處流浪的騙子，那他便不可能熟悉科柏山的地形——漢斯，我們當天問路，他便忠告我們山上有危險的地方，指出下山往城市的方向。知悉方向不出奇，只要走過一次便會知道，但對山上何處有危險，並且能在山上逗留多天，種種跡象顯示這青年對科柏山瞭若指掌。當我看到野獸足印，察覺山上有狼群出沒，而居民都因為女巫傳說而畏懼上山，他不可能從他人口中知道山上的情況，我便猜測這青年以前一定曾在哈梅林居住過，並且曾多次進出科柏山山林。」

「我熟悉科柏山地勢，是因為以前克麗絲跟我一起探險時，她給我看過她祖父的手記。」路德維希望向克麗絲，二人像是回憶起兒時往事。「家父跟李昂．瓦格納因為做生意熟稔，我自幼常常和克麗絲一起玩耍，她比我年長兩歲，很照顧我。我想就在我們跟這些孩子差不多年紀時，克麗絲偷偷拿了祖父的手記出來，手記中的手繪地圖對我們來說就像是藏寶圖一樣珍貴，我們完全不怕危險，整天瞞著大人往山上跑，我們甚至半夜偷偷溜出家門，摸黑上山探險。我們某天發現這間山谷中的荒廢小屋，便將它當成我們的城堡，這兒是我們的樂園。」

所以當初克麗絲在山腳遇上齊格並非巧合，她一定是早在吹笛人捕鼠時察覺對方很像童年摯友，可是苦無機會確認。而當她聽到吹笛人拐走了小漢斯兄妹、躲在科柏山上的消息，便曉得對方一定是兒時一起在山上冒險的他，於是動身前往相認——原來那天我和先生正在瓦格納府享用佳餚時，克麗絲就和路德維希久別重逢啊。

「可是這段美好的日子在沒有先兆下突然終結了。」克麗絲接過話，「罪魁禍首便是我這個卑鄙的父親。」

「妳說什麼！」瓦格納罵道。

「我知道你對菲舍爾叔叔一家做了什麼。」

瓦格納沉默不語，但我看到他眼神游移不定，內心動搖不止。

「做了什麼？」我問道。

「告密。向官員揭發菲舍爾先生偷運私鹽的人，正是他生意上的好夥伴瓦格納先生。」

先生插話回答。

先生說出來的答案令木屋內的氣氛凝住，路德維希直瞪著瓦格納，克麗絲則以嫌惡的目光盯著父親。

「先生你怎麼知道？」我看到瓦格納沒有接話，於是再問先生。

「我本來對這推測沒太大把握，但自從我們來到這小屋，看到克麗絲小姐對父親劍拔弩張的態度，我便認為我沒猜錯。」先生解釋道：「我們在山上遇見路德維希，向他問路時，他曾指責過哈梅林裡有『不守信諾的壞人和騙子』，後來我們知道捕鼠風波後，只會聯想到這是指瓦格納先生沒付酬金一事；然而我對情況掌握愈多後，愈發覺有太多奇怪的地方——首先是吹笛人行騙失敗被趕走後，他仍留在城市附近，這不是一般騙徒的行徑。一般騙子失手後只會跑掉，想方法找下一個下手對象，他留在原地說明這中間很可能有私怨。」

對啊，假如我是吹笛人，大概被大約翰攆走後，便會往下一個城市找新的目標。

「另外，我察覺四百二十六杜卡背後的意思後，更確信他對瓦格納先生懷抱敵意，因為要向父親的商業夥伴討舊債，大可以光明正大地進行，但他卻設計了複雜的詭計，意圖騙回自己應得的債款。考慮到酒館老爹的證言，瓦格納先生在菲舍爾先生逃跑後能省下一筆錢，這中間的緣由便呼之欲出。我昨天找阿倫德斯會長就是詢問菲舍爾先生的事，菲舍爾先生經營航運貿易，公會會長自然認識他。我問他菲舍爾先生離開時是否有一個十三、四歲的兒子，他不但答是，還記得名字是路德維希，說他和克麗絲自小形影不離。」

「菲舍爾叔叔一家離開前，我和路茲只能匆匆告別。」克麗絲說。「當時我不知道，原來告密的人正是自己的父親。數年後公爵家某下屬到訪，我碰巧聽到他們的對話，方知道是父親舉報菲舍爾叔叔。」

「我……我只是盡商人的責任！萊納他偷運私鹽，違反法律，我向官員報告又有什麼錯？」瓦格納嚷道。

「你真的沒有私心？」路德維希質問道。「我知道你後來吞併了家父原來的航運業務，背後更獲得布倫瑞克某個男爵支持，你敢說那跟告密一事沒有關係？」

「當、當然沒有關係！你從哪兒聽到這種不實的消息？」瓦格納反擊道。

「我多年來擔任水手，走遍各地，有次在漢堡遇上一個來自奧爾登多夫的水手，他工作的船隊替那個男爵私運黑市貨物，我再三打聽確認這消息。」路德維希冷冷地說：「家父偷運私鹽，被追究我無話可說，可是你見利忘義，恩將仇報，我就不會罷休，至少先討回我家應得的那份借款。」

「那要討債的也該是你父親而不是你！」

「他已經去世了。」

路德維希這句話，令瓦格納大驚失色。

「萊納他……」

「八年前死了。我們離開哈梅林後，輾轉到過好幾個城市，可是家母染疫病故，家父無法找到好工作，我們便一起上貨船當水手。在一次前往月亮港[60]的航程中遇上大風暴，家父在甲板上被暴風吹斷的船桅擊中頭部，數天後不治。」

瓦格納臉上閃過一絲哀傷，像對自己間接害死路德維希父母而懊悔，但很快便回復先前的表情，板起臉瞪視床上的吹笛人。

「好吧，就當我怕了你。可是借據從來沒有寫上利息多少，我只會歸還本金三百杜卡。」瓦格納說。

「三百？別說笑。」克麗絲大聲搶白，「我不就在信上寫得清楚明白嗎？不想孩子們永遠消失，便給我付上一千杜卡。你拒絕的話我就讓所有孩子知道我便是吹笛人，看看你回去後會遭遇什麼麻煩。」

「混帳！妳猜妳會安然無事嗎？我被追究的話，妳也一樣會被審判……」

「我不管，我和路茲已說好，大不了跟你同歸於盡。」

「妳——」

「兩位請暫時休戰吧。」先生再次打圓場。「我說過要找出雙方滿意的解決辦法啊，可以讓我提出意見嗎？」

「博士請說。」瓦格納說。克麗絲和路德維希也點點頭。

「瓦格納先生，這次理虧的是閣下，我相信任何法官都不會同意您只付三百杜卡的，而且您的行為間接導致菲舍爾一家遭逢不幸，不付出適量賠償可說不過去。我想到兩個方案，你們可以看看哪一個較可行。」

先生讓氣氛緩和後，舉起手指說：「一，借款連同利息歸還四百二十六杜卡，另外考慮到菲舍爾家航運業務原有的每年利潤——我向阿倫德斯會長查證過——我認為需要加上每年二百杜卡的賠款，十二年合起來便是二千四百杜卡。加上借款共二千八百二十六杜卡，零頭

60. Port de la Lune，即法國波爾多加龍河的港口，因河段形似新月而得名。

就省下吧，瓦格納先生給予路德維希二千八百杜卡，對方便不能再追究。」

「我怎可能答允！足足三千杜卡，我才不會付給他！」

「請等我提出第二方案您再決定吧。」先生稍稍安撫對方，再說：「二，歸還款項以借款三百杜卡計算，利息三分，不另設賠償，但瓦格納先生您必須答應克麗絲小姐和路德維希一個跟金錢和財產無關的要求。」

瓦格納一臉狐疑，問：「跟金錢和財產無關的要求？」

「對，即是他們不能要求您贈與土地或任何實物，而且他們現在便要提出那個要求，讓您事先衡量是否可接受。」

克麗絲和路德維希似乎沒料到先生有此提案，緊張地對望，我和一眾小孩都屏息靜氣，觀看著這一場沒有烽煙的戰事。

「克麗絲小姐，你們將心裡最渴求的事說出來便可以了。」先生補充道。

半晌後，路德維希朝克麗絲點點頭，克麗絲便向父親說：「我要離開哈梅林，跟路茲出走。」

「什麼！妳以為我會容許這種無理要求嗎？」瓦格納大罵。「妳是我的獨生女，我才不會讓妳跟這種臭小子遠走高飛！」

「好，那你付他二千八百杜卡吧。但我可不保證將來某天我會從家裡消失，你永遠找不到我。」

「克麗絲小姐，這樣是不對的，」先生微笑著搖頭，「假如您私自出走，瓦格納先生有權將您抓回家，我想您也不想將來過著提心吊膽的生活吧？路德維希應該很理解這種生活如何不幸，他們一家逃離哈梅林之後，恐怕也過了好一段只能待在暗處、逃避官員追緝的歲月。」

「博士，有沒有第三個方案？」瓦格納皺著眉問道。

「沒有，我判斷這兩個方案是最恰當的了。」先生轉向克麗絲，「你們對這兩個方案有沒有意見？」

「我接受。」「我也是。」

克麗絲和路德維希點點頭。

「克麗絲，妳想清楚啊！」瓦格納換上勸說的語氣，「妳跟這傢伙出走，生活不會像現在那般充裕，妳不再有機會唸書，更不會有僕人讓妳差遣。四百多杜卡乍看是一筆可觀的金錢，但數年後錢財用盡，妳便沒有退路。我先警告妳，妳一旦離家，他日即使哭喪著臉哀求我，我也不會讓妳回來。」

「我不介意，比起被你當成攀附權貴的棋子，將我嫁給某個不知名的貴族，即使捱窮也比較幸福。」

我這時才留意到，克麗絲悄悄跟路德維希牽著手。對了，這才是克麗絲多年來沒接受追求者的原因——她和路德維希不只是青梅竹馬，更是私訂終身的戀人。菲舍爾先生逃亡是在十二年前，當時克麗絲大約十五歲，路德維希十三歲吧，大概剛察覺彼此的愛意不久便慘被命運作弄，被迫分離。

所以克麗絲的真正目的，除了為路德維希討回公道、敲詐父親一筆之外，更打算之後逃離哈梅林，跟路德維希私奔。先生一定是察覺到才提出第二方案，讓有情人終成眷屬。我猜這也是先生故意設難題考驗瓦格納，看看他會選擇金錢還是女兒。

良久，瓦格納深深吸一口氣，抬頭望向先生。「博士，我選第二方案。」

齊格和小漢斯稍微發出驚呼，我倒對瓦格納的決定不太意外——他是一個守財奴，更是一個精於計算的商人，克麗絲對他來說，是用來嫁給貴族、讓自己撈個「男爵夫人父親」頭銜的「資產」，可是這項「資產」有很大的不確定性，她堅持不嫁，他的願望便成空。在這前提下，選第一方案未免太愚蠢，一口氣損失三千杜卡，縱使富有如瓦格納也會肉痛。

路德維希亮出笑容，但克麗絲的表情有點複雜，她大概對於終於自由感到欣喜，但同時對父親的無情感到寒慄。

「很好，雙方都同意嗎？那就成了。」先生轉頭對我說：「漢斯，準備紙張墨水訂定正式的協議書，我不想雙方將來有任何爭執。」

我拉過桌子，從隨身行裝取出羽毛筆、墨水瓶和紙張。

「因為是合法公文，加上我來自英格蘭，這協議書用正式的拉丁文訂立比較有保障。漢斯，我唸內容，你寫。各位假如對內容有異議，可以隨時作聲。」

平日先生喜歡親力親為，不過偶然他也會讓我代筆，負責正式的書記工作。我依先生所說，將他的一字一句記下，先生對這協議書十分認真，詳細闡明雙方的姓名、借欠數額、利率、日期以及同意的項目，包括瓦格納同意讓女兒離家，跟隨路德維希生活。雖然我沒正式學習過拉丁文，但追隨先生的頭數年，他閒時便指導我拉丁文的文法，不知不覺我便能準確無誤地書寫文章。話雖如此，我還是對運用拉丁文不太自信，剛才先生說到某個字詞時我便以為自己聽錯，我抬頭瞧向先生，聽他重複才確認無誤。

「好，漢斯你抄寫一遍。」先生快速掃視了文書一眼後，吩咐我多寫一份。我小心地撰寫好副本，確認兩張協議書完全相同，先生檢查後便將它們分別交給瓦格納和克麗絲。

「假如對內容沒有異議，請在下方簽名。」

瓦格納、克麗絲和路德維希分別在兩張協議書上簽名，我再掏出蠟燭和火漆，讓先生以見證人身分簽名後蓋上「法學博士萊爾．霍夫曼」的印章，確認這是一份具法律效力的文書。孩子們好奇地看著先生在協議書上蓋章，他們大概覺得這就像什麼儀式那般神聖。先生將文書遞給瓦格納和路德維希，克麗絲和她的戀人像是拿到寶物般高興，而瓦格納一臉不快，畢竟他平白丟失四百多杜卡，讓女兒嫁給貴族的夢想更幻滅了。

「好了，現在我們可以回去吧？」瓦格納語調平板，像是心裡憋悶，恨不得盡早離開。「克麗絲妳要留在這荒山野嶺請隨便，不過妳要拿那四百二十六杜卡的話還是得跟我回去一趟。」

「你不是想動歪腦筋引克麗絲姐姐回去後，將她關在房子裡吧？」小漢斯搶白道。

「你們這些臭小鬼別胡說！我才不會這樣做！」

「對啊，路德維希先生手上有協議書，他這樣做的話就是違反協議，會受到懲罰。」齊格笑道。

「臭小子！我回去就好好整治你爸——」

「瓦格納先生，請等一等。」先生打斷禿頭地主和小孩子們的滑稽鬥嘴，「您是不是弄錯了？」

「什麼弄錯了？」

「您弄錯金額了。」先生微笑著說。

「哪有？三百杜卡的借款，年息三分，不正是四百二十六杜卡嗎？博士您剛才也是這樣說啊？」

「年息三分？協議上寫的是月息三分啊？」

瓦格納瞠目結舌，趕緊掏出已收進懷裡的協議書重看，先生則神態輕鬆地站在他面前，二人形成強烈對比。

「哪、哪兒寫著……」瓦格納焦急地查看。

剛才我替先生撰寫協議書，聽到關於利息的條文時，我便以為自己聽錯。「按年計算」的拉丁文是「per annum」，可是先生卻說成「per mensem」，即是「按月計算」，我抬頭向先生確認，他再三複述，我只好照著寫。

「所以瓦格納先生您算錯了，該計算的不是十四年，而是一百六十八個月。」先生保持著燦爛的笑容，而我很清楚這笑容背後的意義——這是先生開始狠狠教訓別人、讓對方吃苦的徵兆。
瓦格納慌張地掏出他那個隨身的羅馬算盤，手指飛快地將珠子撥動。克麗絲和路德維希也緊盯著自己那一份協議書，像是在仔細查看內容——克麗絲小姐剛才應該有聽懂先生唸的協議書條文，可是她顯然大意沒聽清楚，因為她此刻也露出驚訝的神色。年息三分，一年的利息只有九杜卡，可是換成月息三分的話，利息便是十二倍，一年便要付整整一百零八杜卡。

一百零八乘十四加上三百……

「一、一、一千八百一十二杜卡……」瓦格納計算完畢後，盯著算盤結結巴巴地說。

「這……這是欺詐！是搶劫！是陷阱——」

「瓦格納先生，您這個說不通啊。」先生雖然微笑著，雙眼卻直視瓦格納，「剛才我再三強調對條文有異議可以提出，而您更有充分時間確認文書內容，同意後才簽名，以上有哪一點對您不公平？還是說您的拉丁文水平不足夠讓您看懂這文書？可是您貴為哈梅林市議會尊貴的委員，跟貴族素有交往，怎可能讀不懂正式的拉丁文文件呢？文盲可當不了官員吧？您又不是那些花錢賄賂換取公職的愚昧之徒，對吧？」

縱使先生語氣溫和，每句話卻隱藏著威嚇，將責任全推到瓦格納頭上。

「還有，瓦格納先生，前天您不就說過遵守已簽的合約內容是商人的最大守則？我十分同意啊！違背這原則的商人，大概跟騙子沒有差別，是注定要下地獄的吧。」

先生笑咪咪地說著，瓦格納的臉色卻變得鐵青，他大抵沒想到他用來嘲諷妹妹和妹夫的話語如今刺在自己身上。

「我……我沒有足夠的金幣……」瓦格納閃爍其詞，不曉得是想拖延還是想逃避。

「漢斯，你有沒有感到一股寒意？」先生忽然轉頭對我說。

「寒意？有嗎？」我反問。

「肯定有。」先生裝出一副誇張的表情，「對了，這兒是科柏山嘛！科柏山上住著女巫，這兒一定是女巫的居所了。我們侵占了她的房子，糟糕啦，我們要被詛咒了。」

「先生，你在說什麼啊？」我完全無法理解先生的胡言亂語，其他人也一臉不解地瞧著他。

「我知道有一個方法可以破除詛咒，」先生慢慢走向壁爐，「就是以火焰焚燒神聖的經文，魔鬼或邪靈都會害怕……」

「啊！」

發出驚叫的是瓦格納，他整個人從椅子上跳起，像是要衝向先生，可是動作又隨即停住。我這時才赫然留意到，先生左手拿著一件東西，作勢要丟進壁爐的火堆中——

是昨天我在瓦格納書房中見過的那本紅色經課集！

「小、小偷！你這混蛋偷、偷了我的——」瓦格納氣急敗壞，可是他又不敢搶前，怕先生放手讓經課集掉進火裡。

「小偷？才沒有啊。」先生從容地說：「我知道我們要登上這座『禁忌的科柏山』，所以在您府上取馬時，我請法蘭茲到書房拿一本神聖的經課集讓我轉交給您，確保山上的瘴氣不會侵害他的主人。我的衣服沒有收藏老鼠的暗袋，不過原來將書放在外衣裡也綽綽有餘哩。」

「你明知裡面……」瓦格納欲言又止，他不想在眾人面前暴露那書中的內容。

「裡面？我不知道裡面有什麼啊。」先生繼續耍無賴，「啊，不，我昨天的確見過裡面的東西，可是我不知道那之後瓦格納先生有沒有將那些『紙張』拿走嘛。您看，我可沒打開這把鎖，現在裡面的是經文還是聖物，就只有上主與瓦格納先生您知道。哎，我又感到寒意了，還是快快將這經書燒掉……」

「你別亂來！」瓦格納口頭上喝止先生，態度卻軟化起來。

「剛才我們在談什麼……啊，對，是瓦格納先生您要付給克麗絲和路德維希的金額。不知道您『現在』有沒有足夠的金錢付他們呢?假如有的話,我想這股寒氣便會消失了。」

我想瓦格納沒料想過,比起他這個奸狡的商人,或是用老鼠詐騙的路德維希,以及陰謀勒索一千杜卡的克麗絲,在場所有人之中最厲害的威脅犯反而是霍夫曼先生吧。先生過去幾天面對瓦格納的嘴臉憋得辛苦,現在時機一成熟,他便原形畢露,一吐幾天以來累積的怨氣了。

「這……」瓦格納手忙腳亂,不曉得如何是好。

「哎,我手臂覺得有點麻,一定是女巫作祟!快抓不穩這本書了……」

「我付!我付!」瓦格納焦灼地嚷道。

「鑰匙。」先生伸出右手,瓦格納不情不願地從腰間掏出鑰匙,交給先生。瓦格納很懂得分析得失,假如這時他不妥協,書中那價值一萬多杜卡的票據便全數燒光,相比之下虧損一千八百才是最理智的選擇。

先生打開鎖,將經課集裡的票據全數拿出,翻看一下,便將整疊十多張票據塞給克麗絲,把像個空盒子的經課集拋回給瓦格納。

「博士,這是……」克麗絲和路德維希瞧著票據,不曉得它們的價值。

「漢堡貝倫貝格家開立的票據,憑票可以索取票據上註明的金幣。你們——」

「你幹嘛全給他們了!」瓦格納衝向先生,我踏前一步擋住他,他倒機靈地停下,大抵知道一有動作我便會教他像康拉德那樣子躺在地上。「那、那兒總共有一萬五千四百二十二杜卡!把餘下的還我!」

他竟然能說出所有票據加起來的準確金額,我猜這守財奴每晚也喜孜孜地將這些票據拿出來一一點算吧。

「一萬五千!」齊格高呼一聲,克麗絲和路德維希也難以置信地瞧著票據。

「餘下的?瓦格納先生,您又弄錯了,就算付上那些票據您還欠他們二萬五千一百九十杜卡啊。」先生臉上再次掛上可怕的笑容。

「什麼二萬——」

「根據協議書，您要給予他們的總金額是四萬零六百一十二杜卡。」

四萬？

「有這麼多？」發問的不是瓦格納，而是路德維希。

「利息也要計算利息嘛。」先生從懷中掏出一張寫滿數字的紙，輕輕丟給瓦格納，「上面列明一百六十八個月每月累積滾存的欠款。我已經將每月的數字調低至整數，不計芬尼，本來的金額應該更高呢。」

原來昨晚先生填寫的數字是這個啊！我跟瓦格納站得近，看到紙張上的數字，發覺十分驚人。照一般的利息計算，第五十個月該歸還的數額本來該是七百五十杜卡，但累積的算法卻變成一千二百五十七杜卡了，第一百二十一個月時金額更突破一萬，然後持續增長，紙上最下方欄位的數字是四萬零六百一十二。

「這、這是複利！是有違信仰、被禁止的高利貸[61]……」瓦格納囁嚅道，握著紙的雙手不住顫抖。

「我們正在經歷宗教改革，商業上的改革早晚也會來吧！複利怎可能單是一句『被禁止』就能否定的呢？」

「這是強詞奪理！我管你是不是法學博士，總之我就不會認帳，你給我——」

「給你如何？」先生挺起胸膛，以冷冽的眼光直視瓦格納，換上嚴厲的聲音，「你以為你還有勝算嗎？你只是一個小小的地主，區區一個城鎮的議會委員，我要對付你，隨時可以

61. 複利的拉丁文語源為Anatocismus，由希臘語「重複」（Ana-）和「高利貸」（tocismus）二字組合而成。中世紀人們將複利率法視為不道德的借貸運算方式，直至十七世紀重商主義（mercantilism）興起，複利才逐漸被納入商業用途。

拿出數十個方法，每一個也足以令你身敗名裂，生不如死。我甚至不用動手，因為你在哈梅林樹敵眾多，光是阿倫德斯會長和現任市長，若然他們知道你當年對菲舍爾動過的手腳，你便注定完蛋。你以為我讓這些小孩在場是當證人嗎？我是要讓他們掌握你的弱點，讓你最看不起的人得到箝制你的手段，你往後不規行矩步，財富地位可以在一夜間消失。別奢望向布倫瑞克或呂訥堡的貴族求助，我跟貴族打交道的經驗遠多於你，很清楚他們不會對你這種庶民出身的財主有好感，你以往得到的禮待只是看在你能帶給他們的利益之上，他們永遠會先看顧同為貴族的上流人物。你給我聽好，當你壓榨地位比你低的人，就要有被地位比你高的人壓榨的自覺，如果你要埋怨這不公平，就先好好學習公平待人吧！」

先生一口氣放狠話，嚇得瓦格納跌坐地上，看樣子這胖子幾乎要哭出來。他大概沒想過自己會陷入這境地，不過先生的話也是事實，假如阿倫德斯會長知道我們剛才說過的事，公會所有成員一定會敵視用計謀陷害同伴避債、搶奪生意的瓦格納，就算法律治不了他的罪，他也再沒可能在這個根據地有新發展，然後他亦會失去來自其他城市的商人的商業關係。

就像頭鬥敗的狗，瓦格納茫然地坐在地上，先前的氣焰盡失。先生倒沒有咄咄逼人，眉宇間收起了攻擊的姿態，以俯視弱者的眼神瞧著瓦格納。

「剛才您說複利不符合我們的信仰，」先生換回友善的語氣，邊說邊趨前扶起瓦格納，「但人的罪孽與不幸不也是累積的嗎？假如瓦格納先生您當年沒有自私地告發菲舍爾先生，他們夫婦便不會意外早逝，路德維希也不用淪為行騙的捕鼠人吧？既然您今天龐大的財富和崇高的地位建立於當年的一個微小的惡念上，您怎麼沒料想到相對的報應也會膨脹，累積至您難以承受呢？今天您將欠下的罪債清還，就是防止這報應在將來變得更大、更難以收拾啊。」

先生扶著瓦格納的手臂，走到門邊，小聲地說話。二人輕聲交談後，瓦格納的臉色好轉了一些，先生也再度亮出微笑，最後瓦格納還點點頭，似乎向先生道謝。先生打開門讓瓦格納離開小屋，關上門後對我們露出一個不懷好意的笑容。

「先生，你對他說了什麼？」我搶先問道。

「我叫他先到外面休息一下，看看風景，吃一些糕點，和兩個可愛的外甥談談心，我跟你們聊一聊後便會跟他一起帶所有孩子回城。」先生拉過一張椅子，輕鬆坐下。

「但他被你罵得那麼慘之後，怎麼還好像向你致謝？」齊格似乎想起剛才的滑稽情境，發問時帶著笑意。

「因為我懂魔法。」

「魔法？」瑪格莉特仰起頭問道。她大概不懂剛才發生的事，但至少她看得出一向兇惡的地主被先生壓制。

「明明被我欺負，卻還要答謝我的魔法。」先生似乎故意逗小孩們笑。

「才沒有這種魔法吧！」齊格笑道。

「對，沒有。我只是告訴他不要將那一萬多杜卡當成虧損，要視作投資。」

「投資？」克麗絲問道。

先生將椅子移到我之前寫協議書的桌子旁，撿起一張紙，拿筆在上面飛快寫了幾行字，再用火漆蓋章。他將紙遞給路德維希。

「這是一封介紹信。」先生說。「你和克麗絲小姐現在有一萬五千杜卡，足夠你們在任何一個大城市經營生意，不過假如你們想獲得錢財以外的支持，可以帶著這封信到德勒斯登，薩克森－魏瑪公爵跟我相熟，你們想在公爵手下謀事也一定沒問題……對了，假如你們決定去找公爵，有機會一定要在他面前演奏笛子，並且跟他說『霍夫曼博士想讓您知道這才是優秀的笛手』，哈哈。」

路德維希和克麗絲似乎不太明白先生的話，但也表示感激，如此一來他們便能展開新生活。

「可是這和瓦格納先生的『投資』有什麼關係？」齊格問。

「我跟他說，克麗絲小姐不見得會追討餘下的二萬多杜卡，我更會介紹他們給薩克森－魏瑪公爵，以他們的聰明才智和剛獲得的財富，加上我的推薦，說不定數年後能替公爵立功，獲冊封騎士，日後更可能當上勛爵、男爵。他沒必要跟克麗絲小姐決裂，相反只要保持良好關係，他便可能成為『菲舍爾男爵夫人的父親』。」

「啊！」小孩們恍然大悟。

「另外，我還說我不會向居民揭露今天在這小屋發生的事，只會說是瓦格納先生跟吹笛人達成協議，諒解對方後動用私人財產協助，吹笛人心懷感激於是送回孩子，而孩子們在這幾天都過得很好。瓦格納先生可以向居民和市議會樹立體恤他人的英雄形象，這場風波反能為他爭取民心，對他的生意有百利而無一害。他是個精明的商人，衡量利害後，不會因意氣之爭做蠢事。雖然路德維希的父親已過世，但他始終是逃犯的兒子，萬一走漏風聲，難保這領地的官員會找他和克麗絲小姐麻煩。所以你們要守住這秘密，這是騎士應有之義。」

「當然，『給予女士援助』是我們的團規之一。」齊格邊說邊向克麗絲行禮。

「好了，既然事情告一段落，我們動身回去吧！克麗絲小姐您會在這兒照顧路德維希，過幾天後再離開？」

「我想我們明天便動身吧，雖然路茲有傷但仍能騎馬到漢諾威，始終在城市休養較方便，齊格他們也不用每天為我們奔波……」

「等等啊！」我打斷他們的對話，「我還有很多事情不明不白啊！例如我還不曉得克麗絲小姐如何拐走全城小孩！」

「漢斯，你聽過剛才所有證言，親眼看到外面的環境，還需要多問嗎？你只要想像一下便能明白嘛。」

「我沒有先生你那麼聰明，就是想不到！」我抱怨道。在場的路德維希、克麗絲和孩子們都知道真相，就只有我一個人蒙在鼓裡。

「你看過牧羊嗎？小孩和羊群很相似，只要有人領頭，大家便會追隨著行動。」先生笑道：「既然我們知道騎士團的孩子都是串通好的，那要煽動全城孩子、集體行動，那就不是天方夜譚了。我推測因為齊格不在城裡，所以由希爾達、亞當和卡斯柏等等統率，趁所有成年人在教堂集會時分派糕點糖果，並且以『山上還有更多好吃的麵包糕點』作為利誘，令所有孩子一窩蜂湧上科柏山。克麗絲假扮吹笛人演奏，就更顯得這是一場好玩的園遊會，恐怕孩子們都怕落後於人，吃不到糕點呢。齊格，我有沒有說錯？」

「哈，全中，作家先生。」

「本來我也想不到利誘小孩的方法為何，但來到這兒看到盛滿麵包糕點的籃子，便料想到了。你們不會光顧法爾克先生的麵包店，所以那是奧爾登多夫的麵包店產品？」

「是。」克麗絲笑了笑。「我昨天慰問過姑丈和姑母後，和孩子們商量了今天的計畫，於是便動身騎馬到奧爾登多夫預訂大量麵包糕點，並且請他們今早清晨送到城外。齊格和安東尼他們將大部分帶到這兒，餘下的就由希爾達接收，在教堂集會開始後分派給其他孩子。孩子們都很高興——說起來有點尷尬，奧爾登多夫麵包店的糕點比我姑丈家的好吃多了。」

「所以什麼波斯醫學、恍惚狀態都是假的？」我向先生追問。

「出典是真的，只是跟孩子們被帶走完全無關。」先生笑著聳聳肩。

「博士您一早知道我便是犯人？」克麗絲問道。

「倒不是，本來只知道齊格的騎士團涉及事件，但前天在您家跟您吃午餐後，便知道您也是幕後人物之一。」

「是我的態度出賣了我嗎？當時我的確很氣憤父親在你們面前中傷路茲，只是我想不到還是給博士您看穿了，我還以為我裝得不錯。」

「不是那時，您是在我們跟安東尼和卡爾碰面時露餡的。」

「安東尼？」克麗絲略顯詫異。

先生走到我身旁，搭著我的肩膀。「克麗絲小姐，我這個隨從叫什麼名字？」

「不就是漢斯．安德森．格連先生嗎？」

「我們來到哈梅林後，我唯一一次以全名稱呼漢斯，就只有在城外跟齊格他們見面的時候，城裡的人都對我的僕人缺乏興趣，只知道他叫『漢斯』，有時更直接稱他為『書記先生』，但您居然知道漢斯的姓氏，以『格連先生』來向安東尼兄弟介紹他——所以您跟騎士團有關係，曾和他們在背後討論過我們這兩個外地人。」

「啊！」小漢斯掩嘴大叫。記住我的全名、告訴克麗絲的人應該便是他吧。

「我在集會時一直留意著群眾席，」先生繼續說，「當瓦格納先生提示我發表意見，我便一邊說著廢話，一邊看看在座的群眾，當我確認克麗絲小姐您不在場時，我便猜想您已偷偷溜走，換裝成吹笛人，執行這個大膽的『誘拐計畫』。」

「所以早上克麗絲小姐故意在集會露面，跟我們遇上，是為了令人以為她在場？」我問。

「不完全是，還為了確認時機，在沒有人察覺下在教堂大門刺上最後的勒索信吧。」先生拍了拍我的肩膀，「因為他們的計畫中，並沒有你爬上鐘塔目睹誘拐過程這一項啊。」

啊，對了，假如我耳朵不靈，沒有聽到笛聲，人們要在集會結束後才發現小孩失蹤，沒有留下信件的話，他們不一定會聯想到是吹笛人再次犯案。

「城門的守衛又是怎麼一回事？既然魔笛是假的，他們怎麼都昏過去了？」

「很簡單，那自然是用藥啊。」先生向齊格問道：「我想知道誰負責下藥？是希爾達嗎？」

「不，是卡斯柏，他父親替侍衛長工作，卡斯柏不時要幫忙當跑腿，他給侍衛送上慰勞的餐點不會引起懷疑……」

「下什麼藥？」我插嘴問道。

「鴉片。」先生輕描淡寫地說。「份量不用多，反正守衛們之前通宵戒備，只要吃下一點點都很容易昏倒。」

「博士您怎麼知道？就算您知道鴉片有這用途，也可能是用其他方法……」

「因為有菜消失了嘛，你們想消滅證據，卻反而留下線索了。」先生笑著搖搖頭。「南方城門碉樓的桌上只留下兩盤菜湯，但守衛手中的麵包卻有蘸過醬汁的痕跡，說明之前應該還有另一道菜——多想一下，幹粗活的守衛只吃麵包和菜湯，不可能吃得飽吧？菜餚消失很可能是犯人所為，而犯人不得不這樣做，就是為了掩飾真相，如此一想，答案不就很明顯？有人一旁偷偷留意守衛，目睹他們被鴉片影響、快要倒下時吹奏笛子，對方便會以為自己身體異常是笛聲所害。」

「幸好作家先生不是敵人，否則我們便麻煩了。」齊格吐吐舌頭。

現在回想，克麗絲和孩子們可幹了一場不得了的事情出來，不但耍得成年人團團轉，更考慮了很多細節，假如他們將這才智用在壞事上，恐怕會有很多人受苦。

「不過怎說都好，你們的計畫也太亂來吧，」我忽然想起一點，「多多跛著腿撐著拐杖走向科柏山，就是用來引瓦格納入局的最後一道引子吧？他的演技是很好啦，可是你們讓受了傷的孩子負責這任務，不是太殘忍嗎？就算他是騎士團中最勇敢的成員，齊格你也不該如此對待你的部下啊。」

「漢斯，你好像搞錯了。」先生說。「多多不是騎士團成員啦。」

「怎麼不是？安東尼不就說過多多摔斷腿的經過嗎？他們攻打安東尼和卡爾在河邊的領地，然後多多做餌，隻身衝進敵陣……」

「『哈梅林騎士團』的第一條團規是什麼？」先生問我。

「第一條？嗯……對了，什麼『誓死效忠哈梅林選侯國』嘛，當時我還想他們篡改黃金詔書……」

「假如哈梅林是『選侯國』，你沒發現欠缺一個重要人物嗎？」

重要人物？

啊！

「選侯國要有領主，要有選帝侯！」我驚訝得合不攏嘴，「所以多多是……」

「就是我們騎士團效忠的君主囉。」齊格笑著說。

我瞧向一直坐在一旁、身形單薄的多多。他面露微笑，神情悠然自得。

「這太奇怪了啊！為什麼身為領主要身先士卒，擔當誘餌深入敵陣……」

「身為領袖自然更要擔任重責，不然算什麼領袖啊。」多多回答得一副理所當然的樣子。

「所以即使腿傷也要負責引瓦格納掉進陷阱？」

「對，而且只有我能判斷是否該帶瓦格納先生到這兒進行談判。臨機應變的工作，還是得親力親為。」雖然多多只是個小孩，口氣卻像個大人。

「你負責判斷？」

「其實想出計謀的人，」克麗絲像是有點難為情，「不是我、路茲或齊格，而是聰敏的多多。像將錯就錯偽裝拐帶、撰寫用來令小漢斯父母安心的勒索信、如何帶走全城孩子的詭計等等，統統都是多多的主意。」

這小鬼竟然是個犯罪天才！

「這幾天希爾達和亞當都擔當信差，替我和克麗絲小姐傳訊息給多多，再從他那邊取得策略指示，安排我們行動。」齊格解釋道。

「先生，你什麼時候知道多多才是首領？」我轉向先生，問道。

「唔……抵達哈梅林當天晚上吧。」先生摸著下巴道。

「那麼早？那時事件還沒發生啊！」

「可是初碰面巴爾便提過騎士團的由來嘛。」

「他是有提過，但哪裡有談及多多是他們效忠的君主？」

「漢斯，你一定是誤會了，巴爾當時就分別有提及『老大』和『團長』[62]，你都當成同一人嗎？不同稱謂指不同人啊。」

「但晚上我們跟施耐德先生喝酒閒聊，便證明巴爾口中的老大不可能是齊格嘛。」

「什麼？」

「我怎麼能察覺！況且同樣指齊格也不是不可能啊！」

「巴爾說他們一向被城西的小孩欺負，某天『老大』突然現身，帶領他們擊退敵人，可是施耐德先生祖上三代都住在哈梅林，又跟醫生和大約翰是多年好友，齊格怎可能『突然出現』和巴爾他們混熟？『突然現身』的怎想也是兩年前移居本地的酒館老闆一家啊。」

先生一說，我才發現我大意沒想到這點。

「而且小孩們擁立多多當領主也很合理吧，畢竟有那個傳聞。」先生再說。

「哪個傳聞？」

「多多的爸爸威廉先生是男爵嘛。」齊格插嘴答道。

我恍然大悟。我望向多多，只見他低頭淺笑，對傳聞不置可否。大人們可能不太在乎老闆是不是落難貴族，但對這群熱愛扮演騎士冒險的小鬼，這身分令他們的遊戲變得更真實、

62. 老大的薩克森語為Baas，團長為Grootmeester。

更好玩吧。

「安東尼和卡爾又是怎麼一回事？他們不是騎士團成員吧，為什麼會配合齊格演這一場戲？」我忽然想起這個未解之謎。

「我也想知道。」先生對多多說。「我只知道當晚事情發生的經過，但不曉得你如何說服他們上山。」

「你知道經過？」多多反問。

「因為連續兩天發生『誘拐事件』，天黑後守衛都守住城門，安東尼兄弟無法像齊格和巴爾那樣子偷偷出城上山。為了解決這麻煩，克麗絲小姐半夜偷偷離開瓦格納府邸，穿上袍子假扮吹笛人，在城北靠近城牆處吹笛，故意引起守衛注意。當各人圍捕『吹笛人』時，她已溜回自己的家，而當一眾侍衛湧到城北後，安東尼兄弟便能順利從城南的城門離開了。」

所以先生前天說在安東尼兄弟被拐走的案子裡，「地點」別有意義。

「至於多多或克麗絲小姐用什麼方法騙他們兩兄弟半夜上山，我便真的不知道了。」先生說。「我只知道你們不會告知他們真相，即使克麗絲小姐跟他們關係很好，相信他們會同意幫忙，也不會冒險事先說明他們準備敲詐瓦格納先生，只會在他們上山後才告知事實。」

「為什麼？」我問。

「因為假如事先告知安東尼和卡爾，他們行動一旦失敗被守衛逮住，那搞不好卡爾會說錯話，整個計畫便會百密一疏。」

「說得對，先生。」多多點點頭。「我們有考慮這點，所以先用藉口騙他們上山，他們成功離城齊格才告訴他們這秘密。」

「藉口是什麼？」我追問。

「我會協助他們建立屬於他們的騎士團。」多多指了指齊格，「既然我能幫助齊格建立

『哈梅林騎士團』，自然也可以讓法爾克兄弟籌組團夥，兩個騎士團對抗的遊戲會更好玩。不過一如哈梅林騎士團有入團測試，安東尼和卡爾也要通過騎士考驗，否則騎士團不過有名無實。」

「考驗就是半夜偷偷上科柏山？」我問。

「差不多。我拜託希爾達在山上留下路標，指示安東尼和卡爾要在天亮前到達三角岩，找出一個藏在那兒的秘密。當晚他們成功躲過守衛上山，齊格和小漢斯就在那兒等候，告訴他們克麗絲小姐和路德維希先生的事，帶他們過來小屋……只是沒想到瓦格納先生如此絕情，連外甥也不肯救，我們只好繼續想方法。」

「多多你親自說服他們兩兄弟嗎？」先生問。

「嗯，就像你剛才說，克麗絲小姐不適合出面。那天我特意拖著腿到河邊跟他們商討，他們很快便答應了。」

「安東尼兄弟對我們嘴硬，心裡卻不知多羨慕我們哩！」小漢斯神氣地說。

「『灰鷹騎士團』這名字的確聽起來滿威風啦，而且還是用他們姓氏來命名[63]，他們自然樂意接受挑戰。」巴爾笑道。

啊，原來法爾克夫婦說的「灰鷹」是這個意思！

「時間不早了，瓦格納也很可能等得不耐煩，我們回去吧。」先生走向大門。

「作家先生，雖然事情解決了，但我們對一件事有點擔心。」齊格說。「我們擔憂小漢斯和瑪格莉特日後的安全，不知道漢普汀克太太會不會再被她那可惡的姐姐唆擺，再次想方法謀害他們。」

63. 法爾克（Falck）這姓氏意思為鷹隼（英語：Falcon）。

「對，即使這次我們有所準備，給小漢斯提供應對方法，結果他還是搞砸了。」巴爾補充道。

「這可不能怪我啊！事發在半夜，匆忙出錯人之常情嘛……」小漢斯反駁。

「什麼準備？」我問。

「約翰內斯偷聽到凱洛琳慫恿他母親到森林捨棄他們兄妹，我便叫他在河邊撿一些圓石，一旦母親帶他們進森林，他就沿路留下石頭，之後便能找到回家的路。」多多說。「怎料他那天竟然忘了拿放石頭的布袋，只好沿途丟下麵包屑代替，但那當然不可能找到路了，森林的動物都會將記號吃光嘛。」

「媽媽會再捨棄我們嗎？」小格莉撇著嘴，一副想哭的樣子。

「你們放心吧，我會處理。」先生說。「漢普汀克夫人也不會再捨棄你們，因為她打從心底不捨得你們。」

「先生你怎麼確定？」我問。

「她讓小漢斯和小格莉穿上外衣才離家啊，她是擔心孩子在森林著涼吧。」先生轉向小兄妹，說：「我保證你們的『女巫阿姨』會受到可怕的教訓，不會再危害你們一家了。」

先生好像滿有說服力——畢竟連大地主也能治得服服貼貼，小孩們一定深信先生有能力應付一個小小僕役吧。

我們離開小屋，先生回頭跟克麗絲和路德維希多說幾句後，齊格便吩咐騎士團成員打點，準備帶所有孩子回城。他們行事十分有規律，有人負責點算人數，確認沒有遺留小孩，有人則收拾糕點麵包，用來分派給在路上饞嘴鬧彆扭的孩子。我也抓住機會拿了一片水果麵包[64]品嚐，的確十分美味。我不禁替法爾克先生擔憂，假如他不好好開發新產品，將來一定被奧爾登多夫的烘焙師打敗。

我們一行數十人離開那個山谷，浩浩蕩蕩地下山。瓦格納被安排帶頭，小漢斯兄妹、安東尼兄弟、齊格和巴爾走在前方，而我和先生騎著馬殿後，希爾達和亞當跟我們在後方照顧孩子。先生告訴瓦格納，他領頭回去會增加他人對他的好印象，那胖子自然不會放過機會。

「對了，多多，你明明沒上過山，又如何知道山路？」當我們離開山谷不久，先生便問道。一如上山的時候，多多跟先生共乘一馬，只是這次他不用再裝神弄鬼。

「我問過齊格和希爾達他們，我一向擅長從人家的描述去想像地形，所以即使剛才是首次上山，也能知曉方向。」多多笑著說。「而且，我請他們沿路設置只有我看得懂的路標，像在樹幹刻上不起眼的記號，我就不會迷路。」

這小不點真厲害啊。

「霍夫曼先生，我也有事情想問問你。」多多繼續說。「我明白你如何能夠從線索推論出克麗絲小姐跟我們串通，可是你怎麼會知道她跟路德維希先生的關係？你分明一早已料到這一點，才會向瓦格納先生提出那兩個方案吧。」

「因為頭髮。」

「頭髮？」我將馬兒靠近二人，插嘴問道。

「漢斯，你記得我們第一天遇上克麗絲小姐，看到她不小心掉下一束用緞帶綑綁的頭髮吧。」

「哦？對，對。我還在想那是不是女巫用來製魔藥的材料……」

「假如是女巫用的，哪需要用緞帶紮好？那一定是對克麗絲很重要的東西，而因為緞帶陳舊褪色，便說明了那是她珍藏很久的東西。綜合這兩點，那束頭髮只可能是定情信物嘛。」

啊，對了，有些戀人在分別時會互相剪下一撮頭髮給予對方，作為信物。我沒有這經驗，所以沒想起來。

64. Stollen，一種發源自薩克森，以水果乾、果仁、麵粉和香料製作，介乎麵包與蛋糕的傳統德國糕點。聖誕時節製作的會稱為 Christstollen。

「但對象不一定是吹笛人吧？」多多問。

「不一定，但可能性很高。假如是經常見面的秘密戀人，克麗絲不用隨身帶著頭髮，她會將頭髮帶離家，最大可能是用來向久別的戀人證明自己忠貞不二、事隔多年仍惦記著對方。後來當我察覺她跟孩子們有關，那個秘密戀人便指向我和漢斯曾在山上遇見過的神秘吹笛青年了。」

「可是路德維希的髮色好像比較深？」我想起一點，覺得奇怪。

「雖然我不知道原因，但有些小孩的髮色會隨著年紀變深確是事實，所以當初我亦沒直接聯想到吹笛人，但最後發覺還是這個推論最合理。說起來，除了路德維希，我們這趟旅程不就見過另外幾個擁有這種髮質的人嘛。」

「有嗎？」

「大約翰和他的孩子不就是嗎？他們夫婦和孩子的髮色如此不同，你不覺得突兀嗎？」先生一說我才想起，漢普汀克夫婦都是棕髮，但小漢斯兄妹的頭髮卻是金色的。

「他們不是親生的？」

「不會啦，有酒館老爹作證啊。他說過小漢斯和大約翰小時候一模一樣，我猜大約翰以前的髮色也一定比較淺。而且，我想這搞不好是凱洛琳用來唆擺妹妹遺棄孩子的藉口之一吧。」

「藉口？」

「『孩子的髮色跟你們如此不同，一定是受到女巫詛咒啦，妳家又住得近科柏山，八成他們是詛咒之子。妳看，孩子出生後你們兩夫婦的生活是不是愈來愈差？妳嫁的那男人，本來是個木匠，卻因為意外斷指淪落成伐木工，這分明是詛咒吧？將孩子丟棄在科柏山，恰好歸還孩子給女巫啊。』」先生模仿凱洛琳的語氣說。

「這是猜測吧？」我覺得這說法有點武斷。

「對，只是臆測。反正我們無法知道凱洛琳唆使妹妹遺棄子女的動機，這一切都只是想像罷了。」先生聳聳肩。

「霍夫曼先生你這麼精明也不知道嗎？」多多問。「我們也查不出來，只知道凱洛琳敵視小漢斯和瑪格莉特。」

「世上最難找出真相的便是人心啊，即使我們質問凱洛琳，她也不一定會說實話，唯有上主才知道真相。我們只能從線索猜測，推敲其中的可能而已。」

「那麼先生你猜的可能是什麼？」我問。

「是愛吧。」

「愛？」

「扭曲的愛。」先生淡然地說：「從凱洛琳和安娜之間的舉動來看，安娜十分倚靠姐姐，凱洛琳也處處管束控制妹妹，即便妹妹早已嫁人，甚至已為人母。或許凱洛琳曾經放手，覺得妹妹擁有自己的家庭，不再需要自己，但老爹說過大約翰因為醉酒差點錯過婚禮，婚後又因為意外從收入不錯的木匠變成低下的伐木工，凱洛琳大概認為妹夫無法給妹妹幸福，於是想方法破壞對方的家庭，讓妹妹回到自己身邊。如果這猜測是真的話，那她意圖殺害外甥便很合理了，因為解決掉兩個孩子，夫婦間再無羈絆，沉浸在憂傷的二人會日漸疏離。讓妹妹成為共犯更是卑鄙的策略，因為動手解決孩子的是安娜，她可以利用對方的內疚心獨占妹妹，操縱她的心思。」

雖然先生說這只是猜測，但我覺得很可能是事實。

「先生你是如何發現凱洛琳是犯人的？」多多問道。

「一開始從大約翰的家來看，孩子們一是自己偷偷離家，一是被親人帶走，環境才會如此整齊。假如是自行離家——例如去冒險——小漢斯應該帶上他的木劍和旗杆，畢竟他是如此投入這騎士身分，可是那些東西不但遺留在家，他們亦沒有去找齊格或巴爾，那麼自己離開的可能性便較低。而凱洛琳一到場便斬釘截鐵地說是女巫所為，那分明是要引導輿論，於是我便想犯人該是凱洛琳和安娜了。問題是，我不知道誰是主謀。」

「但先生你說過外衣的事……」

「那是事後才確認的，因為反過來想，母親想殺害孩子，找了姐姐當共犯，疼惜外甥的姨母於心不忍，替孩子們穿上外衣也不是沒有可能。」

「啊，所以先生你那時說不知道是犯人是『哪一個女巫』。」我想起當時先生的話。

「對啊，而漢斯你偏偏亂說話，引起這一場大風波。」先生搖頭苦笑。「你說什麼犯案的是吹笛人，因為居民們對『吹笛人』的印象比『女巫』深刻，輿論立即改變了，這擾亂了凱洛琳的計畫，她便想方法修改，在河邊演戲。」

「河邊演戲？」

「她在大約翰家偷拿了小漢斯的『紋章袍』，製造孩子們像老鼠般被沖走了的假象。」

「你如何知道是假象？」

「漢斯你也親眼目睹啊，還要問嗎？」先生輕笑道。

「看到什麼？」

「那件畫了騎士團徽章的袍子啊。」

「看到了又如何？那『輪子茅房雉雞』有什麼意義嗎？」

「小漢斯說過，騎士團的旗幟在之前跟城西小孩的戰爭後『重畫』的，他利用原來的陳舊破布再畫上徽章，說明在河邊打仗時　掉的不是旗子而只是圖案，那唯一的可能便是旗子沾上水，顏料被洗糊了。可是小漢斯的紋章袍『泡在水裡』，圖案還清晰可見，證明凱洛琳那句『袍子卡在碼頭樁柱下』是謊言，她因為匆忙只隨便將袍子弄濕。這說明了她才是主謀，因為假如她是『疼惜外甥、被迫協助犯案的善良姨母』，沒必要做到這一步。」

「原來如此！所以我們之後去瓦格納府，到凱洛琳的房間找證據！」

「先生你們去了搜證嗎？」多多問。

「嗯，當時我希望找到孩子的去向。」

「可是先生你當時叫我找金幣或貴重的東西，就像個小偷似的。」

「假如凱洛琳精明一點，她房間裡便應該有這些東西嘛。」先生嘆一口氣。「她明明可以將孩子賣給他人，不少貨船和商旅也有這些黑市管道，像小漢斯兄妹那麼健康可愛，那些買賣孩子的歹徒一定會付好價錢，而只要看看金幣或銀幣在哪城市發行便能縮小調查範圍，之後去公會查一下這幾天有哪些船隊或商人來做生意，就有機會追回孩子。怎料那蠢女人完全沒想到可以藉此圖利，純粹讓妹妹帶孩子到森林遺棄，增加了我們找回他們的困難。」

所以先生才在市集打探哈梅林的貿易狀況、學徒數量等等啊，假如打聽到某個商人有買賣孩子的嫌疑，先生便很可能會去大鬧一番吧。

「先生，」我有點慚愧，覺得不道歉不可，「對不起，都怪我一開始隨便指責吹笛人拐帶了小漢斯兄妹，事情才鬧得如此大……」

「算了吧，能解決便好。」先生倒沒再動氣。「說起來你更欠法爾克夫婦一個道歉呢。」

「法爾克先生和夫人？為什麼？」我有對他們做過什麼嗎？

「是你讓安東尼兄弟捲進這事件嘛。」

「我？」我大吃一驚。

「你在酒館說過『既然他要瓦格納付錢，那擄走的該是瓦格納的孩子，而不是施耐德先生或大約翰他們的』。多多，你有聽到漢斯這句話吧。」

多多微微一笑，點點頭。「當時我們正在想如何讓事情落幕，聽到格連先生這句話，我便覺得這是不錯的計畫。本來想讓克麗絲小姐假裝被吹笛人擄走，但我們實在需要一個能在城裡負責不同任務的成年人，於是退而求其次，將目標改為瓦格納先生的外甥。」

我啞口無言。我前天質疑先生插手法爾克先生跟瓦格納的借款瓜葛，說是干涉他人的人生，沒想到我在不知情下干涉得更多。先生說法爾克夫婦遭遇禍事，我們要負部分責任，那其實是指「我」要負責任吧……

咦？

「啊！」我驚叫一聲，連前方邊走邊哼歌的孩子們都回頭瞧向我，我連忙堆上笑容，示意沒事。

「怎麼了？」先生問。

「沒事，沒事。」我略帶猶豫，向多多問道：「瓦格納拒絕付錢贖回安東尼兄弟後，是克麗絲小姐提出拐走全城所有孩子嗎？」

「嗯。」多多點點頭。「她提出這要求時我也滿驚訝的，因為實在太大膽了，但我再想了想，又發覺或者可行，於是擬定策略，拜託她立即動身去奧爾登多夫預訂糕點，再請她回來後想方法慫恿她父親召開全居民集會。克麗絲小姐真的很聰明，她知道瓦格納先生不一定會聽從她的提議，她便故意跟僕人閒聊，說除非公開集會否則父親一定在閉門會議中被孤立，法蘭茲偷聽到便當成自己的主意向主人獻計……」

我沒聽清楚多多後面在說什麼，因為我滿腦子驚詫。

原來先生才是導致今天這場集體誘拐風波的主謀！

就像我無心一言令吹笛人被當成拐帶犯，先生故意在克麗絲小姐面前說出那個奇怪的比喻——

「瓦格納先生『心裡剛硬』，除非威悉河河水全變成血、天降冰雹、蝗蟲來襲，或是城裡所有家庭的長子遇害，否則他都不會妥協吧。」

是他暗中影響了克麗絲小姐的想法，製造出全部孩子被誘拐的這場鬧劇！先生之後更向法爾克夫婦說我身手了得，可以幫忙上山對付吹笛人，那是用來逼克麗絲小姐盡快動手的暗示！因為一旦組團上山，根本沒有任何魔力的路德維希便陷入大麻煩，他們非得速戰速決不可……

可是這麼說，縱使先生不曉得如何實行，他一早便知道我們在教堂集會時，騎士團正在執行詭計，帶領全城孩子上山？

對了，我聽到笛聲後，先生要我上鐘塔查看，並且叮囑我一定要回去跟他報告，不可以追出去。之後他又跟我再上鐘塔確認，可是他真正要確認的不是孩子們離城的方向，而是到底孩子們離開了沒有——他一再拖延，就是務求克麗絲和騎士團的詭計成功！

現在細心一想，我根本被先生設計了。他一定比我更早聽到笛聲！雖然我的聽覺很敏銳，但先生比我更強——當初在科柏山上他就比我更早察覺到笛聲，假如我聽得到，沒道理他聽不到啊！

我瞧向先生，只見先生露出得意的笑容，他一定知道我心裡在想什麼。我家主人就是如此亂來，他不惜製造更大的混亂，來貫徹他的正義……

「先生，你一直對釘住勒索信的刀子很執著，那是為了什麼？」我完全敗給先生，只好裝作無知，問及其餘我未了解的謎團。

「頭兩次刀子都被回收了，說明犯人有同夥在城裡，我想大概是希爾達、亞當或克麗絲自己趁他人不注意時拿走吧。」先生也沒點破我所想到的，保持輕鬆的語調答道：「刀子雖然沒什麼特別，但它刀鋒乾淨沒崩損，看似不常使用，那即是犯人故意準備的。騎士團的孩子可無法拿到這種好貨，假如是家裡的刀子，肯定已被經常使用，刀鋒磨過很多次。只有大戶才能擁有一堆新刀備用，假如齊格和巴爾失蹤當天我看到這刀子，加上勒索信上有股女性用香包的花香味，大概很快能鎖定克麗絲小姐吧。

「我還以為那香氣來自科柏山我們遇見路德維希時他身旁的野花……」我似乎又弄錯了。

「氣味不一樣啦。」

「對了，那時候先生你說要打賞他十杜卡，是為了什麼？」

「我想知道他的來歷，故意用法語說出這金額，假如他是假裝聽不懂，至少表情會稍變吧，可是他真的不會法語。倒是現在我們很清楚了，因為路德維希當上水手，跟隨商船跑遍各大港口，所以才會拿到法國的笛和義大利的丑角戲服來進行『魔笛捕鼠』這詐騙計謀。」

先生提起「魔笛」，我赫然想起一個未解之謎。

「先生，無論是齊格和巴爾的失蹤、安東尼兄弟的消失，或是全城小孩被拐帶的事件裡，克麗絲小姐為了讓人誤會犯人是吹笛人所以都奏起笛子，可是為什麼小漢斯兄妹被母親遺棄當晚，城外會傳出笛聲？克麗絲小姐那時候仍未跟路德維希碰面啊。」

「剛才在小屋裡路德維希不是說了嗎？他為了引開狼群的注意，所以吹起笛子，讓小漢斯兄妹逃跑嘛。」

「那是科柏山山上的事，我說的是城外酒館和大約翰家附近啊！」

「那就是笛聲從山上傳過來了，還用說明嗎？」先生一副理所當然的樣子。

「距離這麼遠，能傳到？」

「因為山勢特殊，產生迴音嘛。千多年前維特魯威[65]已在他的《建築十書》裡說明如何建造令聲音擴大的劇場了，科柏山的岩壁佈局令某些地點的聲音放大傳開，一點都不奇怪喔。」先生聳聳肩。「剛才我們上山時，不是在山道上聽到孩子們的嬉鬧聲嗎？明明還沒抵達山谷，便已聽到了。大約翰說十多年前聽到的『女巫笑聲』，八成是克麗絲小姐和路德維希夜裡偷偷上山遊玩傳出的吧。一開始我便對城外聽到怪聲一事不感到奇怪，我還對你說過，我們上山是要找一個地形特別的地方，假如沒有聽到狼嚎，我想我們早就找到小屋了。」

「先生你怎可能一開始便料到啊？那時候我們只經過科柏山一次罷了！」

「我曾問你知不知道為什麼漢諾威叫漢諾威吧。傳說人們初建立漢諾威時，他們聚居在萊訥河東邊較高的河岸上，『漢諾威』就是『高岸』的意思。」先生回頭望向我們身後被岩壁包圍的山道，「地名不會無緣無故亂定，背後一定有它的來歷，換言之，『科柏山』也一定有它的意義。『科柏（Koppen）』這詞可能來自南部德語的『圓頂（Kuppa）』，但我們看到這山岩石嶙峋，跟外形不吻合，所以我猜真正的來由是『圍繞之地（Koppel）』。岩壁圍繞的地形容易產生迴音，不是人所共知的常識嗎？」

雖然先生說得一副不問可知的模樣，但能組合種種瑣碎的細節、找出真相的人恐怕大概只有先生吧。我們說著說著，隊伍已經過當初遇見吹笛人的野生花圃，差不多快回到橡樹與三角岩的地點。

「多多，我還有一事好奇想問。」我想起剛才吃過那片美味的水果麵包。「用來迷昏侍衛的菜色是什麼？是很好吃的料理嗎？」

多多眨眨眼，笑了笑。「鴉片很苦，所以要讓他們不自覺地吃下便要用另一種味道掩蓋——他們吃的，便是兩位昨晚也吃過的芥末肉丸。坦白說，除了辛辣，實在很難吃出什麼味道啦。」

*

如同先生的設計，瓦格納以英雄的姿態帶著孩子回城，令居民十分感激。阿倫德斯會長

65. Marcus Vitruvius Pollio，公元前一世紀古羅馬著名建築師、工程師。

差點因為等得太久，打算帶僅餘的侍衛上山，沒想到瓦格納與吹笛人「談判成功」，所有孩子安然無恙。雖然城裡的父母都問孩子發生什麼事，但騎士團以外的小孩都只能說出跟隨吹笛人上山吃糕點，所以無人知道到底魔笛是否真的具備魔力，還是吹笛人的笛聲令人陷入阿維森納在《治療論》中提及的那個什麼「al Wahm」狀態。

施耐德、沃斯醫生、法爾克夫婦對於孩子平安回來很是欣慰，大約翰更是緊抱著小漢斯兄妹不放，可是安娜一副焦慮的樣子，似乎不曉得孩子們為什麼沒有將她遺棄他們的事說出來。酒館老闆很感謝先生履行承諾，平安帶多多回家，雖然我在旁邊很想說出真相，多多壓根兒不會遇上危險，甚至該說一切的危險假象都是這小傢伙設計出來的。

晚上居民們舉辦慶祝會，黑鳶酒館裡人山人海，居民們紛紛向先生敬酒，因為他們聽說先生巧妙地調停瓦格納和吹笛人之間的分歧，令瓦格納動惻隱之心，體恤吹笛人一時意氣帶走孩子，化解危機。居民們認為，比起從吹笛人手上奪回孩子，頑固的瓦格納更不可能勸得動，但霍夫曼博士就是有辦法化不可能為可能。這晚的宴會雖然沒有美食佳餚，但我也覺得挺愜意，至少大家都能由衷的歡笑著。

「漢斯，我們不如先到寧布爾格[66]吧！昨晚一位老先生告訴我那兒有巨人傳說，我們可以先到那兒一趟，再改從不來梅乘船回家。我們也可以坐船沿威悉河前往，但我想陸路會有更多有趣的景色，也許會在途中發現其他民間故事……」翌日天剛亮，我和先生便準備離開哈梅林。畢竟事情解決了，這兒也沒有什麼傳說值得先生探索，先生反而心情變好，打算先到附近找找他喜愛的研究題材。

我們跟老闆話別，騎著馬離開酒館。因為先生說想觀看一下城外的景色，所以我們沒有穿過城市，沿著城牆東面往北方慢步前進。

「說起來先生你有一顆寶石還在瓦格納手上哩，我們不跟他要回來嗎？」我忽然想起。

「就當給他的小補償吧，我本來只想拿寶石當餌，看看能否從他身上敲掉二、三千杜卡，怎料他居然讓我們知道那個價值一萬多的金庫。既然他有這本錢，我不盡取他便不會得到教訓。」

「先生，凱洛琳那方面你不管了嗎？」我想起先生曾說過，他會教訓那邪惡的女人。

「已經處理了啊。」

「咦？」

「我昨晚在聚會中，悄悄地發放了一則謠言。」

「是說凱洛琳意圖謀害外甥的事嗎？」

「當然不是啊，」先生皺皺眉，像是怪我愚蠢，「這事怎可能公開？我放出的傳聞是，聽說小漢斯兄妹在被吹笛人拐帶前，先被女巫抓走了。」

「這對凱洛琳算是什麼懲罰？」我問。

「我沒說完。女巫抓走小漢斯兄妹後，反而被他們丟進火爐燒死了。吹笛人是在那之後才帶走兩個孩子的。」

「這傳聞跟吹笛人用笛聲誘拐孩子不吻合啊？」

「凱洛琳在河邊發現小漢斯的紋章袍也一樣不吻合吧。」先生笑道。「人們不會在意細節，重點是相信科柏山上有女巫的凱洛琳懷疑這是事實的話，她便不敢再對孩子胡來，畢竟對方是連女巫也能殺死的傢伙啊。」

「這也不算是懲罰，只是保障了小漢斯兄妹的安全吧？」

「我還令她失去工作。」先生狡詐地笑了笑。「她之後反過來要依靠妹妹和妹夫了。」

「失去工作？你對瓦格納說了什麼嗎？」

66. Nienburg，位於哈梅林北面、漢諾威西北方的一個城市。

「我告訴瓦格納，凱洛琳的房間裡可能有施行巫術的器物，為免將來惹麻煩，找個藉口解僱會較好。」
「什麼巫術器物？先生你撒這樣的謊，很容易被揭穿吧。」
「沒有撒謊，我還給瓦格納看證據了。這個。」先生從衣服裡掏出一個木匣，我仔細一看，發現正是我們在凱洛琳房間搜查時先生找到的那個。
「先生你又當小偷了？」
「這個不是你在凱洛琳房間見過的那個。」先生得意地搖了搖木匣。
「明明就是——」
「這是在科柏山上的神秘小屋裡找到的，反正是荒屋，不算偷吧。」
「咦？」
「瓦格納說科柏山上沒有女巫，但事實上是有的，只是死了很多很多年……搞不好超過三百年吧。」
「科柏山上真的女巫？」我大吃一驚。
「漢斯，你知道這木匣上的刻紋是什麼嗎？」先生將木匣遞過來，放在我眼前。
「不就是一些花紋？」
「這是盧恩字母。」
「北方人用的弗薩克文[67]？但這兒有好幾個字母我沒見過啊？」
「這是更古早的盧恩字母，而且是我們的。」
「我們？」
「我們英格蘭所在的不列顛島的[68]。」先生將匣子收起，「漢斯，你認為女巫是什麼？」
「就是跟魔鬼立約，為禍人間的邪惡傢伙……」

「那是從信仰的角度來看，可是從歷史角度來看，女巫往往只是沒有機會接觸基督、仍信奉祖先流傳下來傳統的異邦人。我們跟克麗絲和路德維希告別時，我回頭問了他們一些關於那小屋的事，他們都不清楚，只是他們都沒有碰室內的東西，所以這木匣很可能是某個多年前隱居於科柏山上的人的物品。從木匣上的文字估計，那人可能來自不列顛，三百多四百年前遷居至薩克森的深山裡，他擁有某些傳統醫學知識，所以在屋子旁種植了各式草藥。那人很可能還是個女性，她偶然會下山跟附近的居民接觸，但大概因為她身分和知識與他人不同，於是被當成女巫。」

「這……便是科柏山女巫的真相？」

「不知道，可能是，也可能不是。」

「女巫最後死了嗎？」

「事隔多年，她當然死了。」先生莞爾一笑，「你該問的，是她在『哪兒』死了。」

「不是山上嗎？」

「她很可能歸化信主，到城市定居了。凱洛琳的匣子很可能是家族流傳下來的，她或者跟那個『女巫』有血緣關係。」

假如這是事實，也太驚人了。因為如此一來，小漢斯兄妹不也是女巫的後代嗎？

「我告訴瓦格納，假如他在凱洛琳的房間看到同款的匣子，便證明她有可能跟女巫有關──這是實話。瓦格納剛獲得居民擁戴，自然不想冒險，會找個理由辭退凱洛琳。僕人們八成會暗中談論，甚至可能傳出『巫術』的謠言，既然她心腸歹毒，做出一如女巫般謀害小孩

67. 弗薩克文（Futhark），又稱為「中世紀盧恩文（Medieval Runes）」，十二至十七世紀於斯堪地那維亞半島（挪威、瑞典等等）使用的一種語文。

68. 弗托克文（Futhorc），又稱為「盎格魯撒克遜盧恩文（Anglo-Saxon Runes）」，公元五世紀至十一世紀於不列顛群島使用。

的惡行，那就讓她遭人白眼，體會每天提心吊膽害怕被抓上宗教法庭的痛苦吧。」

「可是先生你剛才說讓凱洛琳依靠妹妹一家，大約翰本來就很貧困，這不是害苦了他們嗎？」

「不會啦，我將那袋寶石給了小漢斯，讓他交給大約翰，說是在山上找到的。他們一家現在大概比法爾克還要富有呢！」

「先生你這麼慷慨！」難怪我們要盡快溜掉，因為明天瓦格納相約的寶石商便會來，而先生手上已沒有寶石可賣了。

「我只是爭取『哈梅林選侯國』支持新教陣營而已！公爵給我寶石，就是這用途嘛。」先生開玩笑道。

「霍夫曼先生！格連先生！」

當我們差不多走到城東城門外時，我們身後傳來響亮的一聲。我們回頭，只見「哈梅林騎士團」的眾人站在遠處向我們揮手。齊格依然有團長風範，氣定神閒地佇立正中，小漢斯高舉旗幟，巴爾、希爾達和亞當等等也紛紛向我們致意。在一眾平排的孩子外，有一道小小的身影，撐著拐杖站在小土丘之上，臉上掛著得意的笑容，大力地揮舞手臂。在朝陽下他的身影往城牆的方向延伸，壯大無比。

「他將來會是個不得了的大人物吶。」

先生一邊向孩子們揮手道別，一邊笑著說。

〈完〉

多多・克尼普豪森（Dodo zu Innhausen und Knyphausen）（生於一五八三年，卒於一六三六年）：生於呂特茨堡，父親為威廉・克尼普豪森男爵（Wilhelm zu Innhausen und Knyphausen）。十九歲時加入荷蘭軍隊，其後輾轉成為被稱為「北方雄獅」的瑞典國王古斯塔夫二世（Gustav II Adolf）的得力助手。在新舊教正面衝突的三十年戰爭（一六一八年至一六四八年）中，新教陣營的古斯塔夫二世驍勇善戰，經常御駕親征，令天主教聯盟軍隊聞風喪膽。然而，於呂岑會戰（一六三二年）中古斯塔夫二世在前線意外身亡，瑞典軍眼看崩潰之際，身為副將的多多・克尼普豪森成功穩住局勢，保住瑞典軍的勝果。

翌年（一六三三年）多多・克尼普豪森率兵攻打被天主教聯盟占領八年的奧爾登多夫及哈梅林，成功奪回該地控制權，史稱奧爾登多夫戰役。基於這幾場戰役勝利，新教勢力才能保住德意志北部據點，促成日後戰爭結束，神聖羅馬帝國和西班牙衰落、荷蘭獨立、世俗化的基督新教能抗衡保守的天主教等結果。

後記・解說・童話考

（本文涉及小說謎底及內容，請斟酌閱讀）

這會是一篇非常、非常長的後記。

我其實不喜歡在後記長篇大論，可以的話最好整篇省掉，讓讀者對小說文本任意詮釋，反正作者想說的應該透過作品陳述就好。可是，這部作品有點不一樣，裡面涉及很多前因後果，加上內容虛實交錯，又和眾人所知的童話相關，假如不花一點篇幅解明一下，恐怕會變成假資訊源頭，似訛傳訛一錯再錯。

先聲明一點，我只是一個童話愛好者、歷史愛好者，並非專家，所以本文所說的資訊不一定正確，假如各方研究者發現內容有誤，歡迎指正，感謝。

〈傑克魔豆殺人事件〉

這是我首次認真創作、用來投稿／參加比賽的作品，大概可以說是作家生涯的原點，雖然當時純粹是以興趣出發，希望寫一個有趣的推理故事而已。那是二〇〇八年，作品用來參加第六屆台灣推理作家協會徵文獎，獲最終入圍（同年入圍的還有後來的島田獎得主、《輝夜姬計畫》作者文善，我們就是因為這比賽結識）。

話說當年我本來準備用另一個故事來參賽，只是寫到一半發覺不可能在有限篇幅內完成，於是果斷住手，重新寫一篇新的——那篇「斷頭文」至今仍在硬碟中沉睡，不曉得何年何月會拿出來續寫。在思考題材時，想到該比賽過往入圍作品都是現代都市的推理故事，於是靈機一動，反其道而行，不單寫一個背景放在英國，時代更是四百多年前的故事，並且挪用著名童話做二次創作，期望能令評審們（和讀者）眼前一亮。

我其實也曾自問，華人以中文創作，寫一個西方古代為背景的故事是否合適。但或者這正正是我們的心理局限，因為反過來，不是也有西方人以外語寫東方的故事嗎？像著名的詹姆士．卡萊維（James Clavell），他就寫過以十九世紀香港為背景的《大班》（Tai-Pan）和十七世紀日本的《將軍》（Shōgun）等等。在問「Why」（為什麼）之前，不妨試著問「Why not」（為何不），這才可以拓展我們的視野。

曾有人問我，為什麼挑十六世紀末作為這故事的背景。這兒先說一下坊間對「中世紀」的刻板印象，很多人——尤其是華人——都將歐洲的「中世紀」視為一個時代，但這其實有重大謬誤，前期的中世紀是公元五世紀開始，末期的中世紀卻是延續至接近十六世紀，當中跨越了一千年，這等同於將現代人和宋朝人視作同類一樣荒謬。童話故事往往沒有確定的時代，因為故事抽離現實，所以時代都被模糊化；可是，我決定基於現實邏輯改編童話，那就需要選一個時期，於是我便選擇我認為歐洲史甚至是世界史上最有意思的十六世紀末，即一六〇〇年前後的時間點。

選擇這時期，是因為我認為這是現代人類文明的開啟時點，人們擺脫迷信，追求理性，亦即是「推理」開始成立的時代。文藝復興從十四世紀開始，經歷二百年的思想變化，邁向終結成熟；宗教改革於十六世紀中興起，天主教的權威受到挑戰，新的世界秩序隱然成形；大航海時代正發展得如火如荼，新大陸和遠洋經濟為人們帶來各種意想不到的衝擊；印刷術普及，令知識以幾何級數的規模傳播；伽利略、克卜勒、笛卡兒等等也是這個時代的人物，提出的新思維令人們對世界的理解有著翻天覆地的變化。

以戰爭史而言這時代的歐洲也極具魅力，雄霸世界的西班牙無敵艦隊居然莫名其妙地敗給弱小的英國；法國和德國（神聖羅馬帝國）在新舊教之間面臨撕裂，國際貿易卻沒有因此衰退；而十數年後（一六一八年）三十年戰爭爆發，決定了新世界秩序（傳統天主教失勢）的結局，十六世紀末正有暴風雨前夕之感。有趣的是，當歐洲爆發三十年戰爭，同時期日本德川家康剛成立幕府，討伐豐臣家的殘餘勢力，終結戰國時期；而三十年戰爭快完結之時，明朝覆亡，後金軍隊（清兵）粉碎了大明原有的保守秩序，亦是另一個建立新秩序的例子。世界各地就像產生共鳴一樣，即使無關，卻形成一個個漣漪。

說得有點遠了。總之選擇十六世紀末作為背景，就是為了讓故事在推理上比較說得通，人們對真相的渴求亦較迫切，這樣子我們的主角霍夫曼先生才有用武之地。

有人曾問為何身為英國人的霍夫曼先生有德國人的姓氏，我當初的設定是因為這偽名來自他母親，而他母親擁有日耳曼血統。會選德國，是因為當年我發現跟德國打了兩次世界大戰的溫莎王朝（即現今的英國王室）擁有德國王室血統（韋廷王朝）後，十分驚訝，於是覺得這樣設定好像很有意思。

或者先寫一寫原本「傑克與魔豆」的故事：

從前有個小男孩叫傑克，因為家境貧窮，他的母親便吩咐他到市集賣掉家裡唯一的牛。傑克在路上遇到有興趣買牛的陌生人，但對方說沒有錢，只有比金錢更罕有的神奇豆子。傑克以五顆豆子作為代價與陌生人交易，他的母親知道後，憤怒得把豆子丟到窗外，懊惱自己怎麼生下了一個笨兒子。

第二天早上，傑克發現豆子長成高入雲霄的巨大豆莖，他沿著豆莖往上爬，來到雲上的巨人之家。他偷偷走進房子裡，喜歡吃小孩的巨人嗅到傑克的氣味，可是巨人的妻子把傑克藏起來。傑克脫險後，偷走巨人的一袋金幣，翌日傑克再往雲端的巨人家尋寶，這次他一樣被巨人的妻子所救，而他這回偷走了一隻會生金蛋的母雞。

傑克三度爬豆莖往巨人的家裡找尋寶物，這次他看到一台會自動彈奏的魔法豎琴。可是當他撿起豎琴逃走時，驚動了巨人，於是巨人沿著豆莖追傑克。傑克回到地面後，拿起斧頭砍倒豆莖，邪惡的巨人摔死。自此之後，得到寶物的傑克和母親快快樂樂地生活下去。

——英國童話〈傑克與魔豆〉

以上是童話〈傑克與魔豆〉（Jack and the Beanstalk）的其中一個版本，坊間各版本細節不一，我姑且取其中一個，但終究脫離不了「傑克爬上巨大豆莖、得到寶物、智取巨人」的設定。我小時候讀到這故事是完全不理解的——為什麼一個殺人越貨的少年犯值得小孩學習？儘管巨人是個殺害孩子的大壞蛋，傑克也不見得是正義化身，他對付巨人出於私利，頂多算是「黑吃黑」，跟其他童話中孩子先被邪惡的巨人或女巫逼害後，自衛殺死對方脫險的價值觀完全不一樣。這個異常的印象直接讓我想到〈傑克魔豆殺人事件〉的大綱，寫作亦十分順利，比起之前那篇「斷頭文」，這故事幾乎是無痛創作，很順利地幾天寫完。

但當時自己實在太嫩，大約半年後便發現故事犯了很多錯誤——不是推理上的錯誤，而是歷史上的。

這也是我後來才察覺，撰寫歷史背景小說的困難之處。故事中的一些設定是我平日閱讀得知，不會有太大錯誤，像英格蘭治安法官的制度、星室法庭的設置、坎特伯里大主教的職位等等，很容易驗證，困難的是「日常」。我曾寫上米列特太太請主角喝茶，但「茶葉」這東西在十六世紀末尚未傳入英國，喝茶的文化大概還要多等五十年，就連「Tea」這個英文詞語也是一六五〇年代才出現，在那之前英國人稱茶做「Cha」（這發音才貼切嘛！），就是東方人的一種飲料。另外「握手」這禮節亦不確定是否已出現，「拍手」表達讚賞則可以追溯至遠古，但握手示好卻不確定，「Shake hands」似乎在十六世紀的文獻有記載，但「Handshake」則要待到十九世紀，為免失實所以都避寫。此外我更不小心在新教的英國用上舊教的「神父」稱謂，又幾乎寫上十九世紀才出現的名詞「順時針方向」（Clockwise）。也許有讀者覺得無傷大雅，但我對這些氣氛細節就是比較龜毛，有懷疑就盡量修正。

為了充實自己，減少上述的謬誤，我往後翻過好些描述十五、十六世紀歐洲的書籍，事實上為了撰寫這系列，我從書本和網路上獲得的有趣知識比我寫出來的更多。我想這也是創作的樂趣。倒是物價令人相當頭痛，在本篇中，金錢並不是重要元素，所以只要籠統地帶過便行了，真正頭痛的是在〈哈梅林魔笛兒童誘拐事件〉，後面再述。

本作的角色設定上，有一個人物我必須提一下：巨人雷戴爾先生。這名字是有出典的，在英國康沃爾及威爾斯的民間傳說「巨人殺手傑克」（Jack the Giant Killer）中，一名被傑克殺死的雙頭巨人就是叫作「Thunderdale」，而有說「巨人殺手傑克」正是〈傑克與魔豆〉的創作藍本，所以我便取其名字，半意譯半音譯，起名為雷戴爾。

在撰寫本作時，我其實還不時想起另一則英國的巨人童話：王爾德（Oscar Wilde）的〈自私的巨人〉（The Selfish Giant），該作描寫一個自私的巨人因為幫助了一個可憐的小孩子，頓悟前非，變成親切的巨人。這亦令我決定在這故事隱藏另一個解讀——表面上它是以某童話為藍本，背後卻有另一則童話作為比喻／影射對象。因為這概念是在本作撰寫中途才冒出來，所以以作為「裡童話」的〈自私的巨人〉的元素不明顯，不過假如有讀者在讀畢本作後對該篇短篇有興趣，特意找來一讀，我會十分高興。

〈藍鬍子的密室〉

〈藍鬍子的密室〉是翌年參加第七屆台灣推理作家協會徵文獎的作品，幸運地獲得首獎，在這年的比賽我認識了另一位作家朋友高普（電影《媽！我阿榮啦》編劇）。順道一提，我們當年更合寫了一部科幻小說《闇黑密使》，算是我的商業出道作。

一如前一年的參賽作品，我再次讓霍夫曼和漢斯擔當主角，插手另一則以童話為藍本的事件，而這次選擇的是法國童話〈藍鬍子〉（La Barbe bleue）。事實上，就像童話〈傑克與魔豆〉是從民間傳說「巨人殺手傑克」改編而成，夏爾・佩羅（Charles Perrault）撰寫的童話〈藍鬍子〉也大概是改編自民間傳說的，只是他的版本最為人所熟識，往後也有過很多不同的改寫版本。

我印象中〈藍鬍子〉故事如下：

從前有一個貴族，他長相嚇人，因為他的鬍子是奇異的藍色，人們都稱他做「藍鬍子」。他曾娶過幾任妻子，可是據說那些女士婚後都受不了丈夫怪異的相貌而跑掉，藍鬍子只好另覓繼室。他追求一個平民的兩個女兒後，小女兒答允婚事，住進藍鬍子的城堡裡。

一天，藍鬍子因事遠遊，臨行前將城堡的鑰匙交給新婚妻子，告訴她可以隨意進任何一間房間，唯獨地下室的一扇門絕對不可以打開，妻子答允。藍鬍子離開後，妻子時常宴請朋友，他們都羡慕她能住在豪華的城堡、享受富貴的生活；可是她讓朋友參觀城堡各房間後，她對那地下室就愈發感到好奇，某天她按捺不住，決定違諾一探究竟。當她打開地下室後，赫然發現裡面吊著很多女性的屍體——她們全是藍鬍子的前妻，她們沒有逃跑，而是被藍鬍子殺死了。妻子大驚，慌張之下鑰匙掉在地上，沾上屍體的血，她連忙撿回離開地下室。她不知道那支鑰匙被下了魔法，沾上血跡後便無法洗掉，當她發現這事實後深感驚惶。她向到訪的姊姊求救，二人準備逃跑，萬料不到藍鬍子此時提早回家。

藍鬍子看到鑰匙上的血跡，知道妻子違諾並發現他的秘密，於是要殺死對方。妻子哀求饒命不果，唯有要求死前到城堡高塔上祈禱，藍鬍子答應。在高塔上妻子不斷拖延時間，當藍鬍子等得不耐煩，準備闖上高塔殺死妻子之際，妻子的兩名騎士兄長趕至，二人跟藍鬍子交戰後合力殺死對方。妻子將藍鬍子的遺產分給家人，讓姊姊順利和戀人結婚，她自己則結識了另一位紳士，二人快樂地生活下去。

——法國童話〈藍鬍子〉

跟〈傑克與魔豆〉一樣，我小時候讀到這故事時十分錯愕。雖然乍看它的價值觀比〈傑克與魔豆〉正確，但未免太血腥太現實了。這根本是一個連環殺人魔的犯罪故事，卻包裝成童話，不曉得有多少小孩因此留下童年陰影——當然從另一角度來看，讓孩子早早認識這社會的陰暗面，大概也有它的正面意義。

仔細推敲，〈藍鬍子〉的故事也不見得十分政治正確，因為故事隱含著「假如妻子遵從丈夫的命令，她便不會被殺」的意味。故事架構上有暗示藍鬍子對每個妻子都給予相同的「考驗」，因為她們終究無法克制好奇心，所以他才下殺手。當然，以現代人眼光去抨擊三、四百年前的男女階級差異滿愚蠢的，反過來說，我們可以從這些童話思考當時人們的意態形態，了解我們的文明究竟演化改變了多少。

寫〈藍鬍子的密室〉比寫〈傑克魔豆殺人事件〉花的時間長得多，其中一個關鍵在於「藍鬍子傳說」有現實的出典。不少人認為，藍鬍子這角色是影射吉爾・德・雷男爵（Gilles de Rais），他在英法百年戰爭中是法國的民族英雄，效力法國與布列塔尼公國，更是聖女貞德的戰友。然而，雷男爵沉迷煉金術與黑魔法，他退隱後與同好不斷嘗試召喚惡魔，更因為這些儀式殺害大量兒童以作祭品，據傳受害者高達三百人。他後來被宗教法庭與世俗法庭定罪，在布列塔尼的南特處以絞刑。考慮到以上種種，雖然在我的故事設定時點上，布列塔尼公國已被法蘭西王國合併，但布列塔尼這地點能增加本篇的真實感和趣味，於是這故事便在改編童話之外帶點歷史虛構小說的風味。

而這令寫作難度增加不少了。

將童話〈藍鬍子〉改寫成推理故事並不困難，因為它本來就是一個以謀殺為主題的故事，所以構想大綱倒沒有遇上障礙；但將它編成「現實」的推理故事，那就有大麻煩——魔法鑰匙固然要解決，但更難解決的是，現實中的貴族才不會在偌大的城堡中沒有僕人！細心一想，〈藍鬍子〉故事裡最荒謬的一點便是城堡裡除了藍鬍子和妻子外，完全沒有僕人登場！現實中，貴族的生活是缺不了僕役的，早期的貴族甚至沒有召僕人的呼喚鈴，於是僕役要長駐在貴族身邊，或守在門廊等候指示。女性貴族就連穿衣也是由侍女負責，這傳統導致後來男女裝襯衫鈕扣位置相反，沿用至今（男性是自己扣鈕，但女性是侍女站在對方面前代為扣鈕，考慮到一般人慣用右手，於是女裝鈕扣便釘在左方）。

我尚且想到理由為這怪異的一點解套——還跟謎底相關——可是其他跟歷史相關的設定便不能唬爛。既然故事設定在布列塔尼，那藍鬍子這貴族到底是幹什麼的？他在當時的政治環境下有什麼立場？他的家族跟當地的歷史有關嗎？因為想到如此種種，我便要花時間了解那個時代，看看有沒有什麼可以放進故事裡的背景可用。本篇中藍鬍子的祖父居伊當然是虛構角色（縱使這名字也有出典，來自真正的殺人魔吉爾的父親名字），但布列塔尼的維爾嘉農將軍（Nicolas Durand de Villegagnon）在巴西吃敗仗是真實歷史，巴西紅木的確是當時重要的國際貿易商品之一。

準備好大綱，動筆之後，我卻遇上另一個麻煩。

前文說過，本作是用來參加比賽的，而該比賽有字數限制，最少一萬五千，最多三萬。而我發現，我沒可能在三萬字內說完這故事。之前一年「斷頭文」的經驗重臨，我必須考慮是否放棄，另外再想新故事。

由於已花了很多工夫取材，自己亦對情節頗滿意，於是決定刪減情節。對，用來參賽並得獎的〈藍鬍子的密室〉，其實是一個「閹割版」，原大綱是一個前後共三天的故事，我不得不刪去其中一天，放棄跟主線關係不大的劇情，再將重點情節塞進其餘兩天去。

所以這回重新出版，我終於可以為本作修訂，補回那一天了。（現在的版本有四萬字。）

修訂版跟原來的大綱不盡相同，因為寫過那「刪節版」，有些伏筆構成已定好了，拆掉重寫會非常麻煩，所以補回的一天既運用了舊概念，亦加上了新的考量。新舊版最大的差異在於追加了藍鬍子跟漢斯比劍的一段，這一段在推理上作用很小，但當初設定時覺得這是蠻重要的，一來讓尤迪絲與漢斯往後的互動更自然，二來因為原作童話中「兄長們」曾跟藍鬍子打鬥，我覺得沒有一場「動作戲」總是有所欠缺。

不過反過來說，當年沒寫也不是壞事，我那時候完全不懂寫打鬥場景，今天雖然未必及得上我那些擅長寫動作場面的作家朋友們，但一定比當年的我長進。另外今天的資訊比較容易取得，我的取材經驗亦更多，所以能夠找出真實的中世紀武術資料，為該段增加真實感。故事中提及的劍術大師與流派都有真實出典，不過動作描述則不確定，因為今天學習中世紀流派武術的人也只是跟隨殘存的指南書及相隔數十代的師徒傳授來學習，我查到的版本尚算有多少依據，但到底有多正確就不得而知了。附帶一提，我小時候閱讀這童話的最後一段，總是幻想著兄長二人跟藍鬍子沿著高塔的石梯比劍，站在上方的藍鬍子反而不敵，被刺中後滾下樓梯死去。我無法在我的故事裡讓漢斯和藍鬍子在樓梯對打，所以將先代藍鬍子之死編排在通往地下室的階梯上。

前文提過〈傑克魔豆殺人事件〉的「表裡童話」設計，這次是一開始便想到了，裡童話是法國的〈美女與野獸〉（La Belle et la Bête）。這次在結尾寫得十分明顯（甚至有自覺太明顯了），但我想說的是，〈美女與野獸〉和〈藍鬍子〉一樣來自法國，元素亦有很多類同（住進城堡的女性、城堡中的異樣主人、女性對主人許下的承諾等等），但兩者卻像正反兩面，猶如鏡像的善良與邪惡對照。

〈哈梅林魔笛兒童誘拐事件〉

〈藍鬍子的密室〉獲獎後，我便著手下一篇的系列作，打算湊成單行本可以出版的份量，拿來投稿。當時選擇改編德國的「花衣吹笛手／哈梅林捕鼠人」（Rattenfänger von Hameln），因為在撰寫〈傑克魔豆殺人事件〉時，我一時興起加入了提及「哈梅林魔笛兒童誘拐事件」的對白，假如出版短篇連作，那最後一篇講述這事件倒很合理。然而在我設定大綱時才想起自己犯了一個嚴重錯誤。

雖然「花衣吹笛手」是格林童話中的名篇——〈哈梅林的孩子〉（Die Kinder zu Hameln）——但它亦是真實的歷史事件。

「傑克與魔豆」及「藍鬍子」都是架空的童話故事，改編的自由度很大，可是「花衣吹笛手」卻有事件發生的確切地點和日期，而更糟糕的是它的發生日期跟我這系列的設定相距了足足三百年——文獻記載，這事件發生在一二八四年六月二十六日。就算我無視日期，城市背景亦有很大的差異，十三世紀末的哈梅林仍是一個發展中的小鎮，十六世紀末的哈林梅已變成一座頗具規模的貿易城市了。事實上，在十七世紀後它更發展成德國北部一個軍事重鎮，哈梅林占地雖然不廣，但卻有著很深刻的歷史地位。

面對這難題我十分猶豫。謎團的初步構想已有，但細節上有非常多要協調的項目，例如十三世紀的哈林梅沒有城牆包圍，但十六世紀已建好，我到底該設定有城牆還是沒有？如果有的話，便要考慮吹笛人帶孩子離城時為何沒有被城牆阻止的問題；假裝城牆不存在的話好像較簡單，可是卻失實。

當初為了解決這類基本設定問題，我打算要小手段迴避算了，乾脆不讓故事發生在哈梅林城裡，虛構城外一條村落，將全部事件移到該地發生。可是，我心裡總覺得這做法有點不妥，彷彿拿走了這則童話的一些核心部分，令它變得殘缺。雖然非常猶豫，我還是設定好大綱，開始動筆。寫了約萬餘字，描寫主角們聽酒客談及捕鼠人吹奏魔笛的段落後，我不知為何擱筆了。

我完全忘記了當年為什麼沒寫下去，也許是看到某比賽的資料，跑去寫參賽作品，也許是收到出版社的邀稿，先處理商業稿件，也許是因為心裡那絲猶豫發酵，令我裹足不前，然後這未完成的作品不知不覺間被其他寫作計畫排擠掉。總之，〈哈梅林魔笛兒童誘拐事件〉就這樣，成為另一部沉睡在我硬碟的「斷頭文」。

之後多年，我仍不時想將它挖出來續寫，但結果總是缺乏機會，或者下不了決心。我想大概因為我始終無法解決前述的一些基本設定問題，所以潛意識叫我放手。我老跟自己說我仍未放棄，只是時機尚未成熟——這聽起來很像藉口，但現在回看，時機的確沒成熟。

因為真正成熟的時機出現了。

二〇一八年秋天，我收到編輯來信，說德國法蘭克福一個叫「Litprom」的文學節想邀請我出席。Litprom 今年（二〇二〇年）已舉辦了四十年，規模不大但形式別開生面——它是以非洲、亞洲、拉丁美洲及阿拉伯世界的作家為主的文學節，讓德國本土作家和以上地域的作家交流，向德國讀者介紹非歐美主流的文學作品。Litprom 每年都有特定主題，二〇一九年的主題是「犯罪推理」，拙作《13．67》又剛好出版德文版，於是我幸運獲邀。

既然有機會踏足德國，沒道理不到哈梅林實地取材吧？

跟 Litprom 主辦單位溝通後，回程機票可以延後，我便自費訂火車票和哈梅林的旅館，親自去看看這故事的舞台是什麼模樣，瞧瞧傳說中吹笛人走過的路是什麼方向。

二〇一九年一月末，我出發往法蘭克福——嗯，這篇後記似乎要變成遊記了。Litprom 十分有趣，我在這文學節認識了韓國大熱推理小說《七年之夜》、《物種起源》的作者丁柚井女士，亦跟南非著名推理小說《13小時》作者狄昂．梅爾先生（Deon Meyer）交流談天，收獲甚豐。為期兩天的文學節完結後，我便隻身北上，從法蘭克福乘火車到漢諾威，再轉車到哈梅林。車程足足三個鐘頭，但這距離和「香港－哈梅林」相比，實在微不足道。

因為時值冬季，哈梅林下午四點多便開始日落，日光時間短加上天氣寒冷（每天都下雪或雨雪），絕對不是良好的旅遊時節，但對於能實地取材的我來說，這些問題都可以克服。選擇旅館時為了節省金錢，沒有挑城區內的旅館，結果意外地我就像霍夫曼和漢斯一樣，住在城牆舊址外的一家旅店，要走七、八分鐘左右才能進入舊城區。旅店旁更是一片小小的古老墓園，我好想進去看看，但因為不知道它是否觀光點（我忘記向遊客中心的人員確認），所以只能在圍欄外欣賞那些長滿青苔的古老墓碑。

我在哈梅林（我到步才知道該地官方中文譯名是「哈美恩」）逗留了四日三夜，每天冒著寒風在城裡兜兜轉轉，記錄環境細節，幻想四百年前漢斯和霍夫曼會看到的風景。看過真實的威悉河，走過大橋從對岸望向舊城，抬頭瞧過那些屹立四百年有兩層高凸窗的古老建築，穿過傳說中吹笛人拐帶小孩經過的小巷，跟博物館和遊客中心的員工閒聊過一些話題，十分充實，我想我應該多留幾天，發掘更多細節。哈梅林舊城區的街頭有很多展覽模型，重現過去的建築物和城牆的風貌，我親眼看過後，腦袋裡停滯的齒輪似乎再度運轉，開始找到完成

〈哈梅林魔笛兒童誘拐事件〉的正確方向。

在談及細節前，先寫一下我印象中的〈花衣吹笛手〉童話故事：

從前有一個小鎮叫哈梅林，鎮裡老鼠為患，居民都無計可施。一天，一個穿著彩色衣服的外地人來到小鎮，說能替居民滅鼠，居民承諾對方成功的話便會支付酬金。外地人吹起笛子，鎮裡的老鼠竟然紛紛跑出來，跟著吹笛人的笛聲走到河邊，投河自盡。居民見狀嘖嘖稱奇，但事成後卻反悔，不肯支付酬金，吹笛人憤而離開。幾天後居民在教堂聚會，換上紅色獵裝的吹笛人走進鎮裡，吹起笛子，這次追隨著笛聲的不再是老鼠，而是鎮上的小孩。鎮裡的小孩們跟著吹笛人走上附近的科柏山，從此下落不明。唯有一個跛足的小孩，他因為跟不上其他孩子而倖免於難，居民從他口中才驚悉孩子消失是吹笛人的報復。

——德國童話〈花衣吹笛手〉

〈花衣吹笛手〉的版本很多，而且出入很大，例如倖存的小孩身分就有好幾個說法，有說是一個瞎子和一個聾子，前者因為看不到隊伍所以跟不上，後者因為聽不到笛聲所以沒跟上去；另外有說有孩子因為忘了拿外套而折返，當他想追上去時已找不到吹笛人，所以才平安無事。結局亦有差異，除了孩子消失的悲劇結局外，也有居民認錯，歸還吹笛人的酬金，孩子們給送回哈梅林的大團圓結局。

經過資料搜集和實地取材後，我對這童話和傳說有著更深刻的了解，亦察覺到先前對一些設定上的矛盾未免太鑽牛角尖，因為一二八四年六月二十六日發生的孩童失蹤事件，跟〈花衣吹笛手〉的童話，本來就有相差近三百年的矛盾。

根據考證，這則事件最早記載於當地的一三八四年城鎮紀錄上，內容十分簡短，只提及

「孩子們離開我們已有一百年了」，而另一紀錄據說是十四世紀時當地教堂在花窗玻璃上製作了吹笛人率領孩子離開的圖案，可是在十七世紀這花窗玻璃已被毀掉。這則傳說在早期頂多只提及日期、吹笛人及消失的小孩數目（一百三十人），既沒有提及老鼠，亦沒有提及吹笛人趁居民在教堂時下手，更沒有跛子、瞎子或聾子。最早在這故事中談及老鼠的文獻，是在一五五九年撰寫的。往後流傳的版本就更莫衷一是，日期、孩子消失的地點、孩子的數字等等都有所不同，有人指事件發生在十四世紀或十五世紀，有人說消失的孩子是一百六十人而不是一百三十人。現在流傳的格林童話版本是在一八一六年才出版的，格林兄弟也只是以五百年前的傳聞來創作虛構故事。

歷史學家都無法考證到底當年在哈梅林發生了什麼事件，我們只能推敲。首先，老鼠很可能是杜撰的，後來的人會加入這元素，大概跟一三四六年至一三五〇年肆虐歐洲大陸的黑死病（鼠疫）不無關係，對十六世紀的人來說，二百年前的黑死病與三百年前的孩童消失都是「距今很久」的事情，將兩者聯想起來，加油添醬並不出奇，尤其那個時代傳說多是口耳相傳，在傳遞過程中內容被扭曲實在很常見。

其次，到底「吹笛人」是否真實存在，亦是一個很大的疑問。

上文提過，吹笛人的傳說最初並無任何「劇情」，單純只是描述「孩子們追隨吹笛人離開哈梅林」，這便出現一個大問題——到底這是對現實的描寫，還是一種比喻？

先談後者。有人主張吹笛人只是一個象徵，跟聖經裡「天使吹奏號角」差不多，代表了孩子們因故死去。一二八四年可能發生過某些天災，導致大量兒童死亡，當時人為了減輕死者父母的哀傷，以「吹笛人帶走孩子」作為一種心靈安慰的說法。

至於寫實的描寫，可能有著另一種背景。一〇九六年至一二九一年歐洲發生多次十字軍東征，西歐各地領主在教宗允許下組建軍隊向東方的異教徒國家開戰，軍隊除了軍人外，更往往有農民、商人甚至兒童，他們以「集體朝聖」為由與軍隊同行。十三世紀初就有「兒童十字軍」的傳說，指教會在法國及德國地區召集孩子加入隊伍，前往耶路撒冷奪回聖地。一二八四年在哈梅林可能有人打著這旗號徵召兒童，當然就算這是事實，我們也無法得知這人真的是教會代表，還是以此為名誘拐兒童的奴隸販子。

此外，亦有人提出這可能是哈梅林孩子的一次集體移居事件，當地發生某事令孩子們不得不離家以覓生計；又或者是一種集體歇斯底里疾病，歐洲多地曾發生「舞蹈瘟疫」（Dancing Plague），民眾會無意識地唱歌跳舞，一二三七年就有紀錄指大群兒童從艾爾福特跳著舞跑到阿恩施塔特，兩地距離足有二十公里。

因為了解到童話〈花衣吹笛手〉的背後歷史，我對改編的心結漸寬，大概抱著「既然十六世紀的作者們已經虛構了一堆細節，那我將事件挪後三百年也不過分」的自我解套心態。可是，在這之後我便得面對之前在〈藍鬍子的密室〉後記中提過的麻煩，就是在寫實故事中對時代的描寫不容矛盾。

物價令我非常頭痛。中世紀歐洲貨幣政策之混亂，實在教我這些歷史門外漢很頭痛，單位、發行地點、通用程度根本已是一門專業研究，當談到物價就更折磨。我曾讀過一篇文章，討論莎士比亞的《威尼斯商人》中主角向猶太人夏洛克借的三千杜卡，換成今天是多少錢，結果發現以薪金、糧食物價及貨幣本身的金價來計算，會出現截然不同的結果。我在翻查了一堆德國及英國十五至十六世紀的物價與薪酬資料後，勉強定下故事中提及的各項金錢數值，縱使是虛構但至少不會太離譜。

文首提及，我覺得十六世紀末多姿多彩，其中一個原因在於經濟活動的改變。跨國貿易運作下，銀行業應運而生，即使交易仍以黃金與白銀作為媒介，但商人之間已習慣使用票據交易，這是資本主義萌芽的關鍵之一。最有趣的是，資本主義（當時仍只能稱為重商主義）

加速了文字的普及，因為生意規模愈大便愈需要正確地記帳，商人們需要聘用識字的員工處理這些工作。

關於文字普及率是另一個值得一談的項目。直至今天，我們仍無法確認中世紀的文盲／識字率是多少，有些考據認為識字民眾不到百分之一，但亦有指至少一半庶民識字。這跟「識字」的定義有關，即使到了十六世紀，拉丁文仍被大部分國家視為正式文字，所以不懂拉丁文便會被當成文盲，但其實各國平民只習慣使用本國語文。馬丁路德的其中一項破天荒改革，便是將拉丁文聖經翻譯成德語，使一般人能明白內容，打破天主教會對詮釋經文的權力壟斷。馬丁路德翻譯德語聖經亦帶來一些額外的作用，因為德意志各地方言本來就有差異，他在聖經中使用的德語便成為標準德語的某個指標。

騎士小說在十七世紀前是流行文學，因為使用地方平民語言撰寫或翻譯，在印刷術普及的當時成為平民娛樂之一。更有趣的是踏入十七世紀騎士小說便式微，原因在於西班牙作家塞萬提斯在一六〇五年推出了著名的諷刺小說《唐吉軻德》，將騎士形象徹底覆滅，令讀者覺得沉迷騎士小說十分愚蠢，騎士小說盛行的時代便告終結。

故事中主角對科柏山的名字解讀純屬虛構，不過引用的德語是事實。歷史學者至今仍無法確認「科柏山」地點何在，雖然哈梅林以東十公里外有一地點名為「科彭布呂格」（Coppenbrügge），但該地是否就是「科柏山」就無法查證。「科柏山」這名字最早來自一四四〇年至一四五〇年的呂訥堡手稿，該文獻記載了哈梅林事件：

ANNO 1284 AM DAGE JOHANNIS ET PAULI WAR DER 26. JUNI - DORCH EINEN PIPER MIT ALLERLEY FARVE BEKLEDET GEWESEN CXXX KINDER VERLEDET BINNEN HAMELN GEBOREN - TO CALVARIE BI DEN KOPPEN VERLOREN.

『在一二八四年六月二十六日聖約翰與聖保羅之日，一百三十個生於哈梅林的孩子被穿彩衣的吹笛手引領至科柏（KOPPEN）的受難之地，消失無蹤。』

這段文字後來被漆上哈梅林於一六〇二年興建的「捕鼠人之家」（Rattenfängerhaus）外牆，至今仍佇位於哈梅林城內，是著名的觀光點。捕鼠人之家旁的小巷稱為「寧靜巷」（Bungelosenstraße），傳說該小巷是吹笛人帶領孩子走過的路線，所以自十七世紀開始城裡有任何音樂活動（例如巡遊），經過寧靜巷時都要暫時靜默，以示對孩子的哀悼。

故事中提及的女巫及獵巫，固然跟吹笛人傳說無關，但當中角色們舉的例子卻真有其事，縱使詳情已無法得知。加入這元素，是因為我這次使用德國童話〈糖果屋〉（Hänsel und Gretel，另譯〈漢賽爾與葛麗特〉）作為本篇的「裡童話」，借用小兄妹於山林迷失的元素，來結合「吹笛人傳說」原來的故事。說來好笑，本書三篇故事中，〈傑克魔豆殺人事件〉和〈哈梅林魔笛兒童誘拐事件〉的原典都跟巫術無關，我卻在兩者加入這元素，〈藍鬍子的密室〉的原型明明跟黑魔術有直接關係，我反而沒在該篇提及任何巫術或魔法。

克尼普豪森將軍這人物當然真實存在，但他兒時曾在哈梅林居住則只是小說家的虛構幻想，千萬別當真。克尼普豪森家族相當顯赫有名，在鄰接荷蘭的東菲士蘭是擁有領地的望族。值得一提的是，克尼普豪森將軍以前的評價頗低，因為他的勝仗寥寥可數，但後來有學者為他平反，指出他早年的兵戎生涯之所以屢戰屢敗，往往是上級做成，相反他能以小量兵力抵抗數倍甚至十數倍的敵軍，拖延敗局，正正顯出他的軍事才能。

其實假如要談，故事中有很多細節還可以討論，諸如飲食習慣、公會制度、機械技術水平、文具細節、醫學概念……我還是就此打住吧，或者留待將來有機會再寫。

結語

感謝您讀到這兒，超過一萬字的後記，連我也覺得囉嗦。近年我沒停手不斷寫作還稿債，連閱讀時間也減少了，基本上看書都是為了取材找資料，有點靈魂枯竭的感覺，精神過度緊繃。我需要暫時擱筆，過一下「慢活」，多讀一些人家的精采作品，投入其他視界。事實上，家中積讀的書本已經多得好可怕，我猜我假如每天讀一本，自我隔離兩年仍未能讀畢。

我喜歡讀歷史，當我們覺得身處大時代，對前路感到迷惘時，回首一看，類同的「大時代」比比皆是，而人類還是能跨過去。我們無法知曉十年、二十年後世界有多大的改變，面對不穩的世界，唯有充實自己，裝備知識，才是最完善之道。

期待將來再透過故事與您碰面。

陳浩基

二〇二〇年六月十八日

哈梅林博物館（Museum Hameln）。右方的建築物名為 Leisthaus，於一五八五年至一五八九年由建築師科德．特尼斯（Cord Tönnis）建造，大門旁兩層高的凸窗是當時流行的建築風格。（公有領域照片，哈梅林博物館提供）

威悉河現貌。

十六世紀末至十七世紀初哈梅林城牆模型。

「捕鼠人之家」旁邊的「寧靜巷」（Bungelosenstraße）。

一六〇二年興建的「捕鼠人之家」（Rattenfängerhaus）。

國家圖書館出版品預行編目資料

魔笛：童話推理事件簿 / 陳浩基著.
--初版.--臺北市：皇冠文化. 2020.08
面 ;公分（皇冠叢書；第4849種）
（陳浩基作品集；06）

ISBN 978-957-33-3560-3(平裝)

857.81 109010146

皇冠叢書第4849種
陳浩基作品集 06
魔笛
童話推理事件簿

作　　者—陳浩基
發 行 人—平雲
出版發行—皇冠文化出版有限公司
台北市敦化北路 120 巷 50 號
電話◎02-27168888
郵撥帳號◎15261516號
皇冠出版社（香港）有限公司
香港銅鑼灣道 180 號百樂商業中心
19 字樓 1903 室
電話◎ 2529-1778　傳真◎ 2527-0904
總 編 輯—許婷婷
責任編輯—平　靜
美術設計—王瓊瑤
著作完成日期—2020年6月
初版一刷日期—2020年8月
初版二刷日期—2021年10月
法律顧問—王惠光律師

讀者服務傳真專線◎02-27150507
電腦編號◎ 566006
ISBN◎978-957-33-3560-3
Printed in Taiwan
本書定價◎新台幣350元/港幣117元

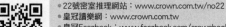